Dick Francis

Lunte

Roman

Aus dem Englischen von
Malte Krutzsch

Diogenes

Titel der 1993 bei
Michael Joseph Ltd., London,
erschienenen Originalausgabe:
›Decider‹

Umschlagzeichnung von
Tomi Ungerer

80/95/44/1
ISBN 3 257 06038 6

Ich danke meinem Patensohn
ANDREW HANSON
Dipl. Arch. (Edin) RIBA

und grüße meine Enkelkinder
Jocelyn
Matthew
Bianca
Timothy
William

I

Okay, hier bin ich also, Lee Morris, und ich öffne Türen und Fenster und lasse eine Brise Leben und einen Hauch von frühem Tod herein.

Dabei sahen sie ziemlich harmlos aus auf meiner Türschwelle: zwei höfliche Engländer mittleren Alters in Gutsherrentweed und Schirmmützen, mit fragend hochgezogenen Augenbrauen und nervös verlegenen Mienen.

»Lee Morris?« sagte einer von ihnen knapp, ruhig, kultiviert. »Könnten wir Sie sprechen?«

»Wegen einer Versicherung?« fragte ich trocken.

Sie wurden noch verlegener.

»Nein, das nicht ...«

Später Märznachmittag, eine volle, tiefstehende Sonne, die ihr goldenes Licht schräg auf die freundlichen Gesichter der beiden warf, so daß sie gegen die schmerzende Helligkeit die Augen zusammenkniffen. Sie standen ein, zwei Schritte von mir entfernt und achteten darauf, mich nicht zu bedrängen. Ausgesucht gutes Benehmen.

Mir wurde klar, daß ich den einen vom Sehen kannte, und ich überlegte kurz, was in aller Welt ihn wohl an einem Sonntag zu mir führte, so weit weg von seiner gewohnten Umgebung.

Während ich noch darüber spekulierte, kamen drei kleine Jungen hinter mir durch den mit Fliesen ausgelegten Flur getappt, schoben sich konzentriert an mir vorbei, um die zwei Draußenstehenden herum, und kletterten lautlos wie Katzen in den knospenden Blätterflaum einer breitkronigen Eiche auf dem Rasen. Oben angekommen drückten sie sich bäuchlings in das alte

Astwerk und erstarrten zu drei reglosen Gestalten, getarnt, gespannt, vertieft in ein Agentenspiel.

Die Besucher schauten verwundert zu ihnen hoch.

»Kommen Sie mal lieber rein«, sagte ich. »Die lauern auf Piraten.«

Der Mann, den ich erkannt hatte, lächelte plötzlich erfreut, dann trat er vor, als hätte er einen Entschluß gefaßt, und streckte die Hand aus.

»Roger Gardner«, sagte er, »und das ist Oliver Wells. Wir kommen von der Rennbahn Stratton Park.«

»Ja«, sagte ich, und als ich sie hereinwinkte, folgten sie mir langsam, zögernd, noch immer halb geblendet von der schräg einfallenden Sonne.

Ich führte sie durch die geflieste Diele in den höhlenartigen zentralen Raum der einst abbruchreifen Scheune, die ich in sechsmonatiger Arbeit zu einem gemütlichen Haus umgebaut hatte. Solche Ruinen zu renovieren war meine wichtigste Existenzgrundlage, aber inzwischen war das Unvermeidliche eingetreten – meine Familie weigerte sich, auf die nächste Baustelle umzuziehen, und hatte mir erklärt, daß sie *hier*, in *diesem* Haus, wohnen bleiben wollte.

Die Sonne schien durch hohe, nach Westen blickende Fenster auf den blanken, einheitlich schiefergrauen Fliesenboden, der hier und da durch kleine türkische Teppiche aufgelockert wurde. Von der Nord- und über die Ost- zur Südseite der Scheune verlief jetzt eine durch zwei Treppen erreichbare Galerie mit nebeneinanderliegenden Schlafzimmern. Unter der Galerie befand sich, zum Hauptraum hin offen, eine Reihe von Zimmern, die sich, wenn man ungestört sein wollte, durch Falttüren abteilen ließen. Ein mit Büchern gesäumter Fernsehraum war ebenso vorhanden wie ein Büro, ein Spielzimmer, ein Nähzimmer und ein langes, geräumiges Eßzimmer. Das Frühstückszimmer in der Südostecke führte zu einer großen, halb sichtbaren Küche, hinter der sich noch ein Wirtschaftsraum und eine Werkstatt verbargen. Die Trennwände zwischen den nach vorn offenen Zimmern sahen zwar aus wie bloße Raumaufteiler, waren in Wirklichkeit aber äußerst tragfähige Stützen für die Galerie.

Die Einrichtung des Hauptraums bestand vornehmlich aus locker um kleine Tische gruppierten Knautschsesseln. In einem offenen Kamin an der Westwand glühten Holzscheite.

Der angestrebte Effekt, eine Wohnung, die wie ein kleiner überdachter Marktplatz aussah, war so schön herausgekommen, daß es meine Vorstellungen sogar noch übertraf, und insgeheim (ohne es der Familie zu sagen) hatte ich von Anfang an vorgehabt, das Haus zu behalten, wenn es sich als Erfolg erweisen sollte.

Roger Gardner und Oliver Wells blieben wie die meisten Besucher stehen und blickten sich mit unverhohlenem Erstaunen um, schienen aber zu gehemmt, um etwas zu sagen.

Ein nacktes Baby kam über die Fliesen gekrabbelt, stockte, als es auf einen Teppich stieß, plumpste auf den Po und sah sich nachdenklich um.

»Ist das Ihres?« fragte Roger leise, die Augen auf dem Baby.

»Sehr wahrscheinlich«, sagte ich.

Eine junge Frau in Jeans, Pullover und zweckmäßigen Turnschuhen kam mit wehender blonder Mähne aus dem hinteren Teil der Küche gelaufen.

»Hast du Jamie gesehen?« fragte sie von weitem.

Ich zeigte hin.

Sie stürzte sich auf das Baby und raffte es ohne viel Federlesens auf. »Wenn man den *zwei Sekunden* aus den Augen läßt ...« Sie streifte die Besucher im Vorbeigehen mit einem Blick, blieb aber nicht stehen und verschwand wieder aus unserem Gesichtsfeld.

»Nehmen Sie Platz«, bat ich. »Was kann ich für Sie tun?« Sie setzten sich zögernd auf die angebotenen Sessel und suchten sichtlich einen Einstieg.

»Lord Stratton ist kürzlich verstorben«, sagte Roger schließlich. »Vor einem Monat.«

»Ja. Das ist mir bekannt«, sagte ich.

»Sie haben Blumen zur Beerdigung geschickt.«

»Es schien mir angebracht«, bestätigte ich und nickte. Die beiden Männer warfen sich Blicke zu. Wieder ergriff Roger das Wort.

»Wir haben gehört, er sei Ihr Großvater gewesen.«

Ich sagte geduldig: »Nein. Da sind Sie falsch unterrichtet. Meine Mutter war mal mit seinem Sohn verheiratet. Sie wurden geschieden. Meine Mutter hat dann noch mal geheiratet und mich bekommen. Ich bin nicht direkt verwandt mit den Strattons.«

Eine unangenehme Neuigkeit, wie es schien. Roger versuchte es noch einmal.

»Aber Sie besitzen doch Anteile an der Rennbahn, nicht wahr?«

Aha, dachte ich. Die Fehde. Seit dem Tod des alten Herren zankten und bekämpften seine Erben sich angeblich bis aufs Messer.

»Damit möchte ich nichts zu tun haben«, sagte ich.

»Hören Sie«, sagte Roger mit wachsender Verzweiflung, »die Erben *ruinieren* die Rennbahn. Das riecht man eine Meile gegen den Wind. Krach, daß die Fetzen fliegen. Verdächtigungen. Gewalttätiger Haß. Die sind schon übereinander hergefallen, bevor der alte Herr noch kalt war.«

»Da herrscht Bürgerkrieg«, sagte Oliver Wells unglücklich. »Anarchie. Roger ist der Rennbahnverwalter, und ich bin der Vereinssekretär. Im Moment schmeißen wir den Laden allein und bemühen uns, ihn in Gang zu halten, aber lange schaffen wir das nicht mehr. Wir haben keine *Vollmachten*, verstehen Sie?«

Ich sah in ihre tief besorgten Gesichter und mußte daran denken, wie schwierig es war, auf einem gnadenlosen Arbeitsmarkt mit über fünfzig noch Posten dieses Kalibers zu finden.

Lord Stratton, mein Nicht-Großvater, hatte die Dreiviertelmehrheit an der Rennbahn besessen und sie als gutmütiger Despot jahrelang selbst geleitet. Unter seiner Regie hatte Stratton Park jedenfalls den Ruf einer gut organisierten, gut besuchten Rennbahn erlangt, die auch bei einem großen Kreis von Trainern beliebt war. Klassische Rennen oder Gold Cups fanden dort zwar nicht statt, aber sie war leicht erreichbar, bekannt für ihre freundliche Atmosphäre und verfügte über einen ausgezeichneten Rennkurs. Neue Zuschauertribünen und die eine oder andere Schönheitskorrektur hätten ihr gutgetan, doch der alte Starrkopf Stratton hatte sich gegen Veränderungen gesträubt. Man konnte ihn manchmal im Fernsehen bewundern, wenn der Sport ins Kreuzfeuer geriet und er, ganz der erfahrene konservative Staatsmann, liebenswürdig dazu Stellung nahm. Ein bekanntes Gesicht.

Hin und wieder hatte ich aus Neugier einen Nachmittag auf der Rennbahn verbracht, aber weder die Pferderennen noch die Familie meines Nichtgroßvaters hatten mich unwiderstehlich in ihren Bann gezogen.

Roger Gardner war nicht den ganzen Weg gereist, um jetzt ohne weiteres aufzugeben.

»Ihre *Schwester* gehört aber doch zur Familie«, sagt er.

»Meine Halbschwester.«

»Auch gut.«

»Mr. Gardner«, erklärte ich, »vor vierzig Jahren hat meine Mutter ihre kleine Tochter im Stich gelassen und ist ihrem Mann davongelaufen. Die Strattons haben hinter ihr dichtgemacht. Sie war nur noch ein Dreck, in Großbuchstaben. Für die Tochter, meine Halbschwester, existiere ich gar nicht. Es tut mir leid, aber was ich sage oder tue, würde keinen aus der Familie in irgendeiner Weise beeindrucken.«

»Der Vater Ihrer Halbschwester . . .«

»Ihn«, sagte ich, »am allerwenigsten.«

Stille trat ein, und während die schlechte Nachricht verdaut und verarbeitet wurde, kam ein schlaksiger blonder Junge aus einem der Schlafzimmer auf der Galerie die Treppe heruntergesaust, winkte mir lässig mit der Hand und trat in die Küche, um gleich darauf mit dem jetzt angezogenen Baby im Arm wieder herauszukommen. Er brachte den Kleinen nach oben, nahm ihn mit auf sein Zimmer und schloß die Tür. Das Schweigen hielt an.

In Rogers Gesicht mehrten sich die Fragen, die er zu meiner Belustigung noch immer nicht stellte. Als Reporter wäre Roger – Lieutenant Colonel R. B. Gardner laut den Rennprogrammen von Stratton Park – ein Totalausfall gewesen, aber ich fand seine Hemmungen erholsam.

»Sie waren unsere letzte Hoffnung«, klagte Oliver Wells vorwurfsvoll.

Wenn er hoffte, mir dadurch Schuldgefühle einzuflößen, war er schiefgewickelt. »Was *erwarten* Sie denn von mir?« fragte ich einfach.

»Wir dachten . . .«, begann Roger. Die Stimme versagte ihm, dann fing er sich und versuchte es beherzt noch einmal. »Na ja, wir hatten *gehofft*, Sie könnten denen vielleicht den Kopf zurechtsetzen.«

»Wie denn?«

»Nun, zunächst mal sind Sie kräftig.«

»*Kräftig*?« Ich starrte ihn an. »Heißt das, ich soll ihnen *buchstäblich* die Köpfe zurechtsetzen?«

Anscheinend hatte mein Aussehen sie da unwillkürlich auf Ideen gebracht. Ich war in der Tat großgewachsen und körperlich stark; das ist zum Häuserbauen sehr nützlich. Und ich gebe ja auch zu, daß es mir schon geholfen hat, einen Standpunkt durchzusetzen. Aber manchmal ließ sich Übereinstimmung leichter erzielen, wenn man leise auftrat und die breiten Schultern ein wenig zurücknahm, und von Natur aus neigte ich mehr dazu. Lethargisch nannte mich meine Frau. Zu faul zum Kämpfen. Zu behäbig. Aber die alten Häuser wurden restauriert, die zuständigen Ämter niemals enttäuscht, und ich hatte gelernt, mit Konzilianz und Sachlichkeit an den meisten Planungsbeamten vorbeizukommen.

»Ich bin nicht Ihr Mann«, sagte ich.

Roger klammerte sich an Strohhalme. »Aber Sie sind doch Anteilseigner. Können Sie damit nicht den Krieg beenden?«

»Sind Sie in erster Linie wegen der Anteile zu mir gekommen?« fragte ich.

Roger nickte unglücklich. »Wir wissen nicht, an wen wir uns sonst wenden sollen, verstehen Sie?«

»Sie dachten also, wenn ich vielleicht in die Arena presche, mit meinen Scheinen wedle und schreie: ›Schluß jetzt!‹, werfen sie alle ihre Vorurteile über Bord und vertragen sich?«

»Es könnte helfen«, sagte Roger, ohne eine Miene zu verziehen.

Ich mußte lächeln. »Zunächst einmal«, sagte ich, »gehören mir nur sehr wenige Anteile. Meine Mutter hat sie damals als Abfindung bei der Scheidung bekommen, und nach ihrem Tod habe ich sie geerbt. Sie werfen hin und wieder eine kleine Dividende ab, weiter nichts.«

Rogers Gesichtsausdruck wechselte von Verwirrung zu Bestürzung. »Soll das heißen, Sie haben noch gar nicht gehört, um *was* die sich zanken?« fragte er.

»Wie ich schon sagte, ich stehe nicht mit ihnen in Verbindung.« Ich wußte nur, was ich einer kurzen Notiz im Wirtschaftsteil der *Times* hatte entnehmen können (»Stratton-Erben im Streit wegen familieneigener Rennbahn«) und dem deftigeren Kommentar eines Sensationsblatts (»Kampf mit schweren Säbeln in Stratton Park«).

»Ich fürchte, daß Sie bald von ihnen hören werden«, sagte

Roger. »Eine Faktion möchte die Bahn einem Bauunternehmen verkaufen. Wie Sie wissen, liegt das Gelände im Nordosten von Swindon, einer Gegend also, die ständig wächst. Die Stadt hat sich über Nacht zu einem Industriezentrum entwickelt. Alle möglichen Firmen lassen sich dort nieder. Swindon strotzt vor neuem Leben. Ihre paar Anteile könnten schon jetzt ziemlich was wert sein und in Zukunft vielleicht noch mehr. Einige Strattons wollen also sofort verkaufen, einige wollen warten, und wieder andere wollen überhaupt nicht verkaufen, sondern weiter die Rennbahn betreiben, und ich hätte eigentlich gedacht, die Sofortverkäufer wären mittlerweile an Sie rangetreten. Jedenfalls werden sie sich jetzt bald an Ihre Anteile erinnern und Sie in den Streit mit hineinziehen, ob es Ihnen paßt oder nicht.«

Er schwieg, da er glaubte, sein Anliegen hinreichend unterstrichen zu haben, und das hatte er wohl auch. Mein aufrichtiger Wunsch, jedem Gezänk aus dem Weg zu gehen, war offenbar der »Realität« zum Opfer gefallen, dem Sammelbegriff eines meiner Söhne für Katastrophen aller Art.

»Und Sie«, bemerkte ich, »gehören natürlich zu der Partei, die möchte, daß die Rennen weitergehen.«

»Hm, ja«, gab Roger zu. »Ja, das möchten wir. Offen gestanden hofften wir, Sie überreden zu können, daß Sie mit Ihren Anteilen *gegen* den Verkauf stimmen.«

»Ich weiß nicht, ob meine Anteile überhaupt stimmberechtigt sind, und es dürften zu wenig sein, um die Lage entscheidend zu beeinflussen. Aber woher wissen Sie, daß ich welche habe?«

Roger blickte kurz auf seine Fingernägel und entschloß sich, offen zu sein.

»Die Rennbahn ist eine GmbH, wie Sie sicher wissen. Es gibt einen Vorstand und Vorstandssitzungen, und die Anteilseigner werden immer benachrichtigt, wenn die Jahreshauptversammlung stattfindet.«

Ich nickte ergeben. Die Nachricht kam jedes Jahr, und jedes Jahr ließ ich sie links liegen.

»Voriges Jahr nun war die Sekretärin, die sonst das Rundschreiben versendet, krank, und Lord Stratton sagte zu mir, übernehmen Sie das mal, mein Guter ...« – er ahmte die Stimme des alten Mannes treffend nach –, »also habe ich die Nachricht verschickt und mir gleichzeitig die Liste mit den Namen und Adressen für die Zukunft kopiert ...«, er schwieg einen Augenblick, »falls ich sie noch mal brauchen sollte, verstehen Sie?«

»Und jetzt ist die Zukunft da«, sagte ich. Ich überlegte. »Wer hat denn sonst noch Anteile? Haben Sie die Liste zufällig dabei?«

Ich sah ihm an, daß er sie mitgebracht hatte, und auch, daß er nicht so recht wußte, ob es vertretbar war, sie aus der Hand zu geben. Sein gefährdeter Arbeitsplatz wog jedoch schwerer als alles andere, und nach einem ganz kurzen Zögern griff er in die Innentasche seines Tweedsakkos und zog ein sauber gefaltetes Blatt Papier hervor. Eine neue Kopie dem Anschein nach.

Ich faltete sie auseinander und las die ausgesprochen kurze Liste:

William Darlington Stratton (3. Baron)
Die Ehrenwerte Mrs. Marjorie Binsham
Mrs. Perdita Faulds
Lee Morris, Esq.

»Das sind alle?« erkundigte ich mich verblüfft.

Roger nickte.

Marjorie Binsham, das wußte ich, war die Schwester des alten Lords. »Wer ist Mrs. Perdita Faulds?« fragte ich.

»Ich weiß es nicht«, sagte Roger.

»Bei ihr sind Sie also nicht gewesen. Und zu mir kommen Sie?«

Roger schwieg, aber er brauchte auch nicht zu antworten. Ein ehemaliger Soldat wie er fand es leichter, mit Männern umzugehen als mit Frauen.

»Und wer«, sagte ich, »erbt die Anteile des alten Herrn?«

»Das *weiß* ich eben nicht«, antwortete Roger verärgert. »Die Familie schweigt darüber. Sie sagt keinen Piep über das Testament, und bis es vom Gericht bestätigt wird, ist eine Einsichtnahme ja nicht möglich – und darauf können wir noch *Jahre* warten, wenn's so weitergeht. Müßte ich raten, würde ich sagen, Lord Stratton hat allen gleiche Anteile hinterlassen. Auf seine Art war er gerecht. Gleiche Beteiligung hieße, daß die Kontrolle nicht bei einem einzelnen liegt, und das ist der Kern des Problems, würde ich meinen.«

»Kennen Sie die Erben persönlich?« fragte ich, und beide nickten düster. »So schlimm, ja?« meinte ich. »Nun, tut mir leid, das werden sie schon unter sich ausmachen müssen.«

Die blonde junge Frau schlenderte aus der Küche, in der einen Hand ein Glas, in der anderen eine Saugflasche. Sie nickte uns unbestimmt zu und ging dann die Treppe hinauf in das gleiche Zimmer wie vorhin der Junge mit dem Baby. Meine Besucher schauten sich das wortlos an.

Ein Junge mit braunen Haaren kam auf dem Rad durch den Hausflur gefegt und drehte eine Runde durch die Örtlichkeit, wobei er hinter mir ein wenig abbremste und sagte: »Jaja, ich weiß, ich soll das nicht«, bevor er durch den Flur wieder der Außenwelt zustrebte. Das Rad war rot, sein Fahrer violett, rosa und phosphorgrün gekleidet. Die ganze Luft schien von Farben zu flimmern, bis er fort war und das ruhige Schiefergrau wieder die Oberhand gewann.

Aus Taktgefühl sagte niemand etwas von Gehorsam oder richtiger Kindererziehung.

Ich bot den Besuchern zu trinken an, doch sie waren nicht dazu aufgelegt und sagten nur, sie müßten noch weit fahren. Ich ging mit ihnen hinaus in das verblassende Sonnenlicht und bat sie höflich um Entschuldigung dafür, daß sie umsonst gekommen waren. Sie nickten unglücklich. Ich begleitete sie noch zu ihrem Wagen.

Die drei Piratenjäger waren aus der Eiche verschwunden. Das rote Fahrrad blitzte in der Ferne. Mein Besuch blickte sich nach dem langgezogenen, dunklen Scheunenbau um, und schließlich rückte Roger mit einer Frage heraus.

»Was für ein interessantes Haus«, meinte er höflich. »Wie haben Sie das entdeckt?«

»Ich habe es gebaut. Die Innenräume, meine ich. Die Scheune selbst natürlich nicht. Die ist alt. Steht unter Denkmalschutz. Ich mußte verhandeln, um Fenster einbauen zu dürfen.«

Sie schauten auf die schmalen dunklen Scheiben, die unauffällig in die Bretterschalung eingefügt waren, der einzige sichtbare Hinweis auf die Wohnung im Innern.

»Sie hatten einen guten Architekten«, bemerkte Roger.

»Danke.«

»Das ist übrigens auch ein Zankapfel zwischen den Strattons. Ein Teil von ihnen möchte die Tribünen abreißen und neue hochziehen, und sie haben einen Architekten mit der Planung beauftragt.«

Seine Stimme triefte vor Abscheu.

Ich sagte: »Neue Tribünen wären doch sicher gut? Mehr Komfort fürs Publikum und so?«

»Natürlich wären neue Tribünen gut!« Jetzt konnte er seinen Unmut nicht mehr zurückhalten. »Jahrelang habe ich den alten Herren beschworen, er solle umbauen. Immer hieß es, irgendwann, irgendwann, aber er wollte es von Anfang an nicht haben, nicht solang er lebte. Und sein Sohn Conrad, der neue Lord Stratton, hat jetzt einen unmöglichen Kerl gebeten, neue Tribünen zu entwerfen, und der stelzt da herum und erzählt mir, wir brauchen dies, wir brauchen das, und redet nichts als Unsinn.

Der hat im Leben noch keine Tribüne entworfen und weiß einen Dreck vom Rennsport.«

Seine ehrliche Entrüstung interessierte mich viel mehr als ein Gerangel um Geschäftsanteile.

»Wenn die Tribüne verbaut wird, machen sie alle bankrott«, meinte ich nachdenklich.

Roger nickte. »Sie müssen einen Kredit dafür aufnehmen, und das Rennsportpublikum ist heikel. Die Wetter bleiben aus, wenn man die Bars falsch anlegt, und wenn die Besitzer und die Trainer sich nicht rundum verwöhnt fühlen, lassen sie ihre Pferde woanders laufen. Dieser übergeschnappte Architekt hat nur dumm geglotzt, als ich ihn fragte, was die Zuschauer seiner Ansicht nach zwischen den Rennen machen. Die sehen sich die Pferde an, meinte er. Ich bitte Sie! Und wenn es regnet? Wärme, Wein und Bier, das lockt die Besucher an, habe ich ihm gesagt. Ich sei altmodisch, meinte er. Und Stratton Park ist drauf und dran, eine ungeheuer kostspielige *Geister*bahn zu werden, wo kein Mensch hingeht. Und dann kommt, wie Sie sagen, die große Pleite.«

»Nur wenn die Sofort- oder Demnächstverkäufer nicht ihren Willen durchsetzen.«

»Aber wir brauchen neue Tribünen«, beharrte Roger. »Und zwar *gute* neue Tribünen.« Er schwieg. »Wer hat Ihr Haus entworfen? Vielleicht brauchen wir so jemanden.«

»Der hat noch nie Zuschauerbauten geplant. Nur Häuser ... und Kneipen.«

»*Kneipen*«, Roger stürzte sich darauf. »Er würde zumindest einsehen, wie wichtig gute Bars sind.«

Ich lächelte. »Ganz bestimmt. Aber was Sie brauchen, sind Großbauspezialisten. Ingenieure. Klare eigene Vorstellungen. Ein Team.«

»Sagen Sie das Conrad.« Er zuckte niedergeschlagen die Achseln und glitt hinter das Steuer, drehte aber sein Fenster runter und schaute heraus, um eine letzte Frage zu stellen. »Dürfte ich Sie vielleicht bitten, mir Bescheid zu geben, wenn die Familie Stratton sich mit Ihnen in Verbindung setzt? Wahrscheinlich sollte ich Sie damit nicht behelligen, aber die Rennbahn liegt mir am Herzen, verstehen Sie? Ich weiß, daß der alte Baron geglaubt hat, sie würde weiterbestehen, und daß er es so gewollt hat – und vielleicht kann ich ja etwas dazu tun, nur weiß ich eben nicht, *was*.«

Er griff wieder in seine Jacke und zog eine Visitenkarte hervor. Ich nahm sie an und nickte, ohne irgend etwas zu versprechen, aber meine Geste war ihm schon Zusage genug.

»Vielen Dank«, sagte er.

Oliver Wells setzte sich ungerührt neben ihn, mit der steinernen Miene dessen, der von vornherein gewußt hat, daß ihre Mission unergiebig sein würde. Schuldgefühle weckte er bei mir trotzdem nicht. Alles, was ich über die Strattons wußte, warnte mich davor, mich mit ihnen einzulassen.

Roger verabschiedete sich traurig und fuhr los, und ich ging ins Haus zurück und hoffte, ich würde ihn nie wiedersehen.

»Wer waren die Leute?« fragte Amanda. »Was haben sie gewollt?«

Die junge Blonde, meine Frau, lag auf der anderen Seite unseres quadratischen Zweimeterbetts und unterstrich damit wie gewohnt den Abstand zwischen uns.

»Sie wollten einen edlen Ritter, der Stratton Park befreit.«

Sie knobelte es aus. »Krisenhilfe? Du? Mit deinen alten Geschäftsanteilen? Du hast hoffentlich nein gesagt.«

»Ich habe nein gesagt.«

»Liegst du deshalb jetzt im Mondschein wach und starrst auf den Baldachin?«

Der plissierte Seidenbaldachin wölbte sich über unserem großen Himmelbett wie ein mittelalterliches Schlafzelt, die einzige

Möglichkeit, für sich zu sein, in jener Zeit, als man eigene Schlafzimmer noch nicht kannte. Freunde ließen sich vom dekorativen Prunk des Betthimmels, von all den Quasten an dem kuscheligen Lager täuschen; nur Amanda und ich wußten, warum es so groß war. Zwei Tage hatte ich daran gezimmert und geschneidert, und wir betrachteten es beide als das Ergebnis eines schwer erkämpften Kompromisses. Wir wohnten im selben Haus, schliefen im selben Bett, aber getrennt.

»Die Jungen bekommen diese Woche Ferien«, sagte Amanda.

»So?«

»Du hast gesagt, du wolltest über Ostern mit ihnen irgendwo hinfahren.«

»Hab ich das?«

»Das weißt du doch.«

Ich hatte es gesagt, um einen Streit zu entschärfen. Du sollst keine voreiligen Versprechungen abgeben, ermahnte ich mich nicht zum erstenmal. Es gab kein Kraut dagegen.

»Ich werde mir was einfallen lassen«, sagte ich.

»Und was das Haus hier angeht . . .«

»Wenn es dir gefällt, behalten wir's«, sagte ich.

»Lee!« Das brachte sie erst einmal zum Schweigen. Ich wußte, daß sie tausend Argumente dafür parat hatte: Die zarten Winke und die Seufzer waren seit Wochen unverkennbar, schon seit der Kies auf der Einfahrt lag und die Baupolizei zuletzt hereingeschaut hatte. Das Haus war freier Grundbesitz, es war verkaufsfertig, und wir brauchten das Geld. Die Hälfte meines Betriebskapitals war in die Scheunenwände einbetoniert.

»Die Jungen brauchen endlich feste Wurzeln«, sagte Amanda, damit ihre Vernunftgründe nicht ganz vergeudet waren.

»Ja.«

»Es ist nicht fair, sie von einer Schule zur anderen zu schleifen.«

»Nein.«

»Sie haben Angst, daß sie hier wegmüssen.«

»Beruhige sie.«

»Ich faß es nicht! Können wir uns das leisten? Ich dachte, du hättest gesagt, es wäre nicht drin. Was ist mit der Villa bei Oxford, wo im Wohnzimmer der Baum wächst?«

»Wenn ich Glück habe, kriege ich diese Woche die Baugenehmigung.«

»Aber wir ziehen da nicht hin?« Trotz meiner Zusicherung war sie wieder mehr als besorgt.

»Ich fahre hin«, sagte ich. »Du und die Jungs, ihr könnt hier bleiben, solange ihr wollt. Auf Jahre. Ich werde pendeln.«

»*Versprich es.*«

»Versprochen.«

»Kein *Schlamm* mehr? Kein *Dreck*? Keine Planen mehr als Dach und kein Ziegelstaub in den Cornflakes?«

»Nein.«

»Was hat dich dazu bewogen?«

Der Entscheidungsprozeß, dachte ich, war etwas Rätselhaftes. Ich hätte sagen können, es sei eben der Kinder wegen wirklich Zeit, seßhaft zu werden, zumal der Älteste bald Prüfungen haben würde und kontinuierlichen Unterricht brauchte. Ich hätte sagen können, daß die Welt hier an der Grenze zwischen Surrey und Sussex, auf dem flachen Land, so friedlich und so heil sei wie sonst kaum irgendwo. Ich hätte die Entscheidung ungemein logisch begründen können.

Insgeheim wußte ich aber, daß die alte Eiche den Ausschlag gegeben hatte. Sie hatte mich mächtig angesprochen – den Jungen in mir, der im Londoner Großstadtgetriebe aufgewachsen war, umgeben von Landschaften aus Stein.

Ich hatte die Eiche vor einem Jahr zum erstenmal gesehen, und auch damals hatten sich als Flaum die Blätter angekündigt. Ihre starken, gleichmäßigen Äste luden zum Klettern ein, und da ich alleine dort war, stieg ich ohne Hemmungen hinauf, machte es mir in der uralten Krone bequem und betrachtete den Schandfleck von einer Scheune, riesengroß, halb verfallen, die der in Geldnot geratene Grundstückseigentümer bei Strafe nicht abreißen durfte. Eine historische Zehntscheune! Ein Wahrzeichen! Die mußte da stehenbleiben, bis sie von selbst einfiel.

Welch ein Unfug, hatte ich gedacht, als ich von dem Baum herunterkletterte und durch eine knarrende Öffnung, die als Eingang diente, in die Ruine trat. Verrücktgewordene Geschichtsverehrung.

Teile des hohen Daches fehlten. Auf der Westseite hingen die Balken alle schief und quer, ihre Auflager waren völlig verwittert. Ein rostiger, ausrangierter Traktor stand zwischen Bergen von anderem Schrott und jungen Schößlingen, die sich aus Rissen im Betonboden hochkämpften. Ein scharfer Wind blies durch die Lotterlaube, unfreundlich und kalt.

Ich hatte fast sofort gesehen, was sich daraus machen ließ, so als hätte der Entwurf schon lange in meinem Kopf geschlummert und auf seine Stunde gewartet. Es würde ein Haus für Kinder sein. Nicht unbedingt für meine eigenen, aber für Kinder. Für das Kind, das ich gewesen war. Ein Haus mit vielen Zimmern, mit Überraschungen, mit Verstecken.

Die Jungen hatten zu Anfang überhaupt nichts davon gehalten, und Amanda, hochschwanger, war in Tränen ausgebrochen, doch die Baubehörde war hilfsbereit gewesen, und der Grundbesitzer hatte mir die Scheune mit einem Morgen Land drumherum verkauft, als könne er sein Glück nicht fassen. Als die Söhne herausfanden, daß jeder ein eigenes Zimmer als Reich für sich bekommen würde, hörten die Einwendungen wie durch ein Wunder auf.

Ich hatte die Eiche von einem Naturschützer begutachten lassen. Ein Prachtexemplar, hatte er gesagt. Dreihundert Jahre alt. Sie würde uns alle überleben, meinte er, und ihre zeitlose Stärke schien mir Frieden zu geben.

Amanda sagte noch einmal: »Was hat dich dazu bewogen?«

Ich sagte: »Die Eiche.«

»Was?«

»Der gesunde Menschenverstand«, sagte ich, und damit war sie zufrieden.

Am Mittwoch erhielt ich zwei weichenstellende Briefe. Der erste kam von der Kreisverwaltung Oxford, die mir mitteilte, daß mein dritter Antrag für den Umbau der Villa mit der Buche im Wohnzimmer abgelehnt war. Ich rief an, um den Grund zu erfahren, da sie den dritten Antrag inoffiziell schon so gut wie genehmigt hatten. Eine verkniffene Stimme erklärte mir, sie seien jetzt der Ansicht, daß die Villa nicht, wie ich vorgeschlagen hatte, in vier kleinere Einheiten aufgeteilt, sondern zu einer zusammenhängenden Wohnung umgebaut werden sollte. Vielleicht könnte ich dafür ja Pläne einreichen. Nein danke, sagte ich. Vergessen Sie's. Ich rief den Besitzer der Villa an, daß ich am Kauf nicht mehr interessiert sei, und wie vorauszusehen explodierte er vor Wut, aber keine Baugenehmigung, kein Kauf, so hatten wir es fest vereinbart.

Seufzend legte ich auf und warf die Arbeit von drei Monaten in den Papierkorb. Buchstäblich zurück ans Zeichenbrett.

Der zweite Brief kam von einem Anwaltsbüro, das die Familie Stratton vertrat, und war die Einladung zu einer außerordentlichen Versammlung der Gesellschafter von Stratton Park in der kommenden Woche.

Ich rief die Anwälte an. »Wird erwartet, daß ich da teilnehme?« fragte ich.

»Das weiß ich nicht, Mr. Morris. Da Sie aber Anteilseigner sind, war man verpflichtet, Sie auf die Versammlung hinzuweisen.«

»Und was meinen Sie?«

»Allein Ihre Entscheidung, Mr. Morris.«

Die Stimme war vorsichtig und unverbindlich, keinerlei Hilfe.

Ich fragte, ob ich stimmberechtigte Anteile hätte.

»Ja, haben Sie. Jeder Anteil eine Stimme.«

Am Freitag, ihrem letzten Schultag vor den Osterferien, holte ich die Jungen aus der Schule ab: Christopher, Toby, Edward, Alan und Neil.

Sie wollten wissen, was ich mir für ihre Ferien ausgedacht hatte.

»Morgen«, sagte ich ruhig, »gehen wir zum Rennen.«

»Autorennen?« fragte Christopher hoffnungsvoll.

»Pferderennen.«

Sie machten würgende Geräusche.

»Und nächste Woche ... auf Ruinensuche«, sagte ich.

Der ohrenbetäubende Protest dauerte bis nach Hause.

»Wenn ich nicht ein anderes schönes, baufälliges Stück finde, müssen wir das Haus hier doch verkaufen«, sagte ich, als ich draußen anhielt. »Ihr habt die Wahl.«

Ernüchtert murrten sie: »Warum suchst du dir keine *richtige* Arbeit?«, was ich so auffaßte, wie es gemeint war – als resigniertes Einverständnis mit dem vorgegebenen Programm. Ich hatte ihnen immer gesagt, woher das Geld für Essen, Kleider und Fahrräder kam, und da sie noch nie ernstlich Mangel gelitten hatten, war ihr Vertrauen in Abbruchhäuser unerschöpflich; oft wiesen sie mich spontan auf mögliche Objekte hin.

Nach dem Aus für die Villa hatte ich die Zuschriften auf eine Annonce noch einmal durchgesehen, die ich vor drei Monaten im *Spectator* aufgegeben hatte:

Suche unbewohnbaren Altbau, egal ob Schloß oder Kuhstall.

Ich ging mehreren interessanten Angeboten nach, um zu sehen, ob sie noch standen. Da sie wegen des jüngsten Einbruchs der Grundstückspreise offenbar alle noch zu haben waren, versprach ich, zur Besichtigung vorbeizukommen, und stellte eine Liste auf.

Ich mochte mir kaum eingestehen, daß die unbewohnbaren Gebäude, die ich dabei ständig im Hinterkopf hatte, die Tribünen von Stratton Park waren.

Nur ich allein wußte, was ich dem dritten Baron schuldig war.

2

Es regnete während des Hindernismeetings in Stratton Park, doch meine fünf Großen – von Christopher, vierzehn, bis Neil, sieben – meckerten weniger über das Wetter als darüber, daß sie an einem Samstag in sauberen, unauffälligen Klamotten herumlaufen mußten. Toby, zwölf, der Fahrer des roten Fahrrads, hatte sich um den Ausflug zu drücken versucht, doch Amanda hatte ihn zu den anderen in den Kombi verfrachtet und uns Coca-Cola und Brötchen mit Schinkenomelett eingepackt, die wir uns bei der Ankunft auf dem Parkplatz schmecken ließen.

»Okay, die Spielregeln«, sagte ich und sammelte unsere Papierabfälle in einer Tüte. »Erstens, ihr flitzt nicht blind herum und rempelt Leute an. Zweitens, Christopher kümmert sich um Alan, Toby um Edward, Neil geht mit mir. Drittens, wenn wir einen Treff ausgemacht haben, kommt ihr unmittelbar nach jedem Rennen dahin.«

Sie nickten. Das familieneigene Kontrollsystem war alteingeführt und vollauf akzeptiert. Sie fanden das regelmäßige Nasenzählen eher beruhigend als lästig.

»Viertens«, fuhr ich fort, »ihr lauft nicht hinter Pferden her, denn es kann passieren, daß sie auskeilen, und fünftens, wir haben zwar eine klassenlose Gesellschaft, aber ihr seid gut beraten, wenn ihr auf der Rennbahn jeden mit ›Sir‹ anredet.«

»Sir, Sir«, sagte Alan grinsend, »ich muß mal, Sir.«

Ich scheuchte sie alle an der Kasse vorbei und kaufte ihnen Karten für die Clubtribüne. Die weißen Pappvierecke baumelten an den Reißverschlüssen von fünf blauen Anoraks. Die fünf jungen Gesichter sahen ernst und gutwillig aus, auch das von

Toby, und ich erlebte einen seltenen Augenblick des Stolzes auf meine geliebten Kinder.

Als Treffpunkt vereinbarten wir eine trockene Ecke nicht weit vom Absattelring, in Sichtweite der Herrentoilette. Dann gingen wir alle zusammen durchs Eingangstor zum Clubhaus und weiter zur Tribünenvorderseite, und als ich sicher war, daß sich alle die Örtlichkeiten eingeprägt hatten, ließ ich die Älteren jeweils zu zweit losziehen. Neil, klug aber außerhalb der Brüderschar schüchtern, legte seine Hand in meine und ließ sie wie geistesabwesend dort oder hielt sich ersatzweise an meiner Hose fest, ging aber nicht das Risiko ein, abhanden zu kommen.

Sich zu verirren war für Neil wie für den phantasiebegabten Edward der absolute Alptraum. Alan lachte nur darüber; Toby legte es drauf an. Christopher, der Selbständige, verlor nie die Übersicht und fand gewohnheitsmäßig eher seine Eltern als sie ihn.

Neil war unkompliziert und hatte nichts dagegen, daß wir auf der Tribüne herumliefen, statt uns die Pferde anzusehen, die vor dem ersten Rennen jetzt regennaß durch den Führring stapften. (»Was sind die Tribünen, Pa?« »Die ganzen Gebäude hier.«) Neils reger kleiner Verstand saugte Wörter und Eindrücke auf wie ein Schwamm, und ich hatte mich schon daran gewöhnt, Bemerkungen von ihm zu hören, die ich kaum einem Erwachsenen zugetraut hätte.

Wir schauten kurz in eine Bar, die trotz des Regens ziemlich leer war, und Neil zog die Nase kraus und sagte, der Geruch dort gefalle ihm nicht.

»Das ist Bier«, sagte ich.

»Nein, es riecht wie die Kneipe, in der wir vor dem Umzug in die Scheune gewohnt haben. So wie es da gerochen hat, bevor du sie aufgemöbelt hast.«

Ich sah nachdenklich auf ihn hinunter. Ich hatte eine alte, glück- und zukunftslose Gastwirtschaft umgebaut und ihre tröpfelnden Umsätze in eine Flut verwandelt. Viele Faktoren hatten dabei mitgespielt – ein neuer Grundriß, Farben, Licht, Lüftung, Parkplätze. Ich hatte bewußt Gerüche *hereingenommen*, vor allem den von Brot, frisch aus dem Ofen, aber ich wußte nicht, was ich verbannt hatte außer schalem Bier und abgestandenem Rauch.

»Wonach riecht es?« fragte ich.

Neil bückte sich und hielt das Gesicht dicht über den Fußboden. »Nach dem fiesen Reinigungsmittel, mit dem der Wirt sein Linoleum geschrubbt hat, ehe du es rausgerissen hast.«

»Wirklich?«

Neil richtete sich auf. »Können wir rausgehen?« fragte er.

Wir gingen Hand in Hand. »Weißt du, was Salmiakgeist ist?« sagte ich.

»Das wird in den Spülstein gekippt«, erklärte er.

»Hat es so gerochen?«

Er dachte darüber nach. »Wie Salmiakgeist, aber mit Parfüm drin.«

»Widerlich«, sagte ich.

»Genau.«

Ich lächelte. Abgesehen von dem wunderbaren Augenblick der Geburt Christophers hatte ich mit Babys nie viel anfangen können, aber wenn ihr wachsender, erwachender Verstand sie erst mal befähigte, eigene Gedanken und Meinungen zum Ausdruck zu bringen, war ich immer wieder hingerissen.

Wir schauten dem ersten Rennen zu, und ich hob Neil hoch, damit er die tolle Aktion an den Hürden sehen konnte.

Unter den Jockeys, so entnahm ich dem Rennprogramm, war eine Rebecca Stratton, und nach dem Rennen (R. Stratton unplaziert) kamen wir zufällig an ihr vorbei, als sie gerade die Gurte um ihren Sattel schlang und über die Schulter weg mit den niedergeschlagenen Besitzern sprach, ehe sie zu den Umkleideräumen ging.

»Der ist gelaufen wie ein mondsüchtiges Trampeltier. Vielleicht versuchen Sie es mal mit Scheuklappen.«

Sie war hochgewachsen, ihr Körper flach, die Wangenknochen in dem schmalen, aseptischen Gesicht spitz vorspringend, und nirgends ein Zugeständnis an Weiblichkeit. Im Gegensatz zu den männlichen Jockeys, die bei ihrem typischen schnellen Trippelschritt zuerst die Fersen aufsetzten, ging sie katzenhaft federnd auf den Ballen, den Zehen, so als wäre sie sich nicht nur ihrer Kraft bewußt, sondern würde auch dadurch erregt. Die einzige Frau, bei der ich diesen Gang bisher gesehen hatte, war eine Lesbierin.

»Was ist ein mondsüchtiges Trampeltier?« fragte Neil, als sie fort war.

»Das bedeutet langsam und schwerfällig.«

»Ach so.«

Wir trafen uns mit den anderen am Sammelpunkt, und ich gab allen Geld für Popcorn.

»Pferderennen sind langweilig«, sagte Toby.

»Wenn du auf einen Sieger tippst, bekommst du von mir die gleiche Quote wie am Wettschalter«, sagte ich.

»Und ich?« fragte Alan.

»Das gilt für alle.«

Aufgemuntert gingen sie zum Führring, um sich die nächsten Starter anzusehen, wobei Christopher ihnen zeigte, wie man die Formen im Programmheft liest. Neil, der dicht bei mir blieb, sagte ohne Zögern, er tippe auf Nummer sieben.

»Wieso die Sieben?« sagte ich und schaute nach. »Die hat ihr Lebtag noch kein Rennen gewonnen.«

»Mein Kleiderkasten in der Schule hat die Nummer sieben.«

»Aha. Nun, die Sieben heißt Clever Clogs – Schnelldenker.«

Neil strahlte.

Die anderen vier kamen mit ihren Tips wieder. Christopher war für das formstärkste Pferd, den Favoriten. Alan hatte sich

Jugaloo herausgesucht, weil ihm der Name gefiel. Edward setzte auf einen hoffnungslosen Fall, weil er traurig aussah und Ermutigung brauchte. Toby entschied sich für Tough Nut, weil der im Ring geschlagen und gebockt und die Leute gescheucht hatte.

Alle wollten wissen, auf wen meine Wahl fiel, und ich überflog rasch die Liste und sagte auf gut Glück »Grandfather«, Großvater, um mich anschließend über die unbewußten Tücken des Verstandes zu wundern und mich zu fragen, ob das wirklich so ein Zufall war.

Zu meiner gelinden Erleichterung gewann Tobys Tough Nut, die harte Nuß, nicht nur das Rennen, sondern hatte auch im Absattelring noch genügend Pep, um einige Male boshaft auszuschlagen. Tobys Langeweile verwandelte sich in reges Interesse, und wie so oft reagierten die anderen auf seine Stimmung. Außerdem hörte es auf zu regnen. Der Nachmittag fing erst richtig an.

Später ging ich mit ihnen die Bahn hinunter, um das vierte Rennen, eine 3-Meilen-Steeplechase, von einem schwierigen Sprung aus zu verfolgen. Es war ein Graben, das vorletzte Hindernis auf der Bahn, flankiert von einem naß gewordenen Rennplatzarbeiter in leuchtend oranger Jacke und von einem Johanniter, der Jockeys, die ihm vor die Füße fielen, Erste Hilfe erweisen sollte. Eine Gruppe von etwa dreißig Zuschauern hatte die gleiche Idee gehabt wie wir und stand hinter den Rails an der Innenbahn, verteilt zwischen Absprung- und Aufsprungseite des Hindernisses.

Der Graben selbst – im historischen Jagdrennen ein echter Entwässerungsgraben mit Wasser – war heutzutage, wie hier in Stratton Park, kein eigentlicher Graben mehr, sondern ein knapp anderthalb Meter breiter Zwischenraum auf der Absprungseite des Hindernisses. Ein im Geläuf eingelassener Balken diente den Pferden als Anhalt, wo sie abzuspringen hatten, und die Hecke aus dunklem Birkenreisig war ein Meter vierzig hoch bei mindestens siebzig, achtzig Zentimetern Tiefe: alles in allem ein Standardsprung, der für erfahrene Steepler wenig Überraschungen bereithielt.

Die Jungen hatten zwar schon eine Menge Pferderennen im Fernsehen gesehen, aber auf eine richtige Rennbahn hatte ich sie noch nie mitgenommen, schon gar nicht dahin, wo das Geschehen voll auf die Sinne einstürmte. Als das Zehnerfeld in der ersten der beiden Runden über das Hindernis ging, bebte die Erde unter den donnernden Hufen, knisterte das schwarze Reisig unter den halbtonnenschweren, flach hindurchwischenden Steeplern, teilte die Luft sich vor dem Pulk der Kämpfer, die da im Flug, mit dreißig Meilen in der Stunde Leib und Leben riskierten: Der Lärm dröhnte in den Ohren, die Jockeys schimpften, die kaleidoskopisch bunten Farben rauschten vorbei ... und plötzlich waren sie fort, kaum mehr zu sehen, und es wurde wieder still, das Getümmel, das Gedränge war vorüber, war Erinnerung. »Mensch!« sagte Toby beeindruckt. »Daß das *so* ist, hast du nicht gesagt.«

»So ist es nur, wenn man nah dran ist«, sagte ich.

»Aber für die Jockeys muß es immer so sein«, gab Edward zu bedenken. »Ich meine, die nehmen den Krach ja bis ins Ziel mit.« Edward, zehn, hatte den Piratenfangtrupp auf der Eiche geleitet. Seine Schweigsamkeit täuschte, denn immer war er derjenige, der sich fragte, wie es wäre, ein Pilz zu sein; der mit unsichtbaren Freunden sprach; der sich am meisten um hungernde Kinder sorgte. Edward dachte sich Phantasiespiele für seine Brüder aus, las Bücher, lebte in einer eigenen Welt und war dabei so zurückhaltend wie sein neunjähriger Bruder Alan extravertiert und mitteilsam war.

Der Rennbahnarbeiter ging auf der Aufsprungseite an der Hecke entlang und drückte mit einem kleinen Spaten das durcheinandergebrachte Reisig zurecht, damit es vor dem zweiten Ansturm wieder ordentlich aussah.

Die fünf Jungen warteten ungeduldig, während die Starter weiter um die Bahn herumgingen und zum zweiten und letzten Mal auf den Graben zuhielten, auf den nur noch ein Sprung folgte und dann der Schlußspurt zum Ziel. Alle fünf hatten ihren Siegertip bei mir abgegeben, und als die Leute um uns herum anfingen, ihre Favoriten anzufeuern, brüllten auch die Jungs.

Ich hatte mein Vertrauen in Rebecca Stratton gesetzt, die jetzt eine Schimmelstute namens Carnival Joy ritt, und als sie sich dem Sprung näherten, schien sie an zweiter Stelle zu liegen, was mich ein wenig überraschte, denn meine Wetterfahrung war gleich Null.

Im letzten Moment wich das Pferd vor ihr von seiner geraden Linie ab, und flüchtig sah ich die Anspannung im Gesicht des Jockeys, als er einen Zügel aufnahm, um die Situation zu retten. Aber er verpaßte den Sprung völlig. Sein Pferd sprang einen Schritt zu früh ab und landete genau in der Lücke zwischen Absprungbalken und Hecke, wo es seinen Jockey absetzte und, indem es ausscherte, nicht nur Carnival Joy, sondern allen nachfolgenden Startern in die Quere kam.

Bei dreißig Meilen in der Stunde geht alles schnell. Carnival Joy sah, daß der Weg nach vorn verstellt war, und versuchte, zugleich die Hecke *und* das Pferd auf der Absprungseite zu überfliegen, ein schier unmögliches Unterfangen. Die Hufe der Stute trafen das reiterlose Pferd, so daß sie mit dem Brustkorb voran voll in das Hindernis krachte. Ihre Reiterin wurde über die Hecke katapultiert und knallte mit rudernden Armen und Beinen auf den Turf. Carnival Joy fiel über die Hecke, traf mit dem Kopf auf, überschlug sich, blieb atemlos auf der Seite liegen und keilte bei dem Versuch, wieder hochzukommen, lebensgefährlich aus.

Die Nachfolgenden, ob sie nun abbremsten, von dem Gewirr noch gar nichts mitbekommen hatten oder es zu umgehen versuchten, machten das Debakel nur schlimmer, wie Autos bei einer Massenkarambolage im Nebel. Ein Pferd, das zu schnell war, zu spät begriff, daß es kein Entrinnen mehr gab, glaubte noch einen Ausweg entdeckt zu haben und versuchte durch den linksseitigen Fang direkt vom Geläuf herunterzuspringen.

Die Fänge auf der Absprungseite sollen gerade verhindern, daß Pferde im letzten Moment ausbrechen, und zu diesem Zweck müssen sie so hoch sein, daß sie nicht übersprungen werden können. Jeder Versuch, sich durch einen Sprung über die Fänge in Sicherheit zu bringen, ist deshalb zum Scheitern verurteilt, wenn auch heute nicht so verhängnisvoll wie früher, als sie noch aus Holz bestanden, das brechen und Splitter ins Fleisch treiben konnte. In Stratton Park waren die Fänge der geltenden Norm entsprechend aus Plastik, das biegsam war und nachgab, ohne zu verletzen, doch das Pferd, das jetzt die Hindernisbegrenzung unversehrt durchbrach, kollidierte mit den dort stehenden Zuschauern, die zu spät auseinanderstoben.

Eben noch ein reibungsloses Rennen. Fünf Sekunden darauf ein Blutbad. Ich registrierte zwar, daß sich auf der Aufsprungseite drei weitere Pferde verletzt hatten, deren Reiter bewußtlos waren oder sich schimpfend hochrappelten, aber ich hatte nur Augen für die Zuschauer am Unglücksort, vor allem für ein paar kleine Gestalten in blauen Anoraks, die ich, ich gebe es zu, voller Panik zählte, und mir wurde vor Erleichterung fast schlecht, als ich sie alle unversehrt dastehen sah. Um das Entsetzen in ihren Gesichtern konnte ich mich später kümmern.

Alan, dem Anschein nach ohne ein Gefühl für Gefahr geboren, tauchte plötzlich unter den Rails durch und rannte auf die Bahn, entschlossen, den gestürzten Jockeys zu helfen.

Ich rief ihm sofort nach, er solle zurückkommen, aber es war zuviel Lärm um uns herum, und im Gedanken an all die verschreckt umherstürmenden Pferde stieg ich selbst unter den Rails durch, um ihn rasch zurückzuholen. Neil, der kleine Neil, trippelte hinter mir her.

Erschrocken nahm ich ihn hoch und lief zu Alan, der sich, scheinbar blind für die ausschlagenden Beine von Carnival Joy, alle Mühe gab, einer benommenen Rebecca Stratton aufzuhelfen. Ich war am Rand der Verzweiflung, als ich sah, daß jetzt auch Christopher ihr quer übers Geläuf zu Hilfe eilte.

Rebecca Stratton kam wieder ganz zu sich, wedelte verärgert die kleinen Hände weg, die sich ihr hilfsbereit entgegenstreckten, und sagte in scharfem Ton zu niemand Bestimmtem: »Schafft mir bloß die Gören weg. Die haben mir gerade noch gefehlt.«

Wütend stand sie auf, stelzte zu dem Jockey hinüber, dessen Pferd die ganze Karambolage verursacht hatte und der jetzt hilflos neben der Hecke stand, und sagte ihm lautstark ein paar wenig schmeichelhafte Dinge über seine Reitkunst. Ihre Hände schlossen sich immer wieder zu Fäusten, als hätte sie ihn am liebsten geschlagen.

Klar, daß meine Gören sie prompt nicht mehr ausstehen konnten. Ich scheuchte sie mit ihren verletzten Gefühlen vom Geläuf herunter und aus der Gefahrenzone, doch als wir an der Rennreiterin vorbeikamen, sagte Neil plötzlich laut und deutlich: »Mondsüchtiges Trampeltier.«

»*Was?*« Rebeccas Kopf fuhr herum, aber ich hatte mein Söhnchen schleunigst von ihr wegbefördert, und sie schien eher aus der Fassung gebracht als auf Streit erpicht, es sei denn mit dem unglücklichen Reiterkollegen.

Toby und Edward beachteten sie nicht mehr, sondern kümmerten sich jetzt um die niedergemähten Zuschauer, von denen zwei sehr schwer verletzt aussahen. Leute weinten, waren wie betäubt, aber auch Zorn kam auf. Weiter weg wurde Beifall gerufen. Eines der wenigen Pferde, die der Unglücksstelle ausgewichen waren, hatte das Ziel erreicht und gesiegt.

Wie auf den meisten Rennplätzen war den Startern rund um den Kurs ein Krankenwagen gefolgt, der einen schmalen Fahrweg parallel zum Geläuf benutzte, um im Notfall gleich eingreifen zu können. Der Rennbahnfunktionär hatte zwei Flaggen herausgeholt, eine rotweiß, eine orange, und sie mehrmals geschwenkt, um dem Arzt und dem Tierarzt, die in der Mitte des Platzes in einem Wagen saßen, zu signalisieren, daß sie sofort gebraucht wurden.

Ich rief die Jungen zu mir, und gemeinsam schauten wir den Sanitätern und dem Arzt mit seiner Armbinde zu, wie sie sich neben die Gestürzten hinknieten, Tragbahren holten, sich berieten und nach Kräften versuchten, mit Knochenbrüchen, Blut und Schlimmerem fertig zu werden. Es war zu spät, sich darüber Gedanken zu machen, was die Jungen hier sahen; da sie meinen Vorschlag, zur Tribüne zurückzugehen, ablehnten, blieben wir wie die meisten Zuschauer da, und immer neue stießen zu uns in einem steten Strom, makabrerweise angezogen von Unglück und Chaos.

Der Krankenwagen fuhr langsam mit den beiden Rennplatzbesuchern fort, die an dem durchbrochenen Fang niedergestreckt worden waren. »Das Pferd ist dem Mann ins Gesicht gesprungen«, erklärte Toby mir sachlich. »Ich glaube, er ist tot.«

»Sei doch still«, protestierte Edward.

»Das ist die Realität«, sagte Toby.

Eins von den Pferden war nicht zu retten. Man verbarg es hinter Stellwänden, was man bei dem Mann mit dem eingetretenen Gesicht nicht getan hatte.

Zwei Pkws und ein zweiter Krankenwagen kamen aus Richtung Tribüne angerauscht, und heraus sprangen ein zweiter Arzt, ein zweiter Tierarzt und ein Rennbahngewaltiger in Gestalt des Vereinssekretärs Oliver Wells, eines meiner Besucher vom Sonntag. Er eilte von Gruppe zu Gruppe, befragte die Ärzte, sprach mit den Tierärzten hinter der Stellwand, befragte die Sanitäter, die einen bewußtlosen Jockey versorgten, ließ einen vom Pferd getretenen Zuschauer berichten, der mit dem Kopf zwischen den Knien am Boden saß, und hörte schließlich auch Rebecca Stratton zu, die nach ihrer kurzzeitigen Benommenheit immer noch völlig überdreht war und einen Schwall wütender Anschuldigungen loswerden mußte.

»Hören Sie *zu*, Oliver.« Sie hob gebieterisch die Stimme. »Der kleine Kacker da hat das alles ausgelöst. Ich werde ihn der Rennleitung melden. Fahrlässige Reitweise! Eine Geldbuße. Eine Sperre ist das mindeste.«

Oliver Wells nickte nur und ging noch einmal zu einem der Ärzte, der dann zu Rebecca hinüberschaute, seinen bewußtlosen Patienten allein ließ und versuchte, den Puls der allzu wachen jungen Frau zu fühlen.

Sie zog ärgerlich die Hand weg. »Ich bin vollkommen in Ordnung, Sie alberner Wicht«, fauchte sie.

Der Arzt sah sie aus zusammengekniffenen Augen an und machte sich woanders nützlich, und über das knochige Gesicht von Oliver Wells huschte ein Ausdruck, den man nur als Frohlocken bezeichnen konnte. Noch ehe er seine Gesichtszüge wieder geordnet hatte, merkte er, daß ich ihn beobachtete, und gab seinen Gedanken abrupt eine neue Richtung.

»Lee Morris, nicht wahr?« rief er aus. Er schaute auf die Kinder. »Was tun die denn alle hier?«

»Besuch auf der Rennbahn«, sagte ich trocken.

»Ich meine ...« Er sah auf die Uhr und auf die laufenden Räumarbeiten ringsum. »Wenn Sie nachher wieder nach vorn gehen, können Sie dann kurz bei mir im Büro vorbeischauen? Es ist gleich neben dem Waageraum. Äh ... *ginge* das?«

»Okay«, sagte ich bereitwillig. »Wenn Sie es wünschen.«

»Großartig.« Er warf mir noch einen letzten, leicht verwunderten Blick zu und widmete sich wieder seinen Aufgaben, und da sich die Lage auf dem Rasen allmählich beruhigte und ihre Dramatik sich verlor, rissen die fünf Jungen schließlich Augen und Füße los und gingen mit mir zur Tribüne zurück.

»Der Mann war vorigen Sonntag bei uns daheim«, sagte mir Toby. »Er hat Segelohren und eine lange Nase.«

»Stimmt.«

»Die haben in der Sonne Schatten geworfen.«

Was Kindern so nebenbei alles auffiel! Ich war zu sehr mit der Frage beschäftigt gewesen, was der Mann wollte, um auf Schatten in seinem Gesicht zu achten.

»Er ist der Mann, der hier meistens die Rennen organisiert«, sagte ich. »Er leitet den Betrieb an Renntagen. Nennt sich Rennvereinssekretär.«

»So was wie ein Feldmarschall?«

»Ganz ähnlich.«

»Ich hab Hunger«, sagte Alan, der schnell Gelangweilte.

Neil sagte noch zweimal: »Mondsüchtiges Trampeltier«, weil es so schön war.

»Was redest du denn?« fragte Christopher, und ich erklärte es ihm.

»Wir wollten doch nur helfen«, empörte er sich. »So eine blöde Kuh.«

»Kühe sind nett«, sagte Alan.

Als wir zur Tribüne kamen, lief bereits das fünfte Rennen, ein Hürdenrennen, dessen Ausgang jedoch keinen meiner fünf Söhne sonderlich interessierte, da sie nicht dazu gekommen waren, sich einen Favoriten auszusuchen.

Beim vierten Rennen hatte keiner gewonnen. Alle ihre Hoffnungen waren am Graben zerschellt. Edwards Tip war das Pferd, das ums Leben gekommen war.

Ich spendierte ihnen Tee in der Teestube; unverschämt teuer, aber ein notwendiges Gegenmittel gegen den Schock. Toby ertränkte seine kurze Begegnung mit der Realität in vier Tassen heißer, süßer Stärkung mit viel Milch und soviel Kuchen, wie er der Bedienung nur abschmeicheln konnte.

Sie aßen das ganze sechste Rennen hindurch. Sie gingen zur

Toilette. Alles drängte heimwärts, zu den Ausgängen, als wir uns zum Büro des Vereinssekretärs neben dem Waageraum durchkämpften.

Die Jungen traten leise hinter mir ein, ungewöhnlich still, so daß man sie irrtümlich für wohlerzogen hätte halten können. Oliver Wells, der hinter einem vollgestopften Schreibtisch saß, betrachtete zerstreut die Kinder und sprach weiter in ein Walkie-talkie. Roger Gardner, der Verwalter, war auch da; er hockte mit einer Hüfte auf dem Schreibtisch und ließ seinen Fuß baumeln. Colonel Gardners Sorgen hatten während der Woche womöglich noch zugenommen; jedenfalls standen noch tiefere Falten auf seiner Stirn. Aber seine gepflegten Umgangsformen, dachte ich, würden ihm überall durchhelfen, auch wenn er bei unserem Eintreten jetzt überrascht aufstand, so als hätte er zwar Lee Morris erwartet, nicht aber die fünf kleineren Ableger.

»Kommen Sie rein«, sagte Oliver und legte das Funksprechgerät weg. »Tja, was machen wir denn mit den Jungs?« Eine offenbar rhetorische Frage, denn gleich griff er wieder zu seinem Walkie-talkie und drückte die Tasten. »Jenkins? In mein Büro bitte.« Er schaltete wieder aus. »Jenkins wird sich um sie kümmern.«

Ein Funktionär klopfte kurz an einer Verbindungstür und kam unaufgefordert herein: ein Bürobote mittleren Alters in einem marineblauen Trenchcoat, dem Gesicht nach etwas bieder und behäbig, von vertrauenerweckend massiger Gestalt.

»Jenkins«, sagte Oliver, »gehen Sie mit den Jungs mal in die Jockeystube, da können sie sich Autogramme geben lassen.«

»Stören sie da auch nicht?« fragte ich nach Elternart.

»Jockeys verstehen sich mit Kindern«, sagte Oliver und scheuchte meine Söhne hinaus. »Geht mit Jenkins, Jungens, ich will mit eurem Vater reden.«

»Verlier sie nicht, Christopher«, hakte ich nach, und alle fünf folgten aufgeräumt ihrem Betreuer.

»Nehmen Sie Platz«, bat Oliver, und ich zog einen Stuhl heran und setzte mich zu ihnen an den Schreibtisch. »Da wir hier keine fünf Minuten ungestört sein werden«, sagte Oliver, »kommen wir am besten gleich zu Sache.« Das Walkie-Talkie knatterte. Oliver ergriff es, drückte auf eine Taste und lauschte.

Eine Stimme sagte barsch: »Oliver, kommen Sie mal ganz schnell her. Die Sponsoren möchten kurz mit Ihnen reden.«

Oliver sagte wohlüberlegt: »Ich schreibe gerade meinen Bericht über das vierte Rennen.«

»Jetzt gleich, Oliver.« Die herrische Stimme klickte sich aus und beendete die Diskussion.

Oliver stöhnte. »Mr. Morris ... können Sie warten?« Er stand auf und ging, ob ich nun warten konnte oder nicht.

»Das«, erklärte Roger sachlich, »war ein Anruf von Conrad Darlington Stratton, dem vierten Baron.«

Ich schwieg.

»Die Lage hat sich geändert, seit wir am Sonntag bei Ihnen waren«, sagte Roger. »Es steht jetzt allenfalls noch schlechter. Ich wollte noch mal zu Ihnen, aber Oliver hielt das für zwecklos. Und siehe da – hier sind Sie! Was hat Sie hergeführt?«

»Neugierde. Aber wenn man bedenkt, was meine Jungen da heute an dem Hindernis gesehen haben, wären wir besser daheimgeblieben.«

»Furchtbarer Schlamassel.« Er nickte. »Ein totes Pferd. Gar nicht gut für den Rennsport.«

»Was ist mit den Zuschauern? Mein Sohn Toby meinte, davon sei auch einer tot.«

Roger sagte entrüstet: »Selbst bei hundert toten Zuschauern gäbe es noch keinen Protest wegen Brutalität im Sport. Die Tribünen könnten einstürzen und hundert Leute erschlagen, die Rennen gingen weiter. Tote *Menschen* zählen nicht, wenn Sie mich fragen.«

»Hm ... der Mann *war* also tot?«

»Haben Sie ihn gesehen?«

»Nur mit einem Verband überm Gesicht.«

Roger sagte düster: »Die Zeitungen werden es bringen. Das Pferd ist durch die Abgrenzung direkt in ihn hineingeflogen und hat ihm mit dem Vorderbein die Augen aufgeschlitzt – die Renneisen, die die an den Hufen haben, sind messerscharf, es war grausig, sagte Oliver. Aber der Mann ist an einem Genickbruch gestorben. Auf der Stelle tot unter zehn Zentnern Pferd. Das beste, was sich dazu sagen läßt.«

»Mein Sohn Toby hat das Gesicht des Mannes gesehen«, sagte ich.

Roger sah mich an. »Welcher ist Toby?«

»Der zweitälteste. Er ist zwölf. Der Junge, der mit dem Rad ins Haus gefahren kam.«

»Dann weiß ich's. Armes Kerlchen. Sollte mich nicht wundern, wenn er davon Alpträume kriegt.«

Toby war ohnehin derjenige, um den ich mir am meisten Sorgen machte, und jetzt auch noch dies. Er war von klein auf rebellisch, hatte schon als Taps gern gezankt und ließ kaum jemand an sich heran. Ich hatte das ungute Gefühl, daß er sich bei aller Mühe, die ich mir gab, in ein paar Jahren zu einem kalten Weltverächter entwickeln würde, allein und unglücklich. Ich spürte, daß es sich anbahnte, und hätte es zu gern verhindert, aber ich kannte so viele Familien, in denen ein geliebter Sohn, eine geliebte Tochter im Teenageralter nur noch Haß und Zerstörung ausgebrütet und jede Hilfe abgelehnt hatten.

Rebecca Stratton, dachte ich, könnte vor zehn Jahren so gewesen sein. Gerade kam sie wie ein Sturmwind in Olivers Büro gefegt, riß die Tür auf, daß sie an die Wand schlug, und brachte eine Welle kalter Außenluft und rasender Wut herein.

»Wo ist der verdammte Oliver?« rief sie und schaute sich um.

»Bei Ihrem Vater ...«

Sie hörte nicht zu. Sie war noch in Stiefeln und Reithose, trug aber statt der Rennfarbe einen braunen Pullover. Glitzernde Augen, der Körper wie erstarrt – sie wirkte halb geistesgestört. »Wissen Sie, was sich dieser blöde Quacksalber erlaubt hat? *Vier* Tage Startverbot hat er mir gegeben. Ich bitte Sie! Vier Tage! Er sagt, ich hab eine Gerhirnerschütterung. Daß ich nicht lache. Wo steckt Oliver? Er muß dem Esel klarmachen, daß ich am Montag reite. Wo steckt er?«

Rebecca drehte sich auf dem Absatz um und stolzierte so energiegeladen hinaus, wie sie gekommen war.

Ich schloß die Tür hinter ihr und sagte: »Wenn Sie mich fragen, hat sie eine ganz *gewaltige* Gehirnerschütterung.«

»Ja, aber ein bißchen ist sie immer so. Wäre ich der Arzt, dürfte sie gar keine Rennen reiten.«

»Demnach ist sie Ihnen wohl nicht die liebste Stratton.«

Roger wurde sofort wieder vorsichtig. »So habe ich das nicht gemeint...«

»Natürlich nicht.« Ich schwieg. »Was hat sich denn nun seit vorigem Sonntag geändert?«

Er blickte auf die hell kremfarbenen Wände, den gerahmten Druck von Arkle, den Wandkalender mit den durchgestrichenen Tagen, auf die große (genau gehende) Uhr und auf seine Schuhe, bevor er schließlich sagte: »Mrs. Binsham ist auf den Plan getreten.«

»Ist das so schwerwiegend?«

»Sie *wissen*, wer sie ist?« Er war neugierig, ein wenig überrascht.

»Die Schwester des alten Lords.«

»Ich dachte, Sie seien über die Familien nicht informiert.«

»Ich stehe nicht mit ihr in Verbindung, habe ich gesagt, und das stimmt auch. Aber meine Mutter hat von ihnen allen erzählt. Sie war, wie gesagt, mal mit dem Sohn des alten Herren verheiratet.«

»Meinen Sie, mit Conrad? Mit Keith? Oder ... mit Ivan?«

»Mit Keith«, sagte ich. »Conrads Zwillingsbruder.«

»Zweieiige Zwillinge«, sagte Roger. »Der jüngere.«

Ich nickte. »Fünfundzwanzig Minuten jünger, und das hat er anscheinend nie verwunden.«

»Es macht wohl auch wirklich einen Unterschied.«

Den Unterschied, ob man die Baronswürde erbte oder nicht. Ob man den Stammsitz der Familie erbte oder nicht. Ein Vermögen erbte oder nicht. Meiner Mutter zufolge war Keiths Eifersucht auf den fünfundzwanzig Minuten älteren Bruder einer der ständigen Eiterherde, die das Seelenleben ihres Exmannes vergifteten.

Ich hatte noch die Fotos meiner Mutter von der Stratton-Hochzeit. Der Bräutigam, blond, hochgewachsen, sah blendend aus und war so unverkennbar stolz auf sie, so zärtlich zu ihr, daß man meinen konnte, hier hätten sich zwei fürs Leben gefunden. Sie sei damals überglücklich gewesen, hatte sie mir erzählt; erfüllt von einem unbeschreiblich leichten, herrlichen Gefühl der Freude.

Noch kein halbes Jahr darauf hatte er ihr bei einem Streit den Arm gebrochen und ihr zwei Schneidezähne ausgeschlagen.

»Mrs. Binsham«, sagte Roger Gardner, »hat für nächste Woche eine Gesellschafterversammlung anberaumt. Soll ein ziemlicher Drachen sein, Conrads Tante, und anscheinend ist sie das einzige lebende Wesen, vor dem er kuscht.«

Vor vierzig Jahren hatte sie ihren Bruder, den dritten Baron, rigoros dazu gebracht, sich in der Öffentlichkeit von meiner Mutter zu distanzieren. Schon damals war sie der Dynamo der Familie gewesen, die Drahtzieherin, die das Programm festlegte und die anderen nach ihrer Pfeife tanzen ließ.

»Sie hat nie nachgegeben«, sagte meine Mutter. »Sie saß einfach jeden Widerstand aus, bis man sich ihr in Gottes Namen fügte. Da sie auf dem Standpunkt stand, immer recht zu haben, war sie natürlich auch überzeugt, immer *das Beste* zu wollen.«

Ich fragte Roger: »Kennen Sie Mrs. Binsham?«

»Ja, aber nicht näher. Eine eindrucksvolle alte Dame, sehr rüstig. Sie war öfter mit Lord Stratton zum Pferderennen hier – äh, mit dem alten Lord, nicht mit Conrad –, aber ich habe mich eigentlich nie direkt mit ihr unterhalten. Oliver kennt sie besser. Oder vielmehr«, er lächelte schwach, »er hat schon hin und wieder ihre Anordnungen befolgt.«

»Vielleicht schafft sie die Streitigkeiten jetzt ja aus der Welt, und die Lage beruhigt sich«, sagte ich.

Roger schüttelte den Kopf. »Ihr Wort gilt vielleicht bei Conrad, Keith und Ivan, aber die Jüngeren könnten aufmucken, zumal sie nun auch Anteilseigner werden.«

»Ist das sicher?«

»Ganz sicher.«

»Sie haben jetzt also einen Informanten im Nest?«

Sein Gesicht wurde undurchdringlich; er war auf der Hut.

»Davon war nicht die Rede.«

»Nein.«

Oliver kam zurück. »Die Sponsoren sind unglücklich über das tote Pferd, die Ärmsten. Schlechte Publicity. Für so etwas zahlen sie nicht. Sie wollen bis zum nächsten Jahr noch mal darüber nachdenken.« Er klang niedergeschlagen. »Das Rennen war gut belegt, wissen Sie«, erklärte er mir. »Eine 3-Meilen-Jagd mit zehn Startern, das ist schon was. Oft kriegt man nur fünf, sechs oder noch weniger zusammen. Wenn der Sponsor aussteigt, wird das Ganze im nächsten Jahr eine Nummer kleiner.«

Ich bekundete mein Verständnis.

»Wenn es ein nächstes Jahr *gibt*«, sagte er. »Nächste Woche ist Gesellschafterversammlung . . . hat man Ihnen das gesagt?«

»Ja.«

»Die wird hier auf der Rennbahn abgehalten, im reservierten Speiseraum der Strattons«, sagte er. »Conrad ist ins Haupthaus noch nicht eingezogen, und er meint, ein nicht so privater Rahmen entspreche ohnehin eher dem Zweck. Werden Sie teilnehmen?« Weniger eine Frage, dachte ich, als eine dringende Bitte.

»Ich habe mich noch nicht entschieden«, sagte ich.

»Ich hoffe sehr auf Sie. Die Meinung eines *Außenstehenden* tut wirklich not, verstehen Sie? Der Familie selbst fehlt die *Distanz*.«

»Niemand wird mich da sehen wollen.«

»Noch ein Grund mehr, hinzugehen.«

Das schien mir fraglich, aber ich widersprach nicht. Zeit, die Jungen abzuholen, schlug ich vor, und als ich hinkam, »halfen« sie gerade den Jockeydienern, die Rennsättel und anderes Zeugs in große Wäschekörbe zu verfrachten, während sie mit beiden Händen Rosinenkuchen aßen.

Sie hätten nicht gestört, sagte man mir, und ich hoffte, es stimmte auch. Ich dankte allen. Bedankte mich bei Roger. »Üben Sie Ihr Stimmrecht aus«, sagte er eindringlich. Auch Jenkins dankte ich. »Guterzogene Bande«, meinte er freundlich. »Bringen Sie die ruhig mal wieder mit.«

»Wir haben zu allen ›Sir‹ gesagt«, vertraute mir Neil im Hinausgehen an.

»Wir haben Jenkins mit ›Sir‹ angeredet«, sagte Alan. »Er hat uns den Kuchen besorgt.«

Wir kamen zu dem Kombi und stiegen ein, und sie zeigten mir die Autogramme in ihren Programmheften. Offenbar hatten sie sich in der Jockeystube bestens amüsiert.

»War der Mann nun tot?« fragte Toby, den das immer noch mehr als alles andere beschäftigte.

»Leider ja.«

»Dachte ich mir. Ich hab noch nie einen Toten gesehen.«

»Tote Hunde schon«, sagte Alan.

»Das ist doch was anderes, du Träne.«

Christopher fragte: »Was hat der Colonel damit gemeint, daß du dein Stimmrecht ausüben sollst?«

»Bitte?«

»Er hat gesagt: ›Üben Sie Ihr Stimmrecht aus.‹ Und dabei hat er ziemlich besorgt ausgesehen, oder nicht?«

»Tja«, sagte ich, »wißt ihr denn, was Anteile sind?«

»Kuchenstückchen«, tippte Neil. »Wenn jeder eins kriegt.«

»Nehmen wir mal ein Schachbrett«, sagte ich, »das hat vierundsechzig Felder, ja? Und sagen wir, jedes Feld ist ein Anteil. Dann wären es zusammen vierundsechzig Anteile.«

Die jungen Gesichter verrieten mir, daß das Konzept nicht rüberkam.

»Also gut«, sagte ich, »nehmen wir einen Fliesenfußboden.« Sie nickten sofort. Mit Fliesen kannten sie sich aus als Architektenkinder.

»Nun legt ihr zehn Fliesen längs, zehn quer und füllt dann die Fläche aus.«

»Hundert Fliesen«, nickte Christopher.

»Gut. Jetzt sagen wir mal, jede Fliese ist ein Anteil, ein Hundertstel von der Gesamtfläche. Insgesamt sind es hundert Anteile. Okay?«

Sie nickten.

»Und das Stimmrecht?« fragte Christopher.

Ich zögerte. »Angenommen, ein Teil der Fliesen gehört euch, dann könnt ihr bestimmen, welche Farbe die haben sollen ... rot, blau, oder was immer ihr wollt.«

»Über wie viele könntest *du* bestimmen?«

»Über acht«, sagte ich.

»Du kannst dir acht blaue Fliesen wünschen? Und die anderen?«

»Die anderen zweiundneunzig gehören anderen Leuten. Die können sich für ihre Fliesen jede Farbe aussuchen, die ihnen gefällt.«

»Das gäbe aber ein Durcheinander«, hob Edward hervor. »Die kriegt man doch nicht alle unter einen Hut.«

»Da hast du völlig recht«, sagte ich lächelnd.

»Aber eigentlich geht es ja nicht um Fliesen, oder?« sagte Christopher.

»Nein.« Ich hielt inne. Ausnahmsweise hörten sie mal alle zu. »Sagen wir, die Rennbahn hier entspricht einhundert Fliesen. Hundert Hundertstel. Hundert Anteile. Ich habe acht Anteile davon. Zweiundneunzig sind in anderen Händen.«

Christopher zuckte die Achseln. »Dann hast du nicht viel. Acht ist noch nicht mal eine Reihe.«

Neil sagte: »Wenn die Rennbahn durch hundert geteilt wird, könnten auf den acht Hundertsteln von Papa ja die Tribünen stehen!«

»Knallkopf«, sagte Toby.

3

Wieso bin ich hingefahren?

Ich weiß es nicht. Ich bezweifle, ob es so etwas wie eine völlig freie Wahl wirklich gibt, denn es liegt wohl in unserer Persönlichkeit begründet, welche Wahl wir treffen. Ich entscheide mich so und so, weil ich bin, wie ich bin, könnte man vielleicht sagen.

Ich entschloß mich aus recht tadelnswerten Gründen hinzufahren, nämlich wegen lockender Privateinkünfte und aus dem eitlen Glauben, ausgerechnet ich könnte womöglich den Drachen zähmen und die im Clinch liegenden Strattons friedlich zusammenführen, wie Roger und Oliver es wollten. Habgier und Stolz ... starke innere Antriebe, maskiert als kluge Finanzplanung und tätige Liebe zum Nächsten.

Also schlug ich die Warnung meiner Mutter in den Wind, vergaß ihren guten Rat, brachte meine Kinder in höchste Gefahr und änderte durch meine Anwesenheit ein für allemal das Gleichgewicht der Kräfte bei den Strattons.

Nur, daß es mir an dem Tag der Hauptversammlung natürlich nicht so vorkam.

Sie fand am Mittwoch nachmittag statt, am dritten Tag der Ruinensuche. Montag früh waren die fünf Jungen und ich mit dem großen umgebauten Bus zu Hause losgefahren, der uns schon öfter als Heim auf Rädern gedient hatte, wenn die gerade umzubauende Ruine wirklich einfach unbewohnbar war.

Der Bus hatte einiges für sich: Schlafplätze für acht Personen, eine intakte Dusche, Kochecke, Sofas und Fernsehen. Ich hatte mir von einem Jachtbauer zeigen lassen, wie man Lagerräume scheinbar aus dem Nichts schuf, und wir konnten tatsächlich einen ansehnlichen Haushalt an Bord unterbringen. Viel Freiraum oder Privatsphäre ließ einem der Bus allerdings nicht, und mit zunehmendem Alter hatten die Jungen ihn als Wohnsitz immer peinlicher empfunden.

An dem fraglichen Montag bestiegen sie ihn aber ganz vergnügt, denn ich hatte ihnen versprochen, daß es nachmittags echte Ferien gäbe, wenn ich morgens immer ein verfallenes Haus abklappern könnte, und mit Landkarte und Zeitplan hatte ich mir auch wirklich eine Reihe von Dingen überlegt, auf die sie wild waren. Montag nachmittag fuhren wir Kanu auf der Themse, am Dienstag machten sie eine Kegelbahn unsicher, und jetzt, am Mittwoch, halfen sie Roger Gardners Frau, ihre Garage aufzuräumen, ein mit wundersamer Begeisterung eingelöstes Versprechen.

Ich ließ den Bus am Haus der Gardners stehen und ging mit Roger zu den Tribünen.

»Ich bin zu der Versammlung nicht geladen«, sagte er, als wäre er froh darüber, »aber ich bringe Sie hin.«

Er führte mich eine Treppe hoch, um ein paar Ecken herum und durch eine Tür mit der Aufschrift ›Kein Zutritt‹ in eine Enklave, die im Unterschied zu dem zweckmäßigen Beton für die Allgemeinheit mit Teppichen ausgelegt war. Dann deutete er wortlos auf eine blanke, paneelierte Flügeltür, klopfte mir ermutigend auf die Schulter und ließ mich allein wie ein väterlicher Oberst, der einen Rekruten in sein erstes Gefecht schickt.

Obwohl ich mein Kommen schon bereute, öffnete ich einen der Türflügel und trat ein.

Ich hatte gute Tageskleidung gewählt (graue Hose, weißes Hemd, Schlips, marineblauer Blazer), um mich vorstandsgerecht zu präsentieren. Gepflegte Frisur, ein glattrasiertes Kinn, saubere Fingernägel. Der staubgewohnte, zupackende Bauarbeiter war mir nicht anzusehen.

Die älteren Herren auf der Versammlung trugen Anzüge.

Meine Altersgenossen und die Jüngeren waren salopper gekleidet. Zufrieden dachte ich, daß ich es genau richtig getroffen hatte.

Und ich war auch zu der in dem Anwaltsbrief genannten Zeit eingetroffen, doch wie es schien, hatten die Strattons bereits angefangen. Der ganze Clan saß um einen wirklich eindrucksvollen edwardianischen Eßtisch aus altem, mit Schellackpolitur behandeltem Mahagoni herum, ihre Stühle waren neuer, aus den dreißiger Jahren wie die Tribünenbauten selbst.

Die einzige, die ich vom Sehen kannte, war Rebecca, die Rennreiterin, jetzt in Hose, eleganter Jacke und schwerem Goldbehang. Der Mann am Kopf des Tisches, grauhaarig, korpulent, gebieterisch, sah mir nach Conrad aus, dem vierten und letzten Baron.

Er wandte den Kopf nach mir, als ich hereinkam. Aber natürlich drehten sie sich alle um. Fünf Männer, drei Frauen. »Ich glaube, Sie sind hier falsch«, sagte Conrad ohne übertriebene Höflichkeit. »Dies ist eine nichtöffentliche Sitzung.«

»Stratton GmbH?« fragte ich ruhig.

»Stimmt auffallend. Und Sie sind ...?«

»Lee Morris.«

Der Schock, der sie durchlief, war beinah komisch, so als hätten sie gar nicht daran gedacht, daß ich von der Versammlung in Kenntnis gesetzt worden sein könnte, geschweige denn mit meiner Teilnahme gerechnet. Und sie hatten auch allen Grund, überrascht zu sein, denn bisher hatte ich auf ihr jährliches Schreiben noch nie reagiert.

Ich schloß leise die Tür hinter mir. »Sie haben mir eine Mitteilung geschickt«, sagte ich.

»Ja, aber –«, sagte Conrad abwehrend. »Ich meine, es war doch nicht nötig ... Sie hätten nicht extra zu kommen brauchen ...« Er schwieg betreten und schien außerstande, seine Bestürzung zu verbergen.

»Da ich schon mal hier bin«, sagte ich liebenswürdig, »kann ich doch ebensogut auch bleiben. Darf ich hier Platz nehmen?« Ich wies auf einen freien Stuhl am Fuß des Tisches und ging entschlossen darauf zu. »Wir kennen uns zwar noch nicht, aber Sie müssen Conrad, Lord Stratton sein.«

Er sagte verkniffen: »Ja.«

Einer der älteren Herren brauste auf: »Das ist doch unerhört! Sie haben hier nichts zu suchen. Nicht an diesem Tisch. *Gehen* Sie!«

Ich blieb an dem freien Platz stehen und zog den Anwaltsbrief hervor. »Wie Sie daraus ersehen können«, antwortete ich freundlich, »bin ich Anteilseigner. Ich wurde ordnungsgemäß auf die heutige Versammlung hingewiesen, und es tut mit leid, wenn Ihnen das nicht paßt, aber ich bin teilnahmeberechtigt. Ich werde ganz still sein und zuhören.«

Ich setzte mich. Nackte Mißbilligung spiegelte sich auf sämtlichen Gesichtern; nur bei einem aus der Runde, einem jüngeren Mann, war der Anflug eines Lächelns zu erkennen. »Conrad! Das ist doch lachhaft.« Der Mann, den mein Erscheinen am meisten störte, war aufgestanden und zitterte vor Wut. »Sieh zu, daß er verschwindet.«

Conrad Stratton schätzte nüchtern meine Statur und mein Alter ab und sagte resigniert: »Setz dich hin, Keith. Wer soll ihn denn wohl hinausbefördern?«

Keith, der erste Mann meiner Mutter, war seinerzeit vielleicht stark genug gewesen, eine unglückliche junge Frau zu verprügeln, aber gegen ihren fünfunddreißig Jahre alten Sohn hatte er nicht die geringste Chance. Er konnte nicht ertragen, daß es mich gab. Mich widerte an, was ich von ihm wußte. Unsere Abneigung war gegenseitig, intensiv und endgültig.

Die blonden Haare von den Hochzeitsfotos waren etwas grau geworden. Der hohe Wuchs verlieh ihm immer noch ein vornehmeres Aussehen als seinem älteren Zwillingsbruder. Sein

Spiegel sagte ihm wahrscheinlich Tag für Tag, daß bei der Reihenfolge ihrer Geburt ein fürchterliches Mißgeschick passiert war; daß *sein* Kopf als erster ans Licht hätte kommen müssen.

Er konnte nicht stillhalten. Mit langen Schritten ging er durch den Saal, warf ab und zu den Kopf in meine Richtung und funkelte mich an.

Wichtige Herrschaften, vielleicht der erste und der zweite Baron, schauten ungerührt aus vergoldeten Rahmen an der Wand auf uns herunter. Die Deckenbeleuchtung bestand aus spiralförmigen Messinglüstern mit Schirmchen aus geätztem Glas über den Kerzenlampen. Auf einem langen, blanken Mahagonibüfett stand eine gedrungene Tischuhr, flankiert von bauchigen alten Vasen, die, wie der Raum als ganzes, den Eindruck vermittelten, als hätte der alte Lord seine bewahrende Hand über sie gehalten.

Tageslicht gab es nicht: keine Fenster.

Neben Conrad saß kerzengerade eine alte Dame, die unschwer als seine Tante Marjorie Binsham, die Initiatorin der Versammlung, auszumachen war. Vor vierzig Jahren, bei der Hochzeit meiner Mutter, hatte sie so grimmig in die Kamera gestarrt, als würde ein Lächeln ihr die Gesichtsmuskeln zerreißen, und auch in dieser Hinsicht hatte sich in all den Jahren anscheinend nichts geändert. Jetzt war sie weit über achtzig, und ihre säuberlich gewellten Haare waren weiß und ihr Verstand unvermindert scharf. Sie trug ein schwarz und rot gemustertes Kleid mit einem weißen Kragen wie ein Beffchen.

Zu meiner gelinden Überraschung betrachtete sie mich eher interessiert als mit grundsätzlicher Abneigung.

»Mrs. Binsham?« sagte ich vom anderen Tischende her. »Mrs. Marjorie Binsham?«

»Ja.« Das Wort kam knapp und trocken, lediglich als Bestätigung.

»Ich«, sagte der Mann, der sein Lächeln jetzt füglich im Zaum hielt, »bin Darlington Stratton, kurz Dart genannt. Mein Vater sitzt am Kopf des Tisches. Zu Ihrer Rechten meine Schwester Rebecca.«

»Das kannst du dir sparen!« fuhr ihn Keith von irgendwo hinter Conrad an. »Die Vorstellung ist überflüssig. Er geht.«

Mrs. Binsham sagte gebieterisch und in ihrem feinen Englisch: »Nun hör schon auf herumzuschleichen, Keith, und setz dich hin. Mr. Morris ist einwandfrei berechtigt, dieser Versammlung beizuwohnen. Finde dich damit ab. Da du ihn nicht hinausbefördern kannst, ignorier ihn halt.«

Mrs. Binsham hielt ihren Blick nicht auf Keith, sondern auf mich gerichtet. Unwillkürlich zuckten meine Lippen. Mich zu ignorieren war sicher das letzte, was irgendeinem hier gelingen würde.

Dart sagte mit ernstem Gesicht, den Schalk aber faustdick im Nacken: »Kennen Sie schon Hannah, Ihre Schwester?«

Die Frau zu Conrads Linker, gegenüber Mrs. Binsham, bebte vor Abscheu. »Er *ist* nicht mein Bruder.«

»Halbbruder«, verwies Marjorie Binsham wieder strikt auf die Tatsachen. »So unangenehm es dir sein mag, Hannah, du kannst es nicht ändern. Ignorier ihn halt.«

Hannah war es ebenso unmöglich wie Keith, diesen Rat zu befolgen. Zu meiner Erleichterung sah meine Halbschwester unserer gemeinsamen Mutter nicht ähnlich. Denn davor hatte ich Angst gehabt – daß Haß mir aus vertrauten Augen, aus dem Abbild eines geliebten Gesichts entgegenschlagen könnte. Sie kam mehr auf Keith hinaus: groß, blond, feingliedrig und im Augenblick zutiefst empört.

»Wie können Sie nur!« Sie bebte. »Haben Sie kein Ehrgefühl?«

»Ich habe Anteile«, hob ich hervor.

»Die Ihnen nicht zustehen«, sagte Keith scharf. »Wieso Vater die Madeline gegeben hat, werde ich nie begreifen.«

Ich sparte mir den Hinweis, daß er sich darüber völlig im klaren sein mußte. Lord Stratton hatte seiner Schwiegertochter Madeline Anteile übereignet, weil er wußte, weshalb sie fortging. Nach dem Tod meiner Mutter hatte ich unter ihren Papieren alte Briefe ihres Schwiegervaters gefunden, in denen er sein Bedauern und seine Wertschätzung ausdrückte, vor allem aber auch seine Bereitschaft, dafür zu sorgen, daß sie nach den Mißhandlungen, die sie erduldet hatte, nicht auch noch finanziell zu leiden brauchte. Nach außen hatte er sich zwar hinter seinen Sohn gestellt, aber unter der Hand, »für die Zukunft«, hatte sie nicht nur die Anteile von ihm bekommen, sondern außerdem eine Abfindung, von deren Zinsen sie gut leben konnte. Dafür hatte sie versprochen, über Keiths Verhalten niemals ein Wort zu verlieren und schon gar nicht den Namen der Familie in einen schmutzigen Scheidungskrieg hineinzuziehen. Der alte Herr schrieb, er habe Verständnis dafür, daß sie Hannah, das Ergebnis der »sexuellen Übergriffe« seines Sohnes, zurückweise. Er selbst werde für das Kind sorgen. Er wünschte meiner Mutter, »daß sich alles für Sie zum Besten wendet, meine Liebe«.

Keith hatte sich dann schließlich von meiner Mutter scheiden lassen – wegen Ehebruchs mit einem älteren Kinderbuchillustrator, Leyton Morris, meinem Vater. Die glückliche Ehe, die darauf folgte, hielt fünfzehn Jahre, und erst, als meine Mutter unheilbar an Krebs erkrankt war, sprach sie von den Strattons und erzählte halbe Nächte hindurch, was sie gelitten und wie sehr sie Lord Stratton gemocht hatte. Da erst erfuhr ich, daß meine Erziehung und Ausbildung, mein Architekturstudium, kurz, die Grundlagen meiner Existenz, mit Lord Strattons Geld finanziert worden waren.

Nach ihrem Tod hatte ich ihm aus Dankbarkeit geschrieben, und ich verwahrte noch immer seine Antwort.

Mein lieber junger Mann,
ich war Ihrer Mutter herzlich zugetan. Sie haben ihr hoffentlich die Freude geschenkt, die sie verdient hat. Ich bedanke mich für Ihren Brief, doch schreiben Sie mir bitte nicht mehr.

Stratton

Ich schrieb ihm nicht mehr. Ich schickte Blumen zu seinem Begräbnis. Wäre er noch am Leben gewesen, hätte ich mich seiner Familie niemals aufgedrängt.

Nachdem ich jetzt Conrad und Keith, Marjorie Binsham und Conrads Kinder Dart und Rebecca kannte, blieben noch zwei namenlose Männer in der Runde übrig. Einer, ein Endfünfziger, saß zwischen Mrs. Binsham und dem von Keith verlassenen Platz, und ich konnte mir denken, wer er war.

»Verzeihen Sie«, sagte ich und beugte mich vor, um seine Aufmerksamkeit auf mich zu ziehen. »Sind Sie . . . Ivan?«

Der jüngste der drei Söhne des alten Lords, eher bullig wie Conrad als windschnittig wie Keith, sah mich nur scharf an und schwieg.

Dart sagte unbekümmert: »Mein Onkel Ivan, ganz recht. Und ihm gegenüber, das ist sein Sohn Forsyth, mein Cousin.«

»Dart!« erhob Keith heftig Einspruch. »Sei still!«

Dart blickte ihn ungerührt an und wirkte nicht eingeschüchtert. Ivans Sohn Forsyth, dachte ich, hatte am wenigsten auf mein Erscheinen reagiert. Das heißt, er nahm es weniger persönlich als die anderen, und wie sich nach und nach herausstellte, interessierte ich ihn als Hannahs bedauernswerter Stiefbruder kein bißchen, sondern lediglich als unbekannte Größe in Sachen Geschäftsbeteiligung.

Er war jung und schmächtig, hatte ein schmales Kinn, dunkle, stechende Augen und wurde von den anderen praktisch übergangen. Während der ganzen Sitzung fragte ihn nie jemand nach seiner Meinung, und wenn er sie trotzdem äußerte, fiel ihm Ivan, sein Vater, regelmäßig ins Wort. Forsyth selbst fand diese Behandlung anscheinend normal, und vielleicht kannte er es ja auch nicht anders.

Conrad fügte sich mürrisch in das Unvermeidliche und sagte mit schwerer Stimme: »Kommen wir zum Zweck der Versammlung. Ich habe sie einberufen ...«

»*Ich* habe sie einberufen«, korrigierte seine Tante spitz. »Das ganze Gezänk ist absurd. Die Sache ist doch die, daß auf der Bahn hier seit fast neunzig Jahren Rennen veranstaltet werden und daß es so auch weitergeht, und damit hat es sich. Das Gekabbel muß aufhören.«

»Die Rennbahn geht doch vor die Hunde«, widersprach Rebecca gereizt. »Ihr habt ja keine Ahnung, worauf es in der heutigen Zeit ankommt. Tut mir leid, wenn dich das aufregt, Tante Marjorie, aber du und Großvater, ihr seid auf dem Stand von gestern klebengeblieben. Die Bahn braucht neue Tribünen und ein ganz neues Gesicht, und was sie weiß Gott nicht brauchen kann, ist ein konfuser alter Colonel als Verwalter und ein rückständiger Vereinssekretär, der Manschetten vorm Bahnarzt hat.«

»Der Arzt steht über ihm«, bemerkte Dart.

»Du hältst den Mund«, verlangte seine Schwester. »Du hast nie den Mumm gehabt, ein Rennen zu reiten. Ich bin schon auf den meisten englischen Bahnen gestartet, und die, die meinen Namen trägt, ist hoffnungslos veraltet, damit mache ich mich nur lächerlich, und das stinkt mir. Wenn ihr das nicht einseht, bin ich dafür, daß wir sie auf der Stelle an den Meistbietenden verhökern.«

»Rebecca!« Conrads Tadel klang müde, als hätte er die Ansichten seiner Tochter schon zu oft gehört. »Wir brauchen neue Tribünen. Da sind wir uns wohl alle einig. Ich habe auch schon Entwürfe in Auftrag gegeben ...«

»Dazu hattest du kein Recht«, belehrte ihn Marjorie. »Hinausgeworfenes Geld. Die alte Tribüne ist stabil gebaut und erfüllt ihren Zweck vollkommen. Wir brauchen *keine* neue Tribüne. Ich bin absolut dagegen.«

Keith sagte schadenfroh: »Conrad läßt seit Wochen schon so einen Architekten hier herumspazieren. *Seinen* Architekten. Von uns ist ja keiner gefragt worden, und ich bin grundsätzlich gegen neue Tribünen.«

»Ha!« rief Rebecca aus. »Und weißt du auch, wo sich hier die Rennreiterinnen umziehen müssen? In einem schrankgroßen Kabuff auf dem Damenklo. Erbärmlich.«

»Kleine Ursache, große Wirkung«, murmelte Dart.

»Was soll das heißen?« wollte Rebecca wissen.

»Daß die Rennbahn«, erklärte ihr Bruder träge, »womöglich dem Feminismus zum Opfer fällt.«

Da sie nicht genau wußte, was er meinte, ignorierte sie ihn, statt ihm aufs Dach zu steigen.

»Wir sollten sofort verkaufen«, rief Keith, der noch immer umherlief. »Der Markt ist gut. Swindon wächst und gedeiht. Das Industriegebiet reicht schon bis ans Rennbahngelände heran. Verkaufen, sage ich. Ich habe auch schon bei einer Baugesellschaft vorgefühlt. Sie wollen sich die Sache mal ansehen und drüber nachdenken –«

»Du hast *was*?« hakte Conrad ein. »Und das hast *du* mit keinem abgesprochen. Wie kann man denn auf *die* Tour was verkaufen wollen? Du hast doch von Geschäftsgebaren keine Ahnung.«

Keith sagte beleidigt: »Ich weiß, daß man eine Ware, die verkauft werden soll, anbieten muß.«

»Nein«, sagte Conrad rundheraus, als wäre das Thema damit erledigt. »Wir verkaufen nicht.«

Keiths Ärger wuchs. »Für *dich* ist das ja gut und schön. Du erbst den Löwenanteil von Vaters Reinnachlaß. Das ist ungerecht. Es war schon immer ungerecht, daß der älteste Sohn beinah alles bekommt. Vater war hoffnungslos altmodisch. *Du* brauchst vielleicht kein Geld, aber wir werden alle nicht jünger, und ich bin dafür, uns die Moneten *jetzt* zu holen.«

»Später«, sagte Hannah eindringlich. »Nicht gleich. Verkaufen wir, wenn das Land knapper wird.«

Conrad bemerkte mit schwerer Stimme: »Deine Tochter, Keith, befürchtet, daß du dein Geld verschwendest, wenn du es dir jetzt holst, und daß sie dann nichts mehr erbt.«

Ein Schuß ins Schwarze, und man sah Hannah an, wie es sie ärgerte, daß ihre an sich verständlichen Motive so einfach offengelegt wurden.

»Und du, Ivan?« erkundigte sich seine Tante. »Immer noch zu allem unentschlossen?«

Ivan reagierte kaum auf den Kalauer, falls er ihn überhaupt als solchen wahrnahm. Er nickte betont bedächtig. »Abwarten und Teetrinken«, sagte er. »Das ist das Beste.«

»Warten, bis die Gelegenheit verpaßt ist«, erwiderte Rebecca schneidend. »So meinst du das doch, ja?«

»Warum bist du immer so bissig, Rebecca?« wehrte er sich. »Geduld hat noch keinem geschadet.«

»Untätigkeit«, berichtigte sie ihn. »Keine Entscheidung zu treffen ist genauso schlimm wie die falsche zu treffen.«

»Quatsch«, sagte Ivan.

Forsyth setzte sich: »Haben wir schon an die Kapitalgewinnsteuer gedacht . . .«, aber Ivan unterbrach: »Es ist doch klar, daß wir die Entscheidung zurückstellen sollten, bis –«

»Bis der weiße Flieder wieder blüht«, sagte Rebecca.

»Rebecca!« wurde sie prompt von ihrer Großtante ermahnt. »So, und jetzt laßt es mal genug sein, denn die einzige, die hier im Augenblick Entscheidungen treffen kann, bin ich, und ich habe den Eindruck, daß sich keiner von euch darüber im klaren ist.«

Ihren Gesichtern war anzusehen, daß sie es weder wußten noch hören wollten.

»Tante«, sagte Conrad, »du hast gerade mal zehn Anteile. Da kannst du keine einseitigen Entscheidungen treffen.«

»Und ob ich das kann«, trumpfte sie auf. »Was seid ihr bloß für Ignoranten. Ihr haltet euch für große Geschäftsmänner – ah, und Geschäfts*frauen*, Rebecca –, aber keinem von euch scheint klar zu sein, daß in einer Firma Entscheidungen stets vom Vorstand, nicht von den Anteilseignern getroffen werden, und ich . . .«, sie schaute sich um und genoß die ungeteilte Aufmerksamkeit der Runde, »ich bin gegenwärtig das einzige amtierende Vorstandsmitglied. *Ich* treffe die Entscheidungen.«

Damit brachte sie die Versammlung fast völlig zum Schweigen.

In die Stille hinein lachte Dart. Alle anderen blickten finster, vorwiegend auf ihn, denn es war ungefährlicher, das Haupt über den Enkelsohn zu schütteln, als sich mit dem Drachen anzulegen.

Die prächtige alte Dame nahm vier zusammengefaltete Bogen Papier aus einer teuren Lederhandtasche und schüttelte sie mit einer fast theatralischen Gebärde auseinander.

»Das ist ein Brief von den Stratton-Park-Anwälten«, sagte sie und setzte eine Lesebrille auf. »Die Einleitung erspare ich euch. Der Kern der Sache ist folgender.« Sie hielt inne, warf einen Blick auf ihre aufmerksamen, beunruhigten Zuhörer und las dann aus dem Brief vor. »Da zwei Vorstandsmitglieder genügen, war es völlig korrekt, daß der bisherige Vorstand nur aus Ihnen selbst und Lord Stratton bestand und daß er als Inhaber der weitaus meisten Anteile sämtliche Entscheidungen allein traf. Sollten Sie nach seinem Tod nun die Bildung eines neuen Vorstands mit mehr Mitgliedern erwägen, so können, aber müssen diese nicht zugleich Angehörige der Familie Stratton sein; auch außenstehende Personen, ob Anteilseigner oder nicht, sind wählbar. Wir empfehlen Ihnen daher, eine außerordentliche Hauptversammlung zur Wahl des neuen, erweiterten Vorstands der Stratton Park Rennbahn GmbH einzuberufen, und werden Ihnen dabei gern in jeder Beziehung behilflich sein.«

Marjorie Binsham blickte auf. »Die Anwälte waren bereit, die heutige Versammlung durchzuführen. Ich sagte ihnen, damit käme ich schon allein zurecht. Als einziges noch amtierendes Vorstandsmitglied stelle ich den Antrag, neue Mitglieder in den Vorstand zu wählen, und als Vorstandsmitglied unterstütze ich ebendiesen Antrag, und obwohl dies vielleicht nicht ganz das korrekte Verfahren ist, wird es seinen Zweck erfüllen.«

»Tante . . .«, protestierte Conrad halbherzig.

»Da du, Conrad, jetzt das nominelle Oberhaupt der Familie bist, schlage ich vor, daß du sofort auch Vorstandsmitglied wirst.« Sie schaute auf den Brief. »Hier steht, daß ein Kandidat als gewählt gilt, wenn er mindestens fünfzig Prozent der bei einer Hauptversammlung abgegebenen Stimmen erhält. Bei uns hat jeder Anteil eine Stimme. Diesem Brief zufolge macht das, wenn ich und alle Erben der Familiengesellschaft anwesend sind, fünfundachtzig Stimmen – meine zehn und die fünfundsiebzig, die jetzt auf euch entfallen.« Sie schwieg und blickte den Tisch hinunter zu meinem Platz. »Mit Mr. Morris haben wir zwar nicht gerechnet, aber da er hier ist, kann er acht Stimmen abgeben.«

»Nein!« sagte Keith wütend. »Dazu hat er kein *Recht*.«

Marjorie Binsham blieb fest. »Er hat acht Stimmen. Die darf er abgeben. Daran kannst du nichts ändern.«

Ihre Entscheidung überraschte mich ebenso, wie sie die anderen verblüffte. Ich war zum Teil aus Neugierde hierhergekommen, vielleicht auch mit dem Hintergedanken, sie ein wenig zu ärgern, aber bestimmt nicht in der Absicht, sie derart aus dem Gleichgewicht zu bringen.

»Das ist doch *unerhört*«, schrie Hannah und sprang unwillkürlich auf wie ihr noch immer hin und her gehender Vater. »Das laß ich mir nicht bieten!«

»Laut unseren Anwälten«, fuhr ihre Großtante fort, ohne den Ausbruch zu beachten, »hat, wenn er erst einmal gewählt ist, der *Vorstand* über die Zukunft der Rennbahn zu entscheiden.«

»Wählt *mich* in den Vorstand«, verlangte Rebecca.

»Du brauchst siebenundvierzig Stimmen«, murmelte Dart, der ein wenig gerechnet hatte. »Jeder Kandidat braucht mindestens siebenundvierzig Stimmen.«

»Ich schlage vor, daß wir als erstes Conrad wählen«, hakte Marjorie nach. »Meine zehn Stimmen hat er.« Sie schaute sich um, ob jemand wagte, ihr die Stirn zu bieten.

»Okay«, sagte Ivan, »Conrad, du hast meine einundzwanzig.«

»Ich darf wohl auch für mich selber stimmen«, sagte Conrad. »Und ich habe einundzwanzig. Das macht, äh, zweiundfünfzig.«

»Gewählt«, sagte Marjorie und nickte. »Von jetzt an kannst du die Versammlung leiten.«

Conrad gewann gleich wieder an Selbstvertrauen und warf sich buchstäblich in die Brust, um seine neue Rolle auszufüllen. Er sagte freundlich: »Dann sollten wir auch dafür stimmen, daß Marjorie im Vorstand bleibt. Nur recht und billig.«

Niemand stellte sich quer. Die Ehrenwerte Mrs. Binsham sah aus, als hätte sie jeden Abweichler zum Frühstück verspeist.

»Ich gehöre auch in den Vorstand«, machte Keith geltend. »Und auch ich habe einundzwanzig Stimmen. Die gebe ich mir.«

Conrad räusperte sich. »Ich schlage Keith als Vorstandsmitglied vor.«

Forsyth sagte schnell: »Das gibt doch nur Ärger.«

Conrad, der es nicht hörte oder aber geflissentlich überhörte, eilte weiter im Text. »Die einundzwanzig von Keith also und die von mir. Zweiundvierzig. Tante?«

Marjorie schüttelte den Kopf. Keith machte mit ausgestreckten Händen drei rasche Schritte auf sie zu, als wollte er sie angreifen. Sie verzog keine Miene und wich nicht zurück. Sie starrte ihn an, bis er wegschaute.

Kühl sagte sie: »Das ist genau der Grund, weshalb ich nicht für dich stimme, Keith. Du konntest dich noch nie beherrschen, und du hast nichts dazugelernt. Seht euch anderweitig um. Fragt Mr. Morris.«

Eine boshafte alte Dame, merkte ich. Keith bekam einen knallroten Kopf. Dart grinste.

Keith ging zu Ivan und stellte sich hinter ihn. »Bruder«, sagte er im Befehlston, »ich brauche deine einundzwanzig Stimmen.«

»Aber hör mal«, zauderte Ivan, »Tante Marjorie hat doch recht. Du würdest dich ständig mit Conrad anlegen. Es kämen überhaupt keine brauchbaren Beschlüsse zustande.«

»Du lehnst mich *ab*?« Keith konnte es kaum glauben. »Das wirst du bereuen, damit du's weißt. Das wird dir leid tun.«

Das Gewalttätige in ihm war selbst für seine Tochter Hannah zu nah an die Oberfläche gekommen, die sich wieder auf ihren Platz hatte fallen lassen und jetzt unbehaglich sagte: »Pa, laß ihn doch. Du kannst meine drei Stimmen haben. Beruhige dich.«

»Das wären fünfundvierzig«, sagte Conrad. »Du brauchst noch zwei, Keith.«

»Rebecca hat drei«, sagte Keith.

Rebecca schüttelte den Kopf.

»Also Forsyth«, sagte Keith wütend, zumindest aber nicht bettelnd.

Forsyth schaute auf seine Finger.

»*Dart?*« Keith bebte vor Zorn.

Dart warf einen Blick auf seinen schwitzenden Onkel und hatte Erbarmen mit ihm.

»Na schön«, meinte er, als ob nichts dabei wäre. »Meine drei.«

Ohne sonderliche Regung sagte Conrad in der Ruhe nach dem Sturm: »Keith ist gewählt.«

»Und der Fairneß halber«, sagte Dart, »schlage ich auch noch Ivan vor.«

»Wir brauchen keinen Vierervorstand«, sagte Keith.

»Da ich für dich gestimmt habe«, erklärte ihm Dart, »könntest du im Gegenzug so nett sein und für Ivan stimmen. Schließlich hat er einundzwanzig Anteile, genau wie du, und damit auch das gleiche Recht, Entscheidungen zu treffen. Also, Vater«, wandte er sich an Conrad, »ich schlage Ivan vor.«

Conrad bedachte den Vorschlag seines Sohnes und zuckte die Achseln – nicht aus Mißbilligung, nahm ich an, sondern weil er keine allzu hohe Meinung von der Intelligenz seines Bruders hatte.

»Also gut. Jemand dagegen?«

Alle schüttelten die Köpfe, Marjorie eingeschlossen.

»Mr. Morris?« fragte Conrad steif.

»Ich stimme für ihn.«

»Einstimmig gewählt«, sagte Conrad überrascht. »Sonst noch Kandidaten?«

Rebecca sagte: »Vier ist eine ungünstige Zahl. Es sollten fünf sein. Noch jemand von der jüngeren Generation.«

Sie schlug sich wieder selber vor. Niemand, nicht einmal Dart, ging darauf ein. Rebeccas schmales Gesicht war auf seine Art so gemein wie das von Keith. Keiner von den vier Enkeln gedachte einem anderen Macht zu verleihen. Die drei älteren Brüder wollten nichts von ihrer Macht abgeben. In einer Atmosphäre unterschwelliger Gehässigkeit und Bosheit wurden die drei Söhne des alten Lords und ihre langlebige Tante als neuer Vorstand eingesetzt.

Sie einigten sich ohne Schwierigkeiten auf Conrad als Vorstandsvorsitzenden (»Steuer*mann*«, vermerkte Rebecca. »Sei nicht albern«, sagte Keith), aber Marjorie hatte noch einen Schuß in petto.

»In dem Anwaltsbrief steht auch«, verkündete sie, »daß die Anteilseigner ein Vorstandsmitglied, mit dem sie unzufrieden sind, auf einer dazu einberufenen Versammlung abwählen können. Sie brauchen dafür einundfünfzig Prozent der Stimmen.«

Sie starrte Keith aus kleinen, runden Augen an. »Sollten wir uns einmal von jemand trennen müssen, der sich als für den Vorstand ungeeignet erweist, werde ich Sorge tragen, daß Mr. Morris mit seinen acht Stimmen ausdrücklich zu der betreffenden Versammlung eingeladen wird.«

Hannah war ebenso vor den Kopf gestoßen wie Keith, aber der wirkte nicht nur erbost, sondern geradezu baff, als hätte er die schroff ablehnende Haltung seiner Tante nie für möglich gehalten. Mir wiederum war es nicht in den Sinn gekommen, daß sie statt meiner Hinrichtung meine Anwesenheit fordern könnte. Ich gewann den Eindruck, als wäre Marjorie jedes Mittel recht, um ihre Ziele zu erreichen: eine durch und durch praktisch eingestellte Frau.

Dart sagte scheinheilig: »Steht in unserer Geschäftsordnung nicht irgendwo, daß die Vorstandssitzungen allen zugänglich sind? Ich meine, daß alle Anteilseigner teilnehmen dürfen?«

»Unsinn«, sagte Keith.

Forsyth sagte: »Teilnehmen, aber nicht mitreden. Nur, wenn man sie darum ersucht.«

Ivans Stimme übertönte die seines Sohnes: »Wir müssen uns die Bestimmungen wohl noch mal ansehen.«

»Hab ich schon«, sagte Forsyth. Niemand beachtete ihn.

»Bis jetzt hat das nie eine Rolle gespielt«, bemerkte Conrad. »Die einzigen Anteilseigner außer Vater und Tante Marjorie waren Mr. Morris – und vor ihm natürlich Madeline – und, äh ... Mrs. Perdita Faulds.«

»Und wer *ist* Mrs. Perdita Faulds?« fragte Rebecca scharf. Niemand antwortete. Wenn sie es wußten, wollten sie es nicht sagen.

»Wissen Sie, wer Mrs. Perdita Faulds ist?« wandte Dart sich an mich.

Ich schüttelte den Kopf. »Nein.«

»Im Notfall finden wir sie schon«, erklärte Marjorie und ließ es unheildrohend klingen. »Hoffen wir, daß es auch so geht.« Ihr böser Blick strich warnend über Keith hin. »Wenn wir ein Vorstandsmitglied entfernen müssen, finden wir sie.«

Auf der kurzen Liste der Anteilseigner, die Roger mir gezeigt hatte, war als Adresse von Mrs. Faulds nur eine Anwaltsfirma angegeben. Nachrichten für die Dame wurden sicher routinemäßig weitergeleitet, aber sie selbst ausfindig zu machen konnte schon kniffliger sein. Vielleicht ein Fall für einen professionellen Spürhund. Den Marjorie wohl ohne Zögern engagieren würde, wenn es ihr in den Kram paßte.

Und da Marjorie überzeugt war, daß die geheimnisvolle Mrs. Faulds in ihrem Sinn stimmen würde, mußte zumindest Marjorie auch wissen, wer Mrs. Faulds war. Mich ging es eigentlich nichts an, dachte ich.

Conrad als Leiter der Versammlung nahm ostentativ die Zügel in die Hand und sagte: »So, da wir nun einen Vorstand haben, können wir vielleicht schon ein paar klare Entscheidungen treffen. Das müssen wir sogar. Kommenden Montag findet hier wieder eine Rennveranstaltung statt, und wir können nicht verlangen, daß Marjorie ewig für alles verantwortlich zeichnet. Vater hat viele Sachen gemacht, von denen wir keine Ahnung haben. Wir müssen einfach sehr schnell lernen.«

»Als erstes gehören der Colonel und der blöde Oliver an die Luft gesetzt«, sagte Rebecca.

Conrad warf seiner Tochter nur einen Blick zu und wandte sich an die anderen. »Der Colonel und Oliver sind zur Zeit die einzigen, die den Laden in Gang halten können. Wir sind auf ihre Erfahrung angewiesen, ja wären aufgeschmissen ohne sie, und ich gedenke sie weiterhin in allen Sachfragen zu Rate zu ziehen.«

Rebecca schmollte. Marjories Mißbilligung entwickelte kräftige Ausleger in ihre Richtung, wie eine wuchernde Erdbeere.

»Ich stelle den Antrag«, sagte Ivan überraschend, »daß wir

den Rennbetrieb weiterführen wie bisher, mit Roger und Oliver in unveränderter Funktion.«

»Unterstützt«, sagte Marjorie knapp.

Keith blickte finster. Conrad ignorierte ihn und notierte etwas auf einem vor ihm liegenden Block. »Der erste Beschluß des Vorstands lautet, vorläufig unverändert weiterzumachen.« Er schürzte die Lippen. »Vielleicht wäre es gut, wenn wir eine protokollführende Schreibkraft hätten.«

»Sie könnten Rogers Sekretärin nehmen«, schlug ich vor.

»Nein!« Rebecca stürzte sich darauf. »Alles, was wir sagen, ginge sofort an den verdammten Roger weiter. Und Sie hat keiner nach Ihrer Meinung gefragt. Sie sind ein Außenstehender.«

Dart deklamierte feierlich: »O hätten wir die Gabe, uns mit den Augen anderer zu sehen, wir ließen ab von manchen Tölpeleien und verblasenen Ideen.«

»*Was?*« fragte Rebecca.

»Robert Burns«, sagte Dart. »›An eine Laus‹.«

Ich unterdrückte jeden Ansatz eines Lachens. Sonst war offenbar niemand belustigt.

Ich sagte freundlich zu Rebecca: »Sie könnten den Umkleideraum für die Reiterinnen verlegen.«

»Ach ja?« Sie war sarkastisch. »Wohin denn?«

»Das zeige ich Ihnen. Und«, ich wandte mich an Conrad, »Sie könnten den Umsatz in den Bars verdoppeln.«

»Ei der *Daus*«, ulkte Dart, »was haben wir denn jetzt?«

Ich fragte Conrad: »Liegen schon Detailpläne für die neuen Tribünen vor?«

»Wir bauen keine neue Tribüne!« Marjorie war eisern.

»Wir müssen«, sagte Conrad. »Wir verkaufen das Land«, beharrte Keith.

Ivan zauderte.

»Neue Tribünen«, sagte Rebecca. »Neue Geschäftsleitung. Alles neu. Oder verkaufen.«

»Verkaufen, aber später«, wiederholte Hannah starrsinnig.
»Genau«, nickte Forsyth.
»Nicht solang ich lebe«, sagte Marjorie.

4

Als die Versammlung zu Ende war, wurde mir klar, weshalb sie in diesem unpersönlichen Rahmen auf der Rennbahn abgehalten worden war. Jeder von den Teilnehmern wohnte woanders.

Sie gingen einer nach dem andern hinaus, jeder für sich in einem Stacheldrahtverhau der Selbstgerechtigkeit, und daß ich noch da war, schien allen gleichgültig zu sein.

Nur Dart blickte sich in der Tür noch einmal um und sah, wie ich den Exodus beobachtete.

»Kommen Sie?« sagte er. »Der Spaß ist vorbei.«

Lächelnd trat ich zu ihm, während er mich nachdenklich musterte.

»Lust auf ein Bier?« fragte er und fügte, als ich zögerte, hinzu: »Direkt vor dem Haupteingang ist ein Pub, der den ganzen Tag aufhat. Und ich bin offen gestanden neugierig.«

»Die Neugier beruht auf Gegenseitigkeit.«

Er nickte. »Einverstanden.« Er führte mich auf einem anderen Weg nach unten, als ich heraufgekommen war, und wir kamen in einem Bereich bei den Sattel- und Absattelplätzen heraus, der an dem Renntag von Leuten überfüllt war, aber jetzt standen da nur ein paar Wagen. In jedes Auto stieg ein Stratton, niemand von den Brüdern, den Sprößlingen oder Cousins fand sich zu einem gemütlichen Familienplausch zusammen.

Dart nahm das als selbstverständlich hin und fragte mich, wo mein Wagen stehe.

»Da hinten.« Ich wies in die ungefähre Richtung.

»Aha? Dann steigen Sie ein. Ich nehme Sie mit.«

Darts Wagen, ein staubiges altes Stadtauto, stand neben Marjories schwarzglänzendem Daimler mit Chauffeur, und sie ließ, als sie langsam davonrollte, das Fenster im Fond runter und schaute zu uns herüber, als könne sie nicht fassen, daß Dart und ich uns vertrugen. Dart winkte ihr fröhlich zu und erinnerte mich lebhaft an meinen Sohn Alan, den Grobgerasterten, Verwegenen, den die Macht von Drachen auch nicht schreckte.

Wagentüren schlugen, Motoren schnurrten, Bremslichter gingen an und aus; die Strattons zerstreuten sich. Dart fuhr uns direkt zum Haupteingang, wo ein paar verloren wirkende Gestalten, überwiegend in Strickmützen, mit Plakaten auf und ab gingen wie SCHLUSS MIT DEM HINDERNISSPORT und TIERQUÄLEREI.

»Die versuchen uns die Leute zu vergraulen, seit hier vorigen Samstag das Pferd verunglückt ist«, bemerkte Dart. »Schildbürger nenne ich die.«

Eine durchaus treffende Bezeichnung, fand ich angesichts der handgeschriebenen, dilettantisch gemachten Plakate, die sie vor sich hertrugen, aber ihr Engagement stand außer Zweifel.

»Sie verstehen nichts von Pferden«, sagte Dart. »Pferde laufen und springen, weil sie es wollen. Sie setzen alles daran, an die Spitze der Herde zu gelangen. Es gäbe keine Pferderennen, wenn Pferde nicht von Natur aus ihr Letztes geben würden, um die Ersten zu sein und zu siegen.« Ein Lächeln blitzte auf. »Ich habe nicht den Naturtrieb eines Pferdes.«

Seine Schwester schon, dachte ich.

Dart fuhr um die Demonstranten herum und über die Straße auf den Parkplatz des *Mayflower Inn*, einer Gastwirtschaft, die aussah, als hätte sie von Plymouth nie etwas gesehen, geschweige denn jemals den Altantik überquert.

Im Inneren war sie entschieden mit künstlichen Erinnerungsstücken aus der Zeit um 1620 geschmückt, aber gar nicht mal so übel. Wandgemälde von Pilgervätern mit Zylinderhüten (ein

Anachronismus) und weißen Bärten (Irrtum, die Pilgerväter waren jung) erinnerten mehr an Abraham Lincoln, zweihundert Jahre später, doch wen kümmerte das? Die Gaststube war einladend und warm, und man hatte sich immerhin Mühe gegeben.

Dart holte uns zwei schlichte Halbe und stellte sie behutsam auf ein dunkles Eichentischchen, während wir uns in zwei leidlich bequemen alten Lehnstühlen, ebenfalls aus Eiche, niederließen.

»Also, weshalb sind Sie gekommen?« sagte er.

»Acht Anteile an einer Rennbahn.«

Er hatte stahlgraue Augen: ungewöhnlich. Im Gegensatz zu seiner Schwester hatte er seine Statur nicht bis auf die Knochen dünn geschliffen. Offenbar hielt er nichts von den Qualen und niederziehenden Entbehrungen eines unerbittlichen Kampfes mit dem Gewicht. Schon mit Anfang Dreißig neigte Dart zu einer Rundlichkeit, die ahnen ließ, daß er einmal so in die Breite gehen könnte wie sein Vater. Im Gegensatz zu seinem Vater verlor er außerdem sehr früh schon Haare, und das machte ihm, wie ich nach und nach herausfand, schwer zu schaffen.

»Ich hatte schon von Ihnen gehört«, sagte Dart, »aber Sie wurden immer als Schurken hingestellt. So sehen Sie überhaupt nicht aus.«

»Wer hat mich als Schurken hingestellt?«

»Vor allem Hannah, denke ich. Sie hat die Zurückweisung durch ihre Mutter nie verwunden. Ich meine, Mütter sollen schließlich ihre Kleinen nicht verlassen, hm? Väter tun das regelmäßig, es ist ein männliches Vorrecht. Rebecca würde mich dafür umbringen, daß ich so rede. Jedenfalls hat Ihre Mutter Hannah im Stich gelassen und nicht *Sie*. Ich an Ihrer Stelle würde mich vor Dolchstößen in acht nehmen.«

Es klang frivol und obenhin gesagt, aber ich hatte den Eindruck, eine ernsthafte Warnung erhalten zu haben.

»Was machen Sie?« fragte ich sachlich. »Was tun Sie alle so?«

»Also, ich betreibe Landwirtschaft. Das heißt, ich kümmere mich um die Familiengüter.« Vielleicht las er höfliche Überraschung in meinem Gesicht, denn er verzog abwertend den Mund und sagte: »Wir haben zufällig einen Verwalter, der die Bewirtschaftung regelt, und einen Gutsinspektor, der sich der Pächter annimmt, aber ich treffe die Entscheidungen. Das heißt, ich höre mir an, was der Verwalter will und was der Inspektor will, und entscheide dann, daß sie genau das tun *sollen*, und sie tun es. Falls Vater nicht anders denkt. Oder früher, falls Großvater nicht anders dachte. Und – das versteht sich – falls sie nicht alle auf meine Großtante Marjorie gehört haben, deren Vorstellungen unumstößlich sind.« Er unterbrach sich recht vergnügt. »Die ganze Chose ist stinklangweilig und überhaupt nicht das, wozu ich Lust habe.«

»Und das wäre?« fragte ich amüsiert.

»Traumland«, sagte er. »Privatbesitz. Betreten verboten.« Er meinte es nicht böse. Aus dem Mund von Keith wäre die gleiche Antwort eine Abfuhr gewesen. »Was machen *Sie* denn?« fragte er.

»Ich bin Bauunternehmer«, sagte ich.

»So? Welche Sparte?«

»Häuser vor allem.«

Es interessierte ihn nicht sonderlich. Er ging kurz auf das Tun und Treiben der anderen Strattons ein, soweit ich sie kennengelernt hatte.

»Rebecca ist Rennreiterin, wie Sie bestimmt schon geschnallt haben. Sie war von klein auf pferdenärrisch. Unser Paps besitzt ein paar Rennpferde und geht auf die Fuchsjagd. Er hat meinen Job gemacht, bis er fand, ich sei zu faul, und so tut er jetzt noch weniger. Aber um gerecht zu sein, er schadet auch keinem, und das ist heute ja schon ein Schritt zum Heiligenschein. Mein Onkel Keith ... weiß der Himmel. Er ist irgendwie im Geldgeschäft, was immer das bedeutet. Mein Onkel Ivan hat ein

Gartenzentrum, das Neueste an Zwergen und so. Er hantiert da zwar manchmal herum, verläßt sich sonst aber auf seinen Geschäftsführer.«

Er trank einen Schluck und musterte mich mit schimmernden Blicken über den Glasrand hinweg.

»Nur weiter«, sagte ich.

»Hannah«, nickte er. »Die hat noch nicht einen Tag im Leben gearbeitet. Mein Großvater hat sie zum Ausgleich für die Kränkung durch ihre Mutter – durch *Ihre* Mutter – mit Geld überschüttet, aber es sah nicht so aus, als hätte er sie geliebt ... Wahrscheinlich sollte ich das nicht sagen. Jedenfalls ist Hannah nicht verheiratet, hat aber einen Sohn, der einem den letzten Nerv raubt. Wen haben wir denn noch? Großtante Marjorie. Abgesehen vom Stratton-Geld hat sie einen Großkapitalisten geheiratet, der so anständig war, relativ früh zu sterben. Keine Kinder.« Er überlegte. »Das wär's.«

»Was ist mit Forsyth?« fragte ich.

Sofort schob er dem unbefangenen Geplauder einen Riegel vor.

»Großvater hat seine fünfundsiebzig Anteile an Stratton Park unter uns allen aufgeteilt«, konstatierte er. »Einundzwanzig Anteile für jeden der drei Söhne und drei für jeden der vier Enkel. Forsyth bekommt seine drei Anteile genau wie wir anderen auch.« Er schwieg mit sorgsam unverfänglichem Gesicht. »Was Forsyth macht, geht mich nichts an.« Er ließ unmißverständlich durchblicken, daß es mich auch nichts anging.

»Was werden Sie nun alle mit der Rennbahn anfangen?« fragte ich.

»Außer uns darum zu zanken? Kurzfristig gar nichts, das hat die Großtante ja klargestellt. Danach werden wir für ungeheures Geld eine neue Tribüne hochziehen, die überhaupt nichts bringt, und dann werden wir das Land verkaufen müssen, um die Tribüne zu bezahlen. Sie können Ihre Anteilscheine eigentlich gleich zerreißen.«

»Es scheint Sie nicht übermäßig zu kümmern.«

Das fröhliche Grinsen blitzte wieder auf. »Es ist mir ehrlich gesagt egal. Selbst wenn sie mich enterben, weil ich irgendeine Teufelei abziehe – zum Beispiel für die Abschaffung der Fuchsjagd eintrete –, ich kann mit der Zeit immer nur reicher werden. Großvater hat mir vor Jahren schon Millionen vermacht. Und auch mein Vater ist nicht ohne. Er hat mir bereits einen Teil seines Vermögens übertragen, und wenn er noch drei Jahre lebt, ist es steuerfrei.« Er schaute mich stirnrunzelnd an. »Warum erzähle ich Ihnen das?«

»Möchten Sie mich beeindrucken?«

»Ach, woher. Mir ist es schnurz, was Sie denken.« Er kniff leicht die Augen zusammen. »Das stimmt wohl nicht ganz.« Er schwieg. »Es gib irritierende Löcher in meinem Leben.«

»Nämlich?«

»Zuviel Geld. Keine Motivation. Und mir gehen die Haare aus.«

»Heiraten Sie«, sagte ich.

»Davon kommen die Haare nicht wieder.«

»Aber vielleicht macht es Ihnen dann nichts mehr aus.«

»Damit findet man sich *nie* ab. Und es ist so verdammt unfair. Die Ärzte sagen mir, ich kann rein gar nichts dagegen tun, es sei in meinen Erbanlagen, aber ich wüßte mal gern, wie es dahin gekommen ist. Vaters Haare sind okay, Großvater hat noch mit seinen achtundachtzig eine volle Matte gehabt, und dann erst Keith, der sie sich dauernd mit beiden Händen aus der Stirn streicht wie Rapunzel. Ich hasse diese Angewohnheit. Auch Ivan hat keine kahlen Stellen, bei ihm lichten sie sich insgesamt, aber das ist nicht so schlimm.« Er sah deprimiert auf meinen Kopf. »Sie sind so alt wie ich ungefähr und haben *volles* Haar.«

»Versuchen Sie's mit Schlangenöl«, schlug ich vor.

»Das ist typisch. Die Leute können sich nicht vorstellen, wie es *ist*, wenn man überall seine Haare findet. Im Waschbecken.

Auf dem Kopfkissen. Haare, die verdammt noch mal aus meiner Platte sprießen sollten. Woher wußten Sie denn überhaupt, daß ich nicht verheiratet bin? Und kommen Sie mir jetzt nicht mit dem Standardspruch, daß ich aussehe, als hätte ich keinen Kummer. Meine Haare machen mir verdammt viel Kummer.«

»Sie könnten es mit Implantaten versuchen.«

»Ja. Lachen Sie nicht. Das tu ich auch.«

»Ich lache nicht.«

»Insgeheim bestimmt. Alle finden es zum Kugeln, wenn jemand anders kahl wird. Aber wenn es einen selbst trifft, ist es tragisch.«

Es gab unausweichliche Desaster, sah ich, die nur schlimmer werden konnten. Dart trank einen mächtigen Schluck, als würde das Bier die müden Haarbälger beleben, und fragte mich, ob ich verheiratet sei.

»Seh ich so aus?«

»Sie wirken ausgeglichen.«

Überrascht sagte ich, ja, ich sei verheiratet.

»Kinder?«

»Sechs Söhne.«

»*Sechs!*« Er schien entsetzt. »So alt sind Sie doch noch nicht.«

»Wir haben mit neunzehn geheiratet, und meine Frau bekommt gern Kinder.«

»Ach, du lieber Gott.« Mehr fiel ihm dazu nicht ein, und ich dachte wieder einmal zurück an die abgehobene Studentenzeit, als Amanda und ich aufeinander geflogen waren. Wir hatten damals viele Freunde und Freundinnen, die ohne Trauschein zusammenlebten: es war gang und gäbe.

»Laß uns heiraten«, sagte ich spontan. »Kein Mensch *heiratet* heutzutage«, meinte Amanda. »Laß uns trotzdem«, sagte ich.

Also heirateten wir, glücklich kichernd, und ich hörte nicht auf meine Mutter, die mir klarmachen wollte, daß ich Amanda mit den Augen heiratete, eine noch kaum erwachsene Frau, die ich nicht richtig kannte. »Ich habe Keith Stratton wegen seines Aussehens geheiratet«, sagte sie mir, und das war ein böser Fehler. Es ist immer ein Fehler.«

»Aber Amanda ist reizend.«

»Sie sieht reizend aus und ist nett und liebt dich ganz offensichtlich, aber ihr seid beide noch so jung – du wirst dich ändern, wenn du älter wirst, und sie genauso.«

»Mama, kommst du zu der Hochzeit?«

»Selbstverständlich.«

Ich heiratete Amanda wegen ihrer langen Beine und ihrer blonden Haare und wegen ihres Namens, Amanda, den ich toll fand. Es dauerte zehn Jahre, bis ich in der Lage war, mir einzugestehen, daß meine Mutter mit der Prognose, wir würden uns ändern, recht gehabt hatte.

Weder Amanda noch ich hatten mit neunzehn gewußt, daß sie fast sofort einen Appetit aufs Kinderkriegen entwickeln würde. Beide hatten wir nicht voraussehen können, wie sehr sie den eigentlichen Geburtsvorgang genoß und daß sie die nächste Schwangerschaft planen würde, sobald sie ein Kind ausgetragen hatte.

Christopher und Toby waren schon geboren, als ich noch für mein Schlußexamen büffelte, und es schien mit geradezu unmöglich, uns vier zu versorgen und uns ein Zuhause zu geben. Eine Woche nach dem Examen war ich dann in ein deprimierendes altes Pub gegangen, um meine Sorgen zu ertränken, und der Wirt hatte mir noch etwas vorgeweint, da sein eigener Lebenstraum in Scherben gegangen war. Man hatte sein Lokal für baufällig erklärt, er war total verschuldet, seine Frau hatte ihn verlassen, und am nächsten Tag lief seine Schanklizenz ab.

Wir handelten einen Freundschaftspreis aus. Ich bat die Stadt, den Abbruch auszusetzen. Ich bettelte, nahm Darlehen auf, verpfändete meine Seele, und Amanda, die beiden Jungen und ich zogen in unser erstes Abbruchhaus.

Ich begann es instandzusetzen, während ich mich nach einer Stelle umsah, und fand ein bescheidenes Plätzchen in einem großen Architekturbüro; nicht, daß es mir da gefiel, aber wegen der Lohntüten harrte ich verbissen aus.

Im Gegensatz zu Dart wußte ich sehr gut, wie es ist, wenn einen nachts die Frage wachhält, welche Rechnung man als nächstes bezahlen soll und wovon überhaupt; was man dringender braucht, Strom oder Telefon (Strom), und ob man dem Klempner sein Geld geben soll (gib es ihm, aber lerne selbst klempnern); ob man erst Dachziegel kauft (ja) oder Mauersteine (nein).

Ich hatte losen Schutt weggekarrt, hatte improvisiert, hatte eimerweise mürben Mörtel abgekratzt, hatte alten Steinen neuen Glanz verliehen und einen Kamin gebaut, der niemals qualmte. Das baufällige Haus wurde wieder bewohnbar, und ich verließ das Architekturbüro und reifte und änderte mich unwiderruflich. Mit neunzehn hatte ich noch nicht gewußt, daß Teamarbeit nichts für mich war und daß mir das Bauen mit den Händen mehr lag als bloß die Arbeit am Zeichenbrett. Amanda hatte nicht geahnt, daß das Zusammenleben mit einem Architekten Schmutz, Strapazen und Monate ohne Einkommen bedeuten konnte; aber wir hatten uns soweit zusammengerauft, daß sie ihre Babys haben konnte und ich meine Ruinen, beide also das, was wir zu unserer Erfüllung brauchten, und zugleich hatten wir uns soweit auseinandergelebt, daß selbst unser gegenseitiges sexuelles Interesse zu einer wenn auch überwindbaren Gleichgültigkeit verflacht war.

Nach Neils Geburt, in einer Phase, in der gar nichts mehr zu klappen schien, hätten wir uns fast endgültig getrennt, doch die notwendige Versorgung des Nachwuchses war vorgegangen. Ich hatte mir angewöhnt, die Nächte allein unter den Planen zu verbringen, während die anderen im Bus schliefen. Als eine Art Fluchtbewegung arbeitete ich achtzehn Stunden am Tag. Nach vier immer rentableren, aber unglücklichen Jahren, in denen wir beide keinen neuen Partner kennengelernt hatten, überwanden wir uns, »noch einmal von vorn anzufangen«. Jamie war das Ergebnis. Er hielt Amanda noch bei Laune, und obwohl der Neuanfang nach und nach im Sand verlaufen war, hatte er doch eine für beide Seiten vorteilhafte und akzeptable Waffenruhe ermöglicht, die mir für die absehbare Zukunft ausreichend erschien, zumindest so lange, bis die Jungen erwachsen waren.

Und die freie Wahl? Wo kam die da ins Spiel? Ich entschloß mich zu heiraten, weil ich anders sein wollte, und ich hielt an der Ehe fest, weil ich mir nicht eingestehen konnte, daß sie ein Fehler war. Ich entschloß mich, allein zu arbeiten, weil es mir an Teamgeist fehlte. Jede Entscheidung war durch die Umstände vorgegeben. Von freier Wahl keine Spur.

»Ich entscheide, wie ich bin«, sagte ich.

Dart sagte verblüfft: »Was?«

»Nichts. Nur eine Theorie. War es unvermeidlich, daß Conrad, Keith, Ivan und Ihr anderen über die Zukunft der Rennbahn heute so und nicht anders entschieden habt?«

Er suchte in seinem Bier nach einer Antwort und blickte kurz zu mir auf. »Das ist mir zu hoch«, meinte er.

»Hätten Sie sich auch vorstellen können, daß Ihr Vater verkaufen will? Oder daß Keith alles so lassen möchte wie bisher?«

»Oder daß Rebecca Männer mag?« Er grinste. »In allen drei Fällen nein.«

»Was wäre denn Ihrer Meinung nach gut für die Rennbahn?« fragte ich.

»Sagen Sie es mir«, erwiderte er freundlich. »Sie sind der Fachmann.«

Er schien mir ein bißchen sehr bequem zu sein. Was man einem beinah Unbekannten wiederum nicht sagen konnte.

»Noch ein Halbes?« schlug ich vor und wies auf unsere fast leeren Gläser.

»Nein, danke. Was ist, wenn man den Zufall entscheiden läßt? Eine Karte zieht oder so? Oder wenn man praktisch denkt – es regnet, also nehme ich einen Schirm mit?«

»Viele Leute nehmen keinen mit.«

»Weil es ihnen fremd ist? Weil sie es weibisch finden?«

»Mehr oder weniger.«

»Wie sind wir darauf gekommen?« Er schien das Thema leid zu sein. »Noch mal zu der Sitzung. Sie haben doch meinen Vater gefragt, ob er schon Pläne von den anvisierten neuen Tribünen hat. Haben Sie das gefragt, weil es in Ihr Fach schlägt?«

»Ja«, nickte ich.

»Hm . . . Könnten Sie die Pläne beurteilen, wenn Sie sie sehen würden?«

»Vielleicht.«

Er dachte darüber nach. »Ich weiß, wo die Pläne sind, aber außer mir will sicher keiner, daß Sie sie sehen. Wenn ich sie Ihnen zeige, würden Sie mir dann im Vertrauen sagen, was Sie davon halten? Dann hätte ich wenigstens einen Anhaltspunkt, ob die Idee mit der neuen Tribüne gut ist oder nicht. Ich meine, es geht um die Zukunft der Rennbahn, aber ich weiß nicht, wie ich da stimmen soll, weil mir nicht klar ist, wo die einzelnen Möglichkeiten hinführen. Von daher haben Sie recht – wenn ich jetzt entscheiden müßte, wäre meine Entscheidung vom Instinkt geleitet. Ich würde nach meiner Nase gehen. Stimmt's?«

»Stimmt.«

»Sollen wir uns also die Pläne von Conrads Lieblingsarchitekt mal anschauen?«

»Ja«, sagte ich.

Er grinste. »Das mit den Entscheidungen ist super. Auf geht's, wir machen einen kleinen Einbruch.« Er stand entschlossen auf und wandte sich zur Tür. »Können Sie Schlösser knacken?«

»Kommt auf das Schloß an. Aber wenn es sein muß und wenn die Zeit reicht, schaffe ich es schon.«

»Gut.«

»Wie lange wird das dauern?« fragte ich.

Er blieb stehen und zog die Brauen hoch. »Eine halbe Stunde vielleicht.«

»Okay.«

Ich folgte ihm aus dem *Mayflower* und in sein Stadtauto, und schon preschten wir einem mir unbekannten Ziel entgegen.

»Und wenn ich nun beschließe, keine Glatze zu kriegen?« sagte er mit einer bitteren Heiterkeit.

»Das liegt nicht bei Ihnen.«

Wir fuhren in östlicher Richtung, Swindon hinter uns, Wantage den Schildern nach vor uns. Lange bevor wir dorthin kamen, stieg Dart jedoch auf die Bremse und bog durch ein offenes Tor zwischen Steinmauern auf eine kurze Einfahrt. Wir hielten vor einem großen Haus aus glatten grauen Ziegeln mit Streifen aus glatten roten Ziegeln und eingelegten Mustern aus glatten gelblichen Ziegeln, insgesamt ein (für meine Begriffe) verbotener Anblick.

»Hier bin ich aufgewachsen«, sagte Dart angeregt. »Was halten Sie davon?«

»Edwardianisch«, sagte ich.

»Dicht dran. Victorias letztes Jahr.«

»Jedenfalls gediegen.«

Ein Türmchen. Große Schiebefenster. Wintergarten. Stolzer gehobener Mittelstand.

»Meine Eltern haben es jetzt für sich allein«, sagte Dart freimütig. »Sie sind übrigens nicht da. Vater wollte sich nach der Rennbahn mit Mutter treffen. Sie kommen erst in Stunden wieder.« Er zog den Schlüsselbund aus der Zündung und stieg aus. »Wir können hinten reingehen«, sagte er, indem er einen Schlüssel heraussuchte. »Kommen Sie.«

»Nichts mit Einbrechen?«

»Später.«

Auch aus der Nähe war das Mauerwerk abscheulich, und obendrein fühlte es sich glitschig an. Der Weg nach hinten war von tristen immergrünen Sträuchern gesäumt. Auf der Rückseite befand sich ein Anbau aus rotem Backstein für die nachträglich integrierten Toiletten: Braun bestrichene Rohre liegen kreuz und quer über die Außenwand, eine Einladung an den Frost. Dart sperrte eine braun gestrichene Tür auf, und so betraten wir (buchstäblich) die Eingeweide des Hauses.

»Hier entlang«, sagte er und marschierte an einem Klo und anderen sanitären Anlagen, die man flüchtig durch halb offene Türen gewahrte, vorbei. »Und dann hier durch.« Er stieß eine Schwingtür auf, die uns vom Zweckmäßigen zum Aufwendigen führte – zu einer schwarzweiß gefliesten Eingangshalle.

Wir durchquerten sie und kamen zu einer blankpolierten Tür und einem vollgestopften eichengetäfelten Raum, in dem unzählige Pferdebilder auf das Auge einstürmten, sei es von Ölgemälden, dicht gehängt, einzeln beleuchtbar, sei es von Schwarzweißfotos in silbernen Standrahmen auf jeder geeigneten Fläche, sei es von Buchumschlägen. Pferdekopf-Bücherstützen flankierten in Leder gebundene Klassiker wie *The Irish R.M.* und *Handley Cross*. Auf einem vollen Schreibtisch diente ein silberner Fuchs als Briefbeschwerer. Silber- und Goldmünzen lagen in Schaukästen aus. Eine Reitpeitsche ringelte sich wie zufällig auf einem Sessel mit zersprungenen Federn. Ein Zeitschriftenständer war beladen mit Ausgaben von *Horse & Hound* und *Country Life*.

»Vaters Heiligtum«, sagte Dart überflüssigerweise. Er ging unbekümmert durch das Zimmer, um den Schreibtisch und den großen Drehsessel herum und blieb vor der Täfelung stehen, die hier, wie er sagte, eine von seinem Vater stets verschlossen gehaltene Schranktür verbarg.

»Da sind die Pläne für die Rennbahn drin«, fuhr er fort. »Wollen wir nachsehen?«

»Ihr Vater wäre damit nicht einverstanden.«

»Wohl wahr. Kommen Sie mir jetzt bloß nicht mit moralischen Bedenken. Sie haben doch gesagt, Sie könnten es.«

»Das ist mir zu persönlich.«

Ich trat aber zu ihm und bückte mich, um mir das Schloß genauer anzusehen. Von außen war nur ein unauffälliges Schlüsselloch zu erkennen; hätte Dart nicht gewußt, daß die Tür überhaupt vorhanden war, wäre sie fast unsichtbar gewesen, zumal ein Gemälde – Reiter und Hunde bei einem Jagdtreffen – daran hing, um den Eindruck einer durchgehenden Wand zu verstärken.

»Und?« fragte Dart.

»Wie sieht der Schlüssel aus?«

»Was meinen Sie damit?«

»Nun, ist es ein kleiner, kurzer Schlüssel oder ein langer, schmaler mit vielen Einschnitten im Bart?«

»Ein langer.«

Ich richtete mich auf und teilte ihm die schlechte Neuigkeit mit.

»Dann lasse ich die Finger davon«, sagte ich. »Liegt denn der Schlüssel nicht hier irgendwo im Zimmer?«

»Als Teenager habe ich den jahrelang gesucht. Ohne Erfolg. Und wenn wir ein bißchen Gewalt anwenden?«

»Kommt nicht in Frage.«

Dart spielte mit irgendwelchen Utensilien auf dem Schreibtisch herum. »Was ist mit dem Federmesser? Oder hiermit?« Er hielt einen langen Stiefelknöpfer hoch. »Wir wollen ja doch nichts *stehlen*. Nur mal was ansehen.«

»Weshalb hat Ihr Vater die Pläne weggeschlossen?«

Dart zuckte die Achseln, »Er ist heimlichtuerisch veranlagt. Was für *Energien* das kostet. Wär' mir viel zu mühsam.«

Das Schloß war ein altes, sicher ganz einfaches Hebelschloß und wahrscheinlich von innen aufgesetzt. Das Schlüsselloch selbst war stattliche zweieinhalb Zentimeter hoch, da mußte die Tür im Handumdrehen zu knacken sein. Am besten mit einem abgefeilten Schlüssel, aber zwei Drähte hätten auch genügt. Ich hatte jedoch nicht vor, sie aufzubrechen, denn einmal würde Conrad zu Recht wütend werden, wenn er dahinterkam, und zum anderen war mein Interesse an den Plänen nicht absolut unwiderstehlich.

»Sind wir umsonst hergekommen?« fragte Dart.

»Tut mir leid.«

»Na ja.« Seine Abenteuerlust schien problemlos einer vernünftigeren Einstellung gewichen zu sein. »Ich habe stark das Gefühl, Sie *könnten* das Schloß aufkriegen, aber Sie wollen nicht.«

Die Fahrt war eine Enttäuschung gewesen. Ich sah auf meine Uhr und fragte ihn, ob er mich zur Rennbahn zurückbringen könne. Er war einverstanden, wenn auch offenbar genauso ernüchtert wie ich. Es war klar, daß ich seine Erwartungen nicht erfüllt hatte.

Wir fuhren mit seinem Wagen wieder los, und ich fragte ihn, wo er jetzt wohne.

»Ich?« sagte er. »In Stratton Hays.«

»Ist das ein Dorf?«

»Gott behüte.« Er war amüsiert. »Ein Haus. Aber im Grunde genommen ist es wirklich so groß wie ein Dorf. Der alte Knochen war einsam nach Großmamas Tod, darum bat er mich, eine Zeitlang bei ihm zu wohnen. Das war vor ungefähr zehn Jahren. Keith hielt natürlich gar nichts davon. Er wollte mich rausdrängen und selbst einziehen. Schließlich hatte er schon einen großen Teil seines Lebens da verbracht. Er meinte, es sei gegen die Natur, daß sich da ein Zwanzigjähriger einnistet, aber Großvater wollte Keith nicht wieder im Haus haben. Ich weiß noch, was für eine Brüllerei das gab. Wenn Keith da war, hab ich mich immer verdrückt. Aber das war auch früher schon so. Jedenfalls *mochte* ich Großvater, und wir kamen gut miteinander aus. Wir haben gemeinsam zu Abend gegessen, und tagsüber habe ich ihn meistens auf dem Gut oder auf der Rennbahn herumgefahren. Eigentlich hat er die Rennbahn ja geleitet. Das heißt, der Colonel, über den Rebecca sich beschwert hat, Colonel Gardner, der alte und neue Rennbahnverwalter, hat immer getan, was Großvater wollte. Der Mann ist ausgezeichnet, egal was Rebecca sagt. Großvater hatte überhaupt eine glückliche Hand in der Wahl seiner Mitarbeiter, bei Colonel Gardner und auch bei den zweien, auf die ich angewiesen bin, dem Gutsverwalter und dem Gutsinspektor. Das ist ein Trost, denn um ehrlich zu sein, das einzige Genie, das es in unserer Familie je gab, war der erste Baron, ein Handelsbanker, der hat aus allem Geld und noch mal Geld gemacht.« Es war leichthin gesprochen, ein wenig selbstverachtend, aber die nächsten Worte sagte er mit Nachdruck. »Der alte Knabe fehlt mir gewaltig, müssen Sie wissen.«

Wir kurvten weiter, bis die paradierenden Schildbürger wieder in Sicht kamen.

»Nach Stratton Hays«, sagte Dart, »geht's geradeaus am Tor vorbei. Es ist nicht weit. Grenzt an das Rennbahngelände. Möchten Sie es sehen? Da hat ja Ihre Mutter auch mit Keith gewohnt. Da hat sie Hannah zurückgelassen.«

Ich blickte auf meine Uhr, doch die Neugier war stärker als das väterliche Verantwortungsgefühl. Ich sagte, es würde mich sehr interessieren, und wir fuhren hin.

Stratton Hays war alles, was Conrads Haus nicht war, ein in sich geschlossener alter Palast nach Art eines kleineren Hardwicke Hall. Ausgewogene Proportionen in Stein und Glas, mit leichter Hand gebaut im Goldregen der elisabethanischen Ära. Es sah noch genauso aus wie vor fast vier Jahrhunderten und ganz gewiß so wie vor vierzig Jahren, als meine Mutter dort als Braut eingezogen war.

Da sie ihr ganzes Leid in seine Mauern projiziert und »das

Stratton-Haus« als einen seelenlosen Bunker bezeichnet hatte, war ich auf seine anmutige Pracht nicht vorbereitet. Auf mich wirkte es freundlich und einladend.

»Mein Ururgroßvater hat das Schloß gekauft«, sagte Dart leutselig, »da er es als standesgemäßen Sitz für einen frisch ernannten Baron ansah. Die erste Baronin fand es nachweislich nicht edel genug. Sie wollte palladianische Säulen, Ziergiebel und Portiken.«

Auch dieses Haus betraten wir durch einen unauffälligen Nebeneingang, und wieder gelangten wir in eine schwarzweiße, doch diesmal mit Marmor ausgelegte Halle. Viel Raum zwischen den Möbeln, keine Vorhänge an den hohen Fenstern, und wie meine Mutter gesagt hatte, lag der Atem vergangener Generationen in der Luft.

»Keith hat den Westkorridor oben bewohnt«, sagte Dart, während er eine breite Treppe hinaufstieg. »Nach der Scheidung von Ihrer Mutter hat er wieder geheiratet, und Großvater bat ihn, sich mit seiner neuen Frau und Hannah eine andere Wohnung zu suchen. Da war ich natürlich noch nicht geboren. Keith wollte anscheinend nicht wegziehen, aber Großvater bestand darauf.«

Dart überquerte einen großen, unmöblierten Flur und bog um die Ecke auf einen langen, breiten Gang mit dunklem Holzboden, karminrotem Läufer und einem hohen Fenster am anderen Ende.

»Der Westkorridor«, sagte Dart. »Alle Türen sind offen. Die Zimmer werden einmal im Monat entstaubt. Sie können sich gern umschauen.«

Ich sah mich mit einem gewissen Unbehagen um. Hier hatte meine Mutter Schläge über sich ergehen lassen und das, was man heute Vergewaltigung in der Ehe nennt. In ihrem Schlafzimmer war die Zeit stehengeblieben. Mir schauderte.

Ein Ankleideraum, ein Damen-, ein Arbeits- und ein Wohnzimmer lagen ebenfalls an diesem Gang. Ein viktorianisches Bad und eine Küche neueren Datums nahmen den Raum ein, der vermutlich einmal ein zweites Schlafzimmer gewesen war. Von einem Kinderzimmer keine Spur.

Ich kehrte zu Dart zurück und dankte ihm.

»Gab es hier nie Vorhänge?« fragte ich.

»Die sind verrottet«, sagte Dart. »Großvater hat sie rausgeschmissen und wollte nicht, daß Großmama neue aufhängt.« Er ging auf die Treppe zu. »Die Großeltern haben im Ostkorridor gewohnt. Der ist genauso angelegt, aber komplett eingerichtet. Teppiche, Vorhänge, richtig nett. Alles ausgesucht von Großmama. Es kommt einem sehr leer vor, jetzt wo sie beide nicht mehr sind. Abends habe ich oft mit Großvater dort im Wohnzimmer zusammengesessen, aber jetzt halte ich mich da kaum noch auf.«

Wir gingen die Treppe hinunter.

»Wo wohnen Sie denn?« fragte ich.

»Das Haus ist E-förmig«, sagte er. »Ich habe das Erdgeschoß im Südflügel.« Er wies auf einen breiten Gang, der von der Vorhalle abging. »Vater hat das Haus geerbt, aber er und Mutter wollen hier nicht wohnen. Es ist ihnen zu groß. Jetzt verhandle ich mit Vater wegen eines Mietvertrages. Keith will mich raushaben, weil er rein möchte – zum Teufel mit ihm.«

»Der Unterhalt muß ein Vermögen kosten«, bemerkte ich.

»Der Nordflügel hat kein Dach«, sagte er. »Es ist absurd, aber wenn ein Teil des Hauses unbewohnbar ist, kostet es weniger Steuern. Das Dach da hätte erneuert werden müssen, aber es war wirtschaftlicher, die Bedachung ganz zu entfernen und das Wetter darauf loszulassen. Der Nordflügel ist hin. Die Außenwände sehen noch ganz gut aus, aber das täuscht.«

Ich würde bald wiederkommen, dachte ich, und mir, wenn ich durfte, den verfallenen Flügel einmal ansehen, doch im Augenblick ging es mir nur darum, die Gardners von ihrem ausgedehnten Babysitting zu erlösen.

Dart fuhr mich freundlicherweise die anderthalb Kilometer zurück zum Haupteingang der Rennbahn, wo uns ein massiger Mann mit Bart und Strickmütze die Zufahrt versperrte, indem er uns vor den Wagen lief. Dart fluchte, und es blieb ihm nichts anderes übrig, als mit einem Ruck anzuhalten.

»Das haben die schon mal gemacht«, sagte er. »Sie haben Tante Marjorie auf dem Weg zur Hauptversammlung aufgehalten. Und Vater und Keith auch. Die waren sauer.«

Da Roger Gardner mich über einen hinteren Eingang zu sich dirigiert hatte, war mir der Spießrutenlauf erspart geblieben. Die Jungen hätten von der sicheren hohen Warte des Busses aus bestimmt Spaß daran gehabt.

Der Bärtige trug ein Plakat mit der roten Aufschrift PFERDERECHTE GEHEN VOR. Er blieb stur vor dem Wagen stehen, während eine Frau mit scharfgeschnittenem Gesicht auf Darts Seite ans Fenster klopfte und ihm bedeutete, es herunterzudrehen. Als Dart sich standhaft weigerte, schrie sie uns ihre Parole zu, nämlich daß alle Menschen, die mit dem Rennsport zu tun hatten, Mörder seien. Ihre dünnen, angespannten Züge erinnerten mich lebhaft an Rebecca, und ich fragte mich, was bei ihnen beiden wohl zuerst kam, die Neigung, sich in etwas zu verbeißen, oder der Glaube ans gesteckte Ziel.

Sie trug ein schwarz gerändertes Plakat mit der unheilvollen Losung TOD DEN RENNBAHNBESUCHERN und erhielt Verstärkung durch eine fröhlicher gestimmte Frau, deren Botschaft-am-Stiel lautete: LASST DIE PFERDE FREI.

Jemand klopfte energisch an das Fenster auf meiner Seite, und als ich mich umdrehte, blickte ich direkt in die blitzenden Augen eines fanatischen jungen Mannes, der den glühenden Eifer eines Apostels an den Tag legte.

»Mörder«, schrie er und wedelte mir mit dem vergrößerten Foto eines Pferdes, das tot neben weißen Rails lag, vor dem Gesicht herum. »Mörder«, schrie er noch einmal.

»Die spinnen doch«, meinte Dart unbekümmert.

»Sie amüsieren sich.«

»Arme Tröpfe.«

Die ganze Empörertruppe hatte sich jetzt um den Wagen geschart, begnügte sich aber mit bösen Blicken und verzichtete auf Tätlichkeiten. Ihr Engagement ging nicht so weit, daß sie uns das Fell gerben wollten. Auf jeden Fall konnten sie sich nachher in dem Gefühl sonnen, ihre Fürsorglichkeit bewiesen zu haben. Ihnen allein würde es nicht gelingen, eine Industrie stillzulegen, die über das sechstgrößte Arbeitskräftepotential im Land gebot, doch um so ungefährlicher fanden sie es wahrscheinlich, dagegen anzugehen.

Bis jetzt, dachte ich beim Anblick ihrer zornig engagierten Gesichter, waren sie noch nicht in die Fänge professioneller Aufwiegler geraten. Vielleicht eine Frage der Zeit.

Dart hatte die Nase voll und ließ sein Auto zentimeterweise vorwärtsrollen. Der bärtige Bremsklotz stemmte sich gegen die Haube. Dart bedeutete ihm, sich zu entfernen. Der Bremser schüttelte die Faust und blieb, wo er war. Dart legte gereizt die Hand auf die Hupe, und der Bremser sprang wie elektrisiert zur Seite. Dart rollte langsam weiter. Die Plakatträgerin stelzte ein paar Schritte neben uns her, blieb jedoch abrupt stehen, als wir das Tor durchquerten. Offenbar hatte sie jemand über unbefugtes Betreten belehrt.

»Wie lästig«, sagte Dart und beschleunigte. »Was glauben Sie, wie lange die das durchziehen?«

»Für Ihre Rennveranstaltung hier am nächsten Montag«, meinte ich, »würde ich Polizei anfordern.«

5

Wo steht Ihr Wagen?« fragte Dart. »Ich fahre hinten raus. Von den Hetzbrüdern habe ich genug. Wo stehen Sie?«

»Ich bin hinten reingekommen«, sagte ich. »Setzen Sie mich da irgendwo ab.«

Er zog die Brauen hoch, sagte aber nur: »In Ordnung« und bog, als wir an der Tribüne vorbei waren, auf den unauffälligen Privatweg zum Haus des Verwalters.

»Wo kommt denn der riesige Bus her?« fragte er rhetorisch, als er ihn erblickte.

»Das ist meiner«, sagte ich, aber die Worte gingen in einem heftigen, entsetzten Ausruf Darts unter, der hinter dem Bus die unbewegte schwarze Silhouette des chauffeurgesteuerten Daimlers seiner Großtante gesichtet hatte.

»Tante Marjorie! Was zum Teufel tut *sie* hier?«

Er parkte seine Rostlaube neben dem blitzenden Prachtstück und entschloß sich wenig begeistert, der Sache nachzugehen. Der Anblick, der sich uns bot, als wir an dem modernen, gepflegten Verwalterhaus um die Ecke bogen, ließ mich in hilfloses Gelächter ausbrechen, auch wenn sonst niemand lachte.

Das zweiflügelige Garagentor stand offen. Die Garage war ausgefegt und leer. Ihr einstiger Inhalt lag in unordentlichen Haufen auf der Zufahrt – Gartengeräte, Pappkartons, ein Vorrat an Dachziegeln und etliche Rollen Nylonnetz zum Abdecken von Erdbeerbeeten. Als Schrott beiseitegestellt waren ein ausgeschlachteter Kühlschrank, ein vergammelter Kinderwagen, eine verbeulte Metalltruhe, ein von Mäusen zerfressenes Sofa und ein Wust von rostigem Draht.

Davor standen fünf unterschiedlich junge Helfer ziemlich desperat in mehr oder weniger soldatischer Haltung, während eine liebenswürdige, aber von höherer Gewalt bedrohte Mrs. Roger Gardner sie vergebens in Schutz zu nehmen suchte.

Marjories schneidende Stimme sagte soeben: »Es ist ja gut und schön, wenn ihr das ganze Zeug da rausholt, Jungens, aber so liegenlassen könnt ihr es nicht. Schafft sofort alles wieder rein.«

Die arme Mrs. Gardner sagte händeringend: »Aber Mrs. Binsham, ich wollte doch nur, daß sie die Garage ausräumen ...«

»Dieses Durcheinander ist eine Zumutung. Tut, was ich sage, Jungens. Alles wieder zurück.«

Christopher, der sich verzweifelt umblickte und mich mit Dart kommen sah, klammerte sich an uns, als seien wir die rettenden Engel in einem Gruselschocker.

»Papa!« stieß er hervor. »Wir haben die Garage leergeräumt.«

»Ja, prima.«

Marjorie fuhr auf einem Absatz herum und lenkte ihren Unwillen auf Dart und mich, doch die Eröffnung, daß ich der Vater des Arbeitstrupps war, verschlug ihr erst einmal die Sprache.

»Mr. Morris«, sagte Roger Gardners Frau hastig, »Ihre Kinder waren großartig. Bitte glauben Sie mir.«

Ein mutiges Wort, wenn man bedachte, wie sehr ihr Mann den Launen der Familie Stratton ausgeliefert war! Ich dankte ihr herzlich, daß sie so nett gewesen war, die Kinder zu beschäftigen, während ich an der Hauptversammlung teilgenommen hatte.

Marjorie Binsham sah mich durchdringend an, wandte sich aber an Dart, und ihr Mißvergnügen schwang in der Luft.

»Was tust du hier mit Mr. Morris?«

Dart sagte feige: »Er wollte Stratton Hays sehen.«

»Was du nicht sagst. Stratton Hays geht ihn nichts an. Aber diese Rennbahn, hätte ich gedacht, geht *dich* etwas an. Dich und deinen Vater. Und wie kümmert ihr euch darum? *Ich* muß hier rundfahren und nach dem Rechten sehen. Colonel Gardner und ich, nicht du und dein Vater, haben eine eingehende Besichtigung der Bahn vorgenommen.«

Ich konnte ebensogut wie sie sehen, daß Dart überhaupt noch nicht darauf gekommen war, er könne in irgendeiner Form für den Zustand der Bahn verantwortlich sein. Sie war bisher nicht in sein Aufgabengebiet gefallen. Er öffnete den Mund und schloß ihn wieder, verwahrte oder verteidigte sich aber nicht.

Ein erschöpft wirkender Colonel kam mit einem Jeep angebraust, sprang heraus und versicherte Marjorie Binsham, er habe ihre Anweisung, den Zuschauerabstand zu den Hindernissen zu vergrößern, damit es keine Verletzten mehr gab, bereits in die Tat umgesetzt.

»Das ist nicht meine Aufgabe«, hielt sie Dart vor. »Ein paar Pfosten, ein Seil, ein Schild ›Bitte zurücktreten‹, mehr braucht es nicht. Warum denkst *du* nicht daran? Die Rennbahn hat eine viel zu schlechte Presse. Noch ein Debakel wie vorigen Sonnabend können wir uns nicht leisten.«

Niemand wies darauf hin, daß die Pferde und nicht die Zuschauer das Unglück verursacht hatten.

»Außerdem«, fuhr Marjorie fort, »mußt du mit deinem Vater die Leute da am Haupteingang vertreiben. Die locken sonst Chaoten aus der ganzen Gegend an, und die Rennbahnbesucher bleiben wegen der Belästigung zu Hause. Das macht der Bahn genauso schnell den Garaus wie die hirnverbrannten Pläne von Keith und deinem Vater. Und erst Rebecca! Falls es dich interessiert, bei der Gruppe am Tor ist eine Frau, die sehr viel Ähnlichkeit mit ihr hat. *Bis jetzt* ist es nur eine Gruppe. Sieh zu, daß kein Mob daraus wird.«

»Ja, Tante Marjorie«, sagte Dart. Es war ein bißchen viel verlangt. Da wäre wohl jeder überfordert gewesen.

»Demonstranten wollen keinen Erfolg haben«, hob Marjorie hervor. »Sie wollen *demonstrieren*. Sag ihnen mal, sie sollen für bessere Bedingungen in der Pferde*pflege* demonstrieren. Die Pferde werden genug gehätschelt. Die *Pfleger* nicht.«

Niemand merkte an, daß verletzte Pfleger gewöhnlich am Leben blieben.

»Nun zu Ihnen, Mr. Morris«, sie fixierte mich mit einem scharfen Blick, »ich möchte mit Ihnen reden.« Sie wies auf ihren Wagen. »Da drin.«

»In Ordnung.«

»Und ihr räumt jetzt sofort dieses Durcheinander auf, Kinder. Colonel, ich weiß nicht, was Sie sich dabei gedacht haben. Das ist ja ein *Müllplatz* hier.«

Sie rauschte zu ihrem Wagen hinüber, ohne sich zu überzeugen, ob ich mitkam, aber ich folgte ihr.

»Mark«, sagte sie zu ihrem Chauffeur, der hinter dem Steuer saß, »bitte machen Sie einen Spaziergang.«

Er tippte an seine Uniformmütze und gehorchte ihr, als sei er die Order gewohnt, und seine Chefin wartete an der hinteren Wagentür, bis ich sie ihr öffnete.

»Gut«, sagte sie und nahm auf der geräumigen Rückbank Platz. »Bitte setzen Sie sich zu mir.«

Ich setzte mich wie angewiesen und zog die Tür zu.

»In Stratton Hays«, kam sie gleich zur Sache, »hat Ihre Mutter mit Keith gewohnt.«

»Ja«, bestätigte ich erstaunt.

»Wollte sie, daß Sie es sich ansehen?«

»Dart hat es mir freundlicherweise angeboten. Ich war so frei.«

Sie musterte mich schweigend.

»Nach ihrem Weggang habe ich Madeline nie wiedergesehen«, sagte sie schließlich. »Ich war mit ihrem Schritt nicht einverstanden. Hat sie Ihnen das erzählt?«

»Ja, schon, aber nach all den Jahren war sie Ihnen nicht mehr böse. Sie sagte, Sie hätten Ihren Bruder gedrängt, mit der übrigen Familie gegen sie Front zu machen, aber sie war Ihrem Bruder zugetan.«

»Es hat lange gedauert«, sagte sie, »bis ich herausfand, was für ein Mensch Keith ist. Wußten Sie, daß seine zweite Frau sich umgebracht hat? Als ich meinem Bruder sagte, Keith hätte Pech bei der Wahl seiner Frauen, meinte er, das sei kein Pech, es liege an Keith selber. Er sagte, Ihre Mutter habe die kleine Hannah wegen der Umstände ihrer Empfängnis nicht lieben und nicht pflegen können. Sie hatte meinem Bruder gesagt, ihr werde übel, wenn sie das Kind nur anfasse.«

»Das hat sie mir nicht erzählt.«

Marjorie sagte: »Ich möchte Sie hiermit um Entschuldigung dafür bitten, wie ich Ihre Mutter behandelt habe.«

Ich überlegte nur kurz, was wohl im Sinne meiner Mutter gewesen wäre. »Einverstanden«, sagte ich.

»Danke.«

Ich dachte, damit sei die Unterredung beendet, doch schien es nicht so. »Keiths dritte Frau ist ihm weggelaufen und hat sich wegen unheilbarer Zerrüttung der Ehe scheiden lassen. Jetzt hat er eine vierte Frau, Imogen, die ist die halbe Zeit betrunken.«

»Warum läuft sie ihm nicht auch weg?« fragte ich.

»Sie will oder kann nicht zugeben, daß sie einen Fehler gemacht hat.«

Das kam meiner eigenen Gefühlssituation nah genug, um mir die Sprache zu verschlagen.

»Keith«, sagte seine Tante, »ist der einzige Stratton, der knapp bei Kasse ist. Das weiß ich von Imogen. Sie kann nach dem sechsten Glas Wodka den Mund nicht halten. Keith hat Schulden. Deshalb drängt er auf den Verkauf der Rennbahn. Er braucht das Geld.«

Ich betrachtete das Bild, das Marjorie nach außen bot: die kleine alte Dame hoch in den Achtzigern, mit welligem weißem Haar, zartrosa Lippen, blasser Haut und dunklen Falkenaugen.

Der scharfe, energische Verstand und die bündige Sprache kamen vielleicht den Eigenschaften des Finanzgenies am nächsten, das die Familie Stratton gegründet hatte.

»Ich war wütend auf meinen Bruder, weil er Madeline damals die Anteile gegeben hat«, sagte sie. »Er konnte mitunter starrköpfig sein. Jetzt, nach all den Jahren, bin ich froh, daß er es getan hat. Ich bin froh«, schloß sie langsam, »daß jemand von außerhalb der Familie da ist, der ein wenig Objektivität und Augenmaß in das Stratton-Treibhaus bringen kann.«

»Ob ich das kann, weiß ich nicht.«

»Entscheidend ist«, sagte sie, »ob Sie es wollen. Oder vielmehr, wie sehr Sie es wollen. Hätten Sie überhaupt kein Interesse, wären Sie heute hier nicht aufgetaucht.«

»Das stimmt.«

»Sie könnten mir einen Gefallen tun«, sagte sie, »wenn Sie herausfänden, wieviel Schulden Keith hat und bei wem. Und wenn Sie herausfinden würden, in welcher Beziehung Conrad zu dem von ihm beauftragten Architekten steht, der laut Colonel Gardner den Rennsport nicht kennt und im Begriff ist, ein Monstrum zu entwerfen. Der Colonel meint, wir brauchten eher einen Architekten wie den, der Ihr Haus gebaut hat, aber der entwerfe nur im kleineren Stil.«

»Der Colonel hat Ihnen gesagt, daß er bei mir war?«

»Das Vernünftigste, was er in diesem Jahr getan hat.«

»Sie erstaunen mich.«

»Ich möchte Sie als Verbündeten«, sagte sie. »Helfen Sie mir, die Rennbahn zum Erfolg zu führen.«

Ich bemühte mich, mir über meine gemischten Gefühle klarzuwerden, und noch aus diesem inneren Widerstreit, nicht aus wohldurchdachten Gründen, kam meine Antwort.

»Na schön, ich will es versuchen.«

Sie streckte eine kleine Hand aus, um die Übereinkunft zu besiegeln, und ich ergriff sie, eine bindende Verpflichtung.

Marjorie ließ sich davonfahren, ohne der entrümpelten Garage erst noch einen Besuch abzustatten, und das war auch ganz gut, denn ich fand das Durcheinander dort unverändert vor, und die Jungen, die Gardners und Dart saßen in der Gardnerschen Küche und räumten mit einem Kuchen auf. Heller Rosinenkuchen, warm und duftend, frisch aus dem Ofen. Christopher fragte nach dem Rezept, »damit Pa den im Bus backen kann«.

»Pa kann kochen?« fragte Dart ironisch.

»Pa kann alles«, sagte Neil schmatzend.

Pa, dachte ich bei mir, hatte sich wahrscheinlich gerade aus einem Impuls heraus auf den sichersten Weg zum Mißerfolg begeben.

»Colonel –«, setzte ich an.

Er unterbrach. »Sagen Sie Roger zu mir.«

»Roger«, sagte ich, »kann ich ... ich meine, kann der Architekt, der mein Haus entworfen hat, morgen mal herkommen und die Tribünen so, wie sie jetzt sind, besichtigen? Sie werden ja bestimmt fachmännisch beraten, was die Bausubstanz und so weiter angeht, aber könnten wir mal noch ein unabhängiges Gutachten einholen, um festzustellen, ob neue Tribünen für eine rentable Zukunft unbedingt nötig sind oder nicht?«

Dart hörte mittendrin auf, sein Stück Kuchen zu kauen, und Roger Gardners Gesicht verlor etwas von seinem gewohnt düsteren Ausdruck.

»Mit Vergnügen«, sagte er, »aber nicht morgen. Ich habe die Rennbahnarbeiter bestellt, und die werden in voller Besetzung hier sein und alles für die Veranstaltung am Montag in Schuß bringen.«

»Am Freitag also?«

Er meinte zweifelnd: »Das wäre der Karfreitag. Wir haben ja Ostern. Vielleicht möchte Ihr Fachmann an Karfreitag nicht arbeiten.«

»Der tut, was ich ihm sage«, erwiderte ich. »Ich bin es selbst.«

Roger und auch Dart waren überrascht.

»Ich bin staatlich geprüfter Architekt«, sagte ich sanft. »Ich habe fünf anstrengende Jahre an der Bauschule der Architectural Association studiert, einer der anspruchsvollsten überhaupt. Es stimmt, daß ich mich mit Häusern lieber als mit Hochbauten befasse, und zwar, weil horizontale Linien, die sich in die Natur einfügen, mir mehr entsprechen. Ich bin ein Schüler von Frank Lloyd Wright, nicht von Le Corbusier, falls Ihnen das etwas sagt.«

»Die Namen kenne ich«, meinte Dart. »Aber wer kennt sie nicht?«

»Frank Lloyd Wright«, sagt ich, »hat das Auslegerdach entwickelt, das man weltweit auf neueren Tribünen sieht.«

»Wir haben kein Auslegerdach«, sagte Roger nachdenklich.

»Nein, aber schauen wir mal, *was* Sie haben und auf was Sie getrost verzichten können.«

Darts Einstellung zu mir hatte sich ein wenig geändert.

»Sie sagten, Sie seien Bauunternehmer«, hielt er mir vor.

»Das bin ich auch.«

Dart sah die Kinder an. »Was macht euer Vater?« fragte er.

»Er baut Häuser.«

»Heißt das, mit seinen eigenen Händen?«

»Na ja«, erläuterte Edward, »mit Spaten und Traufel und Säge und allem.«

»Verfallene Häuser«, setzte Christopher hinzu. »Wir sind über die Osterferien auf Ruinensuche.«

Gemeinsam schilderten sie einem immer erstaunteren Publikum ihre Lebensgewohnheiten. Gerade daß sie ihre für Kinder keineswegs alltäglichen Erfahrungen als selbstverständlich hinnahmen, rief Verwunderung hervor.

»Aber das letzte, das er ausgebaut hat, behalten wir. Stimmt's, Papa?«

»Ja.«

»*Versprich es.*«

Ich versprach es ungefähr zum zwanzigsten Mal, und auch daran ließ sich ablesen, wie groß ihre Sorge war, denn ich hatte ihnen gegenüber noch immer Wort gehalten.

»Ihr seid es bestimmt leid, dauernd umzuziehen«, meinte Mrs. Gardner verständnisvoll.

»Daran liegt es nicht«, erklärte ihr Christopher, »es ist wegen dem Haus. Das ist hervorragend.« Hervorragend bedeutete in seinem Teenagerjargon lediglich das Gegenteil von schrecklich (oder *schräg*lich, wie er es sinnigerweise aussprach).

Roger nickte jedoch und stimmte zu. »Hervorragend. Nur verdammt schwer zu heizen, könnte ich mir vorstellen, bei so viel Raum.«

»Es hat ein Hypokaustum«, sagte Neil und leckte sich die Finger. Die Gardners und Dart starrten ihn an.

»Was«, gab Dart schließlich nach, »ist ein Hypokaustum?«

»Eine von den Römern erfundene Zentralheizung«, sagte mein Siebenjähriger gelassen. »Man bläst Heißluft durch Hohlräume und Rohrleitungen unter dem Steinboden, und der Boden bleibt immer warm. Pa dachte, es müßte funktionieren, und es klappt auch. Wir sind den ganzen Winter ohne Schuhe herumgelaufen.«

Roger drehte sich zu mir um.

»Gut, kommen Sie am Freitag«, sagte er.

Als ich zwei Tage später am sonnigen Morgen mit dem Bus wieder an gleicher Stelle erschien, war der Platz vor der Garage nicht vollgestellt mit dem Müll von Jahrzehnten, sondern voll von Pferden.

Meine Söhne starrten aus ihren sicheren Fenstern auf einen Trupp von vielleicht sechs großen, beweglichen Vierbeinern und beschlossen, ihnen lieber nicht vor die Hufe zu laufen, auch wenn jedes Tier von einem Reiter gebändigt wurde.

In meinen Augen waren die Tiere nicht schlank genug, um Rennpferde zu sein, und auch die Reiter nicht so leicht, wie Pferdepfleger es gemeinhin sind, und als ich mich aus dem Bus schwang, kam Roger rasch vom Haus herüber, wich ein paar massigen Hinterhänden aus und sagte mir, das seien Conrads Hunter bei ihrer Morgenarbeit. Eigentlich hätten sie auf der Landstraße gehen sollen, sagte Roger, aber sie seien von sechs oder sieben Strickmützen, die immer noch stur den Haupteingang blockierten, regelrecht angegriffen worden.

»Wo kommen sie denn her?« fragte ich und schaute mich um.

»Die Pferde? Conrad hat sie hier auf der Rennbahn stehen, in einem Hof drüben beim Hintereingang, wo Sie reingekommen sind.«

Ich nickte. Ich hatte die Ställe vermutlich von hinten gesehen.

»Jetzt traben sie hier den Serviceweg rauf und runter«, sagte Roger. »Das ist zwar nicht ideal, aber ich lasse sie nicht aufs Geläuf wie sonst manchmal, weil alles schon für die Veranstaltung am Montag fertig ist. Wollen Ihre Jungs nicht aussteigen und ihnen zusehen?«

»Glaub ich nicht«, sagte ich. »Seit dem Gemetzel am Graben vorigen Samstag haben sie ein bißchen Angst vor Pferden. Sie waren entsetzt über die Verletzungen des toten Zuschauers.«

»Ich hatte vergessen, daß sie den armen Mann gesehen haben. Sollen sie denn im Bus bleiben, bis Sie und ich mit den Tribünen durch sind? Ich habe auch die alten Pläne bei mir im Büro parat liegen. Wenn Sie wollen, sehen wir uns die erst mal an.«

Ich hielt es für das beste, mit den Jungen möglichst nah an das Büro heranzufahren, und so parkten wir den Bus dort, wo vor zwei Tagen die Stratton-Autos gestanden hatten. Die Jungen waren darüber erleichtert und fragten, ob sie auf der Tribüne Versteck spielen dürften, sie würden auch bestimmt nichts kaputtmachen.

Roger willigte zögernd ein. »Ihr werdet sehen, daß viele Türen abgesperrt sind«, sagte er ihnen. »Und gestern ist hier schon für Montag geputzt worden, also macht nichts dreckig.«

Sie versprachen es. Roger und ich ließen sie allein, als sie anfingen, die Spielregeln aufzustellen, und gingen zu einem niedrigen, weiß gestrichenen Gebäude gegenüber dem Führring.

»Ziehen sie wieder auf Piratenfang?« fragte Roger belustigt.

»Ich glaube, heute wird's der Sturm auf die Bastille. Dabei muß man einen Gefangenen befreien, ohne selbst gefangen zu werden. Dann muß der Befreite sich verstecken, damit ihn keiner wieder einfängt.«

Ich drehte mich um, als Roger sein Büro aufschloß. Die Jungen winkten. Ich winkte zurück, trat dann ein und begann mich durch eine Reihe uralter Baupläne durchzuarbeiten, die so lange gerollt gewesen waren, daß jeder Versuch, sie zu glätten, wie ein Kampf mit einem Kraken war.

Ich zog meine Jacke aus und hängte sie über eine Stuhllehne, um mehr Bewegungsfreiheit zu haben, und Roger meinte, was für ein warmer Frühlingstag es doch sei und daß es hoffentlich bis Montag so bliebe.

Die meisten Pläne erwiesen sich als Arbeitsentwürfe mit detaillierten Angaben bis hin zur letzten Schraube. Sie waren exakt, komplett und eindrucksvoll, und das sagte ich auch.

»Das Problem ist nur«, meinte Roger mit einem schiefen Lächeln, »daß der Bauunternehmer sich nicht an die Angaben gehalten hat. Erst kürzlich hat sich herausgestellt, daß Beton, der fünfzehn Zentimeter dick sein sollte und die Stahleinlagen ausreichend bedeckt hätte, nur knapp elfeinhalb Zentimeter dick ist, und jetzt gibt es an den Logen endlose Scherereien, weil Wasser in die rissig gewordene Wand eindringt und die Eisenstäbe angreift, die sich durch den Rost natürlich dehnen, so daß der Beton noch mehr Risse bekommt. Es *bröckelt* an manchen Stellen.«

»Er platzt ab«, nickte ich. »Das kann gefährlich sein.«

»Und wenn Sie sich den Gesamtplan der Wasseranschlüsse und der Kanalisation ansehen, dann sind die Zeichnungen sehr schlüssig, aber in Wirklichkeit verlaufen die Wasser- und Abwasserleitungen nicht so. Eine Reihe Damentoiletten hier war aus unerfindlichen Gründen verstopft und hat den Boden überflutet, aber das Abflußrohr schien frei zu sein, und dann merkten wir, daß wir den falschen Abfluß inspizierten; der Toilettenabfluß lief in eine ganze andere Richtung und hatte sich völlig zugesetzt.«

Es war vertrautes Terrain. Bauunternehmer hatten ihren eigenen Kopf und mißachteten oft die sinnvollsten Weisungen des Architekten, sei es, weil sie wirklich dachten, sie wüßten es besser, oder um auf Kosten der Qualität mehr Gewinn herauszuschlagen.

Wir rollten noch ein Dutzend Pläne auf und versuchten sie mit Bechern voller Schreibstifte niederzuhalten, ein aussichtsloses Unterfangen. Dennoch konnte ich mir ein Bild vom Sollzustand machen und mir die Druckzonen und Schwachstellen ausrechnen, auf die zu achten war. Ich hatte schon sehr viel unzuverlässigere alte Baupläne gesehen, und die Zuschauerbauten hier waren effektiv keine Ruine: Weit über ein halbes Jahrhundert hatten sie Wind und Wetter widerstanden.

Im wesentlichen bestand die Tribünenfront mit den Zuschauerplätzen aus Stahlbeton und aus Stahlträgern, auf denen auch das Dach ruhte. Zusätzliche massive Steinpfeiler dienten als Stützen für die Bars, Restaurants und die nichtöffentlichen Räume der Rennleitung und der Besitzer. Eine Treppe in der Mitte des Tribünengebäudes führte fünf Stockwerke hinauf und bot auf der ganzen Länge Zugang nach innen wie nach außen. Ein einfaches, zweckmäßiges Konzept, wenn auch inzwischen überholt.

Die Tür des Büros flog plötzlich auf, und Neil stürzte herein.

»Papa«, sagte er eindringlich, »Papa ...«

»Ich hab zu tun, Neil.«

»Aber es ist dringend. Wirklich ganz dringend.«

Ich ließ aus Versehen eine Rolle Zeichnungen zusammenschnurren. »Wieso denn?« fragte ich und versuchte sie wieder auseinanderzudrehen.

»Ich habe so weiße Kabel gesehen, Papa, die durch die Wände laufen.«

»Was für Kabel?«

»Weißt du noch, wie sie den Schornstein hochgejagt haben?«

Ich überließ die Pläne sich selbst und konzentrierte mich ganz auf meinen aufmerksamen Sohn. Mein Herz übersprang einen Schlag. Ich erinnerte mich sehr gut an den hochgejagten Schornstein.

»Wo sind die Kabel?« fragte ich, um Ruhe bemüht.

Neil sagte: »In der Nähe der Bar, wo der Boden so riecht.«

»Wovon redet er bloß?« wollte Roger wissen.

»Wo sind deine Brüder?« sagte ich knapp.

»Auf der Tribüne. Sie haben sich versteckt. Ich weiß nicht, wo.« Neils Augen waren groß. »Sie dürfen nicht in die Luft gehen, Papa.«

»Nein.« Ich wandte mich an Roger. »Können Sie die Lautsprecheranlage für die Tribüne einschalten?«

»Was in aller –«

»*Können* Sie's?« Ich merkte, wie die Panik in mir hochstieg; kämpfte sie nieder.

»Aber –«

»Herrgott noch mal«, und ich brüllte ihn ungerechterweise fast an. »Neil sagt, er hat Sprengschnur und Sprengladungen auf der Tribüne gesehen.«

Rogers Gesicht erstarrte. »Ist das Ihr Ernst?«

»So wie bei dem Fabrikschornstein?« fragte ich Neil, um sicherzugehen.

»Ja, Papa. *Genauso.* Nun komm doch.«

»Die Lautsprecher«, drängte ich Roger zutiefst beunruhigt. »Ich muß die Kinder sofort da wegholen.«

Er warf mir einen verdatterten Blick zu, setzte sich aber endlich in Bewegung, und wir eilten aus seinem Büro und rannten fast durch den Führring zum Waageraum, während er seinen Schlüsselbund hervorholte. Wir standen an der Tür des Büros von Oliver Wells; vor der Höhle des Vereinssekretärs.

»Wir haben die Lautsprecher gestern getestet«, sagte Roger, etwas umständlich hantierend. »Sind Sie auch *sicher*? Er ist noch so klein. Er hat sich bestimmt geirrt.«

»Lassen Sie es nicht drauf ankommen«, sagte ich und hätte ihn am liebsten an den Schultern gerüttelt.

Er brachte die Tür endlich auf und ging zu einer mit Blech verkleideten Schaltanlage.

»So«, sagte er und drückte auf eine Taste. »Sie können direkt von hier aus sprechen. Muß nur das Mikrofon anschließen.«

Er holte ein altmodisches Mikro aus einer Schublade, schob den Stecker ein und gab es mir. »Sprechen Sie«, sagte er.

Ich holte Luft und bemühte mich um einen eindringlichen, möglichst aber nicht beunruhigenden Ton, obwohl mir selbst die Angst im Nacken saß.

»Hier ist Papa«, sagte ich gedehnt, damit sie mich genau verstehen konnten, »Christopher, Toby, Edward, Alan, auf der Tribüne ist es gefährlich. Wo immer ihr euch versteckt haltet, jetzt verlaßt die Tribüne und kommt zu dem Tor an den Rails, da, wo wir vorigen Sonntag die Bahn runtergegangen sind. Kommt vorn heraus und versammelt euch an dem Tor. Das Tor ist der Treffpunkt. Kommt *sofort.* Das Bastillespiel ist erst mal aus. Ihr müßt unbedingt sofort zu dem Tor kommen, durch das wir auf die Bahn gegangen sind. Es ist nicht weit vom Ziel weg, und jetzt ab mit euch. Die Tribüne ist gefährlich. Sie kann jeden Augenblick in die Luft gehen.«

Ich schaltete kurz aus und sagte zu Neil: »Weißt du, wie man zu dem Tor kommt?«

Er nickte und beschrieb mir genau den Weg.

»Dann geh du bitte auch hin, damit die anderen dich sehen, ja? Und sag ihnen, was du entdeckt hast.«

»Ja, Papa.«

Ich sagte zu Roger: »Haben Sie den Schlüssel für das Tor?«

»Ja, aber –«

»Es wäre mir lieber, sie könnten da raus und hinüber ans Ziel laufen. Selbst das ist vielleicht noch nicht weit genug.«

»Jetzt übertreiben Sie ja wohl«, wandte er ein.

»Das hoffe ich zu Gott.«

Neil hatte nicht gewartet. Ich sah die kleine Gestalt davonrennen. »Wir haben uns mal angesehen, wie ein alter Fabrikschlot gesprengt wurde«, erklärte ich Roger. »Die Jungen waren fasziniert. Sie haben auch gesehen, wie die Ladungen angebracht wurden. Das ist erst drei Monate her.« Ich sprach wieder in das Mikrofon. »Kommt runter an das Tor, Jungs. Es ist sehr, sehr dringend. Die Tribünen sind gefährlich. Sie können in die Luft gehen. Lauft schnell.« Ich wandte mich an Roger. »Würden Sie ihnen das Tor aufschließen?«

Er sagte: »Warum gehen Sie nicht selbst?«

»Wäre es nicht besser, ich sehe mal nach der Schnur?«

»Aber –«

»Also ich muß doch klären, ob Neil recht hat, oder? Und wir wissen ja auch nicht, *wann* die Ladungen gezündet werden sollen. Das kann in fünf Minuten, in fünf Stunden oder heute abend im Dunkeln sein. Die Jungen darf ich aber nicht gefährden. Die müssen sofort raus.«

Roger schluckte und erhob keine Einwände mehr. Beide liefen wir aus dem Büro und zur Tribünenvorderseite, er, um das Tor aufzuschließen, ich, um festzustellen, ob sie alle in Sicherheit waren.

Das Grüppchen am Tor wuchs auf vier an, als Neil dazustieß. Vier, nicht fünf.

Vier. *Nicht Toby.*

Ich rannte in Olivers Büro zurück und ergriff das Mikrofon.

»Toby, das ist jetzt *kein* Spiel. Komm von der Tribüne runter, Toby. Es ist gefährlich auf der Tribüne. Toby, tu um Himmels willen, was ich sage. *Das ist jetzt kein Spiel.*«

Ich hörte meine Stimme überall im Gebäude und auf den Sattelplätzen widerhallen. Ich wiederholte den Aufruf und lief dann erneut um die Tribüne herum nach vorn, um zu sehen, ob Toby gehört und gehorcht hatte.

Vier Jungen. Vier Jungen und Roger gingen über die Bahn zur Ziellinie. Sie liefen nicht. Wenn Toby sie sah, würde er keinen Grund zur Eile erkennen.

»Du kleiner Mistkerl, *komm*«, sagte ich leise. »*Hör* einmal in deinem Leben auf mich.«

Ich lief wieder ans Mikrofon und sagte es unverblümt und laut. »Auf der Tribüne sind Sprengladungen, Toby, hörst du mich? Erinnerst du dich an den Fabrikschornstein? So kann auch die Tribüne hochgehen. Komm schnell da raus, Toby, und lauf zu den anderen.«

Wieder lief ich auf den Platz vor der Tribüne, und wieder tauchte Toby nicht auf.

Ich war kein Abbruchspezialist. Wenn ich ein Gebäude bis auf die Grundmauern abreißen wollte, machte ich das gewöhnlich Stein für Stein und rettete, was noch zu retten war. Im Augenblick wäre ich froh gewesen, ich hätte mehr gewußt. Das Wichtigste war auf alle Fälle, mich davon zu überzeugen, was Neil gesehen hatte, und dafür mußte ich die Haupttreppe hinaufgehen, an der auch die Bar mit dem scharf riechenden Fußboden lag; die Mitgliederbar, in der immer so beklagenswert wenig Betrieb war.

Ich hatte bemerkt, daß es die gleiche Treppe war, die auf einer Ebene durch eine Flügeltür zu den geheiligten, mit Teppich ausgelegten Räumen der Strattons führte. Den Plänen und auch meiner Erinnerung nach war diese Treppe die vertikale Schlagader zur Versorgung aller Etagen der Haupttribüne; das Kernstück des ganzen Hauptgebäudes.

Oben befand sich ein großer verglaster Raum wie ein Kontrollturm, von dem aus die Mitglieder der Rennleitung mit mächtigen Ferngläsern den Rennen zuschauten. Ein moderner Ableger der Treppe führte noch eins höher zu einem Presseraum mit Fernsehanlage, dem Horst für die Bahnsprecher und die schreibende Zunft.

Auf anderen Ebenen gelangte man über die Treppe nach innen zu einem Mitglieder-Speiseraum und nach draußen zu einer Abteilung luftiger, den Elementen ausgesetzter Stehplätze. Im ersten Stock führte ein Gang zu einer Reihe von Logen mit zierlichen, leichten weißen Holzstühlen zur Entlastung der müden Beine reicher Leute.

Ich lief von der Tribünenfront zur Treppe und hinauf zu der stinkenden Mitgliederbar. Die Tür der Gaststube war verschlossen, aber an der weiß gestrichenen Flurwand lief knapp einen halben Meter über dem Boden eine unscheinbare, dicke weiße Schnur entlang, die aussah wie die Wäscheleinen, auf denen man im Garten hinterm Haus die nassen Sachen trocknet.

In Abständen war die Schnur in die Wand eingelassen und kam wieder zum Vorschein, um schließlich in einem durchgehenden Bohrloch zwischen Flur und Bar außer Sicht zu verschwinden.

Neil hatte sich nicht geirrt. Die weiße Pseudo-Wäscheleine war tatsächlich eine sogenannte »Sprengschnur«, die mit einer Geschwindigkeit von rund achtzehntausend Metern pro Sekunde detonieren und alles, was an ihrem Weg lag, in die Luft jagen konnte. Überall da, wo die Schnur in die Wand eingelassen war, befand sich wahrscheinlich eine komprimierte Ladung Plastiksprengstoff. Kompression erhöht immer die Wirkung von Sprengmitteln.

Sprengschnur ist nicht zu vergleichen mit der herkömmlichen Zündschnur, die langsam einem Objekt mit der Aufschrift BOMBE entgegenzischelt wie in Comics und alten Wildweststreifen. Sprengschnur ist selbst ein Sprengmittel; und diese hier lief mindestens vom Stockwerk unter mir bis zum nächsthöheren an den Wänden des Treppenhauses entlang.

Ich brüllte aus vollem Hals, so laut ich konnte: »Toby!« Brüllte »Toby« nach oben und »Toby!« nach unten und bekam keinerlei Antwort.

»Toby, falls du hier bist, hier ist alles voll Sprengstoff.« Ich rief es die Treppe hinauf, die Treppe hinunter.

Nichts.

Er mußte woanders sein, dachte ich. Aber wo? *Wo*? Alle Gebäude hier konnten mit Sprengschnurgirlanden behangen sein, vom Club über den Tattersalls-Ring, wo an Renntagen die Buchmacher ihre Stände aufschlugen, bis zu dem billigsten der drei Ränge, wo es fast mehr Gaststuben als Sitzreihen gab.

»Toby!« rief ich, und die Antwort war Schweigen.

Es bestand keine Aussicht, daß ich auf wunderbare Weise einen offenbar sorgfältig geplanten Anschlag vereiteln konnte. Dazu wußte ich zu wenig – ich wußte nicht einmal, wo ich hätte anfangen sollen. Das Wichtigste für mich war auf alle Fälle die Sicherheit meines Sohnes, und so wandte ich mich wieder hinaus ins Freie, um den Riesenkomplex ein Stück hinunterzulaufen und es noch einmal zu versuchen.

Gerade wollte ich losrennen, da hörte ich einen winzigen Laut, und mir war, als käme er von weiter oben, von irgendwo über mir.

Ich stürzte zwei Etagen höher zum Richternest, dem Ausguck der Rennleitung, und rief noch einmal. Ich suchte die Tür des Raumes zu öffnen, und wie so viele war sie abgesperrt. Da konnte er nicht drin sein, doch ich rief trotzdem.

»Toby, falls du da bist, komm bitte raus. Hier kann alles jeden Moment in die Luft fliegen. Bitte, Toby. *Bitte.*«

Nichts. Falscher Alarm. Ich wollte wieder nach unten, um woanders weiterzusuchen.

Ein zittriges Stimmchen sagte: »Papa?«

Ich wirbelte herum. Er schälte sich gerade aus seinem maßgeschneiderten Versteck, einem spinnbeinigen kleinen Sideboard neben einer leeren Reihe Garderobenhaken für die Hüte und Mäntel der Rennleitungsmitglieder.

»Gott sei Dank«, sagte ich knapp. »Komm jetzt.«

»Ich war der entflohene Sträfling«, sagte er und richtete sich auf. »Wenn sie mich entdeckt hätten, wäre ich wieder in die Bastille gekommen.«

Ich hörte kaum hin. Ich wußte bei aller Erleichterung nur, daß wir keine Zeit verlieren durften.

»Geht die Tribüne wirklich hoch, Papa?«

»Hauen wir erst mal ab.«

Ich nahm ihn bei der Hand und zog ihn mit zur Treppe, da machte es *Rrrums* unter uns, dann kam ein Blitz, ein fürchterliches Krachen, und alles um uns her geriet ins Wanken – ungefähr so, wie ich mir ein Erdbeben vorstellte.

6

In dem Sekundenbruchteil, der ein Denken noch zuließ, schrien Verstand und Instinkt mir zu, daß die Treppe selbst, mit Sprengstoff bekränzt und umwickelt, eine Todesfalle war.

Ich schlang die Arme um Toby, drehte mich auf dem schwankenden Boden herum, wobei ich noch fast ausglitt, und warf mich mit aller durch die Arbeit antrainierten Kraft zurück in Richtung von Tobys Schrankversteck neben dem Richternest.

Das Herz von Stratton Park wurde eingedrückt. Die Treppe riß und barst und krachte, als die Wände ringsherum einstürzten und die anliegenden Räume zu offenen, ausgezackten Höhlen wurden. Die Tür zum Richternest flog auf, die Aussichtsfenster zersprangen zu scharfen Speerspitzen. Der entsetzliche Lärm betäubte die Ohren. Die Tribüne brach mit einem kreischenden Geräusch auseinander, Holz gegen Holz gegen Ziegel gegen Beton gegen Stein gegen Stahl.

Mit Toby unter mir fiel ich nach vorn und suchte hastig einen Halt für die Füße, um nicht auf die zerstörte Treppe zuzurutschen; und der alles überragende Turm, der Aussichtspunkt für Presse und Fernsehen, krachte durch Deckenbalken und Putz auf uns herunter und ging als scharfkantiger Schutt in unmöglichen Winkeln über meinem Rücken und meinen Beinen nieder. Mir war, als könnte ich nicht mehr atmen. Wellen stechenden Schmerzes nagelten mich am Boden fest. Jede Bewegung war unmöglich.

Schwarze Rauchschwaden, die von der Treppe heraufstiegen, füllten die Lungen, verstopften sie und lösten Hustenkrämpfe aus, aber da war kein Platz zum Husten.

Das Getöse legte sich allmählich. Von tief unten ein leises Knarren, hin und wieder ein Krachen. Überall schwarzer Qualm, grauer Staub. In mir, Schmerzen.

»Papa«, sagte Tobys Stimme, »du erdrückst mich.« Auch er hustete. »Ich kriege keine Luft, Papa.«

Ich sah verwirrt auf ihn herunter. Sein brauner Haarschopf ging mir bis ans Kinn. Unpassenderweise – aber die Gedanken kommen nun einmal, wie sie wollen – dachte ich daran, wie seine Mutter sich früher oft beklagt hatte: »Lee, du erdrückst mich«, und wie ich mich dann, um ihr nicht so schwer zu sein, auf die Ellbogen gestützt und in ihre schimmernden, lachenden Augen geschaut und sie geküßt hatte, worauf sie schließlich meinte, eines Tages würde ich ihr mit meiner Kraft noch die Lungen eindrücken und die Rippen brechen und sie vor Liebe ersticken.

Ihr die Lungen eindrücken, die Rippen brechen, sie erstikken ... du lieber Gott.

Mit einiger Mühe brachte ich meine Ellbogen in die vertraute Stützlage und wandte mich Amandas zwölfjährigem Sohn zu.

»Rutsch raus«, sagte ich hustend. »Schieb dich nach oben raus, den Kopf voran.«

»Papa ... du bist zu schwer.«

»Nun komm«, sagte ich, »du kannst hier nicht den ganzen Tag liegen.« Anders ausgedrückt, ich wußte nicht, wie lange ich mich von ihm wegstemmen konnte, um ihn nicht umzubringen.

Ich kam mir vor wie Atlas, nur daß die Welt nicht auf meinen Schultern lag, sondern unter ihnen.

Ungeachtet der Situation schien die Sonne zu uns herein. Oben blauer Himmel, zu sehen durch das Loch im Dach. Der schwarze Qualm zog da hindurch und löste sich allmählich auf. Toby zwängte sich in krampfhaften kleinen Rucken nach oben, bis sein Gesicht gleichauf mit meinem war. Seine braunen Augen sahen entsetzt aus, und entgegen seiner Gewohnheit weinte er.

Ich gab ihm einen Kuß auf die Wange, was er normalerweise nicht mochte. Diesmal schien es ihn nicht zu kümmern, und er wischte ihn auch nicht ab.

»Es ist schon gut«, sagte ich. »Es ist vorbei. Uns ist nichts passiert. Wir müssen nur sehen, daß wir hier rauskommen. Rutsch weiter. Du machst das prima.«

Er schob sich mühsam, Zentimeter für Zentimeter, heraus, indem er Mauerstücke aus dem Weg stieß. Ich hörte ihn noch schluchzen, aber er jammerte nicht. Schließlich kniete er ein wenig keuchend in Höhe meiner rechten Schulter und hustete ein paarmal.

»Gut gemacht«, sagte ich. Ich ließ meinen Brustkorb auf den Boden sinken. Keine übermäßige Erleichterung, außer für meine Ellbogen.

»Papa, du blutest.«

»Halb so schlimm.«

Neuerliches Schluchzen.

»Hör auf zu weinen«, sagte ich.

»Der Mann da«, sagte er, »das Pferd hat ihm in die Augen getreten.«

Ich drehte den rechten Unterarm in seine Richtung. »Nimm meine Hand«, sagte ich. Zögernd legte er die Finger in meine Handfläche, und ich umfaßte sie leicht. »Schau mal«, sagte ich, »es passieren wirklich böse Sachen. Das Gesicht von dem Mann wirst du dein Leben lang nicht vergessen. Aber du wirst immer seltener daran denken und nicht, wie jetzt, die ganze Zeit. Du wirst auch nicht vergessen, wie die Tribüne hier über uns eingestürzt ist. Eine Menge Leute tragen wirklich schreckliche Erinnerungen mit sich herum. Wenn du über den Mann da reden willst, höre ich dir immer zu.«

Er drückte mir heftig die Hand und ließ sie dann los.

»Wir können hier nicht ewig herumhängen«, sagte er.

Trotz unserer reichlich ungünstigen Lage mußte ich lächeln.

»Es ist anzunehmen«, bemerkte ich, »daß deine Brüder und Colonel Gardner die Umgestaltung der Tribüne mitgekriegt haben. Also wird jemand kommen.«

»Ich kann ja mal aus dem kaputten Fenster winken, damit sie sehen, wo wir sind.«

»Bleib, wo du bist«, sagte ich scharf. »Jedes Stück Boden kann einstürzen.«

»Doch nicht hier, Papa.« Er blickte wild um sich. »Der Boden unter uns auch, Papa?«

»Der hält schon«, sagte ich und hoffte nur, daß es auch stimmte. Der ganze Flur fiel jetzt allerdings schräg nach dem Loch hin ab, wo die Treppe gewesen war, und ich hätte nicht ausgelassen darauf herumturnen mögen.

Der Druck der Trümmer von Decke, Dach und Presseturm auf meinem Rücken und meinen Beinen hielt unvermindert an und nagelte mich fest. Aber ich konnte die Zehen in den Schuhen bewegen, und ich spürte mehr als genug. Wenn der Bau nicht unter dem zunehmenden inneren Druck noch weiter nachgab, kam ich womöglich mit klarem Kopf, einer intakten Wirbelsäule, zwei Händen, zwei Füßen und einem unverletzten Sohn davon. Alles in allem gar nicht übel. Ich hoffte trotzdem, daß die Retter sich beeilten.

»Papa?«

»Mhm?«

»Mach nicht die Augen zu.«

Ich öffnete sie und ließ sie offen.

»Wann kommt denn jemand?« fragte er.

»Bald.«

»Ich kann nichts dafür, daß die Tribüne explodiert ist.«

»Natürlich nicht.«

Nach einer Pause sagte er: »Ich dachte, du machst nur Spaß.«

»Mhm.«

»Es ist nicht meine Schuld, daß du dich verletzt hast, oder?«

»Nein.« Ich sah ihm aber an, daß er noch nicht beruhigt war. Ich sagte: »Wenn du dich nicht ganz hier oben versteckt hättest, wäre ich vielleicht weiter unten an der Treppe gewesen, als die Explosion kam, und dann wäre ich jetzt wahrscheinlich tot.«

»Meinst du wirklich?«

»Ja.«

Es war sehr still. Fast als wäre nichts geschehen. Versuchte ich mich zu bewegen, sah das schon anders aus . . .

»Woher hast du gewußt, daß der Bau hochgeht?« sagte Toby.

Ich erklärte ihm, daß Neil die Sprengschnur gesehen hatte. »Ihm verdanken wir«, sagte ich, »daß ihr nicht alle fünf ums Leben gekommen seid.«

»Mir ist keine Schnur aufgefallen.«

»Aber du weißt ja, wie Neil ist.«

»Dem entgeht nichts.«

»Nein.«

In der Ferne hörten wir – endlich – Sirenen. Erst eine, dann mehrere, dann ein ganzes Heulkonzert.

Toby wollte aufstehen, aber ich sagte ihm noch einmal, er solle sich nicht rühren, und bald darauf ertönten Stimmen unter uns auf der Rennbahn, und mein Name wurde gerufen.

»Sag ihnen, daß wir hier sind«, sagte ich zu Toby, und er rief mit seiner hohen Stimme: »Hier sind wir. Wir sind hier oben.«

Es war kurz still, dann rief eine Männerstimme: »Wo?«

»Sag ihnen, neben dem Richternest«, sagte ich.

Toby gab die Information weiter und bekam als Antwort wieder eine Frage.

»Ist dein Vater bei dir?«

»Ja.«

»Kann er reden?«

»Ja.« Toby sah mich an und gab ihnen von sich aus näher Auskunft. »Er kann sich nicht bewegen. Ein Teil vom Dach ist eingestürzt.«

»Wartet.«

»Okay?« fragte ich Toby. »Ich hab dir ja gesagt, daß sie kommen.«

Wir hörten Geklirr und Geklapper und geschäftsmäßiges Rufen von draußen, weit weg. Toby zitterte, aber nicht vor Kälte, denn die Mittagssonne wärmte uns noch, sondern vor anhaltendem Schock. »Sie kommen jetzt bald«, sagte ich.

»Was *machen* die denn?«

»Sie bringen wahrscheinlich ein Gerüst an.«

Sie kamen von der Rennbahnseite herauf, wo die Sitzreihen aus Stahlbeton und die Stahlträger, wie sich zeigte, die Explosion nahezu unbeschädigt überstanden hatten. Ein Feuerwehrmann mit einem großen Helm und leuchtend gelber Jacke tauchte plötzlich vor den zerbrochenen Fenstern des Richternests auf und spähte herein.

»Jemand zu Hause?« rief er aufgeräumt.

»Ja.« Toby stand fröhlich auf, und ich befahl ihm sofort, sich nicht zu rühren.

»Aber Papa –«

»*Rühr dich nicht.*«

»Bleib schön da, junger Mann. Wir holen dich im Nu da raus«, sagte ihm der Feuerwehrmann und verschwand so schnell, wie er gekommen war. Er kam mit einem Kollegen und einem stabilen Metallsteg wieder, über den Toby zum Fenster laufen konnte, und wie versprochen hatte er den Jungen fast im Handumdrehen durchs Fenster gehoben und in Sicherheit gebracht. Als Toby aus meinem Blickfeld verschwand, wurde mir flau. Ich zitterte vor Erleichterung. Eine Menge Kraft schien mich zu verlassen.

Der Kollege stieg jetzt zum Fenster herein, überquerte den Steg in der Gegenrichtung und blieb an seinem Fußende stehen, ein, zwei Schritte von dort, wo ich lag.

»Lee Morris?« fragte er. Dr. Livingstone, nehme ich an.

»Ja«, sagte ich.

»Es dauert nicht mehr lange.«

Sie kamen mit Klettergurten, mit Stützspindeln und Hebestangen, mit Schlingen, Schneidwerkzeug und einem Minikran; und sie verstanden ihr Geschäft, doch der ganze Bereich, in dem ich lag, erwies sich als äußerst unsicher, und mittendrin kam noch ein Stück vom Presseturm durch das Dach gedonnert, verfehlte meine Füße um Millimeter, prallte ab und plumpste in das 5-Etagen-Loch, in dem einmal die Treppe war. Man hörte es auf seiner Niederfahrt mit etlichen zerstörten Wänden kollidieren, bis es schließlich unten mit einem letzten, dumpf widerhallenden Schlag auseinanderbrach.

Die Feuerwehrleute schwitzten und errichteten Stützen vom Boden bis zur Decke, wo immer es ging.

Sie arbeiteten sich zu dritt heran, vorsichtig, ohne irgendeinen unbedachten Schritt zu tun. Dann bekam ich mit, daß einer von ihnen wahrhaftig eine Videokamera bediente. Das Surren kam und ging. Ich drehte den Kopf, um dem Laut nachzugehen, und das Objektiv der laufenden Kamera war direkt auf mein Gesicht gerichtet, was ich zwar sehr peinlich fand, aber nicht ändern konnte. Ein vierter Mann tauchte auf, ebenfalls in Gelb, mit einem Seil um die Taille, und auch er hatte eine Kamera dabei. Das gibt's doch nicht, dachte ich. Er fragte die drei anderen, wie es vorangehe, und ich entnahm seine Funktion – »Polizei« – den schwarzen Lettern auf der gelben Jacke.

Das Gebäude *knarrte.*

Die Männer hielten still, warteten. Die Geräusche hörten auf, und mit äußerster Vorsicht bewegten die Feuerwehrleute sich weiter, fluchend, mutig, engagiert, an Risiken gewöhnt.

Ich lag reglos auf dem Bauch und dachte ergeben, daß ich kein schlechtes Leben gehabt hatte, falls es jetzt zu Ende ging. Die Feuerwehrleute waren entschlossen, mein Ende auf später zu verschieben. Sie holten Gurtwerk herauf, zogen es mir unter der Brust durch und befestigten es an Armen und Schultern, damit ich nicht abrutschen und in das gähnende Loch stürzen konnte. Stück für Stück stemmten sie die schweren Brocken Stein und Putz über mir weg und befreiten mich von zersplitterten Balken, bis sie mich an dem Gurtwerk ein, zwei Meter den abschüssigen Boden heraufziehen konnten, zur Tür des Richternests. Da hätte man mehr Halt unter den Füßen, meinten sie.

Ich war ihnen keine große Hilfe. Ich hatte da so lange halb zerquetscht gelegen, daß meine Muskeln nicht auf Befehle ansprachen. Die meisten antworteten erst mit einem Kribbeln, dann mit einem pochenden Schmerz wie nach einer Aderpresse, aber das war auszuhalten. Die von den Holzsplittern verursachten Schnittwunden waren schlimmer.

Ein Mann in einer phosphorgrünen Jacke kam durch das Fenster, überquerte den Metallsteg und sagte mir, indem er auf die schwarze Schrift über seiner Brust zeigte, er sei Arzt.

Dr. Livingstone? Nein, Dr. Jones. Auch gut.

Er beugte sich zu meinem müden, schwer gewordenen Kopf herunter.

»Können Sie mir die Hand drücken?« fragte er.

Ich drückte sie entgegenkommend und sagte ihm, ich sei nicht weiter verletzt.

»Gut.«

Er ging fort.

Erst lange danach, als ich mir eines der Videobänder anschaute, begriff ich, daß er mir nicht ganz geglaubt hatte, weil mein weißes Hemd bis auf den Kragen und die Ärmel blutig und die Haut an mehreren Stellen aufgerissen war. Jedenfalls erwartete er, als er wiederkam, nicht, daß ich aufstand und wandelte, sondern brachte eine Bahre mit, die wie ein Schlitten aussah – keine flache, von der man leicht hätte herunterfallen können, sondern eine mit Haltestangen an den Seiten, die sich besser tragen ließ.

Da ein Feuerwehrmann das letzte Stück Balken von meinen Beinen weghebelte und die beiden anderen mich an den Gurten zogen, schaffte ich es, Hand über Hand vorwärtszukriechen und mich mit dem Gesicht nach unten auf das vorgesehene Transportmittel zu legen. Als mein Schwerpunkt mehr oder weniger auf dem Steg ruhte und ich von den Oberschenkeln aufwärts Halt hatte, setze das unheilvolle Knarren im Gebäude wieder ein, nur diesmal stärker, von Zittern begleitet.

Der Feuerwehrmann hinter meinen Füßen sagte: »Jesses«, sprang auf den Steg und zwängte sich mit ansteckender Eile an mir vorbei. Als hätten sie es geprobt, ließen er und die anderen das langsame Verfahren sausen, packten meine Bahre und zogen sie, während ich mich wie eine Klette daran klammerte, schleunigst über den schmalen Pfad zu den Fenstern.

Das Gebäude erschauerte und bebte. Der Rest des Presseturms – der bei weitem größte Teil – neigte sich vornüber, brach los und krachte mit tödlicher Gewalt durch die Überreste der Decke genau auf die Stelle nieder, wo ich gelegen hatte, riß durch sein Gewicht den ganzen Absatz aus den Wänden und sauste unter furchterregendem Gedonner und Gepolter in die Tiefe. Sand, Staub, Steine, Glassplitter und Brocken abgeplatzten Putzes erfüllten die Luft. Gebannt schaute ich über meine Schulter zurück und sah Tobys Versteck, das kleine Sideboard, nach vorn kippen und in den Abgrund rutschen. Der Boden des Richternests sackte weg, so daß der an der Fensterbank eingehängte Steg jetzt ins Leere ragte. Meine Beine hingen von den Knien abwärts in der Luft.

Unglaublicherweise filmte der Polizist von draußen vor dem Fenster weiter.

Ich ergriff die Haltestangen der Bahre, die Finger verkrampft in der elementaren Furcht zu fallen. Die Feuerwehrleute faßten mich am Schultergurt, hoben die Bahre, brachten sich und mich mit einem Ruck außer Gefahr, und plötzlich hatten wir alle wieder die Sonne im Gesicht, ein verlotterter Haufen, gebeutelt, Staub hustend, aber lebendig.

Einfach wurde es auch da noch nicht. Die betonierten Sitzreihen der Tribüne reichten nur bis zur Etage unter dem Richternest, und um das Rettungsgerät die letzten drei Meter heraufzubringen, hatte man ein kompliziertes Gerüst aufstellen müssen. Unten bei den Rails, wo das Publikum an Renntagen die Starter ins Ziel jubelte, waren die Zuschauerplätze auf dem Rasen und dem Asphalt mit Fahrzeugen vollgestellt: Löschzüge, Polizeiwagen, Krankenwagen – und zu allem Überfluß der Ü-Wagen eines Fernsehsenders.

Ich sagte, es wäre doch viel besser und angenehmer, wenn ich aufstehen und auf den eigenen Füßen hinunterklettern würde, aber niemand beachtete mich. Der Arzt erschien wieder und sprach von inneren Verletzungen und der Notwendigkeit, mich vor mir selbst zu schützen, und so erhielt ich gegen meinen Willen einen Schnellverband, wurde unter eine Decke gepackt, auf der Bahre festgezurrt und langsam, behutsam Schritt für Schritt nach unten und zu den Rettungswagen transportiert. Ich bedankte mich bei den Feuerwehrleuten. Sie grinsten.

Am Ende des Weges standen fünf Jungen nebeneinander, verängstigt und fürchterlich angespannt.

Ich sagte: »Mir geht's prima, Jungs«, aber sie wirkten nicht überzeugt. Ich wandte mich an den Arzt: »Das sind meine Kinder. Sagen Sie ihnen, daß ich auf dem Damm bin.«

Er sah auf mich und auf ihre unglücklichen jungen Gesichter.

»Euer Vater«, sagte er mit Bedacht, »ist groß und kräftig, und es geht ihm soweit gut. Er hat ein paar Prellungen und Schnittwunden, auf die wir ihm ein Pflaster kleben werden. Ihr könnt ganz beruhigt sein.«

Sie lasen das Wort »Arzt« auf der Vorderseite seiner leuchtend grünen Jacke und beschlossen, ihm einstweilen zu glauben.

»Wir bringen ihn jetzt hier ins Krankenhaus«, sagte der Mann in Grün, auf eine wartende Ambulanz deutend, »aber er ist bald wieder bei euch.«

Roger erschien neben den Jungen und sagte, seine Frau und er würden sich um sie kümmern. »Seien Sie unbesorgt«, sagte er.

Die Sanitäter schoben mich mit den Füßen voran in ihr Fahrzeug.

Ich sagte zu Christopher: »Möchtet ihr, daß eure Mutter kommt und euch nach Hause holt?«

Er schüttelte den Kopf. »Wir wollen im Bus bleiben.«

Die anderen nickten stumm.

»Ich ruf sie mal an«, sagte ich.

Toby sagte eindringlich: »Nein, Pa. Wir wollen im Bus bleiben.« Ich merkte, daß er immer noch viel zu beunruhigt war. Alles, was dem abhalf, konnte nur gut sein.

»Also dann spielt Einsame Insel.«

Sie nickten alle, auch Toby, der erleichtert aussah.

Der Arzt fragte, während er mein Krankenblatt für den Transport ausfüllte: »Was heißt denn Einsame Insel?«

»Daß sie eine Zeitlang auf sich gestellt sind.«

Er lächelte beim Schreiben. »Herr der Fliegen?«

»So weit laß ich es nicht kommen.«

Er gab das Formular einem der Sanitäter und blickte noch einmal zu den Jungen. »Feine Kerle.«

»Die sind bei mir gut aufgehoben«, versicherte Roger nochmals. »Kein Problem.«

»Ich rufe Sie an«, sagte ich. »Vielen Dank auch.«

Die fleißigen Sanitäter warfen hinter mir die Tür zu, und später erfuhr ich, daß Mrs. Gardner den Jungen Rosinenkuchen vorsetzte, bis sie kein Stück mehr herunterbrachten.

Von meinen Verletzungen her rangierte ich auf der Prioritätenliste der Unfallstation ziemlich weit unten, doch die Lokalmedien schenkten mir mehr Beachtung, als mir lieb war. Der Äther schwirrte förmlich vom »Bombenterror auf der Rennbahn«. Ich bat ein paar teils genervte, teils hingerissene Schwestern, das Telefon benutzen zu dürfen, und rief meine Frau an.

»Was *zum Teufel* ist bloß los?« wollte sie mit schriller Stimme wissen. »Gerade hat irgend so eine blöde Zeitung angerufen, ob ich wüßte, daß mein Mann und meine Söhne in die Luft gejagt worden sind. Ist das zu glauben?«

»Amanda ...«

»Du bist doch offensichtlich *nicht* in die Luft gejagt worden.«

»Welche Zeitung?«

»Was liegt daran? Ich weiß es nicht mehr.«

»Ich werde mich beschweren. Aber hör mal zu. Irgendein Kampfhahn hat auf der Stratton-Rennbahn Sprengstoff ausgelegt, und so ist wirklich ein Teil der Tribüne hochgegangen –«

Sie unterbrach. »Die *Jungen*. Ist ihnen nichts passiert?«

»Gar nichts. Sie sind völlig in Ordnung. Nur Toby war noch in der Nähe, und ein Feuerwehrmann hat ihn rausgeholt. Ich versichere dir, daß keiner von ihnen verletzt ist.«

»Wo seid ihr jetzt?«

»Die Jungen sind beim Rennbahnverwalter und seiner Frau –«

»Nicht bei *dir*? Wieso sind sie nicht bei dir?«

»Weil ich gerade ... hm. Ich bin im Nu wieder bei ihnen. Ich habe ein paar Kratzer abbekommen, die hier im Krankenhaus verbunden werden, dann fahr ich wieder zu ihnen. Christopher ruft dich noch an.«

Jeden Abend redeten die Jungen über das Mobiltelefon im Bus mit ihrer Mutter; Familienbrauch bei Rundfahrten.

Amanda zu besänftigen und zu beruhigen dauerte ein wenig. Es sei offensichtlich meine Schuld, fand sie, daß die Jungs in Gefahr geraten waren. Ich stritt es nicht ab. Ich fragte sie, ob sie wollte, daß sie nach Hause kamen.

»Was? Nein, davon war nicht die Rede. Du weißt, daß ich am Wochenende eine Menge vorhabe. Sie sollten schon bei dir bleiben. Gib nur besser auf sie acht.«

»Ja.«

»Was sage ich denn nun, wenn noch eine Zeitung anruft?«

»Sag, daß du mit mir gesprochen hast und daß alles bestens ist. Möglicherweise siehst du was darüber im Fernsehen, die haben auf der Rennbahn gefilmt.«

»Paß bloß *auf*, Lee.«

»Ja.«

»Und ruf heute abend nicht an. Ich nehme Jamie mit zu Shelly und übernachte da. Ihr Geburtstagsdinner, wie du weißt, ja?«

Shelly war ihre Schwester. »In Ordnung«, sagte ich.

Wir verabschiedeten uns höflich wie immer. Essig, mühsam verdünnt.

Die verschiedenen Schnitt- und Schürfwunden, die ich weitgehend heruntergespielt hatte, wurden schließlich freigelegt und kopfschüttelnd bestaunt. Man wusch Sand und Staub heraus, entfernte eindrucksvolle Splitter mit der Pinzette und setzte mir bei örtlicher Betäubung reihenweise Klammern.

»Wenn das abklingt, spüren Sie's«, teilte der Klammerer mir fröhlich mit. »Einige von diesen Wunden sind tiefer, als es aussieht. Wollen Sie bestimmt nicht über Nacht hierbleiben? Wir finden auf jeden Fall ein Bett für Sie.«

»Sehr freundlich«, sagte ich, »aber nein, danke.«

»Dann legen Sie sich ein paar Tage auf den Bauch. Kommen Sie in einer Woche wieder, und wir entfernen die Klammern. Bis dahin müßte alles verheilt sein.«

»Vielen Dank«, sagte ich.

»Nehmen Sie regelmäßig die Antibiotika.«

Das Krankenhaus ließ mich (auf mein Drängen über eine Seitenstraße) zurück zu Roger Gardner bringen, und in einen blauen Morgenmantel gehüllt, bewältigte ich den letzten Teil der Reise mit Hilfe eines geborgten Gehgestells in der Vertikalen.

Der Bus war, wie ich dankbar feststellte, ans Haus gefahren und vor die entrümpelte Garage gestellt worden. Seine fünf jugendlichen Bewohner sahen im Wohnzimmer der Gardners fern.

»Papa!« riefen sie und sprangen auf, um beim Anblick der Gehhilfe für ältere Herrschaften dann unsicher zu verstummen.

»Ja«, sagte ich, »über das Teil wollen wir mal nicht kichern, okay? Mir sind eine Menge Steine und Holz ins Kreuz und auf die Beine gefallen, und die Schnittwunden, die es dabei gab, sind jetzt genäht worden. Es sind einige auf dem Rücken, ziemlich viele an den Beinen, und eine geht quer über meinen Hintern, so daß ich mich nicht ohne weiteres hinsetzen kann, und auch darüber gibt es *nichts* zu lachen.«

Sie lachten natürlich trotzdem, in erster Linie aus Erleichterung, und das war völlig in Ordnung.

Mrs. Gardner äußerte ihr Mitgefühl.

»Was darf ich Ihnen bringen?« fragte sie. »Eine Tasse heißen Tee?«

»Einen dreifachen Scotch?«

Ihr liebenswertes Gesicht bekam Lachfältchen. Sie schenkte mir großzügig von dem scharfen Zeug ein und sagte, Roger habe den ganzen Tag an der Tribüne festgehangen und sich vor der Polizei, den Nachrichtenfritzen und den ebenso wütend wie zahlreich herbeigestürmten Strattons kaum zu retten gewußt.

Die Jungen und Mrs. Gardner warteten offenbar auf die Fernsehnachrichten, die dann auch bald kamen und den Sprengstoffanschlag auf Stratton Park besonders herausstellten. Mehrere Aufnahmen zeigten die Tribünenrückseite, auf der der Einsturz in der Mitte nicht zu übersehen war. Ein 5-Sekunden-Interview mit Conrad enthüllte seine innersten Gefühle (»Bestürzung und Zorn«). »Glücklicherweise wurde nur eine Person leicht verletzt«, sagte eine Stimme zu einer Aufnahme von mir (glücklicherweise unkenntlich) beim Abtransport von der Tribüne.

»Das bist *du*, Papa«, teilte Neil mir aufgeregt mit.

Eine kurze Einblendung von Toby, wie er an der Hand eines Feuerwehrmannes nach unten kam, ließ die Jungen Beifall rufen. Dem folgten zehn Sekunden mit Roger – »Colonel Gardner,

Rennbahnverwalter« –, der sagte, die Familie Stratton habe versichert, die Rennveranstaltung am Montag werde abgehalten wie geplant. »Terrortaktiken darf man nicht nachgeben.« Zuletzt wurden die Strickmützen am Eingang mit ihren Plakaten gezeigt, Bilder, die den Zuschauer auf eine unausgesprochene, aber finstere Folgerung hinlenkten. Unfair, dachte ich.

Als die Nachrichten sich einer Politikerrunde zuwandten, sagte ich Mrs. Gardner und den Jungen, ich wollte mir etwas anziehen, und humpelte mit dem Gestell hinaus zum Bus, dann freihändig, mit zusammengebissenen Zähnen, die Tritte hinauf, doch statt, wie vorgehabt, mich anzuziehen, legte ich mich schwach und zittrig auf das schmale Sofa, das zugleich mein Bett war, und gestand mir endlich ein, daß ich wesentlich schwerer verletzt war, als ich hatte wahrhaben wollen.

Nach einiger Zeit öffnete sich die Tür, und ich dachte, ein Kind sei gekommen, aber es war Roger.

Er setzte sich auf das lange, schmale Sofa gegenüber und sah müde aus.

»Geht es Ihnen gut?« fragte er.

»Ja«, sagte ich, ohne mich zu rühren.

»Meine Frau sagt, Sie sehen grau aus.«

»Sie sind auch nicht gerade rosig im Gesicht.«

Er lächelte kurz und massierte sich die Nase mit Daumen und Zeigefinger, ein disziplingewohnter Soldat, hager und gepflegt, der sich nach den Manövern eines langen Tages eine Geste der Müdigkeit gestattete.

»Die Polizei und die Leute von der Unfallverhütung sind angerückt wie Bluthunde. Oliver hat sich mit ihnen befaßt – ich habe ihm sofort telefoniert, daß er kommen soll –, und er kann einfach glänzend umgehen mit solchen Leuten. Sie waren sofort mit ihm einig, daß wir, wenn Vorsichtsmaßnahmen getroffen werden, die Rennen am Montag abhalten können. Ein echter Überredungskünstler, der Mann.« Er hielt inne. »Die Polizei ist dann zum Krankenhaus gefahren, um Sie zu befragen. Da hätten Sie doch sicher ein Bett gekriegt, in Ihrem Zustand.«

»Ich wollte nicht bleiben.«

»Aber ich sagte Ihnen doch, daß wir uns um die Jungen kümmern.«

»Weiß ich. Einer oder zwei wären ja auch gegangen, aber nicht fünf.«

»Es sind unkomplizierte Kinder«, wandte er ein.

»Sie sind still heute. Es war schon besser, daß ich wiedergekommen bin.«

Er machte keine Einwendungen mehr, aber als wäre er noch nicht bereit, das Thema anzuschneiden, das ihn am meisten beschäftigte, fragte er mich, wie man die Jungen auseinanderhielt. »Damit ich sie mal auf die Reihe kriege«, meinte er.

Ich antwortete ihm bereitwillig und verstand es als eine willkommene Atempause vor den Fragen, die gestellt werden mußten und einer Antwort bedurften.

»Christopher, der große Blonde, ist vierzehn. Wie die meisten ältesten Kinder einer Familie kümmert er sich um die anderen. Toby, der heute mit mir auf der Tribüne war, ist zwölf. Edward ist zehn. Das ist der Ruhige. Wenn man den nicht findet, sitzt er irgendwo in einer Ecke und liest ein Buch. Dann haben wir noch Alan –«

»Sommersprossen und grinst«, sagte Roger nickend.

»Sommersprossen und grinst«, stimmte ich zu. »Und hat kein Bewußtsein von Gefahr. Er ist neun. Springt erst und schreit dann.«

»Und Neil«, sagte Roger. »Der kleine Neil mit den leuchtenden Augen.«

»Er ist sieben. Und Jamie, der kleinste, zehn Monate.«

»Wir haben zwei Töchter«, sagte Roger. »Beide erwachsen, aus dem Haus und zu beschäftigt, um zu heiraten.«

Er verfiel in Schweigen, und ich schwieg ebenfalls. Der Ernst des Lebens wartete, die Schonfrist lief allmählich ab. Ich verlagerte unter ziemlichen Schmerzen mein Gewicht auf dem Sofa, und Roger merkte es, aber äußerte sich nicht dazu.

Ich sagte: »Die Tribünen sind gestern gereinigt worden.«

Roger seufzte. »Sind sie. Und sie waren sauber. Kein Sprengstoff. Mit Sicherheit war keine Sprengschnur im Treppenhaus verlegt. Ich bin selbst überall herumgegangen. Ich gehe regelmäßig das Gelände ab.«

»Aber nicht am Karfreitagmorgen.«

»Gestern am späten Nachmittag. Um fünf. Kontrollgang mit meinem Vorarbeiter.«

»Es war kein Anschlag auf Menschenleben«, sagte ich.

»Nein«, stimmte er zu. »Die Haupttribüne sollte zerstört werden, und zwar an einem der wenigen Tage im Jahr, an denen nirgendwo in England Rennen stattfinden. Menschen sollten gerade *nicht* dabei umkommen.«

»Sie haben doch sicher einen Nachtwächter«, sagte ich.

»Ja, haben wir.« Er schüttelte frustriert den Kopf. »Er dreht mit einem Hund die Runde. Er sagt, er hat nichts gehört. Er hat nicht gehört, wie jemand Löcher in die Wände gebohrt hat. Er hat kein Licht auf der Tribüne herumwandern sehen. Er hat sich heute früh um sieben ausgestempelt und ist nach Hause gefahren.«

»Hat ihn die Polizei befragt?«

»Sie hat ihn befragt. Ich habe ihn befragt. Conrad hat ihn befragt. Der arme Mann ist völlig verpennt hierhergeschleift und ins Kreuzverhör genommen worden. Dabei ist er sowieso nicht der Aufgeweckteste. Er hat bloß dumm in die Gegend gepliert. Conrad wirft mir vor, daß ich einen Holzkopf eingestellt habe.«

»Jetzt regnet es Vorwürfe wie Konfetti«, meinte ich.

Er nickte. »Die Luft ist schon voll davon. Im Prinzip ist alles meine Schuld.«

»Wer von den Strattons war da?« fragte ich.

»Wer nicht?« seufzte er. »Alle, die auf der Hauptversammlung waren, mit Ausnahme von Rebecca, dafür aber Conrads Frau Victoria, Keiths Frau Imogen, blau wie ein Veilchen, und Hannahs fauler Sohn, Jack, sowie Ivans Frau Dolly, die furchtsame Maus. Marjorie Binsham hat ihr Mundwerk wie eine Peitsche gehandhabt. Conrad kommt ihr nicht bei. Sie hat die Polizei in den Boden gestampft. Vor allem wollte sie wissen, warum Sie die Sprengung nicht verhindert haben, nachdem Ihr Söhnchen Sie schon auf die Gefahr hingewiesen hatte.«

»Die gute Marjorie!«

»Jemand sagte ihr, daß Sie fast ums Leben gekommen sind, und sie meinte, das geschehe Ihnen recht.« Er schüttelte den Kopf. »Manchmal glaube ich, die ganze Familie ist geistesgestört.«

»In dem Schrank über Ihrem Kopf finden Sie einen Scotch und Gläser«, sagte ich.

Er lächelte unwillkürlich und nahm zwei Wassergläser für den Whisky. »Besser wird Ihnen davon auch nicht«, bemerkte er, als er das eine Glas auf den eingebauten Tisch mit Schubfächern am Fußende meines Bettes stellte. »Und wo haben Sie diesen fabelhaften Bus her? Noch nie gesehen, so was. Als ich mit den Jungs hierhergefahren bin, haben sie ihn mir vorgeführt. Es hieß, Sie hätten den Innenraum selbst gestaltet. Ich nehme an, Sie hatten einen Bootsbauer dafür.«

»Stimmt beides.«

Er kippte seinen Drink kommißmäßig in zwei glatten Zügen hinunter und setzte das Glas ab.

»Wir können Ihre Jungs nicht bei uns schlafen lassen, der Platz reicht nicht, aber wir können ihnen was zu essen machen.«

»Danke, Roger, ich weiß das zu schätzen. Aber in der Laube hier sind Lebensmittel für ein ganzes Bataillon, und das Bataillon ist sehr geübt im Selbstversorgen.«

Seinen Beteuerungen zum Trotz wirkte er auf mich erleichtert, denn er war womöglich noch erschöpfter als ich.

Ich sagte: »Aber würden Sie mir einen Gefallen tun?«

»Wenn ich kann.«

»Sie wissen nicht genau, wo ich die Nacht verbringe. Falls die Polizei oder die Strattons danach fragen, meine ich.«

»Irgendwo links vom Mond oder so?«

»Eines Tages«, sagte ich, »revanchiere ich mich dafür.«

Die Realität, wie Toby gesagt haben würde, meldete sich am nächsten Morgen zurück.

Ich fuhr denkbar unbequem im Jeep mit Roger zu seinem Büro neben dem Führring, während die Fünferbande sich den Bus vornahm und ihm mit Eimern voll Waschmittel, mit Schrubbern, Wischern und dem im Hof angeschlossenen Gartenschlauch der Gardners auf die Pelle rückte.

Derlei Mammutspritzereien endeten stets mit fünf klitschnassen, zufriedenen Kindern (sie mochten auch feuchtderbe Clownsnummern im Zirkus) und einem zumindest halbwegs sauberen Bus. Ich hatte Mrs. Gardner geraten, ins Haus zu gehen und Augen und Fenster zu schließen, und nachdem der erste Eimer Seifenlauge die Windschutzscheibe verfehlt hatte und auf Alan gelandet war, hatte sie mir einen wirren Blick zugeworfen und meinen Rat befolgt.

»Macht es Ihnen nichts, wenn sie naß werden?« fragte Roger, als wir die Stätte potentieller Verwüstung verließen.

»Die müssen eine Menge angestauten Dampf ablassen«, sagte ich.

»Sie sind ein ungewöhnlicher Vater.«

»So kommt es mir nicht vor.«

»Wie geht's den Wunden?«

»Schauderhaft.«

Er lachte leise, hielt an der Tür seines Büros und reichte mir das Gehgestell, sobald ich ausgestiegen war. Ich hätte lieber darauf verzichtet, doch außer in den Armen hatte ich anscheinend kein Gran Kraft mehr.

Obwohl es erst halb neun war, hielt die erste Wagenladung Ärger auf dem Asphalt, noch ehe Roger seine Bürotür aufgeschlossen hatte. Er blickte über die Schulter, um zu sehen, wer es war, und brummte ein tiefempfundenes »Mist!«, als er das Fahrzeug erkannte. »Der verfluchte Keith.«

Der verfluchte Keith war nicht allein gekommen. Der verfluchte Keith hatte seine Hannah mitgebracht, und Hannah, wie sich herausstellte, ihren Sohn Jack. Alle drei stiegen jetzt aus Keiths Wagen und schritten zielbewußt auf Rogers Büro zu.

Er drehte den Schlüssel herum, stieß die Tür auf und sagte abrupt zu mir: »Kommen Sie rein.«

Im Gehgestelltempo folgte ich ihm bereitwillig zu seinem Schreibtisch, wo auch noch meine Jacke überm Stuhl hing, die ich gestern dort abgelegt hatte. Fast wie in einem anderen Leben.

Keith, Hannah und Jack stürmten zur Tür herein, alle mit aufgebrachten Mienen. Keith hatte auf meinen Anblick wie allergisch reagiert, und Hannah wäre auf ihren zänkischen Gesichtsausdruck selbst nicht stolz gewesen. Jack, ein schlafflippiger Teenager, glich seinem Großvater nur zu sehr: gut aussehend und gemein.

Keith sagte: »Gardner, werfen Sie den verdammten Mann hier raus! Außerdem sind Sie gefeuert. Sie sind unfähig. Ich übernehme Ihren Posten, also können Sie verschwinden. Und was Sie betrifft . . .«, er wandte seinen Zornesblick ganz mir zu, »Ihre Bengel hatten in der Nähe der Tribüne überhaupt nichts zu suchen, wenn Sie also meinen, Sie könnten uns verklagen, weil Sie so blöd waren, sich in die Luft jagen zu lassen, sind Sie schief gewickelt.«

Daran hatte ich nun wirklich nicht gedacht. »Sie bringen mich auf Gedanken«, sagte ich leichthin.

Zu spät gab Roger mir mit einer warnenden Handbewegung zu verstehen, daß beruhigende statt aufreizende Töne gefragt waren. Bei der Hauptversammlung hatte ich ja selbst erlebt, wie schnell Keith zur Gewalt bereit war, und mir fiel ein, wie selbstzufrieden ich noch gedacht hatte, er habe körperlich keine Chance gegen Madelines fünfunddreißigjährigen Sohn.

Seitdem hatte sich die Lage ein wenig geändert. Ich brauchte jetzt ein Gehgestell, um aufrecht zu stehen. Außerdem waren sie zu dritt.

7

Roger murmelte: »*Teufel.*«

Ich sagte ebenso leise zu ihm: »Verschwinden Sie.«

»Nein.«

»Doch. Sehen Sie zu, daß Sie Ihren Job behalten.«

Roger blieb.

Keith stieß die Tür mit dem Fuß zu und zögerte dann sogar einen Augenblick, doch Hannah hatte keinerlei Bedenken oder Hemmungen. Für sie war ich der Angelpunkt aller Ressentiments, die sie vierzig Jahre lang genährt und an sich hatte nagen lassen. Keith, der schon bei ihr als Kind die verletzten Gefühle hätte lindern können, lindern sollen, hatte sie ohne Zweifel noch darin bestärkt. Hannah hatte ihren Abscheu nicht unter Kontrolle. Der Dolchstoß aus dem Hinterhalt ... er war in ihrem Blick.

Sie kam mit dem gleichen raubkatzenhaften Gang, den ich bei Rebecca gesehen hatte, auf mich zu und setzte ihr ganzes Gewicht ein, als sie mich gegen die Wand warf und zugleich die Finger mit den langen Nägeln spreizte, um sie mir ins Gesicht zu krallen.

Roger versuchte es mit höflicher Einrede. »Miss Stratton –«

Die Katze sprang, ohne ihn zu beachten.

Ich hätte ihr gern einen Schlag in den Magen versetzt und sie geohrfeigt, daß ihr Hören und Sehen verging, aber für mein Unterbewußtsein war das tabu, und vielleicht konnte ich gerade diese Frau nicht verletzen, weil Keith meine Mutter geschlagen hatte. Meine Mutter, Hannahs Mutter. Ein Wirrwarr. Jedenfalls versuchte ich lediglich die Hände meiner vermaledeiten Halbschwester zu packen, wozu ich das Gehgestell loslassen mußte, und das gab Keith eine Gelegenheit, die er ohne Skrupel nutzte.

Er riß das Gestell hoch, stieß Hannah aus dem Weg, und die stabilen Chromröhren mit den schwarzen Gummistutzen trafen mich wie eine Keule. Nicht gut. Für die verklammerten Wunden entsetzlich.

Roger hielt Keith am Arm fest, um einen zweiten Schlag zu verhindern, und ich hielt Hannah bei den Handgelenken und versuchte ihren Spuckattacken zu entgehen. Alles in allem war es ein unschöner Samstagmorgen geworden.

Es kam noch schlimmer.

Keith schlug mit dem Gestell auf Roger los. Roger wich aus. Keith schwang es zu mir herum und traf zum zweitenmal, und da Hannah sich noch heftig loszureißen suchte, während Keith herankam und mit dem Chromgestänge jetzt auf meine Magengegend zielte, beschlossen meine Beine leider, mir den Dienst zu versagen, und knickten einfach weg, so daß ich wankte, wackelte und schmählich zu Boden sackte.

Hannah entriß ihre Hände meinem Griff und versetzte mir einen Tritt. Ihr Sohn, der mich noch nicht mal kannte, stieg in das Getümmel ein und trat mich zweimal genauso heftig, aber ohne zu bedenken, welche Folgen das für ihn selbst haben konnte. Ich packte den zum drittenmal vorstoßenden Fuß und riß daran, und mit einem überraschten Aufschrei verlor der junge Mann das Gleichgewicht und stürzte innerhalb meiner Reichweite nieder.

Sein Pech. Ich packte ihn und schlug ihm die Faust ins Gesicht und knallte seinen Kopf auf den Boden, so daß Hannah über uns schrie wie eine Furie. Ihre Schuhe, merkte ich, hatten harte Spitzen und spitze Hacken.

Ich wußte, daß Roger irgendwo da oben versuchte, das Handgemenge zu beenden, aber dazu hätte der Colonel wohl eine Schußwaffe gebraucht.

Keith ging mit seinen schweren Füßen auf mich los, stampfend und tretend. Unter seinem Gewicht, seiner Brutalität liefen tiefe Schauer durch meinen Körper. Roger gab sich wirklich alle Mühe, ihn von mir wegzuzerren, und ungefähr zu diesem Zeitpunkt, keinen Augenblick zu früh, öffnete sich die Bürotür wieder, und es gab eine willkommene Unterbrechung.

»Na, hört mal«, blökte eine Männerstimme, »was ist denn hier los?«

Keith schüttelte Rogers Griff ab und sagte ungerührt: »Zieh Leine, Ivan. Das geht dich nichts an.«

Ivan hätte vielleicht sogar gehorcht, aber hinter ihm kam ein viel schwierigerer Kunde.

Marjories gebieterische Stimme drang durch den allgemeinen Kampfeslärm.

»Keith! Hannah! Zum Donnerwetter, was fällt euch denn ein? Colonel, rufen Sie die Polizei. Holen Sie sofort die Polizei.«

Die Drohung wirkte augenblicklich. Hannah hörte auf zu treten und zu schreien. Keith trat keuchend zur Seite. Jack rutschte auf allen vieren von mir weg. Roger stellte die Gehhilfe vor mich hin und streckte die Hand aus, um mich hochzuziehen. Das kostete ihn mehr Anstrengung, als er erwartet hatte, aber soldatische Entschlossenheit machte es möglich. Ich hievte mich mit der Kraft meiner Arme auf das Gestell, lehnte mich müde gegen die Wand und stellte fest, daß nicht nur Ivan und Marjorie hinzugekommen waren, sondern auch Conrad und Dart.

Einen sprachlosen Moment lang schätzte Marjorie die Lage ab, registrierte die rasende Wut, die Hannah noch anzusehen war, die unverbrauchte rohe Gewalt bei Keith und die rachsüchtige Flappe des aus der Nase blutenden Jack. Sie schaute zu Roger, umfing schließlich mich mit einem Blick von Kopf bis Fuß und ließ die Augen auf meinem Gesicht ruhen.

»Eine Schande«, sagte sie vorwurfsvoll. »Zu raufen wie die Tiere. Das sollten wir doch besser wissen.«

»Er hat hier nichts zu suchen«, sagte Keith belegt und fügte eine glatte Lüge hinzu: »Er hat mich mit der Faust geschlagen. Er hat angefangen.«

»Mir hat er das Nasenbein gebrochen«, beklagte sich Jack.

»Sagt bloß, er hat euch alle drei angegriffen«, spöttelte Dart. »Geschieht euch recht.«

»Halt den Mund«, befahl Hannah ihm giftig.

Conrad äußerte seine Meinung. »Durch *irgend etwas* hat er ja bestimmt die Sache ausgelöst. Ich meine, das liegt doch auf der Hand.« Er wurde zum Untersuchungsrichter, zur tragenden Figur des Verfahrens, zum Ankläger; zum Wichtigtuer.

»Also, Mr. Morris, weshalb haben Sie denn nun meinen Bruder geschlagen und seine Familie angegriffen? Was haben Sie dazu zu sagen?«

Zeit für den Angeklagten, sich zu verteidigen, dachte ich. Ich schluckte. Ich fühlte mich schwach – und war zu wütend, um der Schwäche nachzugeben oder sie offen zu zeigen, damit sich alle noch daran ergötzten.

Als ich sicher sein konnte, daß meine Stimme nicht als ein Krächzen herauskam, sagte ich gleichmütig: »Ich habe Ihren Bruder nicht geschlagen. Ich habe gar nichts getan. Sie sind auf mich losgegangen, weil ich bin, der ich bin.«

»Das ergibt keinen Sinn«, sagte Conrad. »Niemand wird angegriffen, bloß weil er ist, was er ist.«

»Erzähl das mal den Juden«, meinte Dart.

Die ganze Runde war einen Moment lang bestürzt.

Marjorie Binsham sagte: »Geht nach draußen, alle miteinander. *Ich* regle das mit Mr. Morris hier.« Sie drehte den Kopf zu Roger. »Sie auch, Colonel. Raus.«

Conrad sagte: »Das ist gefährlich –«

»Quatsch!« unterbrach Marjorie. »Ab mit euch.«

Sie gehorchten ihr und schlurften hinaus, ohne sich anzusehen, geniert.

»Macht die Tür zu«, befahl sie, und Roger, der als letzter ging, schloß sie.

Sie setzte sich gelassen hin, heute in einem eng anliegenden marineblauen Mantel, unter dem sich wieder ein weißer Stehkragen zeigte. Das wellige weiße Haar, der sehr zart wirkende Teint und die stechenden Falkenaugen, all das war wie zuvor.

Sie musterte mich kritisch. »Gestern sind Sie in die Luft geflogen, und heute lassen Sie auf sich rumtrampeln. Sehr klug stellen Sie sich nicht an, was?«

»Nein.«

»Und gehen Sie von der Wand weg. Sie machen Blut drauf.«

»Ich streiche sie Ihnen.«

»Wo kommt das Blut denn überhaupt her?«

Ich erzählte ihr von den zahlreichen Prellungen, Schnittwunden und Klammern. »Es fühlt sich an«, sagte ich, »als wäre da einiges wieder aufgerissen.«

»Verstehe.«

Sie wirkte einen Augenblick unschlüssig, nicht so energisch wie sonst. Dann sagte sie: »Wenn Sie wollen, entbinde ich Sie von unserer Abmachung.«

»Was?« Ich war überrascht. »Nein, die Abmachung steht.«

»Ich habe nicht damit gerechnet, daß Sie verletzt werden.«

Ich überlegte kurz. Verletzt zu sein war zwar unangenehm, in gewisser Hinsicht aber belanglos. Ich ignorierte es, so gut ich konnte. Konzentrierte mich auf anderes.

»Wissen Sie«, fragte ich, »wer den Sprengstoff gelegt hat?«

»Nein.«

»Wer von den Strattons besäße die nötigen Kenntnisse?«

»Keiner.«

»Was ist mit Forsyth?«

Auch sie machte die Schotten dicht.

»Forsyth mag sein, was er will«, sagte sie, »aber ein erfahrener Pyrotechniker ist er nicht.«

»Hätte er ein Motiv, Sprengstoff legen zu *lassen*?«

Nach einer Pause sagte sie: »Ich glaube nicht.«

Schweiß stand mir auf der Stirn. Ich hob unwillkürlich die Hand, um ihn abzuwischen, wankte und faßte schnell wieder nach dem Gehgestell, um die Balance zu halten und nicht hinzufallen. Zu viele geprellte Muskeln, zuviel zerschnittenes Gewebe, insgesamt zu mitgenommen. Ich stand still und atmete tief durch; der kritische Moment war vorüber, das Gewicht ruhte auf meinen Armen.

»Setzen Sie sich«, befahl Marjorie.

»Das wäre vielleicht noch schlimmer.«

Sie riß die Augen auf. Ich lächelte. »Meine Kinder finden das komisch.«

»Aber Sie nicht.«

»Nicht besonders.«

Sie sagte gedehnt: »Zeigen Sie Keith wegen Körperverletzung an? Keith und Hannah?«

Ich schüttelte den Kopf.

»Wieso nicht? Die haben Sie getreten. Ich habe es gesehen.«

»Und würden Sie das auch vor Gericht aussagen?«

Sie zögerte. Sie hatte mit der Polizei gedroht, um den Streit zu beenden, aber es war eine Drohung gewesen und weiter nichts.

Ich dachte an den Pakt meiner Mutter mit Lord Stratton, über Keiths Gewalttätigkeit zu schweigen. Von diesem Stillschweigen hatte ich ungeheuer profitiert. Gefühlsmäßig neigte ich dazu, es wie meine Mutter zu halten. Ich sagte:

»Eines Tages werde ich mit Keith abrechnen – aber nicht, indem ich Sie öffentlich mit Ihrer Familie in Konflikt bringe. Es ist eine Sache, die er und ich unter uns abmachen müssen.«

Sichtlich erleichtert sagte sie förmlich: »Ich wünsche Ihnen Glück.«

Vor dem Fenster draußen heulte kurz eine Sirene auf, mehr ein Signal der Ankunft als der Dringlichkeit.

Die Polizei war also doch gekommen. Marjorie Binsham war wenig begeistert, und ich war sehr müde, und durch die sich öffnende Bürotür ergossen sich Leute in einer Zahl, für die der kleine Raum keineswegs gedacht war.

Keith versuchte erfolglos, den Gesetzeshütern einzureden, ich hätte mich der Körperverletzung an seinem Enkelsohn Jack schuldig gemacht.

»Jack«, bemerkte Roger ruhig, »sollte Leute, die am Boden liegen, nicht mit Füßen treten.«

»Und Sie«, entgegnete Keith ihm heftig, »Sie können einpakken. Hab ich ja schon gesagt. Sie sind entlassen.«

»Mach dich nicht lächerlich«, schnappte Marjorie. »Colonel, Sie sind *nicht* entlassen. Wir brauchen Sie. Bitte bleiben Sie bei uns. Nur durch ein Mehrheitsvotum des Vorstandes kann Ihnen gekündigt werden, und diese Mehrheit kommt nicht zustande.«

»Warte nur, Marjorie«, sagte Keith mit schwerer, vor Demütigung zitternder Stimme, »dich krieg ich auch noch.«

»Na hör mal, Keith –«, setzte Conrad an.

»Sei du bloß still«, sagte Keith haßerfüllt. »Du oder dein Architekt, dieser Erpresser, ihr habt doch die Tribüne hochgehen lassen.«

Das betretene Schweigen, die stumme Verblüffung aller Strattons gab der Polizei Gelegenheit, in ein Notizbuch mit zu erledigenden Punkten zu schauen und übergangslos die Frage vorzubringen, wer von der Familie normalerweise einen dunkelgrünen, sechs Jahre alten Granada mit rostigen linken Kotflügeln fahre.

»Wie kommen Sie denn jetzt darauf?« wollte Keith wissen.

Statt ihm zu antworten, wiederholte die Polizei ihre Frage.

»Er gehört mir«, sagte Dart. »Na, und?«

»Und stimmt es, daß Sie gestern morgen um zwanzig nach acht damit durch den Haupteingang der Rennbahn gefahren sind und Mr. Harold Quest gezwungen haben, auf die Seite zu springen, da er sich sonst ernstlich verletzt hätte, und haben Sie ihm, als er sich darüber beschwerte, mit einer obszönen Geste geantwortet?«

Dart hätte fast gelacht, besann sich klugerweise aber im letzten Moment eines Besseren. »Nein, das stimmt nicht«, sagte er.

»Was stimmt nicht, Sir? Daß Sie durch das Tor gefahren sind? Daß Sie Mr. Quest gezwungen haben, zur Seite zu springen? Oder daß Sie eine obszöne Handbewegung gemacht haben?«

Dart sagte unbekümmert: »Ich bin nicht gestern morgen um zwanzig nach acht durch den Haupteingang gefahren.«

»Aber Sie haben das Fahrzeug doch identifiziert, Sir ...«

»Gestern morgen um zwanzig nach acht bin ich nicht damit gefahren. Weder hier durch den Haupteingang noch sonstwohin.«

Die Polizei stellte höflich die unvermeidbare Frage.

»Ich war im Bad, wenn Sie es genau wissen wollen«, sagte Dart und überließ die Eingrenzung seiner dortigen Tätigkeit der allgemeinen Phantasie.

Ich fragte: »Ist Mr. Quest ein dicker Mann mit Bart, Strickmütze und einem Plakat, auf dem steht PFERDERECHTE GEHEN VOR?«

Der Polizist räumte ein: »Die Beschreibung paßt auf ihn, Sir.«

»Dieser Mensch!« rief Marjorie aus.

»Gehört erschossen«, sagte Conrad.

»Er läuft einem direkt vor die Räder«, erklärte Marjorie dem Polizisten streng. »Irgendwann erreicht er bestimmt sein Ziel.«

»Und das wäre, Madam?«

»Daß man ihn umfährt, natürlich. Bei der geringsten Berührung wird er sich kunstvoll zu Boden werfen. Er will leiden für die Sache. Vor solchen Leuten muß man höllisch auf der Hut sein.«

Ich fragte: »Sind Sie sicher, daß Mr. Quest tatsächlich gestern morgen um zwanzig nach acht draußen vor dem Tor war?«

»Er hat es nachdrücklich behauptet«, sagte der Polizist.

»An Karfreitag? Das ist ein Tag, an dem kein Mensch auf die Rennbahn geht.«

»Er sagt, er war hier.«

Ich ließ es auf sich beruhen. Mangelnde Energie. Dart war mit dem Auto so oft durch das Tor rein und raus gefahren, daß wahrscheinlich jeder Demonstrant es bis hin zu seinem verkratzten Heckaufkleber beschreiben konnte, und der lautete: »Wenn Sie das lesen können, gehen Sie auf Abstand.« Dart hatte den Rauschebart neulich, als ich dabei war, verärgert. Rauschebart Harold Quest war darauf aus, Unruhe zu stiften. Wo lag die Wahrheit?

»Und Sie, Mr. Morris . . .« Eine andere Seite des Notizbuchs wurde aufgeschlagen und konsultiert. »Wir hörten von der Klinik, daß man Sie dabehalten wollte, aber als wir hinkamen, um Sie zu vernehmen, waren Sie einfach gegangen. Man hatte Sie nicht offiziell entlassen.«

»Was für gestrenge Worte!« meinte ich.

»Bitte?«

»Dabehalten und entlassen. Wie im Gefängnis.«

»Wir konnten Sie nicht finden«, klagte er. »Anscheinend wußte niemand, wo Sie geblieben waren.«

»Jetzt bin ich ja hier.«

»Und, ehm . . . Mr. Jack Stratton beschuldigt Sie, ihn heute morgen gegen acht Uhr fünfzig angegriffen und ihm das Nasenbein gebrochen zu haben.«

»Jack Stratton beschuldigt gar niemand«, sagte Marjorie voller Überzeugung. »Jack, rede.«

Der mürrische junge Mann, der sich mit einem Taschentuch das Gesicht abtupfte, nahm Marjories geballten Unwillen zur Kenntnis und murmelte, er sei möglicherweise gegen eine Tür gelaufen oder so. Obwohl Keith und Hannah dem widersprachen, strich der Polizist den Eintrag in seinem Notizbuch resigniert durch und sagte, seine Vorgesetzten wünschten von mir zu erfahren, wo der Sprengstoff sich vor der Detonation befunden habe. Wo ich also zu erreichen sei.

»Wann?« fragte ich.

»Heute morgen, Sir.«

»Dann ... bin ich noch hier, glaube ich.«

Conrad verkündete mit einem Blick auf seine Uhr, er habe einen Abbruchexperten und einen Gutachter des Stadtbauamts bestellt, um zu klären, wie man am besten die alte Tribüne abreißen und das Gelände für den Wiederaufbau räumen könne.

Keith sagte aufbrausend: »Dazu hast du kein Recht. Die Rennbahn gehört mir ebensogut wie dir, und ich will sie verkaufen, und wenn sie ein Bauunternehmer kauft, reißt *der* die Tribüne auf *seine* Kosten ab. Wir bauen nicht wieder auf.«

Marjorie sagte grimmigen Blickes, sie müßten ein Gutachten darüber einholen, ob die Tribünen in ihrer alten Form wiederhergestellt werden könnten oder nicht und ob die Rennbahn-Versicherung eine andere Handlungsweise überhaupt zulasse.

»Nehmt die Versicherung zum Verkaufserlös hinzu, und es rentiert sich für uns alle«, sagte Keith starrköpfig.

Die Polizisten, uninteressiert, zogen sich nach draußen in ihren Wagen zurück, und man sah sie telefonieren, vermutlich mit ihrer Dienststelle.

Ich meinte zweifelnd zu Roger: »*Könnte* man die Tribüne denn wieder instand setzen?«

Er antwortete vorsichtig. »Läßt sich noch nicht sagen.«

»Klar geht das.« Marjorie war ganz sicher. »Alles läßt sich instand setzen, wenn man nur will.«

So aufbauen wie vorher, meinte sie; dasselbe noch mal. Mir schien das ein Fehler zu sein im Hinblick auf die Zukunft der Rennbahn Stratton Park.

Die Familie stritt weiter. Offenbar waren sie alle extra so schnell aufgetaucht, um einseitige Entscheidungen zu verhindern. Sie verließen das Büro als ein zankender Haufen, den die Furcht zusammenhielt, was jeder für sich unternehmen könnte. Roger beobachtete ihren Abgang mit verzweifelter Miene.

»Wie kann man *so* ein Geschäft führen! Und weder Oliver noch ich sind bezahlt worden, seit Lord Stratton tot ist. Er hat uns die Schecks immer persönlich ausgestellt. Jetzt ist nur Mrs. Binsham berechtigt, uns zu bezahlen. Das habe ich ihr auch erklärt, als wir vorigen Mittwoch die Bahn abgefahren sind, und sie sagte, sie verstehe, aber als ich sie gestern nach der Explosion noch mal darauf ansprach, als sie mit all den anderen hier war, meinte sie, ich solle sie zu einem solchen Zeitpunkt doch damit verschonen.« Er seufzte schwer. »Das ist ja alles gut und schön, aber wir haben seit über zwei Monaten kein Gehalt mehr gesehen.«

»Wer bezahlt das Rennbahnpersonal?« fragte ich.

»Ich. Lord Stratton hat das so geregelt. Zu Keiths Mißfallen. Er meint, das sei eine Einladung zum Betrug. Da schließt er natürlich von sich auf andere. Jedenfalls sind die einzigen Gehaltsschecks, die ich nicht zeichnen darf, die von Oliver und mir.«

»Haben Sie sie schon ausgestellt?«

»Meine Sekretärin, ja.«

»Dann geben Sie sie mir.«

»Ihnen?«

»Ich sehe zu, daß die alte Eule sie unterschreibt.«

Er fragte nicht weiter. Er zog eine Schreibtischlade auf, nahm einen Umschlag heraus und hielt ihn mir hin.

»Stecken Sie ihn in meine Jacke«, sagte ich.

Er sah auf das Gehgestell, schüttelte nachdenklich den Kopf und stopfte schließlich die Schecks in meine Jackentasche.

»Sind die Tribünen«, fragte ich, »ein Totalverlust?«

»Überzeugen Sie sich am besten selbst. Wohlgemerkt, man kommt nicht nah heran. Die Polizei hat alles abgeriegelt.«

Vom Bürofenster aus war wenig Schaden zu erkennen. Man sah die hintere Wand, das Dach und schräg von der Seite die offenen Sitzreihen.

»Ich möchte mir die Löcher lieber ohne Strattons ansehen.«

Roger grinste beinah. »Jeder von denen hat Angst, die anderen aus den Augen zu lassen.«

»So kommt es mir auch vor.«

»Ich nehme ja an, Sie wissen, daß Sie bluten.«

»Marjorie meinte, ich versaue ihr die Wand.« Ich nickte. »Es hat jetzt, glaub ich, aufgehört.«

»Aber ...« Er verstummte.

»Ich laß mich noch mal überholen«, versprach ich. »Aber Gott weiß wann. Da muß man so lange warten.«

Er sagte zögernd: »Bei einem Arzt hier von der Bahn ginge es schneller. Wenn Sie wollen, frag ich ihn. Er ist sehr entgegenkommend.«

»Ja«, sagte ich knapp.

Roger griff zum Telefon und versicherte dem Arzt, daß die Rennen wie geplant am Montag stattfinden würden. Könnte er ihm bis dahin einen Gefallen tun und einen Verletzten zusammennähen? Wann? Am besten gleich. Vielen Dank.

»Dann kommen Sie mal«, sagte er beim Auflegen. »Können Sie noch gehen?«

Ich konnte noch und ging, wenn auch ziemlich langsam. Die Polizisten monierten, daß ich schon wieder verschwand. Nur für eine Stunde oder so, beschwichtigte sie Roger. Die Strattons waren nirgends zu sehen, aber ihre Wagen standen noch da. Roger lenkte seinen Jeep zum Haupteingang, und Mr. Harold Quest verzichtete darauf, uns mit seinen Obsessionen zu behelligen.

Der Arzt war derjenige, der die Gestürzten am Graben versorgt hatte, geschäftsmäßig und ruhig. Als er sah, was von ihm verlangt wurde, wollte er zuerst nicht.

»Allgemeinmediziner machen so was kaum noch«, erklärte er Roger. »Sie überweisen die Leute ins Krankenhaus. Da gehört er auch hin. Sich mit solchen Schmerzen herumzuschlagen ist lächerlich.«

»Sie kommen und gehen«, sagte ich. »Und wenn wir nun mitten in der Sahara wären?«

»Swindon ist nicht die Sahara.«

»Das ganze Leben ist eine Wüste.«

Er brummte vor sich hin und flickte mich mit etwas zusammen, das wie Klebeband aussah.

»Hab ich Sie nicht schon mal gesehen?« fragte er verwirrt, als er fertig war.

Ich verwies auf das Hindernis.

»Der Mann mit den Kindern!« Er schüttelte bedauernd den Kopf. »Grausig, was sie da mitansehen mußten.«

Roger dankte ihm für seine Dienste und ich ebenfalls. Der Arzt erzählte Roger, daß Rebecca Stratton sich bei der Rennsportbehörde über seine fachliche Kompetenz oder vielmehr Inkompetenz beklagt hatte. Jetzt verlangte man von ihm eine genaue Darlegung der Gründe, die ihn bewogen hatten, sich für ein Startverbot wegen Gehirnerschütterung auszusprechen.

»Sie ist ein Miststück«, sagte Roger mit Nachdruck.

Der Arzt sah unbehaglich zu mir her.

»Er ist in Ordnung«, versicherte ihm Roger. »Sprechen Sie sich ruhig aus.«

»Seit wann kennen Sie ihn denn?«

»Lange genug. Und es waren Strattons, die ihm die Wunden wieder aufgerissen haben.«

Wehe dem, dachte ich, der in irgendeiner Weise von den Strattons als Brotgeber abhängig war. Roger lebte wirklich am Rande eines Abgrunds – und wenn er seinen Job verlor, verlor er auch seine Wohnung.

Er fuhr uns vorsichtig zurück zur Rennbahn und unterließ es, sich über die Hand, mit der ich mir den Mund zuhielt, oder über meinen hängenden Kopf zu verbreiten: Wie ich mit meinen Problemen umging, war meine Sache. Ich entwickelte ein starkes Gefühl der Freundschaft und Dankbarkeit ihm gegenüber.

Der Rauschebart trat vor den Jeep. Ich hätte gern gewußt, ob er wirklich Quest hieß – die Suche, die Forderung – oder ob er sich den Namen ausgedacht hatte. Im Moment konnte man ihn schlecht danach fragen. Er verstellte uns die Einfahrt, und zu meiner Überraschung setzte Roger prompt zurück, wendete, und wir fuhren auf der Straße weiter.

»Mir ist gerade eingefallen«, meinte er bedächtig, »daß wir nicht nur ein Geplänkel mit diesem Irren vermeiden, wenn wir hintenrum fahren; Sie können sich dann ja auch in Ihrem Bus gleich umziehen.«

»Ich habe fast nichts mehr zum Wechseln.«

Er blickte zweifelnd zu mir herüber. »Meine Größe wird Ihnen kaum passen.«

»Nein. Es geht schon.«

Ich mußte wählen zwischen abgewetzten Arbeitsjeans und feinem Rennbahnzivil. Ich entschied mich für die Jeans und ein kariertes Holzfällerhemd und warf die blutgetränkten Sachen vom Morgen in einen Wäschekorb, der schon mit klatschnassem kleinerem Zeug vollgestopft war.

Die Jungen hatten sich und den Bus fertig gewaschen. Der Bus war jetzt definitiv sauberer. Die Jungen mußten wieder trocken sein, auch wenn sie nirgends zu sehen waren. Ich stieg langsam wieder aus und sah Roger um das Haus auf Rädern herumgehen, interessiert, aber zurückhaltend wie immer.

»Das war ursprünglich ein Fernreisebus«, sagte ich. »Ich habe ihn gekauft, als das Busunternehmen von seinem gemütlichen alten Fuhrpark auf moderne vollverglaste Panoramakutschen umgestiegen ist.«

»Wie ... ich meine, wie halten Sie's mit den Latrinen?«

Ich lächelte über den Soldatenausdruck. »Der Bus hat große Gepäckräume unterm Boden. Da habe ich Wasser- und Abwassertanks eingebaut. Und in jedem Landkreis fahren extra Tankwagen zum Entleeren abgelegener Gruben. Außerdem gibt es Werften. Das Entleeren ist kein Problem, wenn man weiß, wen man fragen muß.«

»Erstaunlich.« Er klopfte auf den blanken, kaffeebraunen Lack, und ich merkte, daß es wieder eine kurze Atempause für ihn war, bevor er sich endgültig der unangenehmen Gegenwart zuwandte.

Er seufzte. »Vielleicht sollten wir ...«

Ich nickte.

Wir stiegen in den Jeep und kehrten zur Tribüne zurück, wo ich, auf die Gehhilfe gestützt, zum erstenmal objektiv die chaotische Zerstörung vom Tag zuvor betrachtete. Wir hielten uns vorsichtshalber hinter den Absperrbändern der Polizei, doch in dem Bau rührte sich nichts mehr.

Erster Gedanke: *Unglaublich*, daß Toby und ich aus dem Chaos lebend herausgekommen waren.

Das Gebäude war in der Mitte aufgeschlitzt, seine Innereien ergossen sich in einer monströsen Kaskade nach draußen. Der Waageraum, die Umkleideräume und Oliver Wells' Büro, die aus dem Hauptkomplex vorsprangen, waren von der sich verteilenden Masse der eingestürzten oberen Etagen plattgedrückt worden. Die standhafte Tribünenfront mit den langen Sitzreihen aus Stahlbeton hatte dafür gesorgt, daß der gesamte Explosionsdruck nur in eine Richtung ging, in die weniger widerstandsfähige Stein-, Holz- und Putzkonstruktion der Speiseräume, der Bars und der Treppe.

Über dem dichtgepackten Schutt ragte eine Hohlsäule in die oberen Stockwerke empor wie ein Ausrufezeichen, gekrönt von ein paar übriggebliebenen Zackenfingern des Richternests, die zum Himmel zeigten.

Ich sagte leise, gedehnt: »Mein ... Gott.«

Nach einiger Zeit fragte Roger: »Was halten Sie davon?«

»Vor allem«, sagte ich, »wüßte ich mal gern, wie zum Teufel Sie hier übermorgen Rennen veranstalten wollen.«

Er verdrehte genervt die Augen. »Es ist das Osterwochenende. Heute gibt es mehr Hochzeiten als an irgendeinem anderen Tag im Jahr. Am Montag Reitturniere, Hundeschauen, was Sie wollen, landesweit. Ich habe gestern den ganzen Nachmittag versucht, Festzelte anzumieten. *Irgendwelche* Zelte. Aber jedes Stückchen Plane ist bereits vergeben. Wir decken natürlich diesen ganzen Teil der Tribüne ab und müssen alles und jedes zum Buchmacherring hin verlegen, aber bis jetzt hat man mir nur ein paar Container als Umkleidekabinen zugesagt, und es sieht so aus, als müßten wir im Freien wiegen, wie früher bei den Geländejagdrennen. Und was Ausschank und Verpflegung angeht ...« Er zuckte hilflos die Achseln. »Wir haben den Gastrolieferanten gesagt, sie sollen nach ihrem Gutdünken verfahren, und sie meinten, sie seien ohnehin überfordert. Gott steh uns bei, wenn es regnet, dann arbeiten wir hier mit Schirmen.«

»Wo wollten Sie die Zelte aufstellen?« fragte ich.

»Auf dem Mitgliederparkplatz.« Er klang untröstlich. »Das Ostermontagsmeeting ist für uns *der* Dukatenesel der Saison. Wir *können* es nicht abblasen. Und sowohl Marjorie Binsham wie auch Conrad bestehen auf der Durchführung. Wir haben alle Trainer gebeten, uns ihre Tiere zu schicken. Die Ställe sind in Ordnung. Da geht noch alles nach Vorschrift, wir haben sechs Sicherheitsboxen und so weiter. Die Sattelboxen sind einwandfrei. Der Führring ist okay. Oliver kann mein Büro benutzen.«

Er wandte sich von der düsteren Betrachtung der Haupttribüne ab, und langsam machten wir uns auf den Weg zu seinem Arbeitsplatz. Er müsse telefonisch ein paar Schaltpläne durchgeben, sagte er.

Sein Büro war voll von Strattons. Conrad saß in Rogers Sessel hinter dem Schreibtisch. Conrad redete in Rogers Telefon, ganz Herr der Lage.

Conrad sagte gerade: »Ja, ich weiß, daß Sie meinem Verwalter gesagt haben, Sie hätten kein Zelt frei, aber hier spricht Lord Stratton persönlich, und ich ersuche Sie, uns ein geeignetes Zelt zu beschaffen und es morgen hier aufzubauen. Von mir aus schlagen Sie woanders eins ab, mir ist egal, woher Sie's nehmen, aber bringen Sie eins her.«

Ich tippte Roger auf den Arm, bevor er etwas einwenden konnte, und bedeutete ihm, wieder mit hinauszugehen. Draußen, wo kein Stratton uns mehr beachtete, schlug ich vor, wir sollten zurück zum Bus fahren.

»Da haben wir auch Telefon«, erklärte ich. »Und man ist ungestört.«

»Haben Sie gehört, was Conrad gesagt hat?«

»Ja. Ob er es auf die Tour schafft?«

»Wenn ja, bin ich meinen Job los.«

»Fahren Sie uns zum Bus.«

Roger fuhr hin, und um mir die neuerliche Busbesteigung zu ersparen, sagte ich ihm, wo das Mobiltelefon stand und wo mein Adreßbuch lag, und bat ihn, mir beides nach draußen zu bringen. Als er wiederkam, schlug ich eine Nummer nach und rief sie an.

»Henry? Lee Morris. Wie geht's?«

»Not am Mann? Was kaputt? Dach eingestürzt?«

»Du merkst aber auch alles.«

»Stimmt, Lee, aber mein Standardzirkuszelt hab ich als Reithalle an einen Ponyclub verpachtet. Kleine Mädchen mit Schutzhelmen. Die haben das fürs ganze Jahr.«

»Und das große, aufwendige?«

Ein ergebener Seufzer kam durch die Leitung. Henry, ein alter Freund, Altwarenhändler großen Stils, hatte von einem bankrotten Wanderzirkus zwei Hauptzelte übernommen, die er mir hin und wieder vermietete, wenn ich eine völlig abgetakelte Ruine vor dem Wetter schützen wollte.

Ich erklärte ihm, was benötigt wurde und weshalb, und ich erklärte Roger, wer sein Gesprächspartner war, dann stützte ich mich zufrieden auf das Gehgestell und ließ sie über Bodenfläche, Kosten und Transport reden. Als sie handelseinig wurden, sagte ich zu Roger: »Er soll sämtliche Flaggen mitliefern.«

Roger gab die Bitte verwirrt weiter und erhielt eine Antwort, die ihn zum Lachen brachte. »Ausgezeichnet«, sagte er, »ich rufe Sie zur Bestätigung noch mal an.«

Wir nahmen das Telefon und das Adreßbuch im Jeep mit und kehrten zum Büro zurück. Conrad brüllte dort zwar immer noch in den Hörer, doch nach der Ungeduld zu urteilen, die jetzt unter den übrigen Strattons herrschte, ohne Erfolg.

»Sie sind dran«, flüsterte ich Roger zu. »Sagen Sie, *Sie* hätten das Zelt gefunden.«

Es fiel ihm nicht leicht, sich mit fremden Federn zu schmükken, doch er hatte ein Einsehen. Die Strattons konnten aus Bosheit jeden Vorschlag meinerseits ablehnen, auch wenn es zu ihrem Vorteil war, darauf einzugehen.

Roger ging zu seinem Schreibtisch, als Conrad wütend den Hörer auf die Gabel knallte.

»Ich, ehm ... ich habe ein Zelt aufgetrieben«, sagte er fest.

»Na, endlich!« meinte Conrad.

»Wo denn?« fragte Keith verärgert.

»Ein Mann in Hertfordshire hat eins. Er kann es morgen früh anliefern und schickt ein Team für die Montage mit.«

Conrad freute sich wider Willen und mochte es nicht zugeben.

»Allerdings«, fuhr Roger fort, »verleiht er dieses Zelt nicht kurzzeitig. Wir müßten es für mindestens ein Vierteljahr behalten. Aber«, setzte er eilig hinzu, da Unterbrechungen in der Luft lagen, »diese Bedingung wäre nur zu unserem Vorteil, denn die

Tribüne dürfte noch viel länger außer Betrieb sein. Wir könnten das Zelt behalten, solange wir es brauchen. Es hat sogar einen festen Boden, verstellbare Trennwände und ist offenbar viel stabiler als ein normales Festzelt.«

»Zu teuer«, wandte Keith ein.

»Effektiv billiger«, sagte Roger, »als wenn wir für jeden Renntag extra Zelte aufstellen.«

Marjorie Binshams Blick schweifte an Roger und ihrer Familie vorbei und heftete sich auf mich.

»Hätten Sie einen Vorschlag?« fragte sie.

»Beachte ihn nicht«, beharrte Keith.

Ich sagte gleichmütig: »Alle vier Vorstandsmitglieder sind hier. Lassen Sie doch den Vorstand entscheiden.«

Ein rasch überspieltes Lächeln zuckte in Marjories Mundwinkeln. Dart grinste unverhohlen.

»Nennen Sie uns die Zahlen«, verlangte Marjorie von Roger, und er entnahm seinen Notizen die Maße und den Preis und setzte hinzu, daß die Versicherung für den Ausfall der Tribüne die Kosten ohne weiteres decke.

»Wer hat die Versicherung abgeschlossen?« fragte Marjorie.

»Lord Stratton und ich, über einen Makler.«

»Na schön«, sagte Marjorie energisch, »ich stelle den Antrag, daß der Colonel zu den vorgeschlagenen Bedingungen einen Mietvertrag für das Zelt abschließt. Und Ivan unterstützt den Antrag.«

Ivan, überrumpelt, sagte geistesabwesend: »Ich? Ah ja, richtig.«

»Conrad?« fragte Marjorie herausfordernd.

»Hm ... ich wohl auch.«

»Angenommen«, sagte Marjorie.

»Ich bin dagegen«, zischte Keith.

»Wir haben deinen Einspruch gehört«, sagte Marjorie. »Colonel, bestellen Sie das Zelt.«

Roger suchte die Nummer aus meinem Adreßbuch und sprach mit Henry.

»Sehr gut, Colonel«, beglückwünschte ihn Marjorie, als alles arrangiert war. »Ohne Sie könnte der Betrieb gar nicht laufen.«

Conrad sah ernüchtert aus, Ivan verwirrt und Keith mordlustig.

Jack, Hannah und Dart als Nebenfiguren enthielten sich des Kommentars.

Das eingetretene Schweigen endete mit der Ankunft zweier Fahrzeuge: Eins brachte, wie sich herausstellte, zwei höhere Polizeibeamte und einen Sprengstoffexperten; dem anderen entstiegen Conrads Abbruchspezialist und ein Vertreter der Stadtverwaltung mit wuchtigem Schnauzbart.

Die Strattons strömten geschlossen ins Freie.

Roger wischte sich mit der Hand übers Gesicht und meinte, der Militärdienst in Nordirland sei weniger stressig gewesen.

»Glauben Sie, wir haben es mit einem irischen Anschlag zu tun?« fragte ich.

Er sah erschrocken aus, schüttelte aber den Kopf. »Die Iren prahlen damit. Bis jetzt hat sich noch keiner auf die Brust geklopft. Und denken Sie dran, daß es kein Anschlag auf Personen war. Die irischen Bombenleger wollen Menschen verletzen.«

»Wer war es also?«

»Die entscheidende Frage. Ich weiß es nicht. Und Sie brauchen mir nicht zu sagen, daß ... vielleicht noch mehr kommt.«

»Wie steht's mit der Bewachung?«

»Ich habe die Rennbahnarbeiter zwangsverpflichtet.« Er klopfte auf das Funksprechgerät an seinem Gürtel. »Alle halten ständig Kontakt mit meinem Vorarbeiter. Sobald ihnen was auffällt, meldet er es mir.«

Die soeben eingetroffenen Polizeibeamten kamen in das Büro und stellten sich als ein Chefinspektor und ein Detektivsergeant vor. Der dritte im Bunde, ein angespannter junger Mann, wurde namenlos und unbestimmt als Kampfmittelexperte vorgestellt – jemand, der Bomben entschärft. Er stellte die meisten Fragen.

Ich antwortete ihm sachlich und beschrieb, wo die Sprengschnur gewesen war und wie sie ausgesehen hatte.

»Sie und Ihr kleiner Sohn wußten auf Anhieb, was es war?«

»Wir hatten schon mal welche gesehen.«

»Und wie dicht waren die Ladungen in den Wänden angebracht?«

»Im Abstand von etwa einem Meter. Manchmal auch weniger.«

»Und über einen wie großen Bereich?«

»Rings um die Wände des Treppenhauses auf mindestens zwei Etagen, vielleicht auch mehr.«

»Wir haben gehört, daß Sie vom Bau sind. Was meinen Sie, wie lange Sie selbst gebraucht hätten, um die Löcher für die Ladungen zu bohren?«

»Für eins? Zum Teil waren das Ziegelwände, zum Teil Wände aus künstlichen Steinen wie etwa Hüttenstein, und alle waren verputzt und gestrichen. Dicke, tragende Wände, aber nicht sehr hart. Man käme sogar ohne Schlagbohrer aus. Die Löcher müßten wahrscheinlich zwölf, dreizehn Zentimeter tief sein, zweieinhalb Zentimeter Durchmesser – mit Strom und einer starken Bohrkrone könnte ich vielleicht zwei in der Minute schaffen, wenn ich's eilig hätte.« Ich schwieg. »Die Sprengschnur durch die Löcher zu führen und die Sprengmasse hineinzustopfen dauert natürlich länger. Ich habe mir sagen lassen, daß man sie sehr vorsichtig mit einem Stück Holz einbringen und zurechtdrücken muß, ohne daß es Funken gibt; zum Beispiel mit einem Besenstiel.«

»Wer hat Ihnen das gesagt?«

»Abbruchspezialisten.«

Der Chefinspektor fragte: »Woher wissen Sie so genau, daß die Wände aus Backstein und aus Schlackenstein bestanden?

Wie konnten Sie das feststellen, wenn sie doch verputzt und gestrichen waren?«

Ich dachte zurück. »Unter den Bohrlöchern lag jeweils ein Häufchen Staub am Boden. Mal war es rötlicher Ziegelstaub, mal war es grauer.«

»Sie hatten Zeit, sich das anzusehen?«

»Ich erinnere mich daran. Eigentlich verriet der Staub mir nur, daß eine Menge Sprengstoff in den Wänden steckte.«

Der Spezialist sagte: »Haben Sie nachgesehen, wo der Schaltkreis herkam oder hinging?«

Ich schüttelte den Kopf. »Ich war auf der Suche nach meinem Sohn.«

»Und haben Sie um die Zeit sonst irgend jemanden in der Nähe der Tribüne gesehen?«

»Nein.«

Sie baten mich und Roger, mit ihnen bis zu der Absperrung zu kommen, damit wir dem Spezialisten erklären konnten, wo die Treppe und das Treppenhaus vor der Explosion gewesen waren. Der Sprengstoffexperte wollte dann offenbar mit Schutzanzug und Schutzhelm hineingehen und sich das Ganze von nahem besehen. »Lieber Sie als ich«, bemerkte ich dazu.

Sie stellten sich geduldig auf mein Schleichtempo ein. Als wir die Stelle erreichten, von wo aus der Schaden am besten zu sehen war, blickte der Bombenentschärfer zu den Zackenfingern des Richternests hoch und dann runter auf meine Gehhilfe. Er setzte seinen breitrandigen Schutzhelm auf und zeigte mir ein schiefes, selbstironisches Lächeln.

»Ich bin alt in meinem Beruf«, meinte er.

»Wie alt?«

»Achtundzwanzig.«

Ich sagte: »Auf einmal tut mir gar nichts mehr weh.«

Sein Lächeln wurde breiter. »Glück muß man haben.«

»Das wünsche ich Ihnen auch«, sagte ich.

8

Wissen Sie, was?« sagte Roger zu mir.

»Was denn?«

Wir standen ein wenig von den Polizisten entfernt auf dem Asphalt, die Trümmer noch vor Augen.

»Ich glaube, unser Sprengmeister hat einen größeren Bums verzapft, als er eigentlich wollte.«

»Wie meinen Sie das?«

Er sagte: »Es ist komisch mit hochexplosiven Stoffen. Die sind oft unberechenbar. Sie waren nicht mein Fachgebiet bei der Armee, aber natürlich machen die meisten Soldaten damit Bekanntschaft. Man neigt immer dazu, mehr Sprengstoff zu nehmen, als die Aufgabe erfordert, damit es auch ja wirklich hinhaut.« Er lächelte flüchtig. »Ein Kollege von mir sollte mal eine Brücke sprengen. Nur ein Loch reinblasen, um sie außer Betrieb zu setzen. Er hat die erforderliche Sprengstoffmenge überschätzt, und das ganze Ding zerstob zu feinstem Brückenpulver, das der Fluß wegspülte. Nichts blieb übrig. Alle fanden, er habe seine Sache glänzend gemacht, aber im stillen lachte er darüber. Auch ich hätte nicht gewußt, wieviel man braucht, um solch einen Schaden hier am Tribünenbau anzurichten. Und ich halte es für wahrscheinlich, daß der oder die Täter nur die Treppe demolieren wollten. Ich meine, wie *sorgfältig* die Wände im Treppenhaus belegt worden sind. Wenn die ganze Tribüne hätte zerstört werden sollen, warum dann nicht mit einer einzigen großen Ladung? Wesentlich einfacher. Die Chance, beim Anbringen entdeckt zu werden, viel geringer. Verstehen Sie, was ich meine?«

»Ja.«

Er sah mir in die Augen. »Hören Sie«, sagte er verlegen, »es geht mich zwar nichts an, aber wäre es nicht besser, Sie würden sich in Ihrem Bus langlegen?«

»Ich gehe schon, wenn es sein muß.«

Er nickte.

»Ansonsten«, sagte ich, »ist es besser, man beschäftigt sich mit anderen Dingen.«

Das ließ er gelten. »Aber sagen Sie mir Bescheid.«

Plötzlich waren die Strattons rings um uns. Dart sagte mir ins Ohr: »Conrads Architekt ist auch da. Jetzt gibt es Zunder!« Ich sah ihm seine koboldhafte Freude an. »Hat Keith sie wirklich *getreten*?« fragte er. »Ivan meinte, ich hätte das Beste um Sekunden verpaßt.«

»Pech aber auch. Wo ist der Architekt?«

»Der Mann da neben Conrad.«

»Und das ist ein Erpresser?«

»Weiß der Himmel. Fragen Sie Keith.«

Er wußte ebensogut wie ich, daß ich Keith nichts fragen würde.

»Ich nehme an, Keith hat das erfunden«, sagte Dart. »Er lügt wie gedruckt – ein wahres Wort kommt ihm nicht über die Lippen.«

»Und Conrad? Lügt der auch?«

»Mein Vater?« Dart faßte das nicht als Verunglimpfung auf. »Mein Vater sagt aus Prinzip die Wahrheit. Oder aus mangelnder Einbildungskraft. Suchen Sie es sich aus.«

»Die Zwillinge am Scheideweg«, sagte ich.

»Zum Kuckuck, wovon reden Sie?«

»Erzähl ich Ihnen später.«

Marjorie sagte gerade unheildrohend: »Wir brauchen *keinen* Architekten.«

»Finde dich mit den Tatsachen ab«, bat Conrad. »Die Zerstörung geht doch durch und durch. Das ist ein Geschenk des Himmels, denn es gibt uns die Möglichkeit, etwas Sinnvolles zu bauen.«

Etwas Sinnvolles bauen. Die Wörter hallten im Gedächtnis wider. Etwas Sinnvolles bauen, das war eine Devise, die ein Dozent an der Uni uns bis zum Überdruß vorgebetet hatte.

Ich blickte vorsichtig zu Conrads Architekt und stellte mein geistiges Auge sechzehn Jahre zurück. Conrads Architekt, so dämmerte mir langsam, war wie ich Student an der Bauakademie der Architectural Association gewesen: älterer Jahrgang, Eliteschüler, ein vielversprechender Mann. Ich erinnerte mich an sein Gesicht und seine glänzenden Aussichten, und ich hatte seinen Namen vergessen.

Roger ließ uns stehen, um sich in den Konflikt zwischen Marjorie und Conrad einzuschalten, obwohl er als Verwalter da auf verlorenem Posten stand. Conrads Architekt nickte ihm kühl zu; er sah Roger offenbar als Kritiker, nicht als Verbündeten.

Dart winkte zu den Trümmern hin und fragte mich: »Was sollten sie Ihrer Meinung nach tun?«

»*Meiner* Meinung nach?«

»Ja.«

»Meine Meinung interessiert sie nicht.«

»Mich aber.«

»Ich finde, sie sollten alles dransetzen, herauszufinden, wer das getan hat und warum.«

»Dafür ist doch die Polizei da.«

»Soll das heißen, daß die Familie es nicht rausfinden *will*?«

Dart sagte bestürzt: »Können Sie durch Wände sehen?«

»Wieso will es keiner wissen? Mir scheint das gefährlich.«

»Marjorie tut einfach alles, um die Angelegenheiten der Familie geheimzuhalten«, sagte Dart. »Sie ist schlimmer als Großvater, und der hätte jeden Preis gezahlt, damit der Name Stratton sauber bleibt.«

Keith mußte sie eine schöne Stange Geld gekostet haben seit den Zeiten meiner Mutter, dachte ich und überlegte flüchtig auch wieder, was Forsyth, den sie so ängstlich ausgrenzten, wohl getan haben mochte.

Dart sah auf seine Uhr. »Zwanzig vor zwölf«, sagte er. »Ich bin hier allmählich bedient. Was halten Sie vom *Mayflower*?«

Nach einiger Überlegung sagte ich ja zum *Mayflower* und folgte Dart unauffällig zu dem sechs Jahre alten grünen Granada mit den rostigen linksseitigen Kotflügeln. Harold Quest hatte offenbar nichts gegen Abgänge. Wir fuhren ungehindert hinüber in das nachempfundene 17. Jahrhundert, wo Dart sich ein kleines Bier spendieren ließ und ich zusätzlich fünfzehn dick mit Käse, Schinken, Tomate und Lauch belegte Brote sowie ein Kilo Eiskrem bestellte.

»*So viel* Hunger können Sie doch nicht haben!« rief Dart aus.

»Ich muß fünf Mäuler stopfen.«

»Guter Gott. Hatte ich vergessen.«

Wir tranken das Bier, während wir auf die Sandwiches warteten, und dann fuhr er uns gutmütig durch den hinteren Eingang wieder auf die Rennbahn und hielt bei Rogers Haus, vor dem Bus.

Neben dem Haupteinstieg des Busses befand sich ein kleines Außenfach, in dem ich vor langer Zeit eine Glocke wie bei einem Milchwagen angebracht hatte. Dart sah belustigt zu, wie ich sie jetzt herausklappte und Sturm läutete.

Die Cowboys kamen von der Prairie heim, hungrig, trocken, ohne Fehl, und setzten sich auf Kisten und Hauklötzer, um ihr Mittagsbrot im Freien einzunehmen. Ich blieb mit dem Gehgestell stehen. Für die Jungen ein inzwischen gewohnter Anblick, den sie als selbstverständlich hinnahmen.

Sie hatten eine Festung aus Ästen und Stöcken gebaut, sagten sie. In dem Fort saß die US-Kavallerie (Christopher und Toby), und draußen waren die Indianer (alle anderen). Die Indianer waren (natürlich) die Guten, und sie hätten gern das Fort gestürmt und ein paar Skalps erbeutet. List und Tücke seien gefragt, meinte Häuptling Edward. Alan Rotfeder war sein bewährter Kundschafter.

Dart, der auch ein Sandwich aß, bezeichnete Neils grelle Kriegsbemalung (Mrs. Gardners Lippenstift) als einen Sieg der politischen Korrektheit.

Keiner von ihnen wußte, was er meinte. Ich sah, wie Neil die Worte stumm mit den Lippen formte, um sie zu speichern und später danach zu fragen.

Wie die Heuschrecken verputzten sie das Mayflower-Essen, und da mir der Augenblick günstig erschien, sagte ich zu ihnen: »Gebt Dart doch mal das Rätsel mit dem Pilger auf. Das interessiert ihn bestimmt.«

Christopher begann entgegenkommend: »Ein Pilger kam zu einer Weggabelung. Ein Weg führte in die Sicherheit, der andere in den Tod. An beiden Wegen stand ein Wächter.«

»Es waren Zwillinge«, sagte Edward.

Christopher nickte und erzählte weiter. »Der eine Zwilling sagte immer die Wahrheit, und der andere log immer.«

Dart wandte den Kopf und starrte mich an.

»Es ist ein sehr *altes* Rätsel«, sagte Edward, als müsse er sich entschuldigen.

»Der Pilger durfte nur eine Frage stellen«, sagte Toby.

»Eine einzige. Und um lebend davonzukommen, mußte er herausfinden, welcher Weg in die Sicherheit führt. Was hat er also gefragt?«

»Er hat gefragt, welcher Weg der sichere ist«, sagte Dart bedächtig.

Christopher sagte: »Welchen Zwilling hat er gefragt?«

»Den wahrheitsliebenden.«

»Aber woher sollte er denn wissen, wer von ihnen die Wahrheit sprach? Sie sahen beide gleich aus. Sie waren Zwillinge.«

»Conrad und Keith sehen nicht gleich aus«, sagte Dart.

Die Kinder verstanden den Einwand nicht und drängten weiter. Toby hakte nach: »Welche Frage hat der Pilger gestellt?«

»Hab keinen blassen Schimmer.«

»*Denken Sie nach*«, befahl Edward.

Dart drehte sich zu mir um. »Retten Sie mich!« sagte er.

»Das hat der Pilger aber nicht gesagt«, belehrte Neil ihn genüßlich.

»Wißt ihr es alle?«

Fünf Köpfe nickten. »Papa hat es uns gesagt.«

»Dann sollte der Papa es *mir* auch sagen.«

Aber Christopher übernahm das Erklären. »Der Pilger durfte nur eine Frage stellen, also ging er zu einem der Zwillinge und sagte: ›Wenn ich deinen Bruder frage, welcher Weg aus der Gefahr herausführt, welchen Weg wird er mir weisen?‹«

Christopher schwieg. Dart sah verdutzt aus. »Das war's?« fragte er.

»Das war's. Also, was hat der Pilger gemacht?«

»Nun, er . . . ich geb mich geschlagen. Was hat er gemacht?«

Sie rückten nicht mit der Sprache heraus.

»Ihr seid vom *Teufel* geritten«, meinte Dart.

»Einer von den Zwillingen war ein Teufel«, sagte Edward, »und der andere war ein Engel.«

»Das hast du dir gerade ausgedacht«, warf ihm Toby vor.

»Na, und? Dadurch wird es doch interessanter.«

Mit einem Mal waren sie alle das Rätsel leid und zogen nach alter Gewohnheit los, zurück zu ihrem Phantasiespiel.

»Herr des Himmels!« rief Dart aus. »Das ist verdammt noch mal nicht fair.«

Ich lachte leise in mich hinein.

»Was hat denn nun der Pilger gemacht?«

»Knobeln Sie es aus.«

»Sie sind genauso schlimm wie Ihre Kinder.«

Dart und ich setzten uns wieder in seinen Wagen. Er legte das Gehgestell auf die Rückbank und meinte: »Keith hat Sie wirklich bös erwischt, was?«

»Nein, das war die Explosion. Das Dach ist eingestürzt.«

»Und auf Sie gefallen. Habe ich schon gehört.«

»Von den Schulterblättern abwärts«, bestätigte ich. »Hätte schlimmer kommen können.«

»Na klar.« Er ließ den Motor an und fuhr den Serviceweg entlang. »Also, was hat der Pilger gemacht?«

Ich lächelte. »Er hat sich von einem der Zwillinge sagen lassen, welche Straße die sichere sei, und ist dann die *andere* entlanggegangen. Denn seine Frage war so formuliert, daß beide Zwillinge ihm die Straße zum Tod zeigen würden.«

Er überlegte nur kurz. »Wieso?«

»Fragt der Pilger den ehrlichen Zwilling, welchen Weg aus der Gefahr sein Bruder ihm weisen würde, dann muß der ehrliche Zwilling, der ja weiß, daß sein Bruder immer lügt, auf den Weg zeigen, der in den Tod führt.«

»Da komme ich nicht mit.«

Ich erklärte das Ganze noch einmal. »Und«, sagte ich, »wenn es sich trifft, daß der Pilger den verlogenen Zwilling fragt, welchen Weg aus der Gefahr sein Bruder weisen würde, dann antwortet der Lügenbold, der weiß, daß sein Bruder die Wahrheit sagen würde, mit der Unwahrheit. Auch der verlogene Bruder zeigt also auf den Weg, der in den Tod führt.«

Dart verfiel wieder in Schweigen. Schließlich sagte er: »Verstehen Ihre Söhne das?«

»Ja. Sie haben es szenisch durchgespielt.«

»Zanken die sich niemals?«

»Doch, natürlich. Aber sie sind so oft umgezogen, daß sie außerhalb der Familie kaum Freundschaften geschlossen haben. Sie halten zusammen.« Ich seufzte. »Das wird sich auch bald ändern. Christopher ist für die Hälfte ihrer Spiele schon zu alt.«

»Schade.«

»Das Leben geht weiter.«

Dart brachte sein rostiges Gefährt sacht auf dem Behelfsparkplatz vor Rogers Büro zum Stehen.

Ich sagte zögernd: »Waren Sie gestern morgen wirklich mit dem Wagen hier, wie Harold Quest behauptet?«

»Nein.« Dart nahm die Frage nicht übel. »Und zwischen acht und halb neun war ich effektiv zu Hause im Bad beschäftigt, weil ich nämlich – und lachen Sie jetzt bloß nicht, ich erzähle das sonst keinem – einen neuen Kopfhautvibrator habe, der den Haarausfall bremsen soll.«

»Schlangenöl«, sagte ich.

»Verflucht, Sie sollten doch nicht lachen.«

»Ich lache ja auch nicht.«

»Ihre Mundwinkel *zucken.*«

»Jedenfalls glaube ich Ihnen schon der Haare wegen«, sagte ich, »daß Sie gestern morgen um zwanzig nach acht nicht mit Ihrer Klapperkiste voller Sprengschnur und Plastiksprengstoff auf die Rennbahn gekommen sind.«

»Tausend Dank.«

»Die Fage ist, ob sich jemand ohne Ihr Wissen Ihren Wagen ausgeliehen haben könnte. Ginge es vielleicht, daß der Sprengstoffexperte oder die Polizei den Wagen einmal auf Nitratspuren prüfen?«

Er sah entgeistert aus. »Das kann nicht Ihr Ernst sein!«

»Irgend jemand«, erläuterte ich, »hat gestern Sprengstoff zu der Treppe im Tribünenbau geschafft. Verlegt wurde das Ganze wahrscheinlich nach sieben, als der Nachtwächter gegangen war. Da war es inzwischen taghell. Aber da wir Karfreitag hatten, war das Gelände verlassen bis auf Harold Quest und seine Kumpel am Eingang, und wieweit man denen trauen kann, weiß ich nicht.«

»Die verlogenen Zwillinge«, sagte Dart.

»Mag sein.«

Ich versuchte mir den unbekümmerten Dart mit seinem Bauchansatz und dem schütteren Haar, der ironischen Geistesart und dem trägen Kern als jemand vorzustellen, der sich dazu hinreißen ließ, eine Tribüne in die Luft zu jagen. Unmöglich. Aber sein Auto verleihen? Es ohne Trara zu einem nicht näher bezeichneten Zweck verleihen – das bestimmt. Es in dem Wissen verleihen, daß es für eine Straftat herhalten sollte? Ich hoffte nicht. Und doch hätte er zugelassen, daß ich den verschlossenen Schrank im Arbeitszimmer seines Vaters aufbreche. Er hatte mich dorthin gefahren und mir den Weg zu jeder Schandtat geebnet. Mein Rückzieher hatte ihn dann überhaupt nicht gekümmert.

Ein laxer Sinn für Recht und Unrecht oder eine tiefe Entfremdung, die er gewohnheitsmäßig verbarg?

Ich mochte Dart; seine Gesellschaft war anregend. Von den Strattons war er der normalste. Fast hätte man sagen können, eine Rose unter Brennesseln.

Ich fragte beiläufig: »Wo ist denn Ihre Schwester Rebecca heute? Eigentlich hätte ich erwartet, daß sie hier ist und richtig schnurrt vor Zufriedenheit.«

»Sie reitet in Towcester«, sagte er kurz. »Hab ich in der Zeitung gesehen. Es freut sie sicher riesig, daß die Tribüne hinüber ist, aber ich habe sie seit Mittwoch nicht gesprochen. Sie hat, glaub ich, mit Vater geredet. Am Montag reitet sie hier eins von seinen Pferden. Das hat gute Aussichten auf einen Sieg, von daher würde sie den Renntag sicher nicht mit Dynamitzündeleien aufs Spiel gesetzt haben, falls Sie das annehmen.«

»Wo wohnt sie?« fragte ich.

»Lambourn. Rund zehn Meilen von hier.«

»Pferdeland.«

»Pferde sind die Luft, die sie atmet. Echt verrückt.«

Häuserbauen war die Luft, die ich atmete. Für mich war es

erfüllend, Ziegel auf Ziegel zu setzen, Stein auf Stein: etwas Totes zum Leben zu erwecken. Ich hatte Verständnis für ganz auf *ein* Ziel gerichtete Energien. Ob zum Guten oder zum Schlechten, ohne sie tut sich auf der Welt nicht viel.

Die anderen Strattons kamen vorn um die Tribüne herum und brachten Conrads Architekten mit. Die Polizei und der Sprengstoffexperte siebten offenbar sorgfältig vom Rand her die Trümmer durch. Der schnauzbärtige Gutachter kratzte sich am Kopf.

Roger kam zu Darts Wagen herüber und fragte, wo wir gesteckt hätten.

»Wir haben die Kinder verköstigt«, sagte ich.

»Aha! Nun, die Ehrenwerte Marjorie möchte Sie auseinandernehmen. Äh ...« Er besann sich auf mehr Zurückhaltung, weil Dart dabei war. »Mrs. Binsham möchte Sie in meinem Büro sprechen.«

Ich kletterte steifbeinig auf den Asphalt hinaus und stakste los. Roger kam an meine Seite.

»Lassen Sie sich nicht von ihr fertigmachen«, sagte er.

»Nein. Keine Sorge. Wissen Sie zufällig, wie dieser Architekt heißt?«

»Bitte?«

»Conrads Architekt.«

»Der heißt Wilson Yarrow. Conrad sagt Yarrow zu ihm.«

»Danke.«

Ich blieb abrupt stehen.

Roger sagte: »Was ist los? Schlimmer geworden?«

»Nein.« Ich sah ihn geistesabwesend an, was ihn erst recht beunruhigte. Ich fragte: »Haben Sie jemandem von den Strattons gesagt, daß ich Architekt bin?«

Er war verblüfft. »Nur Dart. Dem haben Sie es selbst gesagt, wissen Sie noch? Wieso? Spielt das eine Rolle?«

»Erzählen Sie es keinem«, sagte ich. Ich machte eine Kehrtwende zurück zu Dart, der ausstieg und mir entgegenkam.

»Was gibt's?« sagte er.

»Nichts weiter. Aber ... haben Sie zufällig gegenüber jemandem aus Ihrer Familie erwähnt, daß ich gelernter Architekt bin?«

Er dachte stirnrunzelnd zurück. Roger, der zu uns trat, sah völlig verwirrt aus. »Was liegt daran?«

»Ja«, wiederholte Dart, »was liegt daran?«

»Ich möchte nicht, daß Conrad es erfährt.«

Roger protestierte. »Aber Lee, *warum* denn nicht?«

»Der Mann, den er dabeihat, Wilson Yarrow, er und ich haben an derselben Schule studiert. Irgendwas ist mit ihm ...« Ich stockte und dachte angestrengt nach.

»Was soll mit ihm sein?« wollte Roger wissen.

»Das ist ja das Dumme, ich komme nicht mehr drauf. Ich kann es aber leicht rauskriegen. Nur würde ich das lieber klären, ohne daß er davon erfährt.«

»Wollen Sie damit sagen«, fragte Dart, »daß er die Tribüne gesprengt hat, um den Auftrag für ihren Neubau zu bekommen?«

»Gott«, sagte Roger. »Das nenne ich voreilige Schlüsse ziehen.«

»Es ist Keiths Meinung. Er hat das gesagt.«

»Ich glaube, die wissen nur, daß Sie vom Bau sind«, sagte Roger nachdenklich zu mir, »und mit Verlaub, im Augenblick sehen Sie auch genauso aus.«

Ich warf einen Blick auf mein weites kariertes Hemd und die ausgebeulten, abgewetzten Arbeitsjeans, und es war mir nur lieb, daß er recht hatte.

»Kennt er Sie nicht auch«, fragte Roger, »wenn Sie auf dieselbe Schule gegangen sind?«

»Nein. Ich war mindestens drei Jahrgänge hinter ihm und nicht besonders auffällig. Er war ein leuchtender Stern. Ein anderes Firmament. Ich glaube nicht, daß wir je miteinander gesprochen haben. Solche Leute sind zu sehr mit ihren eigenen Angelegenheiten beschäftigt, um sich die Namen und Gesichter der jüngeren Semester zu merken. Und es war ja nicht vorige Woche. Vor siebzehn Jahren habe ich mich da eingeschrieben.«

Wenn sich zwei Architekten kennenlernten, eröffneten sie das Gespräch in aller Regel mit der Frage: »Wo haben Sie studiert?« Und an der Antwort wurden vorgefaßte Meinungen festgemacht.

Die Bauschule in Cambridge etwa stand am ehesten für behutsames Bewahren, die in Bath für Substanz vor Schönheit und das Macintosh in Glasgow für schottischen Nationalstolz. Wer an einer dieser Schulen studiert hatte, wußte, wie seine Studiengenossen eingestellt waren. Man verstand den Fremden auf Grund der gemeinsamen Erfahrungen.

Die Architectural Association, Alma mater von Yarrow und mir, brachte hauptsächlich innovative Ultramodernisten hervor, die in die Zukunft blickten und raffinierte Wohnmaschinen aus Glas errichteten. Der Geist Le Corbusiers regierte, auch wenn die Schule selbst am Bedford Square in London stand – eine terrassenförmig angelegte, wohlproportionierte georgianische Villa, die oft im Widerspruch zu den in ihr gehaltenen Vorlesungen zu stehen schien.

Die immer hell erleuchteten Fenster der Bibliothek strahlten abends auf den dunklen Platz hinaus, feierten gleichsam das Licht der Erkenntnis, und wenn selbstzufriedene Studentenstars einer gewissen Arroganz zuneigten, dann war die herausragende Qualität und Gründlichkeit des Unterrichts vielleicht eine Entschuldigung dafür.

Da die Schule weitgehend außerhalb des staatlichen Erziehungs- und Bildungssystems stand, wurde sie von der öffentlichen Hand kaum gefördert und hauptsächlich von zahlenden Studenten besucht. So kam es auch, daß der Zustrom einheimisch-englischer Künstlertypen mit den Jahren nachließ, während die Zahl der Sprößlinge wohlhabender Griechen, Nigerianer, Amerikaner, Iraner und Hongkong-Chinesen allmählich zunahm, und mir schien, ich hatte durch den Verkehr mit ihnen viel gelernt und verdankte diesem Kontakt ungewöhnliche Freundschaften.

Der äußerst praxisbezogene, zuweilen auch metaphysische Unterricht hatte mir vor allem das angewandte Wissen Le Corbusiers und humanistische Tendenzen vermittelt, und ich würde es in den Hallen der Mutter, die mich genährt hatte, nie zu Ehren bringen: Wer alte Ruinen wiederherstellt, erwirbt sich keinen Nachruhm.

Dart fragte neugierig: »Haben Sie einen Titel?«

Ich zögerte. »Bitte? Ja, hab ich. A. A. Dipl., das steht für Diplom der Architectural Association. Der Allgemeinheit sagt es vielleicht nichts, aber für andere Architekten, auch für Yarrow, ist es ziemlich aufschlußreich.«

»Hört sich an wie Anonyme Alkoholiker, die Plastikbomben legen.«

Roger lachte.

»Halten Sie den kleinen Scherz unter Verschluß«, bat ich, und Dart sagte, er könne sich vielleicht dazu durchringen.

Mark, Marjories Chauffeur, stieß zu uns und erklärte uns mißbilligend, ich ließe Mrs. Binsham warten. Sie sitze im Büro und wippe mit dem Fuß.

»Sagen Sie ihr, ich bin unterwegs«, sagte ich, und Mark ging, um es auszurichten.

»Dieser wackere Mann verdient das Viktoriakreuz«, grinste Dart, »für hervorragende Tapferkeit.« Ich ging hinter Mark her. »Genau wie Sie«, rief Dart mir nach.

Marjorie mit ihrem steifen Rücken war in der Tat verärgert, aber wie sich herausstellte, nicht über Mark oder mich. Der Chauffeur war auf einen Spaziergang geschickt worden. Ich wurde aufgefordert, Platz zu nehmen.

»Ich möchte eigentlich lieber stehen.«

»Ach ja, ich vergaß.« Sie musterte mich kurz vom Hemd bis zu den Jeans, als wüßte sie mich wegen meiner wechselnden Erscheinung nicht recht einzuordnen.

»Sie sind, glaube ich, Bauunternehmer«, begann sie.

»Ja.«

»Nun, nachdem Sie sich den Schaden an der Tribüne jetzt näher angeschaut haben – was sagt der Bauunternehmer dazu?«

»Zur Wiederherstellung in der alten Form?«

»Natürlich.«

Ich sagte: »So sehr ich Ihren Wunsch verstehe, ich hielte das offen gestanden für einen Fehler.«

Sie war eigensinnig. »Aber es ließe sich machen?«

Ich sagte: »Der ganze Bau könnte sich als unstabil erweisen. Das Gebäude ist alt, wenn auch, zugegeben, gut gearbeitet. Es könnten aber Risse entstanden sein, die man noch nicht sieht, und zweifellos haben sich neue Belastungen ergeben. Sind die Trümmer erst entfernt, könnten weitere Gebäudeteile einstürzen. Man müßte alles abstützen. Es tut mir wirklich leid, aber ich würde Ihnen raten, alles abzureißen und ganz neu zu bauen.«

»Das möchte ich nicht hören.«

»Ich weiß.«

»Ließe es sich denn wieder so aufbauen, wie es war?«

»Natürlich. Die Pläne und Zeichnungen sind ja alle noch hier im Büro.« Ich hielt inne. »Aber es wäre eine verpaßte Gelegenheit.«

»Sagen Sie bloß, Sie halten es mit Conrad?«

»Ich halte es mit niemandem. Ich sage Ihnen nur ehrlich, daß Sie die alte Tribüne im Hinblick auf moderne Ansprüche enorm verbessern könnten, wenn Sie sie neu entwerfen ließen.«

»Mir gefällt aber der Architekt nicht, den Conrad uns aufzwingen will. Ich verstehe ihn nur zur Hälfte, und Sie werden es nicht glauben, aber der Mann benimmt sich *herablassend*.«

Und ob ich das glaubte. »Er wird schon noch einsehen, daß das ein Fehler ist«, sagte ich lächelnd. »Falls Sie sich übrigens doch für einen Umbau der Tribüne entscheiden sollten, wäre es ratsam, in Architekturzeitschriften einen Wettbewerb auszuschreiben und die eingehenden Pläne einer Jury vorzulegen, die Sie bestimmen könnten. Dann hätten Sie eine Auswahl. Sie wären nicht an Wilson Yarrow gebunden, der vom Rennsport, wie der Colonel mir versichert, keinen Schimmer hat. Man würde noch nicht einmal einen Sessel kaufen, ohne sich probehalber reinzusetzen. Die Tribünen müssen bequem sein und gut aussehen.«

Sie nickte nachdenklich. »Sie wollten sich mal über diesen Yarrow informieren. Haben Sie das getan?«

»Bin dabei.«

»Und Keiths Schulden?«

»Ich arbeite dran.«

Sie schnaubte ungläubig, nicht ganz zu Unrecht. »Ich nehme an«, setzte sie, um Fairneß bemüht, hinzu, »daß es Ihnen schwerfällt herumzulaufen.«

Ich zuckte die Achseln. »Auch die Feiertage sind ein Problem.« Ich überlegte kurz. »Wo wohnt Keith?«

»Über seinem Wert.«

Ich lachte. Marjorie schmunzelte über ihre eigene Schlagfertigkeit.

Sie sagte: »Er wohnt im Wittibhaus auf dem Gut. Es wurde für die Witwe des ersten Barons gebaut, und da sie gern geprotzt hat, ist es ziemlich groß. Keith tut, als ob es ihm gehört, aber er wohnt da zur Miete. Jetzt, wo mein Bruder tot ist, fällt es natürlich an Conrad.«

Ich fragte zögernd: »Und ... welche Einkünfte hat Keith?«

Marjorie mißbilligte die Frage, antwortete aber nach einiger Überlegung; schließlich hatte sie mir die Rolle in dem Spiel selbst zugeteilt.

»Seine Mutter hat ihn sichergestellt. Sie war vernarrt in ihn; er war ein hübsches Kind, und auch als junger Mann sah er gut aus. Sie ließ ihm alles durchgehen. Conrad und Ivan waren immer plump und ungeschickt und haben ihr nie Freude gemacht. Sie starb vor ungefähr zehn Jahren. Damals hat Keith sein Geld geerbt, und ich würde meinen, er hat es verbraten.«

Ich überlegte ein wenig und fragte: »Wer ist der Vater von Jack?«

»Das geht Sie nichts an.«

»Es tut nichts zur Sache?«

»Natürlich nicht.«

»Wettet Keith auf Pferde? Was spielt er? Karten? Backgammon?«

»Vielleicht finden Sie das ja raus. Mir erzählt er selbstverständlich nichts davon.«

Ich wußte nur eine Möglichkeit, mir Einblick in Keiths Angelegenheiten zu verschaffen, und auch die war problematisch. Als erstes würde ich mir einen Wagen leihen und ihn fahren müssen, wo mir doch schon das Gehen schwerfiel. Laß dir zwei, drei Tage Zeit, dachte ich. So bis Dienstag.

»Was fängt Keith mit seiner Zeit an?« fragte ich.

»Er sagt, er hat einen Job in der Londoner City. Den hatte er vielleicht mal, aber jetzt ist das bestimmt gelogen. Er lügt ja dauernd. Im übrigen ist er fünfundsechzig. Rentenalter, wie man sagt.« Sie rümpfte mehr oder weniger die Nase. »Wer Verpflichtungen hat, pflegte mein Bruder zu sagen, der geht nie in Rente.«

Ob man sich zur Ruhe setzte, blieb einem zwar nicht immer selbst überlassen, aber wozu streiten? Nicht jeder war ein Baron mit ererbtem Titel, abhängigen Geschwistern und väterlicher Einstellung. Nicht jeder besaß Geld genug, um Karren zu schmieren und Wogen zu glätten. Mein Nichtgroßvater, dachte ich, mußte bei all seinen Schwächen ein netter Mensch gewesen sein; meine Mutter hatte ihn ja auch gemocht, und Dart ebenfalls.

»Wie steht's mit Ivan?« fragte ich.

»Ivan.« Ihre Brauen hoben sich. »Wie meinen Sie?«

»Er hat ein Gartencenter?«

Sie nickte. »Mein Bruder hat ihm fünfzig Morgen Land geschenkt. Vor Jahren schon, als Ivan noch jung war. Er versteht sich aufs Pflanzen, Säen, Aufziehen.« Nach einer Pause fuhr sie fort: »Man braucht nicht hochintelligent zu sein, um ein zufriedenes, redliches Leben zu führen.«

»Aber Glück braucht man dazu.«

Sie musterte mich und nickte.

Da sie keine Fragen mehr an mich zu haben schien, fragte ich sie, ob sie die Gehaltsschecks für Roger und Oliver unterschreiben könne.

»Was? Ja, das habe ich ihm doch gesagt. Der Colonel soll mich bei Gelegenheit noch mal daran erinnern.«

»Ich hab sie hier«, sagte ich und zog den Umschlag aus meiner immer noch über dem Stuhl hängenden Jacke. »Haben Sie was zum Schreiben?«

Resigniert kramte sie einen Stift aus ihrer großen Handtasche, nahm die Schecks aus dem Umschlag und setzte ihren Namenszug exakt, ohne Schnörkel auf die dafür vorgesehene Linie.

Ich sagte schüchtern: »Um Ihnen die Mühe künftig zu ersparen, könnte der Vorstand doch auch Conrad, Ivan oder Dart die Zeichnungsbefugnis für Schecks geben. Dazu müßten sie nur ihre Unterschrift bei der Bank hinterlegen. Es kommen bestimmt noch eine Menge Sachen – und nicht nur Gehaltsschecks – auf Sie zu, die unterschrieben werden müssen. Der Colonel braucht Vollmachten, wenn er verantwortlich handeln soll.«

»Sie scheinen sich ja gut auszukennen!«

»Ich kenne mich mit Geschäften aus. Ich habe eine GmbH.«

Sie runzelte die Stirn. »Also gut. Alle drei dann. Genügt das?«

»Am besten unterschreiben je zwei aus dem Vierervorstand. Dann sind Sie abgesichert, und die Ehrlichkeit des Colonels kann von Keith oder Rebecca nicht mehr angezweifelt werden.«

Sie wußte nicht, ob sie verärgert oder belustigt sein sollte. »Sie haben ja im Handumdrehen unsere Stratton-Seelen bloßgelegt, was?«

Bevor ich antworten konnte, wurde unerwartet die Bürotür aufgestoßen, und Keith und Hannah kamen herein. Ohne sich um meine Anwesenheit zu kümmern, beklagten sie sich lautstark bei Marjorie, daß Conrad mit seinem Architekten rede, als wären die neuen Pläne eine ausgemachte Sache.

»Er sagt schon *wenn*«, nörgelte Keith, »nicht *falls*. Ich bin absolut gegen dieses blödsinnige Vorhaben, und du mußt es unterbinden.«

»Tu das doch selbst«, entgegnete seine Tante bissig. »Du schlägst viel Lärm, Keith, aber du bringst nichts zustande. Und da du und Hannah schon mal hier seid, könnt ihr euch ruhig bei Mr. Morris dafür entschuldigen, daß ihr ihn angegriffen habt.«

Keith und Hannah warfen mir gleichermaßen böse Blicke aus schmalen Augenschlitzen zu. Für sie stellte es sich wohl so dar, daß sie ihr eigentliches Ziel nicht erreicht hatten, weil Marjorie und Ivan zufällig dazwischengekommen waren. Ich war immer noch da, immer noch auf den Beinen, ein für allemal das Symbol der unerträglichen Abneigung und Zurückweisung, die sie erlebt hatten. Daß ihr Haß irrational war, änderte nichts. Irrationaler Haß ließ weltweit Bäche von verfemtem Blut entstehen – obwohl nur Frankreich in seinem patriotischen Schlachtruf ausdrücklich zu Metzeleien aufgefordert hat und die Marseillaise noch heute das Gedankengut von 1792 hochhält.

Damals war das verfemte Blut österreichischer Herkunft gewesen. Zwei Jahrhunderte später gediehen Blutsfehden rund um den Globus. Im Büro des Verwalters von Stratton Park roch es förmlich nach Blutsfehde. Durch meine bloße Anwesenheit hatte ich bei Keith und Hannah Gefühle geweckt, die sie nicht unter Kontrolle hatten, und es kam mir keineswegs so vor, als wäre die Sache erledigt. Nur Marjorie stand in diesem Augenblick zwischen mir und der Fortsetzung ihres Vorhabens vom frühen Vormittag. Ironisch dachte ich bei mir, daß sich jeder große und normalerweise kräftige Schwächling eine standhafte Leibwache in den Achtzigern zulegen sollte.

Marjorie wartete nur kurz auf die Entschuldigung, die niemals kommen würde, und ich für mein Teil konnte auf Entschuldigungen gern verzichten, wenn sie nur einsahen, daß auch mit noch so viel Stratton-Geld eine Anklage wegen Mordes nicht abzuwenden sein würde.

Mord am Halbbruder. Mord am Sohn der Exfrau. Wie auch immer.

Amöbengleich folgten Strattons auf Strattons, als wären sie Bestandteile eines Gruppenorganismus, und Conrad stieß mit Jack und Ivan zu uns, verstärkt durch den Fremdkörper Wilson Yarrow und vervollständigt durch Dart, der schalkhaft amüsiert aussah, sowie durch Roger, der sich Mühe gab, nicht aufzufallen. Wieder war die Gesellschaft zu groß für den Raum.

Wilson Yarrow kannte mich nicht. Ich warf nur einen flüchtigen Blick auf ihn, aber er nahm mich noch weniger wahr. Seine Aufmerksamkeit wurde weitgehend von Conrad beansprucht, dem es keine Ruhe gelassen hatte, daß Keith mit Marjorie hinter einer geschlossenen Tür sprach.

Äußerlich war an Wilson Yarrow weniger sein Aussehen bemerkenswert als seine Haltung. Das rötlichbraune Haar, die lange, schmalschultrige Gestalt und das breite, schwere Kinn hinterließen keinen bleibenden Eindruck. Aber wie er den Kopf in den Nacken legte, um von oben herunterschauen zu können, das prägte sich ein.

Herablassend hatte ihn Marjorie genannt. Überzeugt von seiner Überlegenheit, dachte ich, und nicht mal ein Hauch von Bescheidenheit, um es zu bemänteln.

Conrad sagte: »Wilson Yarrow ist der Ansicht, wir sollten das Gelände räumen und sofort mit dem Wiederaufbau beginnen, und ich habe diesem Vorschlag zugestimmt.«

»Mein lieber Conrad«, sagte Marjorie mit ihrer Einfrierstimme, »so etwas zu entscheiden steht dir nicht zu. Dein Vater war berechtigt, derartige Entscheidungen zu treffen, weil ihm die Rennbahn gehört hat. Jetzt gehört sie uns allen, und bevor irgend etwas unternommen wird, muß die Mehrheit unseres Vorstandes damit einverstanden sein.«

Conrad sah gekränkt aus und Wilson Yarrow gereizt; er hielt die alte Dame offenbar für eine unbedeutende Quertreiberin.

»Fest steht nur«, fuhr Marjorie mit ihrer kristallklaren Aussprache fort, »daß wir eine neue Tribüne brauchen.«

»Nein!« warf Keith ein. »Wir verkaufen!«

Marjorie beachtete ihn nicht. »Ich bin sicher, daß Mr. Yarrow ein sehr tüchtiger Architekt ist, aber bei etwas so Wichtigem wie neuen Zuschauerbauten wäre ich doch dafür, daß wir in einer von Architekten gelesenen Zeitschrift einen Wettbewerb ausschreiben und Pläne und Vorschläge von allen Interessenten kommen lassen, damit wir verschiedene Möglichkeiten prüfen und unsere Wahl treffen können.«

Conrad war ebenso entrüstet wie Yarrow.

»Aber Marjorie –«, setzte Conrad an.

»Das wäre doch das normale Verfahren, nicht wahr?« fragte sie treuherzig. »Ich meine, man würde doch nicht mal einen Sessel kaufen, ohne verschiedene Modelle nach Aussehen, Komfort und Zweckmäßigkeit zu vergleichen, oder?«

Sie streifte mich mit einem kurzen, ausdruckslosen Blick. Zweimal bravo, dachte ich.

»Als Vorstandsmitglied«, sagte Marjorie, »stelle ich den Antrag, daß wir eine Auswahl von Vorschlägen für eine Tribüne einholen, und selbstverständlich ist auch Mr. Yarrows Vorschlag uns willkommen.«

Totenstille.

»Möchtest du den Antrag unterstützen, Ivan?« regte Marjorie an.

»Ach so. Ja. Vernünftig. Sehr vernünftig.«

»Conrad?«

»Na hör mal, Marjorie . . .«

»Nimm Vernunft an, Conrad«, drängte sie.

Conrad wand sich. Yarrow blickte wütend.

Keith sagte unerwartet: »Du hast recht, Marjorie. Ich stimme dafür.«

Sie sah überrascht aus, doch obwohl sie sich genau wie ich gedacht haben mochte, daß es Keith nur darum ging, den Wiederaufbau zu behindern, kam sein Beistand ihr gerade recht.

»Angenommen«, sagte sie nüchtern. »Colonel, könnten Sie sich vielleicht nach einer geeigneten Zeitschrift für die Ausschreibung erkundigen?«

Roger sagte, das könne er bestimmt und er werde es tun.

»Ausgezeichnet.« Marjorie umfing mit ruhigem Blick die aus der Fassung gebrachte Person, die den Fehler begangen hatte, sich herablassend zu benehmen. »Wenn Sie Ihre Pläne fertig haben, Mr. Yarrow, werden wir sie uns gerne anschauen.«

Er sagte mit zusammengebissenen Zähnen: »Lord Stratton hat sie schon.«

»*So*?« Conrad wand und krümmte sich unter dem gleichen ruhigen Blick. »Aber Conrad, ich glaube, die würden wir uns dann doch alle gern mal ansehen, hm?«

Stratton-Köpfe nickten mit unterschiedlichen Graden der Heftigkeit.

»Sie liegen bei mir zu Hause«, teilte er ihr widerwillig mit. »Ich könnte sie dir wohl mal vorbeibringen.«

Marjorie nickte. »Heute nachmittag, ja? Um vier.« Sie sah auf ihre Armbanduhr. »Du meine Güte! Höchste Zeit, daß wir zu Mittag essen. Was für ein anstrengender Morgen.« Sie stellte sich auf ihre kleinen Füße. »Colonel, da unser Speiseraum auf der Tribüne vermutlich außer Betrieb ist, könnten Sie vielleicht dafür sorgen, daß wir am Montag irgendwo ein passendes Plätzchen haben. Ich nehme an, die meisten von uns sind dabei.«

Wieder sagte Roger schwach, er werde sich darum kümmern.

Marjorie trat gütig nickend ab, ganz die große alte Dame, begab sich in Marks treusorgende Obhut, und der fuhr sie davon.

Mehr oder minder sprachlos gingen auch die anderen, Conrad zusammen mit einem wütenden Yarrow, und Roger und ich blieben als einzige auf dem still gewordenen Kampffeld zurück.

»So ein alter Drachen!« sagte Roger bewundernd.

Ich gab ihm seine Gehaltsschecks. Er schaute auf die Unterschrift.

»Wie haben Sie denn das angestellt?« sagte er.

9

Roger verbrachte den Nachmittag mit dem beratenden Elektriker der Rennbahn, dessen Leute unter Umgehung der Haupttribüne überall wieder Strom legten. Wo die Sicherungen nicht von selbst durchgebrannt waren, hatte Roger die Stromkreise offenbar vorsichtshalber abgeschaltet. »Feuer«, erklärte er, »hätte uns gerade noch gefehlt.«

Mit Hilfe eines Baggers wurde ein Graben zum Mitgliederparkplatz gezogen und ein Hochleistungskabel mit Schutzrohr verlegt, um das Zirkuszelt mit Strom für Licht und Kühlschränke zu versorgen. »Auf einer Rennbahn darf man den Sekt nicht vergessen«, hatte Roger mit vollem Ernst gesagt.

Die Zahl der Ermittler in den Trümmern war gestiegen, und sie hatten Gerüste und Ziegelschneider mitgebracht. Außerdem ersetzten sie das Absperrband durch einen langen, mannshohen und fest verschraubten Zaun. »Wir könnten die wertvollsten Indizien an Souvenirjäger verlieren«, wurde mir erklärt. »Wenn man dem Publikum am Montag keine Schranken setzt, haust es vielleicht schlimmer als Piranhas.«

Ich fragte jemanden vom Räumkommando: »Wenn Sie über dreißig Löcher in die Wände eines Treppenhauses zu bohren hätten, würden Sie dann eine Wache postieren?«

»Guter Gott, ja.« Er überlegte ein wenig. »Obwohl sich meist nicht genau sagen läßt, wo so ein Bohrgeräusch herkommt. Der Lärm ist irgendwie irreführend. Man denkt, da bohrt einer nebenan, dabei ist es hundert Meter weg – und umgekehrt. Was ich damit sagen will, ist, wenn jemand den Bohrlärm hier gehört hat, dann konnte er erstens nicht genau wissen, wo das Geräusch herkam, und zweitens hätte er sich nichts dabei gedacht in so einem Riesenbau.«

Nur Roger, dachte ich, hätte gewußt, daß Bohrgeräusche nicht hierhergehörten – und Roger war daheim gewesen, ein halbe Meile außer Hörweite.

Ich versuchte übers Mobiltelefon, das noch in Rogers Jeep war, Freunde und Lehrer aus meiner Studentenzeit aufzustöbern, um sie nach Yarrow zu fragen, erreichte aber fast niemand. Von einem, Carteret, erwischte ich die Ehefrau, die versprach, ihm meine Nummer zu geben, doch er habe in St. Petersburg zu tun, und ich redete auch mit einer sehr jungen Tochter, die mir sagte, ihr Papa wohne nicht mehr bei ihnen. Guten Detektiven, dachte ich kläglich, passierte so etwas wohl kaum.

Im Büro zeichneten Roger und ich Pläne für die Aufstellung des Zirkuszeltes und der beiden Container, die ihm zugesagt worden waren. Der eine sollte als Umkleideraum für die Jockeys dienen, der andere zur Unterbringung der Waage und der Funktionäre. Wir stellten beide Container nah an den Führring, nur wenige Schritte von Rogers Büro, und waren uns einig, daß das Publikum, wenn seine Arbeiter den Zaun zwischen Sattelplatz und Mitgliederparkplatz entfernten, bequem zu dem großen Zelt gelangen konnte. Zwar mußten dann die Pferde, wenn sie auf die Bahn gingen, um das Zelt herumgeleitet werden, aber Roger versicherte, das alles sei machbar.

»Rebecca!« rief er einmal zwischendurch und klatschte sich mit der Hand vor die entgeisterte Stirn. »Die Reiterinnen. Wo tun wir die hin?«

»Wie viele sind es?«

»Zwei oder drei. Höchstens sechs.«

Ich rief Henry an, erreichte seinen Anrufbeantworter und bat auf Band um ein paar Zusatzzelte. »Schick auch noch was Hübsches mit«, ergänzte ich. »Schick das Dornröschenschloß. Wir müssen die Leute in Stimmung bringen.«

»Hier ist eine Rennbahn, kein Rummelplatz«, meinte Roger ein wenig mißbilligend, als ich mit dem Anruf fertig war.

»Es ist Ostermontag«, erinnerte ich ihn. »Es ist der Tag, um das Vertrauen wiederherzustellen. Man soll nicht an Bomben denken, soll sich sicher fühlen, soll sich amüsieren. Die Leute, die am Montag hierherkommen, sollen vergessen, daß sich hinter dem neuen Zaun ein schweres Unglück ereignet hat.« Ich schwieg. »Und heute nacht und morgen werden wir das ganze Gelände ausleuchten und vor den Ställen, am Sattelplatz und am Buchmacherring so viele Leute Wache schieben lassen, wie Sie nur kriegen können.«

»Aber was das kostet!«

»Wenn der Montag ein Erfolg wird, bezahlt Marjorie auch die Wachleute.«

»Ihre Begeisterung steckt an, wissen Sie das?« Er lächelte mir fast unbekümmert zu und wollte gerade wieder zu seinen Elektrikern eilen, als das Telefon klingelte.

Roger sagte: »Hallo?« und »Ja, Mrs. Binsham« und »Selbstverständlich, sofort« und legte den Hörer auf.

Er setzte mich ins Bild. »Sie sagt, Conrad und Yarrow sind bei ihr und haben ihr seine Pläne gezeigt, und sie möchte hier auf dem Bürokopierer eine Kopie davon machen.«

»War Conrad damit einverstanden?« fragte ich überrascht.

»Anscheinend ja, wenn wir die Kopie in den Safe einschließen.«

»Sie ist erstaunlich«, sagte ich.

»Sie hat ihn irgendwie im Zangengriff. Das ist mir schon mal aufgefallen. Wenn sie Druck ausübt, gibt er nach.«

»Die erpressen sich alle gegenseitig!«

Er nickte. »Zu viele Geheimnisse, zuviel erkauftes Schweigen.«

»Das sagt Dart auch, mehr oder weniger.«

Roger wies auf die Tür des Büros seiner Sekretärin. »Der

Kopierer und der Safe stehen da drin. Conrad und Yarrow sind schon im Anmarsch.«

»In dem Fall verdufte ich mal«, sagte ich. »Ich warte in Ihrem Jeep.«

»Und wenn sie weg sind – zurück zu Ihrem Bus?«

»Wenn's Ihnen nichts ausmacht.«

»Ist doch schon längst Zeit«, meinte er knapp und hielt mir die Tür auf, damit ich nach draußen zuckeln konnte.

Ich legte mich im Jeep auf die Seite und sah zu, wie Conrad und Wilson Yarrow mit einer großen Mappe ankamen und später wieder gingen, beide steifbeinig und verschnupft.

Als sie fort waren, kam Roger mit den frischen Kopien zum Jeep, und wir schauten sie uns gemeinsam an.

Er sagte, die Pläne seien auf drei großen Bögen gezeichnet gewesen, mit blauen Linien auf hellgrauem Grund, doch der Kopierer hatte sie in kleinerem Format mit schwarzen Linien wiedergegeben. Auf einem Blatt war der Grundriß angelegt. Eins zeigte alle vier Seiten im Aufriß. Das dritte sah wie ein Labyrinth von fadendünnen Linien aus, die ein dreidimensionales Bild ergaben, aber hohl, ohne Substanz.

»Was ist *das* denn?« fragte Roger, als ich es stirnrunzelnd betrachtete. »So was hab ich ja noch nie gesehen.«

»Eine axiometrische Zeichnung.«

»Eine was?«

»Axiometrie ist eine Methode, mit der man ein Gebäude dreidimensional darstellen kann, ohne sich mit perspektivischen Verkürzungen herumzuplagen. Man dreht den Grundriß, wie es einem am besten paßt, und zieht die Vertikalen hoch. Na ja«, entschuldigte ich mich, »Sie hatten gefragt.«

Die Aufrisse waren Roger vertrauter. »Das ist doch eine einzige große Glasscheibe«, wandte er ein.

»So schlimm ist es auch nicht. Unvollständig, aber nicht schlecht.«

»Lee!«

»Entschuldigung«, sagte ich. »Jedenfalls würde ich das in Stratton Park so nicht bauen, wahrscheinlich nirgendwo in England. Der Kasten schreit nach Tropenwetter, umfassender Klimatisierung und millionenschweren Mitgliedern. Und selbst die wären nicht wunschlos glücklich.«

»Hört sich schon besser an«, meinte er erleichtert.

Ich schaute in die linke obere Ecke der Kopien. Auf allen dreien stand lediglich »Haupttribüne«, »Wilson Yarrow, A. A. Dipl.« Ein Alleingang. Keine Partner, keine Firma.

»Die beste Rennbahntribüne, die je gebaut worden ist«, sagte ich, »steht in Darlington bei Chicago.«

»Ich dachte, Sie gehen nicht oft zum Pferderennen«, sagte Roger.

»Ich war auch nicht da. Ich habe Fotos von der Bahn und von den Plänen gesehen.«

Er lachte. »Können wir uns so eine Tribüne leisten?«

»Sie könnten sich daran orientieren.«

»Träumen Sie ruhig weiter«, sagte er und raffte die Pläne zusammen. »Ich lege das nur gerade in den Safe.« Er ging hinein, kam bald wieder und fuhr uns die knappe halbe Meile zu seinem Haus, das ruhig und verlassen war: keine Kinder, keine Frau.

Wir fanden sie alle im Bus. Die Jungen hatten Mrs. Gardner zum Tee eingeladen (Thunfischsandwiches mit Kruste, Chips und Schokowaffeln), und alle miteinander schauten sich gebannt die Fußballresultate im Fernsehen an.

Als der Ehrengast und ihr Mann gegangen waren, erwies ihr Christopher das höchst Lob: »Sie versteht sogar die Abseitsregel.«

Die Fußballberichterstattung ging weiter. Ich erhob Anspruch auf mein Bett, vertrieb ein oder zwei Zuschauer und legte mich auf den Bauch, um mitzugucken. Als auch der allerletzte Beitrag gelaufen war (endlose Wiederholungen der Tore vom

Nachmittag), servierte Christopher als Abendbrot eine Runde Dosenspaghetti auf Toast. Dann einigten sich die Jungs auf ein Video aus dem guten halben Dutzend, das ich für die Ruinensuche ausgeliehen hatte, und begannen es sich anzusehen. Ich fand, wie ich so dalag, daß es ein ziemlich langer Tag gewesen war, und schlief irgendwann während des Films ein.

Ich erwachte gegen drei Uhr früh, noch mit dem Gesicht nach unten, vollständig angekleidet.

Im Bus war es dunkel und still, die Jungen schliefen in ihren Kojen. Ich stellte fest, daß sie mir eine Wolldecke übergelegt hatten, statt mich zu wecken.

Auf dem Tisch am Kopfende stand ein volles Glas Wasser.

Ich betrachtete es dankbar und erstaunt, mit einem Kloß im Hals.

Als ich am Abend zuvor ein Glas dahin gestellt hatte, war Toby, den seit der Explosion alles Ungewohnte in zitternde Angst versetzte, gleich wieder erschrocken und hatte gefragt, wozu das gut sei.

»Vom Krankenhaus«, sagte ich, »habe ich Tabletten bekommen, die ich einnehmen soll, wenn ich nachts aufwache und Schmerzen kriege.«

»Ah. Und wo sind die Tabletten?«

»Unter meinem Kopfkissen.«

Sie hatten die Auskunft mit einem Nicken quittiert. Ich hatte nicht gut geschlafen und die Tabletten genommen, worauf sie mich am Morgen angesprochen hatten.

Und heute nacht war das Glas Wasser wieder da, bereitgestellt von meinen Söhnen. Ich nahm die Tabletten, trank einen Schluck und lag da im Dunkeln, arg ramponiert und bemerkenswert glücklich.

Am Morgen war es so schön, daß die Jungen alle Fenster öffneten, um den Bus durchzulüften, und ich gab ihnen die Ostergeschenke, die Amanda in einem Spind unter meinem Bett versteckt hatte. Jeder bekam ein Schokoladenosterei, ein Taschenbuch und ein kleines Computerspiel, und alle bedankten sich am Telefon bei ihrer Mutter.

»Sie will dich auch sprechen, Pa«, sagte Alan und gab mir den Hörer, und ich sagte »Hallo« und »Frohe Ostern« und »Wie geht's Jamie?«

»Dem geht's blendend. Verpflegst du die Jungen auch ordentlich, Lee? Sandwiches und Dosenspaghetti reichen nicht ... Ich hab Christopher gefragt ... er sagt, ihr habt gestern kein Obst eingekauft.«

»Heute haben sie Bananen und Cornflakes gefrühstückt.«

»Obst und frisches Gemüse«, sagte sie.

»Okay.«

»Und könnt ihr ein bißchen länger wegbleiben? So bis Mittwoch oder Donnerstag?«

»Wenn du möchtest.«

»Ja. Und bring ihre Sachen in die Reinigung, hm?«

»Klar.«

»Hast du schon eine brauchbare Ruine gefunden?«

»Ich suche weiter.«

»Wir leben vom Gesparten«, sagte sie.

»Ja, ich weiß. Die Jungen brauchen neue Turnschuhe.«

»Dann kauf sie eben.«

»In Ordnung.«

Wie üblich beschränkte das Gespräch sich weitgehend auf die Kinderbetreuung. Ich gab mir aber Mühe: »Wie war's auf der Party deiner Schwester?«

»Wieso?« Sie klang einen Moment lang fast argwöhnisch, dann sagte sie: »Prima. Toll. Sie läßt dich grüßen.«

»Danke.«

»Paß auf die Jungen auf, Lee.«

»Ja«, sagte ich und »Schöne Ostern« und »Bye, Amanda.«

»Wir sollen sie morgen abend wieder anrufen«, sagte Christopher.

»Sie sorgt sich um euch. Sie will, daß wir noch ein, zwei Tage länger Ruinen suchen.«

Überraschenderweise hatte keiner von ihnen etwas dagegen. Sie waren mit den Augen ganz bei ihren flimmernden, piepsenden Spielen.

Es klopfte an der Tür, und gleich darauf steckte Roger den Kopf herein, blieb aber draußen stehen.

»Ihr Freund Henry«, sagte er mir, »ist angekommen. Er bringt einen Kran auf einem Tieflader und das Zirkuszelt, verteilt auf ein halbes Dutzend große Lkws, und er will mit Ihnen sprechen, bevor er irgend etwas ablädt.«

»Henrys Zelt!« rief Christopher aus. »Das große, das wir über dem Pub aufgeschlagen haben, ehe du unser Haus gebaut hast?«

»Genau.«

Die Jungen knallten sofort die Fenster zu und sammelten sich mit hoffnungsvollen Mienen auf der Zufahrt. Roger winkte ergeben zum Jeep hin, und schon hingen sie alle auf der Rückbank und rauften um ihre Lieblingsplätze.

»Setzt euch hin oder steigt aus«, befahl Roger in seinem besten Kasernenhofton, und eingeschüchtert setzten sie sich.

»Wollen wir tauschen? Ich übernehme Marjorie und Sie die Jungs?« schlug ich vor.

»Abgemacht.« Er raste mit Karacho den Fahrweg entlang, hielt mit einer Vierrad-Schleuderbremsung vor dem Büro und teilte meinem Nachwuchs mit, daß sie beim geringsten Ungehorsam den Rest des Tages im Bus absitzen müßten. Die sehr beeindruckten Rekruten nahmen die Warnung zwar ernst, rannten aber prompt los, um Henry mit Ferienkriegsgeschrei zu begrüßen.

Gegen Henry, den bärtigen Hünen, kam ich mir immer klein

vor. Er hob Neil mühelos auf seine Schultern und strahlte mich mitsamt meinem Gehgestell an.

»Hat's dich beinah zerquetscht, oder was?« sagte er.

»Ja. Ich war unvorsichtig.«

Er deutete mit einer Riesenpranke auf die schwer beladenen Brummis, die sich hinter ihm auf dem Asphalt drängten.

»Ich hab den ganzen Fackelzug mitgebracht«, sagte er zufrieden.

»Ja, gut, aber hören Sie –«, setzte Roger an.

Henry blickte freundlich zu ihm herunter. »Vertrauen Sie unserem Lee«, sagte er. »Der weiß, was den Leuten gefällt. Ein echter Zauberer, der Lee. Lassen Sie ihn und mich das Parkett hier für morgen in Schuß bringen, und heute in sechs Wochen, am nächsten Feiertag, an dem Sie Rennen veranstalten – das hab ich nachgesehen –, gehen Ihre Parkplätze aus den Nähten. Mundpropaganda, kapiert? Wollen Sie nun Andrang haben oder nicht?«

»Äh ... ja.«

»Na also.«

Roger sagte verzweifelt zu mir: »Marjorie ...«

»Sie wird begeistert sein. Es geht ihr doch vor allem darum, daß die Rennbahn ankommt.«

»Sind Sie sicher?«

»Hundertprozentig. Wohlgemerkt, ein paar Sekunden wird sie brauchen, um den Schreck zu verdauen.«

»Hoffen wir, daß ihr nicht vorher das Herz stehenbleibt und sie tot umfällt.«

»Haben Sie den Strom gelegt?« fragte ihn Henry. »Hochleistungskabel?«

»Genau wie Sie gesagt haben.«

»Gut. Und ... Lagepläne?«

»Im Büro.«

Den größten Teil des Tages ließ Roger seine Arbeiter mit Hand anlegen, wo sie nur konnten, und immer wieder schaute er staunend zu, während Henry und sein Team einer revolutionären Vision von Tribünenkomfort Gestalt verliehen.

Zuerst stellten sie mit dem Kran abschnittsweise vier Masten auf, die an Hochspannungsmasten erinnerten und, wie Henry Roger erklärte, stabil genug waren für jedes Trapezprogramm; dann zogen sie mit starken Drahtseilen und schwerem elektrischem Hebewerk Tonnen von weißer Zeltleinwand hoch und breiteten sie aus. Die endgültige Höhe und die Bodenfläche entsprachen denen der alten Tribüne, und insgesamt übertraf das Zelt sie mühelos an Pracht.

Henry und ich erörterten Publikumsverkehr, Zuschauerverhalten, Wetterschutz. Wir legten die Marschroute fest, beseitigten Engpässe, setzten das Vergnügen obenan, zollten den Besitzern Respekt, räumten den Strattons, der Rennleitung, den Trainerbars die ersten Plätze ein. Das ganze Zelt erhielt einen quasifesten Boden mit einem breiten Mittelgang und wurde durch stabile Trennwände in »Räume« unterteilt, jeder mit einer Decke aus dünnem, hell pfirsichfarbenem plissierten Seidenstoff. »Den kaufe ich kilometerweise«, versicherte Henry einem ungläubigen Roger. »Lee hat mir gesagt, daß Sonne, die durch Segeltuch und Pfirsich scheint, alten Gesichtern mehr schmeichelt als gelbes Licht, und die Zeche wird ja vorwiegend von älteren Herrschaften bezahlt. Früher habe ich Gelb genommen. Nie wieder. Lee sagt, das richtige Licht ist wichtiger als das Essen.«

»Und was Lee sagt, ist das Evangelium?«

»Haben Sie schon mal gesehen, wie jemand ein baufälliges, schlechtbesuchtes Wirtshaus in einen wahren Taubenschlag verwandelt? Er hat das zweimal vor meinen Augen gemacht und dem Vernehmen nach auch früher schon. Er weiß, was anziehend ist, verstehen Sie? Die Leute selbst wissen nicht genau, *was* sie anlockt. Sie fühlen sich einfach hingezogen. Aber Lee hat es raus, da können Sie Gift drauf nehmen.«

»Was lockt denn die Leute an?« fragte Roger mich neugierig.

»Eine lange Geschichte«, sagte ich.

»Aber *woher* wissen Sie das?«

»Ich habe jahrelang Hunderte, buchstäblich Hunderte von Leuten gefragt, warum sie die alten Häuser, in denen sie wohnten, gekauft hatten. Was war für sie der entscheidende Grund, wie unvernünftig auch immer, gerade dieses und kein anderes Haus zu wählen? Manchmal nannten sie ein Stück Gitterwerk, manchmal eine verborgene kleine Wendeltreppe, manchmal Kamine aus Cotswoldsteinen oder Mühlräder, manchmal Zwischenstockwerke und Galerien. Ich habe auch gefragt, was ihnen nicht gefiel und was sie ändern würden. Nach und nach habe ich dann eben gelernt, wie man halbverfallene Häuser so umbaut, daß die Leute darin leben möchten.«

Roger sagte langsam: »Häuser wie Ihr eigenes.«

»Ja, schon.«

»Und Kneipen auch?«

»Irgendwann zeige ich Ihnen eine. Aber bei Kneipen macht es nicht der Umbau allein. Da zählen auch gutes Essen, gute Preise, zügige Bedienung und ein herzlicher Empfang. Man muß sich die Gesichter der Kunden einprägen und sie wie Freunde begrüßen.«

»Aber Sie ziehen immer weiter?«

»Sobald der Laden läuft«, nickte ich. »Ich bin Bauunternehmer, nicht Gastwirt.«

Für Henrys Leute, die größtenteils vom Zirkus kamen und gewohnt waren, über Nacht auf einer leeren Wiese ein Zauberreich entstehen zu lassen, waren vierundzwanzig Stunden bis zum Startschuß mehr als genug. Sie holten Seile ein, sie schwangen Holzhämmer, sie schufteten. Henry kaufte im Mayflower ein Faß Bier für seine »braven Jungs«.

Henry hatte nicht nur das Paradezelt mitgebracht, sondern auch einen großen Teil der Planken und zusammenschraubbaren

Eisenrohre, die als Grundlage für die Sitzreihen um die Manege gedient hatten.

»Ich dachte, das könntet ihr vielleicht brauchen«, meinte er.

»Die Tribüne!« sagte ich leise. »Du Prachtkerl.«

Henry strahlte.

Roger konnte es nicht fassen. Seine Arbeiter bauten unter Anleitung von Henrys Zirkusleuten die Sitzreihen nicht um eine Manege herum auf, sondern entlang den Rails im Freien, mit dem Rücken zum Zelt und dem Gesicht zur Bahn, und sie ließen des Zugangs wegen einen breiten Streifen Gras zwischen der vordersten Reihe und den Rails. »Hätten wir mehr Zeit, ließe sich das noch ausbauen«, sagte Henry, »aber so können wenigstens einige Zuschauer die Rennen von hier aus sehen, und es knubbelt sich nicht alles am Buchmacherring.«

»Wir brauchen wahrscheinlich eine Baugenehmigung«, sagte Roger schwach. »Sicherheitsbeamte. Gott weiß was.«

Henry wedelte ihm mit etlichen Papieren vor der Nase herum. »Ich bin als Bauunternehmer zugelassen. Wir stellen hier Provisorien auf. Holen Sie, wen Sie wollen. Von mir aus am Dienstag. Alles, was ich mache, ist rechtmäßig und sicher. Ich zeige es Ihnen.«

Grinsend winkte er mit der schweren Pranke und ließ in Sekundenschnelle eine Batterie von Feuerlöschern von einem der Lkws abladen.

»Beruhigt?« fragte er Roger.

»Sprachlos.«

Irgendwann nahm Henry mich beiseite. »Was sind das für Armleuchter, die die Einfahrt blockieren? Um ein Haar hätten wir einen davon umgefahren, als wir mit dem Bier wiederkamen. Der lief direkt auf uns zu. Völlig durchgetickt.«

Ich klärte ihn über Harold Quest, seine Anhänger und ihren Feldzug gegen den Hindernissport auf. »Waren die nicht auch da, als ihr angekommen seid?«

»Nein. Willst du sie weghaben?«

»Du meinst vertreiben?«

»Wie soll das denn sonst gehen?«

»Durch Überreden?« tippte ich an.

»Geh!«

»Wenn du auf eine Wespe trittst, kommen fünfzig zur Beerdigung.«

Er nickte. »Verstehe, was du meinst.« Er strich sich den Bart. »Was tun wir also?«

»Wir finden uns mit ihnen ab.«

»Das ist doch das letzte.«

»Man könnte sagen, daß ein Verbot des Hindernissports die Tötung von Hunderten von Pferden nach sich ziehen würde, für die es keine Verwendung mehr gibt. Da würde nicht hin und wieder ein Pferd getötet, sondern der ganze Bestand, innerhalb eines Jahres. Sag Harold Quest, daß er für Massenschlachtungen eintritt und Pferde zu einer gefährdeten Tierart macht.«

»Okay.« Er sah aus, als wollte er gleich zur Tat schreiten.

»Aber«, sagte ich, »wahrscheinlich regt er sich gar nicht so wegen der Pferde auf. Wahrscheinlich geht es ihm eher darum, anderen den Spaß zu verderben. *Er* unterhält sich gut, das ist sein Hauptanliegen. Er versucht seit Tagen schon, sich ein bißchen anfahren zu lassen. Morgen erreicht er vielleicht, daß man ihn festnimmt. Dann würde er sich kaum noch einkriegen.«

»Alle Fanatiker spinnen«, sagte Henry.

»Auch die Blaustrümpfe und die zwölf Apostel?«

»Möchtest du ein Bier?« fragte er zurück. »Mit *dir* diskutiere ich nicht.«

»Was wir wirklich brauchen, ist eine Gegendemonstration«, meinte ich. »Leute, die neben Harold Quest marschieren und Sprüche hochhalten wie ES LEBE DIE ARBEITSLOSIGKEIT, WER BRAUCHT SCHON PFERDEPFLEGER? ALLE HINDERNISPFERDE AB IN DIE LEIMFABRIK, SCHMIEDE SOLLEN STEMPELN GEHEN.«

»Hufschmiede«, sagte Henry.

»Was?«

»Hufschmiede beschlagen Pferde. Andere Schmiede bauen Gartentore.«

»Wie wär's mit dem Bier?« sagte ich.

Aber das Bier mußte warten, denn es trafen nacheinander zwei motorisierte Besucher ein, beide aufgebracht wegen einer Beinah-Kollision mit Harold Quest.

Hinter der Stoßstange des ersten Wagens klemmten die zerrissenen Überreste eines Plakats, auf dem stand: SCHLUSS MIT DER BRUTALITÄT, doch wie so oft in derartigen Fällen hatte der Befehlston der abgedroschenen Ermahnung die gegenteilige Wirkung hervorgerufen.

Bei Oliver Wells, dem Fahrer, war der Lack vornehmer Liebenswürdigkeit so weit abgeblättert, daß der Machtwille dahinter schwer und düster zutage trat; und was sich da zeigte, schien mir die ganze Stoßkraft der Kolben zu sein, die normalerweise im Innern einer reibungslos laufenden Maschine verborgen blieb. Mehr Ellbogen, mehr Unnachgiebigkeit, als die Welt sonst zu sehen bekam. Brutalität war diesem demaskierten Mann durchaus zuzutrauen. Die lange Nase und die abstehenden Ohren zitterten vor ungebremster Wut, und er hatte kaum einen Blick für mich, als er fragte: »Wo ist Roger?«

»In seinem Büro«, sagte ich.

Blind und taub für das Gehämmer ringsumher marschierte Oliver auf die Bürotür zu. Der zweite Wagen, ein scharlachroter Ferrari, hielt mit qualmenden Reifen neben seinem, und die finster blickende Furie Rebecca schnellte daraus hervor.

Sie war die erste Stratton für heute, fiel mir flüchtig ein, und sie war mir unendlich weniger willkommen als ihr haarfixierter Bruder.

Auch Rebecca, in gutsitzender rehbrauner Hose und knallrotem Pullover, bebte vor übermächtiger Empörung.

»Den Klammeraffen bring ich um«, posaunte sie hinaus. »Der legt es ja drauf an, daß man ihn überfährt, und ich werd's tun, das schwör ich, wenn er mich noch mal ›Herzchen‹ nennt.«

Ich hatte Mühe, das unpassende Lachen hinunterzuschlukken. Henry, der keine Hemmungen kannte und den reizbaren Feminismus sofort für sich einordnete, lachte schallend heraus.

Sie senkte halb die ausdrucksvollen Lider und schoß einen hochgiftigen Blick auf ihn ab, der Henry kaltließ.

»Wo ist Oliver?« Ihr Tonfall verriet, wie ihre Miene, unbeherrschte Arroganz. »Der Mann, der vor mir hier hereingekommen ist?«

»Da im Büro«, sagte Henry, mit dem Finger zeigend; und ich schwöre, daß ihm das Wort ›Herzchen‹ auf der Zunge lag.

Er schaute ihrem panthergleichen Gang nach, als sie sich von uns entfernte, und hob als Kommentar drollig die Augenbrauen, eine echte Einladung zum Dolchstoß, wenn sie sich zufällig umgedreht hätte.

»Sie sieht gut aus und hat Mut«, sagte ich. »Das ist leider alles.«

»Wer ist sie denn?«

»Die Ehrenwerte Rebecca Stratton, Hindernisreiterin.«

Henry ließ die Brauen wieder sinken und zog seine unmittelbare Aufmerksamkeit von ihr ab.

»Bier«, verkündete er.

Wieder kam ein Auto uns dazwischen; ein kleiner schwarzer Porsche diesmal, der wie ein Schatten den Fahrweg entlangglitt und unauffällig, halb verdeckt durch einen von Henrys Lkws, stehenblieb. Niemand stieg aus. Durch die getönten Seitenfenster war nichts zu erkennen.

Henry sah stirnrunzelnd zu dem Neuankömmling hin. »Wer versteckt sich denn da hinter meinen Lastern?«

»Ich weiß nicht«, sagte ich. »Sieh mal nach.«

Er tappte hinüber, peilte die Lage, kam zurück.

»Er ist dünn, er ist jung, sieht aus wie Herzchen. Er hockt da hinter verriegelten Türen. Wollte nicht mit mir reden.« Henry blickte lüstern. »Er hat eine italienische Fernfahrergeste gemacht! Bist du jetzt schlauer?«

»Es könnte vielleicht Forsyth Stratton sein. Herzchens Cousin. Er sieht ihr sehr ähnlich.«

Henry zuckte die Achseln, sein Interesse verflog. »Was soll mit dem Leergut in den Bars passieren?«

»Das übernimmt der Gastroservice.«

»Dann zu unserem Bier.«

»Zu unserem Bier.«

Endlich hoben wir einen und beredeten dabei, was noch alles zu erledigen war. Seine Leute würden bis Mitternacht oder auch länger am Ball bleiben. Sie würden in den Fahrerhäusern schlafen, wie sie es gewohnt waren, und würden am Morgen in aller Frühe fertig aufbauen. Um halb zehn würden die Lkws fort sein, mit Ausnahme des kleinsten, Henrys persönlicher Werkstatt auf Rädern, die alles enthielt, was für Wartungs- und dringende Reparaturarbeiten nötig war.

»Ich bleibe zu den Rennen«, sagte er. »Die kann ich mir doch nach all dem nicht entgehen lassen.«

Roger stieß zu uns, sichtlich sehr angespannt.

»Oliver ist mal wieder scheußlichster Laune«, berichtete er. »Und was Rebecca angeht . . .«

Rebecca folgte ihm fast auf dem Fuß, rauschte aber an unserer Gruppe vorbei und suchte einen Durchschlupf in dem Stellzaun, der die eingestürzte Tribüne verbarg. Da sie keine Lücke fand, tigerte sie zurück zu Roger und sagte energisch: »Lassen Sie mich durch den Zaun. Ich möchte sehen, wie groß der Schaden ist.«

»Für den Zaun bin ich nicht zuständig«, sagte Roger beherrscht. »Vielleicht sollten Sie sich an die Polizei wenden.«

»Und wo ist die Polizei?«

»Auf der anderen Seite des Zauns.«

Sie kniff die Augenlider zusammen. »Dann holen Sie mir eine Leiter.«

Als Roger ihr nicht gleich gehorchte, wandte sie sich an einen vorbeikommenden Arbeiter. »Holen Sie mir eine Trittleiter«, befahl sie ihm. Sie hatte weder ein »bitte« für ihn übrig noch ein »danke schön«, als er die Leiter brachte. Sie sagte ihm bloß, wo er sie hinstellen sollte, und bekundete ihr Einverständnis mit der mürrischen Andeutung eines Nickens, als er ihr Platz machte.

Selbstbewußt, mit flüssigen Bewegungen, stieg sie die Sprossen hinauf und betrachtete erst einmal lange, was der Zaun verbarg. Henry und Roger schlichen sich davon wie listige alte Krieger und ließen mich allein in den Genuß von Rebeccas messerscharfen Kommentaren kommen. Sie stieg mit der gleichen sportlichen Eleganz wieder die Leiter herunter, warf einen verächtlichen Blick auf mein noch immer benötigtes Gehgestell und forderte mich auf, die Rennbahn sofort zu verlassen, da ich dort nichts zu suchen hätte. Ebensowenig hätte ich vor zwei Tagen auf der Tribüne verloren gehabt, und falls ich daran dächte, den Strattons wegen meiner Verletzungen eine Schadenersatzklage anzuhängen, würden die Strattons mich wegen unbefugten Betretens verklagen.

»In Ordnung«, sagte ich.

Sie stutzte. »Was ist in Ordnung?«

»Haben Sie mit Keith geredet?«

»Das geht Sie nichts an, und ich habe Sie aufgefordert zu gehen.«

»Der Erfolg dieser Rennbahn *geht* mich etwas an«, sagte ich ohne mich zu rühren. »Sie gehört mir zu acht Hundertsteln. Ihnen werden, wenn Sie erst den Erbschein haben, drei Hundertstel gehören. Wer ist also eher berechtigt, hier zu sein?«

Sie kniff die glänzenden Augen zusammen, fegte das Thema Anteilsmehrheit ungeduldig beiseite und stürzte sich auf das, worauf es wirklich ankam. »Was heißt, wenn ich den Erbschein habe? Die Anteile gehören mir laut Testament.«

»Nach englischem Recht«, sagte ich, denn das hatte ich beim Ordnen der Angelegenheiten meiner Mutter herausgefunden, »kommt man in den Besitz einer Erbschaft erst, wenn das Testament bestätigt, die Steuer entrichtet und der Erbschein ausgestellt worden ist.«

»Ich glaube Ihnen kein Wort.«

»Das ändert nichts an den Tatsachen.«

»Soll das heißen«, fragte sie scharf, »daß meinem Vater, Keith und Ivan gar kein Sitz im Vorstand zusteht? Daß ihre ganzen blöden Entscheidungen null und nichtig sind?«

Ich erstickte ihre aufkeimenden Hoffnungen. »Das heißt es nicht. Vorstandsmitglieder müssen keine Anteilseigner sein. Marjorie konnte berufen, wen sie wollte, ob ihr das nun klar war oder nicht.«

»*Sie* wissen jedenfalls zuviel«, sagte Rebecca ärgerlich.

»Freut es Sie«, fragte ich, »daß die Tribüne jetzt in Trümmern liegt?«

Sie sagte trotzig: »Aber ja.«

»Und was soll nun werden?«

»Ein neuer Tribünenbau natürlich. Modern. Mit Glasfront. Alles neu. Nichts wie raus mit dem Scheiß-Oliver und dem verkalkten Roger.«

»Und den Laden selber schmeißen?« Ich meinte es nicht ganz ernst, aber sie stürzte sich im Flug darauf.

»Es spricht doch nichts dagegen! Großvater hat es ja auch gemacht. Jetzt sind Neuerungen gefragt. Neue Ideen. Aber ein Stratton sollte die Rennbahn leiten.« Ihr Gesicht glühte vor Eifer. »Sonst kann keiner in der Familie Anker und Anschlag auseinanderhalten. Vater muß zwar Stratton Hays seinem Erben hinterlassen, aber das schließt das Rennbahngelände nicht ein. Seine Anteile an der Rennbahn kann er *mir* vererben.«

»Er ist erst fünfundsechzig«, sagte ich leise und fragte mich, welche aufrüttelnde Wirkung diese Unterhaltung wohl auf Marjorie und Dart gehabt hätte, ganz zu schweigen von Roger, Oliver und Keith.

»Ich kann warten. Ich möchte wenigstens noch zwei Saisons reiten. Es wird Zeit, daß mal eine Frau unter die ersten fünf auf der Jockeyliste kommt. Das erreiche ich dieses Jahr, solange ich nicht stürze oder von dämlichen Ärzten krankgeschrieben werde. Danach leite ich die Rennbahn.«

Ich hörte ihre Zuversicht und wußte nicht genau, ob sie sich Illusionen hingab oder wirklich dazu imstande war.

»Der Vorstand müßte Sie einsetzen«, sagte ich nüchtern.

Sie heftete abschätzend ihren Blick auf mich. »Müßte er wohl«, sagte sie gedehnt. »Und ich habe zwei volle Jahre, um dafür zu sorgen, daß er es auch tut.« Sie hielt inne. »Egal, aus wem er dann besteht.« Unvermittelt kam sie zu dem Schluß, daß sie sich lange genug mit mir abgegeben hatte, und pirschte zu ihrem scharlachroten Wagen zurück, nicht ohne dabei hungrige Blicke nach links und rechts zu werfen, auf das Reich, das sie zu regieren beabsichtigte. Marjorie würde dem einen Riegel vorschieben, aber ewig konnte sie das auch nicht, denn zwischen ihnen lagen Jahrzehnte. Daran hatte Rebecca gedacht.

Henry und Roger, die Feiglinge, stellten sich erst wieder ein, als Rebeccas Auspuff in Richtung Ausgang röhrte.

»Was hat sie Ihnen erzählt?« fragte Roger neugierig. »Sie sah ja fast menschlich aus.«

»Ich glaube, sie möchte hier die Leitung übernehmen wie ihr Großvater.«

»Quatsch!« Er setzte zu einem Lachen an, das sich in ein unsicheres Stirnrunzeln verwandelte. »Die Familie wird es nicht zulassen.«

»Nein.« Nicht dieses Jahr, dachte ich, und nicht nächstes Jahr; aber danach?

Roger tat den unhaltbaren Gedanken mit einem Achselzukken ab. »Sagen Sie Oliver nichts davon«, meinte er. »Der bringt sie eher um.«

Ein Polizist und der achtundzwanzig Jahre alte Bombenfachmann kamen durch einen Abschnitt des Zauns und stießen ihn einen Spaltweit auf, so daß man ihre Kollegen bei der langwierigen Suchaktion sehen konnte.

Roger und ich gingen ihnen entgegen und betrachteten neugierig, was sie uns mitgebracht hatten.

»Überreste eines Weckers«, meinte der Experte vergnügt. »Man stößt fast immer auf Bestandteile von Zeitschaltern. Bei dieser Art von Sprengstoff löst sich eigentlich nichts in Luft auf.«

»Was für Sprengstoff?« fragte ich.

»P. E. 4. Kein Semtex. Auch nicht Dünger und Dieselöl. Kein Bastelstubenterror. Ich würde sagen, wir haben es hier mit regulären Armeebeständen zu tun, nicht mit der IRA.«

Roger, der Oberst, sagte steif: »Die Armee überwacht die Ausgabe von Sprengkapseln genau. Ohne Sprengkapseln ist P. E. 4 Kinderkram.«

Der Experte nickte. »Man kann es kneten und formen wie Marzipan. Ich würde allerdings nicht mit dem Hammer draufschlagen. Aber Sprengkapseln unter Verschluß? Daß ich nicht lache. Mein Leben wäre einfacher, wenn das stimmte. Aber die Armee versiebt bekanntlich sogar Panzer. Was ist schon ein bißchen Knallquecksilber unter Freunden?«

»Mit Sprengkapseln sind alle vorsichtig«, beharrte Roger.

»Aber sicher.« Der Experte grinste überlegen. »Alte Soldaten, die lassen eine Feldhaubitze verschwinden, wo Sie dabei sind. Und man sagt ja, es geht nichts über ein tüchtiges Feuer.«

Dem Ausdruck auf seinem Gesicht nach kannte Roger diesen Spruch nur zu gut.

»Als vor ein paar Jahren mal ein bestimmtes Depot, so groß

wie fünf Fußballfelder, in Flammen aufging«, erläuterte mir der Experte mit Genuß, »da kam gleich doppelt soviel Material auf die Verlustliste, wie das Depot überhaupt aufnehmen konnte. Die Armee lieferte tonnenweise kreative Schreibarbeit, um nachzuweisen, daß in der Woche vor dem Brand noch alles mögliche in das Depot gebracht worden war. Sachen, die seit längerem verschwunden waren und deren Fehlen vielleicht hätte erklärt werden müssen, waren jetzt offiziell ›ins Depot verbracht‹ worden. Und es wurden Sachen ›ins Depot verbracht‹, die nach dem Brand kofferweise wesentlich näher an der Heimatbasis liegende Lieferziele gefunden hatten. Ein Segen, so ein Feuer, nicht wahr, Colonel?«

Roger sagte steif: »Sie erwarten wohl nicht, daß ich dem zustimme.«

»Natürlich nicht, Colonel. Machen Sie mir nur nicht weis, es sei unmöglich, daß eine Kiste Sprengkapseln unterschlagen wird.« Er schüttelte den Kopf. »Zugegeben, nur ein Narr oder ein Fachmann würde sie anfassen, aber ein Wort hier, ein Wort da, und es gibt Abnehmer für alles unter der Sonne.«

10

Die Arbeit ging voran.

Stromkabel ringelten sich überall und wurden nach und nach in das Zelt integriert. Die immer heller werdende Beleuchtung sah aus, als gehörte sie seit jeher dorthin. Weiße Ventilatoren drehten sich lautlos unter Abzugsöffnungen im Dach, um Gerüche und verbrauchte Luft zu vertreiben. Henry verstand mehr von Zeltmanagement und Publikumsbetreuung, als die schweißgebadeten Besucher sonnendurchglühter Festzelte sich hätten träumen lassen, und da auch für mich die Regelung der Luft- und Wärmeverhältnisse fast absoluten Vorrang hatte, würden die Rennbahnbesucher in Stratton Park unbeschwert atmen, ohne zu wissen wieso.

Im neunzehnten Jahrhundert hatte der durch die Kamine erzeugte Aufwind in den Häusern dazu geführt, daß Fußbänke, Ohrensessel und Ofenschirme sich größter Beliebtheit erfreuten; die Windkanäle des zwanzigsten Jahrhunderts führten zu sturmgepeitschten Straßenecken in den Städten.

Luftdruck, Luftbewegung, Lufttemperatur; Staubabfuhr, weniger Milben, weniger Luftfeuchtigkeit: all das hatte nichts mit übertriebener häuslicher Gemütlichkeit zu tun, sondern mit allergiefreier Gesundheit und der Vermeidung von Fäulnis, Rost, Pilzen und Mehltau. Die wundersame Heilung kranker alter Gebäude begann meiner zweifellos verbohrten Ansicht nach damit, daß man sie frischer, trockener Luft aussetzte und sie atmen ließ.

Wir versorgten alle mit Essen aus dem Mayflower. Meine Söhne spielten Laufjungen, fungierten als Kellner, lasen bereitwillig Abfälle auf und waren allgemein so brav wie sonst nur unter strengster Aufsicht.

Roger und ich schauten uns die Wasserleitungen auf dem Bauplan an, und seine Leute legten ein Zweigrohr für den Bedienungsbereich der Nebenzelte und noch eine Abzweigung in den Umkleideraum der Reiterinnen, eigens für Rebecca. Kaltes Wasser zwar, aber vielleicht besser als nichts. Durch beharrliches Herumtelefonieren fanden wir schließlich jemand, der uns einen WC-Wagen zusagte, und Roger, der Tapfere, bettelte Ivan eine Fuhre Grünpflanzen aus dem Gartencenter ab.

»Er sagt, Ostern gehört für ihn zu den Spitzenverkaufstagen«, bemerkte Roger, als er den Hörer auflegte. »Er sagt, die Rennbahn muß die Lieferung bezahlen.«

»Reizend.«

Wir besprachen noch einige Vorkehrungen, ehe Roger enteilte und mich im Büro zurückließ. In der letzten Stunde war mir das Gehen schon wieder leichter gefallen, aber dafür fühlte ich mich um die Schultern matt und war froh, mich einmal – vorsichtig – auf die Schreibtischkante hocken und Arme und Beine entlasten zu können. Ich mußte an die Spruchkarte zu Hause in meiner Werkstatt denken, ein Geschenk von Amanda aus glücklicheren Tagen: »Wenn alles gut läuft, hast du offensichtlich etwas übersehen«, und sann müßig darüber nach, welches für morgen sich anbahnende Unheil Roger, Henry und ich außer acht gelassen haben könnten, da wurde abrupt die Tür geöffnet, und Forsyth Stratton federte über die Schwelle. Anscheinend war keiner von den Strattons imstande, einen Raum langsam zu betreten.

»Was machen Sie hier?« fragte er scharf.

»Ich denke nach«, sagte ich. Genaugenommen dachte ich, daß es mich gar nicht freute, ihn zu sehen, besonders wenn er auf ähnliche Gedanken kam wie Hannah und Keith. Zu meiner gelinden Erleichterung zeigte sich aber, daß er mehr an einen verbalen als an einen tätlichen Angriff dachte.

Er sagte wütend: »Sie haben kein Recht, hier die Leitung zu übernehmen.«

»Der Colonel hat die Leitung«, erwiderte ich ruhig.

»Der Colonel fragt immer erst Sie.« Seine dunklen Augen funkelten genauso wie Rebeccas, und ich fragte mich flüchtig, ob einer von ihnen oder beide Kontaktlinsen trugen. »Und der Riesenkerl, dessen Leute die Zelte aufstellen, der fragt den Colonel, was und wie, und dann kommen sie beide zu *Ihnen*, oder er überspringt den Colonel und läuft gleich zu Ihnen. Sie sind jünger als die zwei, aber was *Sie* sagen, wird gemacht. Ich habe da stundenlang gesessen und mir das mit wachsender Empörung angesehen, erzählen Sie mir also nicht, ich wüßte nicht, wovon ich rede. Keiner von uns will Sie hier sehen ... wofür halten Sie sich eigentlich?«

Ich sagte trocken: »Für einen Bauunternehmer.«

»Ein hergelaufener Bauunternehmer hat nicht unsere Rennbahn zu schmeißen.«

»Ein Anteilseigner. Ein Gesellschafter.«

»Zum Teufel damit! Ich bin ein *Stratton*.«

»Pech«, meinte ich knapp.

Er war zutiefst beleidigt. Seine Stimme schnellte ein paar Oktaven in die Höhe, und mit rachsüchtig verzogenem Mund schrie er mich praktisch an: »Ihre Drecksmutter hatte kein Recht auf diese Anteile. Keith hätte sie mal lieber ordentlich verdreschen sollen. Und Jack sagt, Sie haben gestern auch Prügel von Keith bezogen, bloß nicht genug, und jetzt stecken Sie schon wieder Ihre Drecksnase in unsere Angelegenheiten, und wenn Sie meinen, Sie können uns Geld abpressen, dann haben Sie in den Wind gepißt.«

Durch den fehlenden Zusammenhang wirkte sein Ausbruch nur noch giftiger. Was mich anbelangte, so hatte ich von den Strattons eine Kränkung zuviel abbekommen und ließ mich zu einer Brutalität hinreißen, die mir sonst eher fernlag. Ich sagte absichtlich verletzend: »*Sie* haben in Ihrer Familie doch überhaupt nichts zu melden. Für die sind Sie Luft. Die sehen Sie noch nicht mal an. Wie kommt denn das?«

Seine Hände zuckten hoch und ballten sich zu Fäusten. Er machte wütend einen Schritt nach vorn. Ich richtete mich auf, damit ich (hoffentlich) nicht so leicht besiegbar aussah, wie ich in Wirklichkeit war, und ungeachtet der Gefahr warf ich ihm in meiner Erregung höhnisch an den Kopf: »Es hat sie wahrscheinlich ein Vermögen gekostet, daß Sie frei herumlaufen dürfen, statt im Knast zu sitzen.«

Er schrie: »Aufhören! Seien Sie still! Ich werde mich bei Tante Marjorie beschweren.« Eine seiner Fäuste wischte an meinem Kinn vorbei.

»Bitte sehr«, sagte ich. Ich versuchte zwar, mich wieder in die Gewalt zu bekommen, doch auch in meinen Ohren klang, was ich sagte, verletzend und grob: »Sie sind ein Dummkopf, Forsyth, und zweifellos ein Lump dazu, und Marjorie verachtet Sie sowieso, der brauchen Sie nicht noch was vorzuheulen, damit sie Ihnen die verrotzte Nase putzt. Und wenn Sie sehen könnten, wie die Stinkwut Ihnen das Gesicht entstellt, würden Sie um zehn Ecken rennen und sich verkriechen.«

Die letzte, kindische Stichelei traf ihn schwer. Offenbar hielt er sich etwas auf sein Aussehen zugute. Die trotzig verzerrten Züge glätteten sich, die straff hochgezogene Lippe legte sich über die Zähne und die blasse Haut lief rot an.

»Sie *Scheißkerl!*« Er bebte vor alten und neuen Demütigungen. Die Fäuste öffneten sich und sanken herunter. Schon stand er nur noch als jämmerlicher Versager da, viel Lärm und Pose, nichts dahinter.

Plötzlich schämte ich mich. Na großartig, dachte ich, da schießt du aus allen Rohren auf den kleinsten Stratton. Und wo waren deine mutigen Worte gestern, als Keith dir gegenüberstand?

»Ich tauge mehr zum Verbündeten als zum Feind«, sagte ich. »Warum versuchen Sie es nicht mit mir?«

Er sah geschlagen und verwirrt aus; vielleicht war er mürbe genug, um ein paar Fragen zu beantworten.

Ich sagte: »Hat Keith Ihnen gesagt, ich sei hierhergekommen, um Ihrer Familie Geld abzupressen?«

»Natürlich. Weshalb hätten Sie sonst kommen sollen?«

Ich sagte nicht: »Weil das Geld Ihres Großvaters mir mein Studium ermöglicht hat.« Ich sagte nicht: »Vielleicht, um meine Mutter zu rächen.« Ich sagte: »Hat er das gesagt, bevor die Tribüne hochgegangen ist, oder danach?«

»Bitte?«

Ich wiederholte die Frage nicht. Er starrte eine Weile mürrisch vor sich hin und sagte schließlich: »Danach, glaube ich.«

»Wann genau?«

»Am Freitag. Vorgestern. Am Nachmittag. Wir hatten von der Explosion gehört, und da sind viele von der Familie hergefahren. Sie hatte man ins Krankenhaus geschafft. Keith meinte, jetzt würden Sie garantiert ein paar Schrammen über Gebühr hochspielen. Er war ganz sicher.«

»Und Sie haben ihm natürlich geglaubt?«

»Klar.«

»Sie alle?«

Er zuckte die Achseln. »Conrad sagte, wir sollten uns darauf gefaßt machen, daß wir Ihnen Schmerzensgeld zahlen müssen, und Keith meinte, das könnten sie sich nicht mehr leisten, nachdem ...« Er brach plötzlich ab, noch verwirrter als vorher.

»Nachdem was?« fragte ich.

Er schüttelte unglücklich den Kopf.

»Nachdem sie«, vermutete ich, »schon so tief in die Tasche greifen mußten, um *Ihnen* aus der Patsche zu helfen?«

»Ich will das nicht hören«, sagte er und hielt sich wie ein Kind die Ohren zu. »Seien Sie still.«

Er war um die Zwanzig, dachte ich. Nicht besonders schlau, ohne Arbeit und anscheinend ungeliebt. Auch und vor allem ein Stratton. Leute mit Geld abzufinden war bei den Strattons alter Brauch, doch wenn man das Verhalten der anderen gegenüber Forsyth bei der Vorstandssitzung am Mittwoch zugrunde legte, hatte er sie zuviel gekostet. Was an Zuneigung dagewesen sein mochte, hatte sich zu diesem Zeitpunkt in Groll verwandelt.

Es gab in der Familie ein System von Druckmitteln und Zwängen; ich merkte, daß sie vorhanden waren, konnte aber nicht den Finger darauf legen. Forsyths Vergehen an sich war für die anderen wahrscheinlich nicht so von Bedeutung wie einerseits die Kosten, um es aus der Welt zu schaffen, und andererseits die Macht, die sie dadurch über ihn gewonnen hatten. Konnten sie ihm nach wie vor mit einer Enthüllung drohen, würde er jetzt vermutlich alles tun, was die Familie von ihm verlangte.

Roger hatte gesagt, Marjorie halte Conrad in einer Art Zangengriff – er füge sich stets ihren Forderungen.

Ich selbst hatte mich, ohne die mögliche Tragweite zu erkennen, bereit erklärt, für sie herauszufinden, wieviel Schulden Keith hatte und bei wem, und ferner, womit Conrad sich von dem Möchtegern-Architekten der neuen Tribüne unter Druck setzen ließ, der sich als Wilson Yarrow entpuppt hatte, über den ich etwas wußte, das mir entfallen war.

Wurde ich am Ende von Marjorie benutzt, um Dinge ans Licht zu fördern, die ihr noch mehr Druckmöglichkeiten, noch mehr Macht über ihre Familie geben sollten? Hatte sie sofort durchschaut, daß ich ihr helfen würde, wenn sie mein Interesse am Erfolg der Rennbahn weckte? War sie so gewieft, und war ich so schwer von Begriff? Wahrscheinlich ja.

Trotzdem glaubte ich immer noch, daß ihr der Erfolg der Rennbahn wirklich am Herzen lag, auch wenn sie mich als Werkzeug zur Durchsetzung ihrer neuerungsfeindlichen Politik gebrauchen wollte.

Marjorie selbst konnte die Tribüne nicht in die Luft gejagt haben und hätte es auch nicht gewollt. Wenn sie durch mich oder sonstwie herausfand, wer es getan oder in die Wege geleitet hatte, und wenn es ein Familienmitglied war, dann würde sie, soweit ich das bis jetzt überblickte, nicht unbedingt öffentliche oder strafrechtliche Vergeltung fordern. Es würde keinen Prozeß, keine Verurteilung, keine Freiheitsstrafe für den Täter geben. Der Stratton-Clan und vor allem Marjorie würden noch ein Geheimnis mehr in das große Sammelbecken aufnehmen und es zur innerfamiliären Erpressung benutzen.

Ich sagte zu Forsyth: »Sind Sie als Schüler einem Kadettenkorps beigetreten?«

Er starrte mich an. »Nein, natürlich nicht.«

»Wieso ›natürlich‹?«

Er sagte gereizt: »Nur ein Trottel legt Wert darauf, in Uniform herumzustiefeln und sich anbrüllen zu lassen.«

»Auch Feldmarschälle fangen so an.«

»Machthungrige Kretins«, meinte er spöttisch.

Ich hatte genug von ihm. Es war unwahrscheinlich, daß er jemals mit Sprengschnur oder Sprengstoff hantiert hatte: Bei Jungen vom Kadettenkorps hätte es sein können. Forsyth begriff noch nicht einmal, worauf meine Frage hinzielte.

Christopher, Toby und Edward kamen in das Büro, dicht beieinander, wie um dadurch stärker zu sein, und sahen ängstlich aus.

»Was ist los?« fragte ich.

»Nichts, Pa.« Christopher entspannte sich ein wenig, die Augen auf Forsyth. »Der Colonel wollte, daß wir dich holen, damit du sagst, wo die Wasserhähne hin sollen.«

»*Sehen* Sie?« sagte Forsyth bitter.

Ich ging, immer noch am Gehgestell, an Forsyth vorbei und mit meinen Söhnen zur Tür hinaus, und obwohl ich hörte, daß Forsyth hinter mir herkam, erwartete ich zu Recht keinen Ärger mehr von dieser Seite. Dafür kündigte sich reichlich Ärger in Gestalt einer Abordnung von Strattons an, die aus dem Haupteingang des Zirkuszeltes traten wie ein Greiftrupp, der entschlossen war, mich auf dem Asphalt abzufangen. Meine drei Söhne, zu unerfahren für eine solche Situation, blieben stehen.

Ich ging einen Schritt an ihnen vorbei und blieb ebenfalls stehen. Die Strattons bildeten einen Halbkreis vor mir; Conrad zu meiner Linken, dann eine Frau, die ich nicht kannte, dann Dart, Ivan, Jack – mit Schwellungen und blauen Flecken im Gesicht –, dann Hannah und Keith. Keith, zu meiner Rechten, stand ein wenig außerhalb meines Gesichtsfeldes, für mich ein unbefriedigender Zustand. Ich trat einen halben Schritt zurück, damit ich sehen konnte, ob er eine unwillkommene Bewegung machte. Die Strattons deuteten das offenbar als umfassenden Rückzug, denn alle machten einen entsprechenden Schritt nach vorn und drängten ein wenig näher heran, so daß Keith wieder hinter meinem Gesichtsfeld war, wenn ich nicht den Kopf nach ihm drehte.

Christopher, Toby und Edward zögerten unschlüssig hinter mir und lösten sich voneinander. Ich spürte ihre Furcht und Bestürzung. Sie schlichen an mir vorbei, kamen in mein Blickfeld, schlichen im Krebsgang weiter, an den Strattons vorbei, dann drehten sie sich kurzerhand um, rannten los und verschwanden im Zirkuszelt. Ich machte ihnen keinen Vorwurf daraus: Mir war selbst zum Weglaufen zumute.

»Keine Marjorie?« fragte ich Dart in scherzhaftem Ton. Warum ist denn meine Leibwache nicht da, wenn ich sie brauche? hätte ich hinzufügen können.

»Wir waren in der Kirche«, sagte Dart unerwartet. »Marjorie, Vater, Mutter und ich. Ostersonntag und so.« Er grinste unbekümmert. »Anschließend hat uns Marjorie zum Essen eingeladen. Sie wollte nicht mit hierherfahren. Hat nicht gesagt, warum.«

Niemand hielt es für nötig, uns bekannt zu machen, doch ich reimte mir zusammen, daß die Frau zwischen Dart und Conrad Darts Mutter war, Lady Victoria Stratton. Sie war dünn, kühl, gepflegt und sah aus, als wäre sie lieber sonstwo. Sie betrachtete mich mit echt Strattonscher Verachtung, und ich überlegte flüchtig, ob Ivans Frau Dolly und Keiths viertes Opfer, Imogen, sich ebenso nahtlos in den Familiencharakter fügten.

Forsyth kam links von mir zum Stehen, neben Conrad, der ihm keinerlei Beachtung schenkte.

Auf der anderen Seite des Platzes erschien Roger kurz am Zelteingang, nahm die Stratton-Formation zur Kenntnis und ging wieder hinein.

Ich sah mir den Halbkreis von mißbilligenden Mienen und kalten Augen an und entschloß mich zum Angriff. Immer noch die beste Verteidigung, nahm ich an.

»Wer von Ihnen«, sagte ich unverblümt, »hat die Tribüne gesprengt?«

Conrad sagte: »Machen Sie sich nicht lächerlich.«

Wenn ich mit Conrad redete, hatte ich zwar Keith zu sehr im Rücken und kriegte eine Gänsehaut, aber andererseits war Conrad am ehesten derjenige, der Keith zurückhalten würde.

Ich sagte zu ihm: »Einer von Ihnen war es oder hat es zumindest arrangiert. Die Sprengung der Tribüne war Stratton-Werk. Kein Terrorakt von außen. Hausgemacht.«

»Quatsch.«

»Der wahre Grund, weshalb Sie mich loswerden wollen, ist der, daß Sie befürchten, ich könnte herausbekommen, wer es war. Sie haben Angst, weil ich gesehen habe, wie die Sprengladungen aussahen, bevor sie gezündet wurden.«

»Nein!« Die Heftigkeit, mit der Conrad es leugnete, war an sich schon ein Eingeständnis.

»Und Sie haben Angst, daß ich Ihnen, wenn ich herausfinde, wer es war, den Vorschlag mache, für Geld zu schweigen.«

Keiner von ihnen sagte etwas.

»Denn darauf könnten Sie nicht ohne weiteres eingehen«, sagte ich, »nach Forsyths kostspieligem Abenteuer.«

Sie sahen Forsyth wütend an.

»Ich habe ihm nichts erzählt«, beteuerte er verzweifelt. »Ich habe *kein Wort* gesagt. Er hat's erraten.« Dann schleuderte er einen gesunden Zornesblitz in die Runde. »Er hat's erraten, weil ihr alle so *eklig* zu mir seid, also geschieht es euch recht.«

»Halt's Maul, Forsyth«, sagte Hannah scharf.

Ich sagte zu Conrad: »Wie gefällt Ihnen Ihre neue Zelttribüne?«

Eine halbe Sekunde lang sah Conrad unwillkürlich und aufrichtig zufrieden aus, doch Keith sagte heftig hinter meinem rechten Ohr: »Die ändert nichts daran, daß wir das Land verkaufen.«

Conrad warf ihm einen empörten Blick voller Abneigung zu und sagte ihm, wenn sie die Zelte jetzt nicht hätten, würden die enttäuschten Zuschauer künftig scharenweise ausbleiben, die Bahn würde bankrott gehen und mit einem solchen Berg von Schulden belastet werden, daß durch den Verkauf des Landes kaum noch etwas zu gewinnen wäre.

Keith schäumte. Dart lächelte verstohlen. Ivan sagte abwägend: »Die Zelte sind notwendig. Wir können froh sein, daß wir sie haben.«

Alle außer Keith nickten zustimmend. Keith knurrte leise, viel zu dicht neben mir. Ich spürte, was in ihm vorging.

Ich sagte grimmig zu Conrad: »Halten Sie mir Ihren Bruder vom Leib.«

»Was?«

»Wenn er«, sagte ich, »oder sonst jemand von Ihnen mich noch einmal anrührt, wird das Zelt abgeschlagen.«

Conrad bekam große Augen.

Ich stützte mich auf das Gehgestell. Ich sagte: »Ihr Bruder

weiß, daß er mich immer noch leicht umbügeln kann. Deshalb sollen Sie eines wissen: Wenn er oder Hannah oder Jack meinen, sie könnten da weitermachen, wo sie gestern unterbrochen worden sind, dann haben Sie morgen früh da eine leere Wiese.« Ich nickte zu dem Zelt hin.

Hannah höhnte: »Seien Sie nicht albern.«

Conrad sagte zu mir: »Das können Sie nicht. Es steht nicht in Ihrer Macht.«

»Wollen wir wetten?«

Henry kam aus dem Hauptzelt, und mit ihm alle meine Söhne. Sie blieben am Eingang stehen, schauten herüber, warteten ab. Conrad folgte der Richtung meines Blickes und sah mich nachdenklich an.

»Henry«, erklärte ich ihm, »der Hüne dort hat Ihnen das Zelt als Notbehelf geliefert, weil ich ihn darum gebeten habe. Er ist ein Freund von mir.«

Conrad wandte ein: »Der Colonel hat das Zelt gefunden.«

»Ich habe ihm gesagt, wo er suchen muß. Wenn mir noch einmal gedroht, mir von irgendeinem hier noch mal ein Haar gekrümmt wird, fährt Henry mit dem ganzen Kram nach Hause.«

Conrad erkannte die Wahrheit, wenn sie ihm das Ohr polierte. Er war außerdem Realist genug, sich einer Drohung zu beugen, von der er wußte, daß sie wahrgemacht werden konnte. Er wandte sich ab, verließ den beunruhigenden Halbkreis und nahm seine Frau und auch Dart mit. Dart drehte sich um und blitzte mir mit den Zähnen zu. Sein Scheitel schimmerte rosa durch den dünnen Flaum auf seinem Kopf, sicher etwas, das ihm nicht gefallen hätte.

Ich wandte mich Keith zu, der immer noch mit hochgezogenen Schultern, vorgerecktem Kopf, vorspringendem Kinn und zornigen Augen dastand; insgesamt ein Bild unberechenbarer Aggressivität.

Ich wußte nichts zu sagen. Ich stand einfach da, provozierte ihn nicht, versuchte nur den Eindruck zu vermitteln, daß ich überhaupt nichts erwartete, keinen Angriff, keinen Rückzieher, keinen Gesichtsverlust auf seiner oder meiner Seite.

Forsyth, hinter mir, sagte boshaft: »Na los, Keith, gib's ihm. Worauf wartest du? Tritt ihn noch mal, solange du es kannst.«

Die niederträchtige Anstachelei bewirkte das Gegenteil. Keith sagte fast automatisch: »Halt deine dumme Klappe, Forsyth«, und bebte vor Enttäuschung ebensosehr wie vor Wut, während der Augenblick der Gefahr sich wieder in einem Zustand weniger massiven, anhaltenden Hasses auflöste.

Plötzlich erschien mein Sohn Alan neben mir, hielt sich an dem Gehgestell fest und beobachtete Keith voller Angst, und einen Moment später trat Neil auf der anderen Seite zu uns und starrte Keith mit weit aufgerissenen Augen an. Keith, den alten Rohling, schien es etwas zu entnerven, daß sich Kinder ihm entgegenstellten.

»Komm, Papa«, sagte Alan und zog an dem Gehgestell. »Henry braucht dich.«

Ich sagte entschieden: »Okay« und bewegte mich nach vorn, und Hannah und Jack standen mir direkt im Weg. Unsicher traten sie auseinander, um mich durchzulassen; ich sah zwar Übelwollen in ihren Gesichtern, aber nicht die unbeherrschbare, kochende Wut vom Tag zuvor.

Die drei anderen Jungen kamen jetzt auch hinzu und drängten sich um mich, so daß ich schließlich wie von einer jungen menschlichen Hecke geschützt bei Henry anlangte.

»Du hast sie also abgeschüttelt«, meinte er.

»Vor allem hat deine Größe sie abgeschreckt.«

Er lachte.

»Außerdem habe ich ihnen gesagt, du würdest das Zelt einpacken und nach Hause fahren, wenn sie noch mehr Mist verzapfen, und das können sie sich nicht leisten.«

»Ein richtiger kleiner Giftzahn, hm?«

»Ich bin nicht scharf auf deren Art von Fußball.«

Er nickte. »Der Colonel hat mir das erzählt. Wieso zum Teufel hilfst du denen denn noch?«

»Pure Bosheit.«

Christopher sagte unglücklich: »Wir haben dich alleingelassen, Papa.«

»Wir wollten Hilfe holen«, versicherte mir Edward und glaubte es auch.

Toby sagte leise, ebensosehr zu sich selbst wie zu mir: »Wir hatten Angst. Wir sind einfach ... weggelaufen.«

»Ihr kamt ins Büro, um mich zu holen«, hob ich hervor, »und das war mutig.«

»Aber nachher ...«, sagte Toby.

»In der Realität draußen«, sagte ich beschwichtigend, »ist keiner tagein, tagaus ein Held. Das erwartet auch niemand. Es geht nicht.«

»Aber Papa ...«

»Ich war froh, daß ihr den Colonel geholt habt, also vergeßt es.«

Christopher und Edward glaubten mir vernünftigerweise, aber Toby schien sich nicht sicher zu sein. In diesen Osterferien war zuviel passiert, was er niemals vergessen würde.

Roger und Oliver Wells kamen aus dem Hauptzelt und unterhielten sich freundlich. Der Feuerball von Olivers schlechter Laune war an diesem Morgen bei einer Führung durch die langsam Gestalt annehmende Ausstattung der Zelte gelöscht worden. Wen kümmerte Harold Quest? meinte er schließlich. Henry habe fabelhafte Arbeit geleistet; alles werde gutgehen. Er und Roger hatten genau ausgetüftelt, wo die Rennprogramme und die Ausweise für den Club erhältlich sein sollten. Auf Olivers Drängen hin wurde direkt hinter der Ziellinie, auf der Innenseite der Bahn, eine Extra-Tribüne für die Rennleitung errichtet. Es sei unerläßlich, meinte er, daß die Rennleitung wie von dem nicht mehr bestehenden Richternest aus einen ungehinderten Blick auf den Verlauf der einzelnen Rennen habe. Roger hatte einen Schildermaler aufgetan, der sich bereit erklärte, seinen Fernsehnachmittag sausen zu lassen, um statt dessen »Rennleitung«, »Clubhaus«, »Speisesaal für Mitglieder«, »Umkleideraum für weibliche Jockeys« und »Mitgliederbar« zu pinseln.

Roger und Oliver gingen zu Rogers Jeep hinüber, warfen den Motor an und schnurrten mit unbekanntem Ziel davon. Sie hatten jedoch kaum zwanzig Meter in Richtung des Fahrwegs zurückgelegt, als sie scharf bremsten, wieder umdrehten und neben mir und den Jungen anhielten.

Roger streckte den Kopf vor und eine Hand, die mein Funktelefon hielt.

»Das Ding hat geklingelt«, sagte er. »Jemand namens Carteret will Sie sprechen. Sind Sie zu Hause?«

»Carteret! Fantastisch!«

Roger gab mir den Apparat und fuhr seines Wegs.

»Carteret?« fragte ich in den Hörer. »Bist du noch da? Bist du in Rußland?«

»Nein, verdammt«, sagte eine altbekannte Stimme mir ins Ohr. »Ich bin hier in London. Meine Frau sagt, du hättest ihr gesagt, es sei dringend. Wenn man jahrelang nichts voneinander hört, nicht mal eine Weihnachtskarte kriegt, ist alles dringend! Also, was gibt's?«

»Ehm ... es gibt was, wobei mir dein Langzeitgedächtnis helfen könnte.«

»Wovon zum Teufel redest du?« Er hörte sich gestreßt und nicht allzu erfreut an.

»Erinnerst du dich an Bedford Square?«

»Wer könnte das vergessen?«

»Ich bin hier an eine merkwürdige Geschichte geraten und

habe mich gefragt, ob du ... entsinnst du dich zufällig noch an einen Studenten namens Wilson Yarrow?«

»An wen?«

»Wilson Yarrow.«

Nach einer Pause sagte Carterets Stimme unschlüssig: »War der so an die drei Jahre vor uns?«

»Genau.«

»Irgendwas war nicht koscher mit ihm.«

»Ja. Weißt du noch, was?«

»Gott, das ist doch zu lange her.«

Ich seufzte. Ich hatte gehofft, Carteret mit seinem vielfach bewährten Supergedächtnis würde mir die Antworten nur so runterrasseln.

»War es das?« fragte Carteret. »Also Kumpel, es tut mir sehr leid, aber ich stecke bis über die Ohren in Arbeit.«

Ohne große Hoffnung sagte ich: »Hast du noch die Tagebücher, die du an der Schule geführt hast?«

»Na, ich denke schon – irgendwo.«

»Könntest du die mal durchsehen, ob du was über Wilson Yarrow geschrieben hast?«

»Lee, hast du eine Ahnung, was du da verlangst?«

»Ich habe ihn wiedergesehen«, sagte ich. »Gestern. Ich *weiß*, daß mit ihm etwas ist, an das ich mich eigentlich erinnern müßte. Ehrlich, es könnte wichtig sein. Ich wüßte gern, ob ich vielleicht ein paar Leute, die ich kenne ... *warnen* sollte.«

Einige Sekunden war es still, dann: »Ich bin heute morgen aus Petersburg zurückgekommen. Dann habe ich mehrmals ohne Erfolg die Nummer angerufen, die du meiner Frau gesagt hast. Hätte es fast aufgegeben. Morgen fliege ich mit meiner Familie für sechs Tage nach Euro-Disney. Danach schau ich in die Tagebücher. Oder wenn du es eiliger hast, dann komm doch heute abend noch rüber und wirf selbst schnell einen Blick rein. Ginge das? Du *bist* doch in London, nehme ich an.«

»Nein. In der Nähe von Swindon, genau gesagt.«

»Tja, tut mir leid.«

Ich überlegte kurz und sagte: »Wie wär's, wenn ich mit der Bahn nach Paddington komme? Bist du zu Hause?«

»Klar. Wir sind den ganzen Abend da. Aus- und einpacken. Kommst du? Wär' schön, dich mal wieder zu sehen nach all der Zeit.« Jetzt klang er herzlicher, als wäre es ihm ernst damit.

»Ja. Prima. Ich freu mich auch, dich zu sehen.«

»Also abgemacht.« Er erklärte mir, wie ich vom Bahnhof Paddington mit dem Bus zu ihm kam und legte auf. Henry und die Kinder starrten mich mit ungläubiger Verwunderung an.

»Hab ich recht gehört?« sagte Henry. »Du hängst mit einer Hand am Gehgestell, und mit der anderen planst du eine Zugfahrt nach London?«

»Vielleicht«, überlegte ich, »kann Roger mir ja einen Stock leihen.«

»Was ist mit uns, Papa?« sagte Toby.

Ich blickte zu Henry, der ergeben nickte. »Ich paß auf, daß sie nicht zu Schaden kommen.«

»Mit etwas Glück bin ich wieder da, bis sie ins Bett müssen.«

Ich rief den Bahnhof Swindon an und fragte, wie die Züge fuhren. Wenn ich mich sputete, hieß es, könnte ich in fünf Minuten einen bekommen. Aber auch wenn ich den nächsten nahm, der zum verbilligten Feiertagstarif nach London ging, konnte ich noch am Abend wieder in Swindon sein. Gerade so. Mit ein wenig Glück.

Roger, der von seiner Tour zurückkam, hatte nicht nur einen, sondern zwei Stöcke für mich und ließ sich dazu überreden, mir eine Kopie von Yarrows Tribünenplänen mitzugeben (»Sie sind mein *Tod*«) und mich zum Bahnhof zu bringen, wenn er auch, als wir losfuhren, an meinem Verstand zweifelte.

»Möchten Sie wissen, ob man Wilson Yarrow trauen kann?« fragte ich.

»Wäre schön zu wissen, daß man's nicht kann.«

»Na also.«

»Ja, aber ...«

»Es geht mir besser«, sagte ich knapp.

»Ich bin ja schon still.«

Ich zahlte meinen Fahrschein mit Kreditkarte, stieg in den Zug, nahm von Paddington ein Taxi und kam ohne Zwischenfall vor Carterets Haustür bei Shepherd's Bush an. (Reihenhaus mit Erkerfenstern, gebaut für vornehme, aber verarmte Edwardianer.)

Er öffnete mir selbst, und die Jahre ohne Kontakt verflüchtigten sich, während wir uns musterten. Er war immer noch klein, rundlich, mit Brille und schwarzem Haar, eine eigentümliche Mischung von Kelte und Thai, auch wenn er in England geboren und ausgebildet worden war. Wir hatten uns im ersten Jahr an der Akademie unbekannterweise zusammengetan, um eine Bude zu teilen, und hatten uns dann während des ganzen Studiums, wann immer nötig, gegenseitig geholfen.

»Du hast dich nicht verändert«, sagte ich.

»Du auch nicht.« Er sah zu mir hoch, betrachtete meine Lokken und meine braunen Augen; hob die Brauen nicht wegen der Arbeitskleidung, sondern wegen der Stöcke, auf die ich mich stützte.

»Nichts Ernstes«, sagte ich. »Ich werde es dir erzählen.«

»Wie geht's Amanda?« fragte er und führte mich ins Haus. »Seid ihr noch verheiratet?«

»Ja.«

»Ich hätte nie gedacht, daß das hält«, sagte er freimütig. »Und die Jungen? Das waren drei, nicht?«

»Jetzt haben wir sechs.«

»Sechs! Ja, du hast noch nie halbe Sachen gemacht.«

Ich lernte seine Frau kennen, die zu tun hatte, und seine beiden Kinder, die sich schon darauf freuten, Mickymaus kennenzulernen. In dem unaufgeräumten, verwohnten Wohnzimmer erzählte ich ihm von der momentanen Situation und der möglichen Zukunft der Rennbahn Stratton Park. Ich ging recht ausführlich darauf ein.

Wir tranken Bier. Er sagte, zu Wilson Yarrow sei ihm nichts weiter eingefallen, als daß er zur hehren Elite gehört habe, ein Kandidat für die Unsterblichkeit.

»Aber was dann passiert ist...«, sagte er. »Es gab Gerüchte. Irgend etwas wurde vertuscht. Es betraf uns nicht direkt, und wir haben ja auch immer tief in der Arbeit gesteckt. Ich weiß bloß noch seinen Namen. Hätte er Tom Johnson geheißen oder so, hätte ich den auch vergessen.«

Ich nickte. Es ging mir ähnlich. Ich fragte, ob ich mir seine Tagebücher ansehen dürfe.

»Die hab ich dir rausgesucht«, sagte er. »Sie waren in einer Kiste auf dem Speicher. Meinst du wirklich, ich hätte da was über Wilson Yarrow reingeschrieben?«

»Hoffentlich. Du hast über die meisten Sachen geschrieben.«

Er lächelte. »Eigentlich Zeitverschwendung. Ich dachte, mein Leben zieht vorbei und ich vergeß es, wenn ich es nicht aufschreibe.«

»Da hattest du wahrscheinlich recht.«

Er schüttelte den Kopf. »Die tollen Sachen und die schlimmen behält man sowieso. Der Rest ist schnuppe.«

»Meine Tagebücher sind Bilanzen«, sagte ich. »Ich sehe mir die alten Bilanzen an und weiß, was ich wann gemacht habe.«

»Baust du immer noch verfallene Häuser um?«

»Ja.«

»Das könnte ich nicht.«

»Und ich könnte nicht in einem Büro arbeiten. Hab ich versucht.«

Wir lächelten uns wehmütig an, alte Freunde, die so gut wie nichts gemeinsam hatten außer ihrem Fachwissen.

»Ich habe dir was mitgebracht«, sagte ich und meinte das große braune Kuvert, das ich unterwegs zusammen mit einem der Gehstöcke unbeholfen in der Hand gehalten hatte. »Während ich die Aufzeichnungen lese, kannst du dir mal ansehen, wie Wilson Yarrow sich einen Tribünenneubau vorstellt. Sag mir, was du davon hältst.«

»In Ordnung.«

Gut gedacht, aber schlecht zu machen. Ich sah mit Bestürzung, wie er seine Tagebücher anschleppte und sie auf dem Couchtisch stapelte. Es waren ungefähr zwanzig dicke DIN-A-4-Spiralhefte, buchstäblich Tausende von Seiten, gefüllt mit seiner sauberen kleinen Schrift; eine Aufgabe von Tagen, nicht von einer halben Stunde.

»Wer denkt denn an so was«, sagte ich schwach. »Mir war nicht klar ...«

»Ich hab dir ja gesagt, daß du nicht weißt, was du verlangst.«

»Könntest du ... oder vielmehr, *würdest* du sie mir leihen?«

»Zum Mitnehmen, meinst du?«

»Du bekommst sie auch wieder.«

»Ehrenwort?« sagte er unschlüssig.

»Bei meinem Diplom.«

Sein Gesicht hellte sich auf. »Na schön.« Er öffnete das braune Kuvert und warf einen Blick auf den Inhalt, um bei der axonometrischen Zeichnung mit hochgestellten Brauen zu verharren. »Das ist Angeberei!« sagte er.

»Ja. Unnötig.«

Carteret betrachtete die Aufrisse und Grundrisse. Er verlor kein Wort über das viele Glas: Schwieriges Arbeiten mit Glas war typisch Architectural Association. Man hatte uns beigebracht, im Glas den Stoff der Zukunft zu sehen, noch unerschlossenes Neuland auf dem Gebiet des Designs. Als ich leise angemerkt hatte, daß Glashäuser doch ein alter Hut seien, seit Joseph Paxton 1851 den Crystal Palace im Hyde Park zusammengestückt habe, hatte man mich zwar nicht rundheraus mit dem Bannfluch belegt, mich fortan aber als Bilderstürmer schief angesehen. Jedenfalls ließ Carteret auch supermoderne Glasprojekte gelten, die ich weder elegant noch praktisch, sondern nur gewollt raffiniert fand. Glas als Selbstzweck erschien mir witzlos; es war eine Lichtquelle, doch im übrigen zählte das, was man durch die Scheiben sehen konnte.

»Wo sind die anderen Pläne?« fragte Carteret.

»Das ist alles, was Yarrow den Strattons vorgelegt hat.«

»Wie bringt er die Zuschauer denn fünf Etagen hoch?«

Ich lächelte. »Die sollen vermutlich laufen, wie in der alten Tribüne, die explodiert ist ...«

»Keine Fahrstühle. Keine Rolltreppen auf dem Grundriß.« Er blickte auf. »Dafür kriegt er doch in der heutigen Zeit keinen Abnehmer.«

»Ich glaube fast«, sagte ich, »daß Conrad Stratton sich stellvertretend für die Rennbahn verpflichtet hat, Yarrow *alles* abzunehmen.«

»Vertraglich, meinst du?«

»Ich weiß es nicht. Wenn ja, ist es nicht bindend, denn er hatte keine Abschlußvollmacht.«

Carteret runzelte die Stirn. »Trotzdem ein bißchen heikel.«

»Nicht, wenn sich Wilson Yarrow irgendwie disqualifiziert hat.«

»Wie meinst du das? Ist er rausgefallen? Von der Liste gestrichen?«

»Ich denke eher, aufgefallen durch unredliches Verhalten.«

»Tja, dann viel Glück mit den Tagebüchern. An so was erinnere ich mich nicht.«

»Aber ... irgend etwas war doch?«

»Ja.«

Ich sah auf meine Uhr. »Kann ich von hier aus ein Taxi rufen?«

»Klar. Der Apparat steht in der Küche. Ich mach das für

dich.« Er ging hinaus und kam kurz darauf mit einer Tragetasche wieder, hinter ihm seine Frau, die an der Tür stehenblieb.

»Damit du die Tagebücher transportieren kannst«, meinte er und begann sie in die Tasche zu packen, »– und meine Frau sagt, ich soll dich selber nach Paddington fahren. Sie sagt, du hast Schmerzen.«

Verlegen warf ich seiner Frau einen Blick zu und fuhr mir mit der Hand übers Gesicht, während ich nach einer Antwort suchte.

»Sie ist Krankenschwester«, sagte Carteret. »Sie dachte, du hättest Arthritis, bis ich ihr das mit dem eingestürzten Dach erklärte. Sie sagt, du zwingst dich zu jeder Bewegung und brauchst ein bißchen Ruhe.«

»Keine Zeit.«

Er nickte vergnügt. »Und wenn das Fieber noch so bollert, die Grippe muß bis nächsten Dienstag warten?«

»So ungefähr.«

»Also fahr ich dich nach Paddington.«

»Ich bin dir wirklich dankbar.«

Er nickte, von meiner Aufrichtigkeit überzeugt.

»Wie dem auch sei«, sagte ich, »ich dachte, das neue medizinische Schlagwort wäre ›Steh auf und wandle‹.«

Carterets Frau schenkte mir ein süßes nachsichtiges Lächeln und ging, und Carteret selbst brachte die Tasche mit den Tagebüchern zu seinem Wagen und nahm, als wir am Bahnhof Paddington anlangten, den Taxiweg nach hinten, um zwischen zwei Bahnsteigen, direkt bei den Zügen, halten zu können.

Auf der Fahrt dahin sagte ich: »Die Stratton-Bahn will einen Wettbewerb für ihre neue Tribüne ausschreiben. Warum schlägst du deiner Firma nicht vor, daran teilzunehmen?«

»Ich habe keine Ahnung von Tribünen.«

»Ich aber«, sagte ich. »Ich könnte dir sagen, worauf es ankommt.«

»Warum entwirfst du sie nicht selber?«

Ich schüttelte den Kopf. »Nicht mein Metier.«

»Mal sehen, was meine Firma sagt«, meinte er skeptisch.

»Sie soll hinschreiben und ihr Interesse bekunden, und erst mal fragen, für wie viele Zuschauer die Tribüne gedacht sein soll. Man kann unmöglich eine Tribüne entwerfen, wenn man nicht mal die erforderlichen Maße kennt. Die muß Yarrow jemand gesagt haben, denn da liegt er ungefähr richtig.«

»Meine Firma kann es ja wenigstens versuchen«, sagte Carteret. »Momentan gibt es fünfzehntausend arbeitslose Architekten im Land. Die Leute glauben, Architekten *braucht* man nicht. Sie wollen das Honorar sparen, und dann beklagen sie sich, wenn sie eine Wand einreißen und ihr Schlafzimmer ins Kellergeschoß fällt.«

»Das Leben ist beschissen«, meinte ich trocken.

»Immer noch der alte Zyniker, stelle ich fest.«

Er brachte die Tagebücher in den Zug und verfrachtete sie und mich auf einen Sitz. »Ich rufe dich an, wenn ich aus Disneyland zurückkomme. Wo bist du dann?«

Ich gab ihm die Nummer von zu Hause. »Kann sein, daß sich Amanda meldet. Sie gibt's dann an mich weiter.«

»Lassen wir nicht wieder zehn Jahre hingehen«, sagte er. »Okay?«

Auf der ruckeligen Fahrt nach Swindon versenkte ich mich in die Tagebücher und ertrank schließlich in wehmütiger Erinnerung. Wie jung wir gewesen waren! Wie unfertig und vertrauensvoll. Wie ernst und sicher.

Ich kam zu etwas, das mir einen bösen Stich versetzte.

Carteret hatte geschrieben:

Lee und Amanda sind heute in der Kirche getraut worden, mit allem Brimborium, wie sie es wollte. Beide sind neunzehn. Ich glaube, er macht eine Dummheit, aber ich muß zugeben, daß sie beide sehr zufrieden ausgesehen haben. Sie ist verträumt. Typisch Lee. Ihr Vater, erste Sahne, hat alles bezahlt. Ihre jüngere Schwester Sally, bißchen pickelig, war Brautjungfer. Lees Mutter war auch da. Madeline. Umwerfend. Gefiel mir wahnsinnig. Sie sagt, ich bin zu jung. Nachher zum Empfang bei Amandas Eltern, mit Champagner, Kuchen usw. Rund 40 Leute. Amandas Kusinen, Freundinnen, alte Onkel und so. Ich mußte auf das Wohl der Brautjungfer trinken. Wer spielt auch schon Brautführer? Lee sagt, sie werden von der Luft leben. Aber sie gehen echt auf Wolken. Jetzt sind sie für drei Tage nach Paris, um sich als Mann und Frau zu üben. Hochzeitsgeschenk von Amandas Eltern.

Gott, dachte ich, von diesem Hochzeitstag hatte ich noch die kleinste Einzelheit behalten. Ich war sicher gewesen, wir würden für alle Zeit glücklich sein. Traurige Illusion.

Auf der nächsten Seite hatte Carteret geschrieben:

Party bei Lee und Amanda gestern abend. Die meisten von unserem Jahrgang waren da. Urwaldreif. Was anderes als die Trauung vorige Woche!! Sie sehen immer noch entrückt aus. Bier und Pizza diesmal. Auf Lees Kosten. Bin um sechs ins Bett und habe die Vorlesung von Opa Hammond verpennt. Lee fehlt mir in unserer Hütte. Wußte gar nicht, was ich da Gutes hab. Seh mich am besten mal nach Ersatz um, allein kann ich mir den Pferch nicht leisten, so öde er auch ist.

Ich sah zu, wie in der dunklen Landschaft vor den Zugfenstern Lichter vorbeiflitzten, und fragte mich, was Amanda jetzt gerade machte. Saß sie friedlich mit Jamie allein daheim? Oder war sie, und der Gedanke drängte sich mir auf, ihrerseits auf Abenteuerurlaub; hatte sie auf der Party ihrer Schwester einen Mann kennengelernt? War sie auf der Party ihrer Schwester *gewesen*? Weshalb wollte sie, daß ich mit den Jungen zwei Tage länger blieb?

Ich fragte micht, wie ich es verkraften würde, wenn sie sich nach all den Jahren nun doch ernsthaft in einen anderen verliebt hatte.

So brüchig unsere Ehe auch war, ich wollte unbedingt, daß sie bestehenblieb. Selbst in einem unbefriedigenden Zusammenleben sah ich – vielleicht, weil keine neue, verzehrende Leidenschaft mir begegnet war – nur Vorteile, wobei das stabile Gleichgewicht von sechs jungen Leben ganz oben auf der Liste stand. Ich sträubte mich total gegen den Gedanken einer endgültigen Trennung mit Güterteilung und Verlust des Sorgerechts für die Söhne; was ich damit verband, war Unsicherheit, Unglück, Einsamkeit, Verbitterung. Diese Art von Leid würde mich zugrunde richten, mich zerbrechen, wie kein körperlicher Schmerz es konnte.

Laß Amanda einen Geliebten haben, dachte ich; laß sie aufblühen im Abenteuer, laß sie auf Reisen gehen, ruhig auch ein Kind bekommen, das nicht von mir ist; aber, lieber Gott, laß sie bleiben.

Ich würde es herausfinden, wenn wir am Donnerstag nach Hause kamen, dachte ich. Dann würde ich es merken. Ich würde Bescheid wissen. Ich wollte nicht, daß der Donnerstag kam.

Mit Mühe wandte ich mich wieder Carterets Tagebüchern zu und blätterte sie auf der weiteren Fahrt durch, aber Wilson Yarrow kam darin so wenig vor, als hätte es ihn nie gegeben.

Es war nach zehn, als ich das Taxi in Swindon anwies, durch den Nebeneingang auf die Rennbahn zu fahren und am Bus zu halten.

Die Jungen waren alle da und schauten sich dösig ein Video an, nur Neil schlief fest. Christopher, erleichtert, ging wie versprochen zu den Gardners und sagte ihnen, daß ich wohlbehalten zurück war. Ich legte mich dankbar hin mit dem starken Gefühl, *hier* zu Hause zu sein, in diesem Bus, mit diesen Kindern. Nur nicht den Tag der unklugen Heirat bedauern – dies war daraus entstanden. Jetzt kam es nur darauf an, es zusammenzuhalten.

Der Schlaf umfing uns alle friedlich, doch in der Nacht brannte es.

11

Die Jungen und ich betrachteten die qualmenden Überreste der Hecke vor dem Graben. Zu Asche und schwarzen Stümpfen verkohlt, erstreckte sie sich über das Geläuf, zehn Meter lang, ein Meter breit, und roch gesund nach Gartenfeuer.

Roger war dort, unbekümmert, mit drei Rennbahnarbeitern, die offenbar das noch lodernde Feuer erstickt hatten und jetzt mit Spaten und einem Laster bereitstanden, um die Asche, wenn sie abgekühlt war, zu entfernen.

»Harold Quest?« fragte ich Roger.

Er zuckte resigniert die Achseln. »Seine Kragenweite, nehme ich an, aber er hat keinen Daumenabdruck hinterlassen. Ich hätte wenigstens ein NIEDER MIT DER TIERQUÄLEREI erwartet.«

»Reißen Sie die Hecke jetzt ab?« fragte ich.

»Himmel, nein. Sobald wir den Schutt weggeräumt haben, bauen wir sie wieder auf. Kein Problem. Das ist nur ärgerlich.«

»Hat niemand den Zündler gesehen?«

»Leider nicht. Der Wachmann hat die Flammen bei Tagesanbruch von der Tribüne aus gesehen. Er hat mich angerufen, mich aus dem Bett geklingelt, und ich bin natürlich hergefahren, aber es war keiner da. Wäre schön gewesen, jemanden mit einem Benzinkanister zu erwischen, aber Fehlanzeige. Es war schon gründliche Arbeit, wie man sieht. Kein Zigarettenstummel. Die Hecke hat sofort auf der ganzen Länge gebrannt, obwohl kaum Wind geht. Es muß Benzin gewesen sein.«

»Oder Feueranzünder«, sagte Christopher.

Roger sah ihn interessiert an. »Ja, daran habe ich nicht gedacht.«

»Papa läßt uns Feuer nicht mit Benzin anzünden«, erklärte mein Sohn. »Er meint, damit kann man sich leicht selbst in Brand stecken.«

»Feueranzünder«, sagte Roger nachdenklich.

Die Jungen nickten alle.

»Lauter Zweige«, sagte Neil.

»Birkenreisig«, korrigierte Edward.

Toby sagte schaudernd: »Mir gefällt's hier nicht.«

Roger und mir fiel plötzlich ein, daß Toby hier den Rennbahnbesucher mit dem eingetretenen Gesicht gesehen hatte. Roger sagte munter: »In den Jeep mit euch, Jungs«, und als sie sich beim Einsteigen fast überschlugen, setzte er, zu mir gewandt, hinzu: »Sie sind ja zu Fuß vom Bus hierhergekommen!«

»Es ist nicht weit«, hob ich hervor, »und es geht von Mal zu Mal leichter.« Ich hatte nur einen Stock benutzt; fühlte mich noch steif und eingerostet, aber definitiv schon kräftiger.

Roger sagte: »Gut. Dann steigen Sie jetzt auch mal ein. Henry ist ein Genie!«

Er fuhr auf den mittlerweile vertrauten Fahrweg, hielt an seinem Büro und strahlte regelrecht über den Anblick vor uns.

Das schöne Wetter hatte sich gehalten, auch wenn es jetzt abkühlte. Der Himmel war ein verwaschenes Hellblau mit einigen Wolkenstreifen, die langsam dünner wurden und verschwanden. Die Morgensonne schien ungehindert auf Reihen bunter Fähnchen, die, an Schnüren aufgefädelt, in einem einzigen Farbenregen sacht von der Kuppel des Zeltes bis hinunter in Bodenhöhe flatterten und das ganze Zelt umsäumten wie ein Triumphbogen. Das Merry Old England mit seinen Festen, seinem Lachen, hier war es zu herzerfrischendem Leben erwacht.

Ich flüsterte: »Menschenskind«, und Roger sagte: »Da haben Sie Ihre Flaggen. Henry sagt, er hat seinen gesamten Vorrat mitgebracht. Als seine Leute die vor einer Stunde aufgerollt haben und die weiße Zeltlandschaft so bunt erblüht ist . . . also, man hätte schon ein hämischer Macho sein müssen, um davon nicht angerührt zu sein.«

»Colonel, Sie sind ein Gefühlsmensch!«

»Das müssen Sie gerade sagen!«

»Ich bin ein knallharter Geschäftsmann«, erwiderte ich nur halb im Ernst. »Die Fähnchen regen die Leute zum Geldausgeben an. Fragen Sie mich nicht nach der Psychologie dahinter, es geschieht einfach.«

»Die ideale Antwort, um etwaigen Zynikern den Mund zu stopfen«, meinte er zufrieden. »Darf ich sie übernehmen?«

»Bitte sehr.«

Henrys dicke Brummer waren verschwunden. Sein Privatlaster, sagte Roger, parkte außer Sicht hinter dem Hauptzelt. Henry war noch irgendwo zugange.

Zwei Wohncontainer standen jetzt ordentlich Seite an Seite dort, wo die Lkws geparkt hatten. In den einen brachten Jokkeydiener Sättel und Packkörbe aus ihren nahen Lieferwagen, um den Umkleideraum für die männlichen Reiter herzurichten. Durch die offene Tür des anderen konnte man eine amtliche Waage sehen, freundlicherweise geliehen von einer Bahn in den Midlands.

Eine Reihe von Lebensmitteltransportern war vor den kleinen Nebenzelten auf der bahnabgewandten Seite des Hauptzeltes abgestellt, und fleißige Helfer trugen Tischplatten, Böcke und Klappstühle durch die eigens angelegten Verbindungsgänge in die Speiseräume und Bars des Tages.

»Alles klappt«, sagte Roger verwundert. »Man kann nur staunen.«

»Es ist großartig.«

»Und mit den Ställen ist natürlich auch alles klar. Die Pferde sind wie üblich eingetroffen. Die Fahrer- und Pflegerkantine ist geöffnet, es gibt warme Speisen. Die Presse ist da. Die Stallwache sagt, alle sind irgendwie in Feiertagsstimmung. Wie beim Blitzkrieg. Nichts macht den Engländern so gute Laune wie ein Katastrophenfall.«

Wir stiegen aus dem Jeep und gingen in das Hauptzelt. Jeder »Raum« hatte jetzt eine orientalische anmutende, für sich abgehängte Decke aus plissierter pfirsichfarbener »Seide« hoch über den scheinbar festen Wänden, die zum Teil nur aus straff zwischen Pfosten gespannter, ausgebleichter Leinwand bestanden. Der aus Holzplatten zusammengefügte Boden bildete eine durchgehende Fläche mit aufgeklebtem braunem Mattenbelag, fest und angenehm zu begehen. Überall schien indirektes Licht. Die Ventilatoren unter dem hohen Dach kreisten leise und sorgten für den Luftaustausch. Die Funktion jedes Raums war durch ein Schild am Eingang bezeichnet. Alles wirkte geräumig, geordnet und ruhig. Eine Wiedergeburt, fabelhaft.

»Was haben wir vergessen?« sagte ich.

»Sie sind ein solcher Trost.«

»Darf ich Sie was fragen?«

»Klar.«

»Sie haben doch vor etwa acht Tagen herausbekommen, wer von den Strattons wieviel Anteile hat, worüber man Ihnen vorher nichts sagen wollte, oder?«

Er warf mir einen Blick zu, als sei er ein wenig aus der Fassung gebracht.

»Ja«, sagte er langsam. »Sie haben das bemerkt.«

»Hat Forsyth Ihnen die Zahlen genannt?«

»Was liegt daran?«

»War er es?« fragte ich.

»Ja, schon. Wie kommen Sie darauf?«

»Es wurmt ihn, wie die anderen ihn behandeln, und von ihrer Seite aus gesehen wird er dadurch unzuverlässig. Er weiß, daß er vollauf verdient hat, wie sie ihn behandeln. Sie glauben, ihn in der Hand zu haben, aber sie könnten auch zuviel Druck ausüben.«

»Wie bei Plastiksprengstoff.«

»Ja. Spiel mit dem Feuer.«

Roger nickte. »Er hat es mir aus Bosheit gesagt, um ihnen eins auszuwischen, und dann meinte er, es seien nur Vermutungen. Er ist nicht sehr gescheit.«

»Aber sehr unglücklich.«

»Ich mag ihn nicht, ich traue ihm nicht, und ich weiß wirklich nicht, was er getan hat. Wenn die Strattons etwas verbergen, dann verbergen sie es richtig.«

Wir gingen aus dem Hauptzelt und fanden einen Lieferwagen und einen Pkw am Eingang vor. Auf dem Lieferwagen stand in weißer Schrift auf Grün ›Gartencenter Stratton‹. Der sich öffnenden Tür des Pkw entstieg Ivan.

Die Hände auf den Hüften, den Kopf zurückgelegt, stand er da und schaute in höchstem Erstaunen auf die sonnenbeschienene Fähnchenpracht. Ich wartete auf seine Mißfallensbekundung, ohne an den kleinen Jungen in ihm zu denken.

Er sah Roger an, und in seinen Augen funkelte ein Lächeln.

»Colonel«, sagte er, »wie *lustig.*« Er lenkte den Blick erst auf meinen Gehstock, dann auf mein Gesicht. »Dürfte ich«, sagte er unbehaglich, »mein Urteil vielleicht revidieren?«

»Inwiefern?«

»Eigentlich«, sagte er, »glaube ich, daß sich Keith in Ihnen irrt, nicht wahr?« Er wandte sich verlegen ab und wies seinen Fahrer an, auszusteigen und die Hecktüren des Transporters zu öffnen. »Ich habe gestern abend mit Dolly, meiner Frau, darüber gesprochen«, fuhr er fort, »und wir finden, es ergibt keinen Sinn. Wenn Sie die Familie erpressen wollen, warum sollten Sie uns dann helfen, indem Sie das Zelt besorgen? Sie scheinen mir auch kein so übler Kerl zu sein, nicht wahr, und Hannah hat in bezug auf ihre Mutter – *Ihre* Mutter – schon immer eine Meise gehabt. Kurz und gut, wir haben überlegt, daß ich mich bei Ihnen *entschuldigen* könnte, wenn sich die Gelegenheit ergibt, nicht wahr?«

»Vielen Dank«, sagte ich.

Sein Gesicht hellte sich auf; dieser Punkt war erledigt. Seine Leute öffneten die Hecktür und gaben den Blick frei auf ein dichtes Farbgestöber im Innern. Ein ganzes Heer von blühenden Topfpflanzen.

»Herrlich«, sagte Roger ehrlich begeistert.

»Na ja«, erklärte Ivan erfreut, »als ich gestern das Hauptzelt gesehen hatte, war mir klar, weshalb Sie Pflanzen von mir haben wollten, und heute morgen war ich selbst im Laden und hab meinem Geschäftsführer gesagt, er soll statt Grünzeug *Blumen* einladen. Massenhaft Blumen. War doch das wenigste, was ich tun konnte, nicht wahr?«

»Sie sind wunderschön«, versicherte ich ihm.

Er strahlte, ein untersetzter Mann in den Fünfzigern, nicht klug, nicht eindrucksvoll, durchaus geschliffen, im Grunde aber unkompliziert. Er war nicht direkt ein Feind gewesen und würde nicht direkt mein Freund sein, doch aus meiner Sicht konnte jeder unparteiische Stratton schon als Segen gelten.

Unter Ivans fröhlicher Anleitung schleppten meine Kinder eifrig die Blumen und stellten sie auf. Ob sie sie später auch so bereitwillig wieder einsammeln würden, wußte ich nicht, doch da Ivan jedem gutgelaunt ein Pfund für seine Mühe gab, war alles möglich.

»Das ist doch nicht *nötig*«, sagte Christopher ernst zu ihm, als er sein Geldstück einsteckte, »aber vielen Dank.«

»Forsyth«, meinte Ivan wehmütig zu mir, »war als kleiner Junge auch nett.«

Ich sah zu, wie Toby schwankend mit einem Riesentopf Hyazinthen vorbeilief. Ich würde nahezu alles geben, dachte ich, damit mein eigener Problemsohn zu einem ausgeglichenen Mann heranwuchs, doch das mußte aus ihm selber kommen. Er würde seine eigenen Entscheidungen treffen, wie es Forsyth getan hatte, wie jeder es tut.

Als die Pflanzen untergebracht waren, fuhren Ivan und sein Transporter davon, und Roger fragte, ob ich bei der Instandsetzung der abgebrannten Hecke zusehen wollte. Ich blickte auf Neil hinunter, der zufällig gerade meine Hand hielt, und Roger rief mit seiner Exerzierplatzstimme resigniert: »Jungs!« und wartete, bis sie angestürzt kamen und sich in den Jeep drängelten.

Toby weigerte sich auszusteigen, als er sah, wo wir gelandet waren, doch die anderen und ich schauten uns die neuesten Fortschritte in der Fertigbauweise an.

»Früher hat es Tage gedauert, ein Hindernis neu aufzubauen«, sagte Roger. »Da haben wir ein Lattengestell errichtet, den Rahmen Bündel für Bündel mit Reisern gefüllt und schließlich die Bürste oben zurechtgeschnitten. Jetzt bauen wir Teilhecken auf Vorrat, schaffen sie dahin, wo sie gebraucht werden, und rammen sie in den Boden. So können wir in kürzester Zeit ein Hindernis ganz oder teilweise auswechseln. Der Brand war heute im Morgengrauen, und startklar muß der Sprung hier frühestens heute nachmittag um halb drei sein. Ein Kinderspiel!«

Seine Leute hatten bereits die Asche entfernt und hievten jetzt den ersten neuen Teilabschnitt an seinen Platz.

»So bauen wir heute alle Hindernisse«, sagte Roger. »Sie sind gut zu springen, aber nicht so fest und hart wie die alten.«

Ich fragte: »Haben Ihre Leute in der Asche irgendwelche ... nun ja, *Spuren* gefunden, die darauf hinweisen, wer das Feuer gelegt hat?«

Roger schüttelte den Kopf. »Wir haben dauernd Ärger mit Vandalen. Es bringt nichts, wenn man die Täter sucht. Es sind fast immer Teenager, und denen klopft der Richter höchstens mal auf die Finger. Wir planen einfach Vandalismus in den Etat mit ein und bemühen uns, den Schaden gering zu halten.«

»Wer weiß, daß Sie ein Hindernis so schnell ersetzen können?« fragte ich.

»Die Trainer wahrscheinlich«, sagte er vorsichtig. »Vielleicht die Jockeys. Sonst nicht viele Leute, außer denen, die hier arbeiten.«

Roger unterhielt sich kurz mit seinem Vorarbeiter, der auf die Uhr schaute, nickte und wieder ans Werk ging.

»Gut«, sagte Roger und scheuchte uns zu seinem Jeep zurück. »Also Jungs, Appell um halb zwölf vor meinem Büro am Jeep, okay? Dann setz ich euch und euren Vater am Bus ab und fahre zu mir. Wir ziehen uns alle für die Rennen um. Um Punkt zwölf Uhr fahre ich mit euch zum Sattelplatz. Verstanden?«

Die Jungen salutierten fast. Den Schirm seiner Tweedmütze über die Augen nach vorn gezogen wie ein Wachoffizier, gab Roger mit seiner knappen, sehr sorgfältigen Sprechweise und seinem souveränen Auftreten genau den ranghohen Soldaten ab, dem man von Natur aus gehorchte. Mir war klar, daß es mir nie gelingen würde, das Verhalten meiner Kinder mit so leichter Hand zu lenken.

Als wir bei Rogers Büro anlangten, war dort auf dem Vorplatz ein Streit in vollem Gange. Die Demonstranten vom Haupteingang waren jetzt alle drinnen und hatten sich um Henry geschart, der fest den Ellbogen von Harold Quest umklammert hielt. Die Chef-Agitatorin benützte ein Plakat, auf dem SCHÜTZT DIE TIERE stand, um Henry damit wie mit einem Paddel zu bearbeiten. Vier oder fünf andere schrien mit häßlich verzerrten Mündern verbale Beleidigungen, und Henry schüttelte Harold Quest ohne Respekt oder Erbarmen.

Als er uns sah, brüllte Henry mit einer Stimme, die so mühelos das Gekreisch der anderen übertönte, wie er sie an Länge übertraf: »Der Kerl ist ein Betrüger! Ein verfluchter Betrüger. Der ganze Verein ist faul. Alles Mumpitz.«

Er streckte die nicht mit dem Durchschütteln Quests beschäftigte Hand aus und entwand der Harpyie, die auf ihn eindrosch, das Plakat.

»Madam«, brüllte er, »gehen Sie heim in Ihre Küche.«

Henry war einen halben Meter größer als sie. Er überragte Quest. Henrys Bart war dicker als der von Quest, Henrys Stimme mächtiger, Henrys Brustumfang der doppelte, Henrys Charakter – kein Vergleich.

Henry lachte. Harold Quest, die Geißel ankommender Fahrzeuge, hatte mehr als seinen Meister gefunden.

»Der Kerl hier«, rief Henry und rüttelte an Quests Ellbogen, »wißt ihr, was der gemacht hat? Ich bin rüber ins Mayflower, und als ich wiederkam, war der einen *Hamburger* am Essen.«

Meine Söhne starrten ihn verdutzt an. Der Verzehr von Hamburgern lag für sie durchaus im Rahmen normalen Verhaltens.

»Schützt die Tiere!« rief Henry vergnügt. »Und wer schützt die Hamburger? Der Kerl hat *ein Tier gegessen.*«

Harold Quest wand sich.

»*Drei* von diesen Dumpfbacken«, schrie Henry mit Blick auf den kreischenden Chor, »haben Hamburger *in sich hineingeschlungen*. Von wegen *Tierschutz*!«

Meine Jungens waren fasziniert. Roger lachte. Oliver Wells kam aus Rogers Büro, um sich über den Lärm zu beschweren, mußte aber lächeln, als er begriff, wie Quest in der Tinte saß.

»Die Jacke, die er anhat«, rief Henry, »fühlt sich wie *Leder* an.«

»Nein.« Quest schüttelte heftig den Kopf, so daß ihm die Strickmütze über das eine Ohr rutschte.

»Und«, rief Henry, »als ich ihm vorgehalten hab, daß er ein Tier verspeist, hat er sich den Hamburger in die *Tasche* gestopft.«

Alan hüpfte vor Freude und grinste übers ganze sommersprossige Gesicht.

Henry warf das SCHÜTZT DIE TIERE-Plakat in hohem Bogen weg und langte in die Tasche der lederähnlichen Jacke von Harold Quest. Zum Vorschein kam zerknüllte Plastikfolie, ein halb verzehrtes Brötchen, Tomatenketchup, gelb triefender Senf und ein Halbmond aus Hackfleisch mit den Gebißspuren des Mr. Quest.

Unerwartet fiel aus der Tasche noch ein zweites Knäuel Plastikfolie, das nie eine Schnellküche gesehen hatte.

In dem allgemeinen Gedränge erkannte niemand die Bedeutung des zweiten Knäuels, bis Christopher es aus irgendeinem obskuren Ordnungsdrang aufhob. Selbst dann hätten die meisten Leute sich noch nichts dabei gedacht, doch bei Christopher war das anders.

»Raus damit«, brüllte Henry seinen glücklosen Gefangenen an, »Sie sind kein echter Demonstrant. Was wollen Sie hier?«

Harold Quest antwortete nicht.

»Papa«, sagte Christopher und zog mich am Ärmel, »sieh dir das mal an. Riech mal.«

Ich sah auf das Plastikknäuel, das er aufgelesen hatte, und roch daran. »Gib das dem Colonel«, sagte ich.

Roger blickte mir ins Gesicht, als er meinen Tonfall hörte, und nahm Christopher das Knäuel ab. Es waren zwei zusammengeknüllte, durchsichtig braune Plastikhüllen mit roter und gelber Schrift. Roger strich eine der Hüllen glatt und blickte zu Henry auf, der, keineswegs schwer von Begriff, gleich sah, daß mehr als nur ein Hamburger ans Licht gekommen war.

»Bringen Sie ihn ins Büro«, wies Roger Henry an.

Henry kapierte und brüllte Quests Gefolgschaft an: »Ihr da, zieht Leine, bevor sie euch wegen Erregung öffentlichen Ärgernisses drankriegen. Ihr mit den Lederschuhen, ihr mit den Hamburgern, mein Tip fürs nächste Mal: Gehirn einschalten. Und jetzt verschwindet alle miteinander.«

Er kehrte ihnen den Rücken, und wir beobachteten interessiert, wie er Quest mühelos zum Büroeingang führte, während Quests lärmende Horde in sich zusammenfiel, ihn im Stich ließ und stumm zu den Ausgängen zockelte.

Wieder füllte sich das Büro: Oliver, Roger, ich, fünf sich bewußt im Hintergrund haltende Jungen, Harold Quest und allen voran Henry, der Platz für drei beanspruchte.

»Könnten Sie«, sagte Roger zu Henry, »auch seine übrigen Taschen durchsuchen?«

»Klar.«

Er mußte seinen Griff ein wenig gelockert haben, denn Quest wand sich plötzlich los und machte einen Satz zur Tür. Henry packte ihn wie nebenbei am Kragen und riß ihn mit Schwung zurück, bevor er losließ. Bei normaler Kraft hätte es weiter keine Rolle gespielt, aber da der Stupser von Henry kam, taumelte Quest quer durch den Raum und krachte rückwärts gegen die Wand. Ein Anflug von Selbstmitleid trieb Tränen in seine Augen.

»*Runter* mit der Jacke«, befahl Henry, und Quest gehorchte mir fahrigen Fingern.

Roger nahm die Jacke, durchsuchte die Taschen und breitete die Beute auf dem Schreibtisch aus, neben der Löschunterlage, auf die Henry den halbverzehrten Hamburger gelegt hatte. Abgesehen von einer mageren Brieftasche mit einem Rückfahrschein für den Bus nach London, war da ein Feuerzeug, eine Schachtel Streichhölzer und noch drei dunkelbraune Plastikhüllen mit rotem und gelbem Aufdruck.

Roger strich eine davon auf dem Schreibtisch glatt und las die Aufschrift vor.

»›*Sure Fire*‹«, verkündete er. »›Sauber. Sicher. Ungiftig. Jedesmal ein Feuer. 20 Hölzer.‹« Er rechnete kurz. »Fünf leere Päckchen, macht hundert Feueranzünder. Wozu braucht einer denn hundert Feueranzünder auf einer Rennbahn?«

Harold Quest blickte finster.

Henry baute sich vor ihm auf, allein durch seine Größe schon bedrohlich.

»Sie sind *nicht echt*«, polterte er, »also was führen Sie im Schild?«

»Gar nichts«, sagte Quest schwach und wischte mit der Hand über sein Gesicht.

Henrys laute Stimme drang auf ihn ein. »Leute, die Hindernisse abfackeln, können auch Tribünen sprengen. Wir übergeben Sie der Polizei.«

»Ich habe die Tribüne nicht gesprengt«, fuhr Quest erregt auf.

»Ach nein? Sie waren Freitag morgen hier. Das haben Sie zugegeben.«

»Irrtum . . . da war ich nicht hier.«

»Definitiv doch«, warf ich ein. »Sie haben der Polizei gesagt, Sie hätten Dart Strattons Auto zwischen acht und halb neun Uhr früh zum Tor hineinfahren sehen.«

Harold Quest sah baff aus.

»Und dabei war es *sinnlos*«, fügte Roger hinzu, »den Eingang der Rennbahn um diese Zeit zu belagern, wo an dem Tag doch gar keine Zuschauer erwartet wurden.«

»Einem Tag, an dem aber das Fernsehen kam«, sagte ich. »Nach der Explosion.«

»Wir haben Sie gesehen«, rief Christopher heftig. »Im Fernsehen hieß es, das wären Sie gewesen. Sie hätten beinah meinen Bruder umgebracht und haben meinen Papa schwer verletzt.«

»Hab ich *nicht*!«

»Wer denn sonst?« brüllte Henry. »Sie waren das! Sie sind hier verdammt lästig geworden, Ihre Proteste sind nicht echt, Sie haben Rennbahneigentum zerstört, und der Knast wartet auf Sie. Colonel, holen Sie die Polizei, die stöbert ja schon hinter dem Zaun herum. Sagen Sie, wir hätten den Bombenleger gefaßt.«

»*Nein!*« schrie Quest winselnd.

»Dann *heraus* mit der Sprache«, befahl Henry. »Wir hören.«

»Also gut. Also gut. Die Hecke *habe* ich angezündet.« Quest gestand nicht, er bettelte und flehte. »Aber die Tribüne habe ich nicht angerührt. Das war ich nicht, dafür ist Gott mein Zeuge.«

»Das steht auf einem andern Blatt. Sie müssen *uns* überzeugen.«

»Warum haben Sie die Hecke angesteckt?« wollte Roger wissen.

»Warum?« Quest blickte verzweifelt umher, als ließe sich die Antwort von den Wänden ablesen.

»*Warum*?« blaffte Henry. »Warum? Warum? Warum? Und kommen Sie uns bloß nicht mit dem Tierschutz. Was Sie betrifft, wissen wir, daß das alles Quark ist.« Er winkte mit der Hand zu den Hamburgerresten. »Also *warum* haben Sie's getan? Sie kommen bös in Schwierigkeiten, wenn Sie damit nicht rausrükken.«

Quest schöpfte Hoffnung. »Wenn ich es Ihnen sage, ist die Sache erledigt?«

»Kommt drauf an«, sagte Henry. »Reden Sie erst mal.«

Quest sah auf den massigen Mann und auf uns alle, die wir ihn mit scharfen, feindseligen Blicken durchbohrten, sah auf die Plastikhüllen und den Hamburger auf dem Schreibtisch und verlor mit einemmal den Mut.

Er schwitzte. »Ich bin dafür bezahlt worden«, sagte er.

Wir quittierten diese Eröffnung mit Schweigen.

Quest warf einen verhuschten Blick auf die vorwurfsvollen Gesichter ringsum und schwitzte ein wenig mehr.

»Ich bin Schauspieler«, bekannte er.

Immer noch Schweigen.

Quests Verzweiflung wuchs im gleichen Maß, wie seine Stimme in die Höhe stieg. »Sie wissen ja nicht, wie das ist, wenn man immer nur auf Engagements wartet und *immerzu* am Telefon sitzt und sich von *Krümeln* nährt ... da nimmt man *alles*, alles an ...«

Schweigen.

Er fuhr unglücklich fort. »Ich bin ein guter Schauspieler ...«

Das hätte wohl keiner von uns bestritten.

»... aber man muß auch *Glück* haben. Man muß *Leute* kennen ...«

Er nahm die verrutschte Strickmütze ab und sah nun schon eher nach Harold Quest, dem arbeitslosen Schauspieler, aus, als nach Harold Quest, dem aufgepulverten Fanatiker.

Er sagte: »Ich kriegte einen Anruf von jemand, der mich als Jagdsaboteur in einem Fernsehfilm gesehen hatte ... eine kleine Rolle bloß, kein Dialog, nur Geschimpfe, aber mein Name kam im Nachspann – erster Jagdsaboteur, Harold Quest.«

Erstaunlicherweise war er stolz darauf: sein Name im Nachspann.

»Und dieser Anrufer fragte, ob ich für Geld auch richtig demonstrieren würde. Wobei noch die Agenturkosten entfielen, da er mich einfach aus dem Telefonbuch gepickt und auf gut Glück angerufen hatte ...«

Er hielt inne und suchte in unseren Gesichtern, bat um Verständnis, bekam aber nicht viel.

»Tja«, sagte er schwach, »ich sollte wegen Mietrückstand aus meiner Wohnung fliegen und wußte nicht wohin, und ich hatte schon mal auf der Straße gelegen, und das ist das Schlimmste, was es gibt.«

Irgend etwas an dieser Litanei, ein Unterton in dem Selbstmitleid, rief mir jäh in Erinnerung, daß hier ein Profi, ein guter Schauspieler sprach und daß man der Tränendrückerei nicht trauen durfte. Aber laß ihn reden, dachte ich. Vielleicht hat er auch ein Körnchen Wahrheit zu bieten.

Er merkte selbst, daß die Mitleidstour nicht auf allzuviel Verständnis stieß, und wartete mit einer nüchternen Darstellung auf.

»Ich fragte, um was es ging, und man sagte, ich solle hierherkommen und den Leuten auf die Nerven gehen ...«

»*Man*?« fragte Roger.

»Also gut, *er*. Er sagte, ich solle sehen, ob ich ein paar echte

Demonstranten zusammentrommeln und sie überreden kann, hierherzukommen und ein bißchen auf den Putz zu hauen, also bin ich zu einer Fuchsjagd und hab die großfressige Paula und einige von ihren Freunden herbestellt ... und ich kann Ihnen sagen, jetzt habe ich fast eine Woche mit denen hinter mir, und sie gehen mir chronisch auf den Zeiger ...«

»Aber Sie sind bezahlt worden?« warf ich ein. »Das Geld haben Sie kassiert?«

»Na ja ...«, gab er widerstrebend zu, »ein Teil im voraus. Jeden Tag was dazu. Ja.«

»Jeden Tag?« wiederholte ich ungläubig.

Er nickte.

»Und für das in Brand gesteckte Hindernis?«

Er wand sich wieder und blickte störrisch wie ein Maultier drein. »Daß das Hindernis angezündet werden soll, davon hat er am Anfang nichts gesagt.«

»Wer ist *er*?« fragte Roger ohne Schärfe.

»Er hat mir seinen Namen nicht genannt.«

»Soll das heißen«, sagte Roger in dem gleichen verständigen Ton, »Sie haben hier für einen Unbekannten eine Dauerdemonstration aufgezogen?«

»Für *Geld*. Wie ich schon sagte.«

»Und Sie haben drauf vertraut, daß Sie Ihr Geld kriegen?«

»Na, ich *hab's* doch gekriegt.« Sein trotziges Verhalten half ihm wenig; ganz im Gegenteil. »Wäre ich nicht bezahlt worden, hätte es mich lediglich das Busgeld von London gekostet, aber er hat es mir versprochen und sein Wort gehalten. Und jeden Tag, an dem ich Unruhe gestiftet habe, gab es mehr.«

»Beschreiben Sie ihn«, sagte ich.

Quest, wieder vorsichtig, schüttelte den Kopf.

»Das genügt nicht«, sagte Roger entschieden. »Die Rennbahn wird Sie wegen vorsätzlicher Sachbeschädigung verklagen, weil sie die Hecke vor dem Graben in Brand gesteckt haben.«

»Aber Sie sagten doch ...«, setzte Quest schwach zum Protest an.

»Wir haben nichts versprochen. Wenn Sie uns keine Hinweise auf Ihren, äh, *Anwerber* geben, holen wir sofort die Polzei her.«

Quest gab mit gehetztem Blick klein bei.

»Er hat von mir verlangt«, sagte er, bemüht, uns zu überzeugen, »daß ich sämtliche Wagen anhalte und mich möglichst aufdringlich benehme, und er selbst ist auch mit dem Auto gekommen und hat die Scheibe runtergedreht und mir meine Telefonnummer gesagt, damit ich wußte, daß *er* es war. Dann habe ich die Hand ins Auto gehalten, und er hat Geld hineingelegt, aber ich durfte ihn nichts fragen und ihn nicht ansprechen – Gott sei mein Richter.«

»Sie kriegen einen Richter, der viel näher ist als Gott«, blaffte Henry, »wenn Sie uns nicht die Wahrheit sagen.«

»Gott ist mein ...«, setzte Quest an und verstummte hilflos, überfordert durch so viele Ankläger, so massiven Unglauben.

»Also gut«, sagte Roger ihm nüchtern, »es mag sein, daß Sie ihm nicht ins Gesicht gesehen haben, daß Sie nicht wissen wollten, wie er aussieht, aber eines wissen Sie inzwischen bestimmt, und das können Sie uns sagen.«

Quest schaute lediglich nervös drein.

»*Was für ein Wagen?*« sagte Roger. »Beschreiben Sie ihn. Sagen Sie uns die Nummer.«

»Na ja ... ich ...«

»Von der ersten Löhnung an«, sagte Roger, »werden Sie nach diesem Wagen Ausschau gehalten haben.«

Vermutlich würde ein Kaninchen eine Schlange ungefähr so ansehen, wie Quest Roger ansah.

»*Was für ein Wagen?*« schrie Henry Quest ins Ohr.

»Ein Jaguar XJ 6. Silberfarben.« Er murmelte die Nummer.

Roger, leicht entgeistert, aber nicht ungläubig, sagte knapp zu mir: »*Keith.*«

Er und ich verarbeiteten die Neuigkeit. Henry sah mit hochgezogenen Brauen zu uns herüber. Roger nickte und winkte ab. Als Henry begriff, daß die entscheidende Information ans Licht gekommen war, schaute er seinen demoralisierten Gefangenen ein wenig freundlicher an.

»Also«, sagte er, nur mehr in mittlerer Lautstärke, »wann haben Sie denn die Anzünder bekommen?«

Nach einem Augenblick sagte Quest unterwürfig: »Die habe ich gekauft.«

»Wann?« fragte Roger.

»Am Samstag.«

»Auf *seine* Anweisung?«

Quest sagte schwach: »Bei dem Geld lag ein Zettel. Darauf stand, ich solle die Hecke vor dem Graben verbrennen, wo an dem Samstag ein Pferd umgekommen war. Ich sollte sie sicherheitshalber mit Benzin übergießen.«

»Das haben Sie aber nicht gemacht.«

»Ich bin doch nicht *bescheuert*.«

»Nah dran«, meinte Henry zu ihm.

»Wo bekomme ich denn Benzin?« fragte er rhetorisch. »Soll ich zu einer Tankstelle gehen, einen Kanister mit zwanzig Litern kaufen und dann ein Hindernis damit abfackeln? Ich bitte Sie. Der dachte, ich bin doof.«

»Einen Hamburger zu essen war auch doof«, sagte Henry.

»Haben Sie noch den Zettel mit den Anweisungen?« fragte ich.

»Auf dem Zettel stand, ich soll die Anweisungen verbrennen.«

»Und das haben Sie getan?«

Er nickte. »Natürlich.«

»Sehr dumm«, sagte ich. »Zum Schurken sind Sie nicht geboren. Wer soll Ihnen glauben ohne diese Anweisungen?«

»Aber«, sprudelte er hervor, »aber ich meine ...«

»Wie haben Sie es denn eigentlich gemacht?« fragte ich. »Ich meine, wie haben Sie die Feueranzünder verteilt?«

Er sagte sachlich: »Ich hab sie immer zu mehreren in die Hecke gesteckt. Dann bin ich mit einer zusammengerollten Zeitung als Fidibus an den Hölzern langgegangen und hab sie alle gleichzeitig angezündet.« Er lächelte fast. »Es war einfach.«

Er hätte auch die Verpackung verbrennen sollen, dachte ich, aber die Leute patzten nun einmal, insbesondere Schauspieler, die keine kriminelle Erfahrung hatten.

»Ich glaube«, sagte ich zu Roger und Henry und Oliver, »den Fall sollten wir strattonieren.«

»Was heißt das nun wieder?«

»Dürfte ich mal Ihre Schreibmaschine benutzen?«

»Natürlich«, sagte Roger und wies auf das hintere Büro. »Da drin.«

Ich setzte mich an die Maschine, schaltete den Strom ein und tippte eine kurze Erklärung:

> Ich, Harold Quest, Schauspieler, habe mich bereit erklärt, gegen Entgelt am Haupteingang der Rennbahn Stratton Park Störaktionen in Form von Demonstrationen durchzuführen, die vorgeblich, aber nicht wirklich die Ziele einer gegen den Hindernissport agierenden Bewegung unterstützen sollten. Für diese Dienstleistung habe ich mehrmals Geld von einem Mann, der einen silbernen Jaguar XJ 6 mit der Nummer ... fuhr, erhalten. Außerdem habe ich, um den Anweisungen dieses Mannes nachzukommen, 100 Feueranzünder Marke ›Sure Fire‹ erstanden und damit am Ostermontag gegen sechs Uhr früh die Hecke vor dem Graben auf der Geraden niedergebrannt.

Roger, Oliver und Henry lasen den Text und legten ihn Harold Quest zur Unterschrift vor. Wie vorauszusehen, zauderte er.

Wir sagten ihm, er solle auch das Datum und seine Anschrift hinzufügen.

»Ist doch nichts dabei«, sagte ich, als er immer noch zögerte. »Sie stehen ja im Telefonbuch, und auch über *Spotlight* können wir Sie jederzeit finden, wenn da Ihr Foto und der Name Ihres Agenten erscheint.«

»Aber das ist doch ein Schuldbekenntnis«, protestierte er, ohne in Zweifel zu ziehen, daß wir ihn aufspüren könnten, da jeder Schauspieler über das Fachorgan seiner Sparte ausfindig zu machen war.

»Sicher«, sagte ich, »aber wenn Sie unterschreiben, können Sie jetzt sofort abhauen und Ihren Rückfahrschein benutzen, und wenn Sie Glück haben, geben wir Ihr Geständnis nicht der Polizei.«

Quest suchte in unseren Gesichtern und fand wenig Trost oder Zuspruch darin, aber er unterschrieb die Aussage. Er setzte handschriftlich das (von Roger bestätigte) Autokennzeichen ein und schrieb auch seine Adresse und das Datum hinzu.

Die anderen prüften die Endfassung.

»Ist alles drin?« fragte mich Roger.

»Ich glaube schon.«

Roger sagte zu Henry: »Lassen Sie ihn laufen«, und Henry stieß die Tür zur Freiheit auf, zeigte mit dem Daumen und erteilte Quest einen letzten Befehl: »Raus.«

Quest, ein Amalgam aus Erleichterung und Angst, wartete nicht erst, ob wir es uns anders überlegten, sondern sah zu, daß er hinauskam.

Henry sah auf die liegengebliebenen Hamburgerreste und meinte angewidert: »Wir hätten das Früchtchen mit der Nase in den Senf stecken sollen.«

Ich sagte mit gespieltem Ernst: »Quest ist gar nicht so übel. Immerhin hat er Rebecca ›Herzchen‹ genannt.«

Henry lachte schallend. »Das stimmt auch wieder.«

Roger hob das unterschriebene Geständnis auf. »Was machen wir jetzt damit? Geben wir es doch der Polizei?«

»Nein«, sagte ich, »wir geben es Marjorie Binsham.«

12

Ungeachtet unserer Drohungen gegenüber Quest befanden sich an diesem Morgen hinter dem Bretterzaun nur noch zwei Konstabler im Einsatz, und beide mehr, um zu verhindern, daß Unbefugte den einsturzgefährdeten Bau betraten und sich verletzten, als um weiter nach Spuren zu suchen.

Soweit Roger und Oliver am vorangegangenen Nachmittag, während ich in London war, herausbekommen konnten, hatten die höheren Dienstgrade und der Bombenspezialist ihre Arbeit mit der Entdeckung und Restaurierung eines zersprengten Zifferblatts abgeschlossen und vage erklärt, die Ermittlungen würden »andernorts« weitergeführt. »Sie wissen nicht, wer es war«, folgerte Roger knapp.

Vor dem tristen und unschönen Trennzaun erhob sich jetzt ein aufblasbares, zum Springen und Turnen einladendes Dornröschenschloß mit Zuckerbäckertürmen und sogar einem Aufpasser in Gestalt des einzigen Montagearbeiters, den Henry zurückbehalten hatte.

Ivan hatte in einer Anwandlung von Großzügigkeit noch eine Ladung (kostenloser) Pflanzen vorbeigebracht, diesmal buschähnliche junge Bäume in Töpfen, die er zu beiden Seiten des Schlosses verteilte, so daß der Bretterzaun zu einem freundlicheren, fast schon schmückenden Teil des Gesamtbildes wurde.

Als Roger schließlich gegen halb zwölf mit uns nach Hause fuhr, fiel weder ihm noch mir noch Henry irgend etwas ein, das bis zum Nachmittag hätte verbessert werden müssen, wenn auch vieles, woran man nachher, vor dem nächsten Renntag, noch arbeiten konnte.

Die Jungens zogen sich unter nur mittlerem Gemecker saubere Sachen an. Ich verwandelte mich vom Bauarbeiter zum feinen Herrn und war so ungeschickt, den Stapel Tagebücher von Carteret, die auf dem Tisch an meinem Bett lagen, mit dem Gehstock zu Boden zu werfen. Edward hob sie mir freundlicherweise auf, hielt aber eines so unglücklich aufgeklappt, daß die Seiten halb aus der Spiralbindung rissen. »He, paß auf!« sagte ich und nahm es ihm ab. »Sonst werde ich erschossen.«

Ich konzentrierte mich darauf, das Heft so zu schließen, daß es nicht noch mehr Schaden litt, und von der aufgeschlagenen Seite sprang mich der Name an, nach dem ich im Zug vergeblich gefahndet hatte.

Wilson Yarrow.

»Wilson Yarrow«, hatte Carteret geschrieben, »dieses Vorbild, das man uns ständig um die Ohren schlägt, soll ein Betrüger sein!«

Der nächste Absatz brachte keine Erläuterung dazu, sondern beschränkte sich auf Anmerkungen zu einer Vorlesung über die Miniaturisierung des Raums.

Ich stöhnte. »Er soll ein Betrüger sein« brachte mich nicht weiter. Ich blätterte einige Seiten vor und kam zu folgendem:

> Man munkelt, daß Wilson Yarrow den Epsilon-Preis voriges Jahr mit einem abgekupferten Plan gewonnen hat! Rote Köpfe im Kollegium! Sie wollen nicht darüber reden, aber vielleicht hören wir ja von jetzt an weniger über den *brillanten* Wilson Yarrow.

Der Epsilon-Preis, ich erinnerte mich dunkel, war jährlich für den innovativsten Gebäudeentwurf eines höheren Semesters verliehen worden. Ich hatte ihn nicht gewonnen. Carteret auch nicht. Soweit ich wußte, hatte ich an der Ausschreibung nie teilgenommen.

Roger klopfte an die Bustür, steckte seinen Kopf herein und sagte: »Fertig?«, worauf Familie Morris in vollem Glanz zur Truppeninspektion nach draußen strömte.

»Sehr schön«, meinte er beifällig. Er nahm Rennprogramme, Clubausweise und Essensmarken aus einem Aktenkoffer und verteilte sie an uns.

»Ich will nicht zum Pferderennen«, sagte Toby plötzlich mit düsterem Gesicht. »Ich will hierbleiben und Fußball gucken.«

Roger überließ die Entscheidung mir.

»Okay«, sagte ich friedlich zu meinem Sohn. »Hol dir was zum Mittagessen, und wenn du es dir anders überlegst, kommst du nachher zum Büro.«

Tobys Sorgenmiene wich einem weniger bekümmerten Ausdruck. »Danke, Pa«, sagte er.

»Kommt er denn allein zurecht?« fragte Roger, als er mit uns anderen losfuhr, und Edward versicherte ihm: »Toby ist *gern* allein. Er versteckt sich oft vor uns.«

»Oder geht auf Fahrradtour«, sagte Christopher.

Rogers Gedanken wandten sich dem bevorstehenden Tag zu. »Wir haben alles getan, was in unserer Macht stand«, meinte er unsicher.

»Machen Sie sich nicht soviel Sorgen«, empfahl ich ihm. »Kennen Sie den Unterschied zwischen Anker und Anschlag?«

»Wovon in aller Welt reden Sie?«

»Ich prüfe eine Theorie.«

»Ist das ein Rätsel, Pa?« fragte Neil.

»Ja und nein. Aber rat nicht, es gibt keine Lösung dafür.«

Roger parkte den Jeep am Ende des Bürogebäudes, so daß er bereitstand, falls eine Fahrt um die Bahn erforderlich wurde. Die Jungs gingen zu zweien davon, Neil mit Christopher, Edward mit Alan, nachdem wir als Sammelpunkt nach dem ersten, dritten und fünften Rennen einen Platz in Büronähe vereinbart hatten.

Leute kamen: ein Bus mit Totopersonal, der Unfalldienst der Johanniter, das Einsatzkommando der Polizei für die Verkehrsregelung und die Verhütung von Handgreiflichkeiten im Buchmacherring, die Buchmacher mit ihren Seifenkisten und Schiefertafeln, die Kontrolleure, die Kartenverkäufer; dann die Jockeys, die Sponsoren, die Mitglieder der Rennleitung, die Trainer, die Strattons und schließlich die Rennbahnbesucher, die noch alle Wetten zu verlieren hatten.

Ich stand am Haupteingang, beobachtete die Gesichter und sah in beinah allen die Festtagsfreude, um die es uns gegangen war. Selbst das von Oliver bestellte Fernsehteam schien sichtlich beeindruckt: Die Kameras surrten im Zelt und außerhalb.

Mark fuhr mit dem Daimler bis an das Tor zum Sattelplatz, damit Marjorie nicht vom Parkplatz aus zu gehen brauchte. Sie sah mich weiter vorn stehen und winkte mich zu sich wie jemand, dem man selten den Gehorsam verweigert.

Wortlos sah sie zu, wie ich mit dem Stock an ihre Seite hinkte.

»*Fähnchen*«, meinte sie skeptisch.

»Schauen Sie doch die Gesichter.«

Wie ich es mir gedacht hatte, war sie angetan von den lächelnden Leuten, dem Geplapper, der summenden Erregung ringsum. Ein Rummelplatz mochte es sein, aber es war auch etwas, worüber man reden konnte, und es gab dem Pferderennen in Stratton Park ein positiveres Gesicht als eine in die Luft gejagte Tribüne.

Sie sagte: »Der Colonel hat uns Lunch versprochen . . .«

Ich wies ihr den Weg zum privaten Speiseraum der Strattons, wo der gleiche Butler und die gleiche Bedienung wie an jedem Renntag sie begrüßte, und offensichtlich fühlte sie sich sofort wohl. Sie betrachtete alles eingehend, vom Tisch, den der Gastroservice mitgebracht und mit Weißzeug und Silber gedeckt hatte, bis zu dem schimmernden Zeltdach mit seinem warmen indirekten Licht und den verborgenen Lüftungsklappen.

»Conrad hat es mir erzählt«, sagte sie langsam. »Er sprach von einem Wunder … unserer Rettung durch ein Wunder. Er hat nicht gesagt, wie *schön* es ist.« Sie hielt schluckend inne, außerstande weiterzusprechen.

»Es gibt, glaub ich, Champagner für Sie«, sagte ich, und ihr Butler brachte bereits ein Glas auf einem Tablett und zog einen Stuhl für sie heraus – einen Klappstuhl aus Plastik eigentlich, aber wie alle zehn Stühle am Tisch verschönt durch einen geblümten, mit eleganten Schleifen befestigten Stoff.

Da das ganze Unternehmen schon als Erfolg zu werten war, wenn es Marjorie gefiel, hatten wir nichts ausgelassen, was zu ihrem Wohlbefinden beitragen konnte. Sie saß steif da und trank in kleinen Schlucken. Nach einer Weile sagte sie: »Nehmen Sie Platz, Lee. Das heißt, wenn Sie können.«

Ich setzte mich neben sie, denn inzwischen hielt ich das auch wieder aus, ohne direkt zusammenzufahren.

Lee. Nicht mehr Mr. Morris. Ein Fortschritt.

»Mrs. Binsham …«

»Sie können Marjorie zu mir sagen … wenn Sie wollen.«

Prächtiges altes Mädchen, dachte ich unerhört erleichtert. »Ihr Angebot ehrt mich«, sagte ich.

Sie nickte, als fände sie das auch.

»Vor zwei Tagen«, sagte sie, »hat meine Familie Sie schändlich behandelt. Mir fehlen fast die Worte dafür. Und dann tun Sie dies alles für uns.« Ihre Geste umschloß den Raum. »*Warum* haben Sie es getan?«

Nach einer Pause sagte ich: »Wahrscheinlich wissen Sie, warum. Sie sind vielleicht die einzige, die es weiß.«

Sie dachte nach. »Mein Bruder«, sagte sie, »hat mir einmal einen Brief gezeigt, den Sie ihm nach Madelines Tod geschrieben haben. Ihre Ausbildung sei durch sein Geld ermöglicht worden, schrieben Sie. Sie wollten sich bei ihm bedanken. Sie haben all das für *ihn* getan, nicht wahr? Um sich zu revanchieren?«

»Ich nehme es an.«

»Ja. Nun, er würde sich freuen.«

Sie setzte ihr Glas ab, öffnete ihre Handtasche, nahm ein kleines weißes Taschentuch heraus und putzte sich leise die Nase. »Er fehlt mir«, sagte sie. Sie schnüffelte ein wenig, steckte das Taschentuch weg und bemühte sich, fröhlich zu sein.

»Nun ja«, sagte sie. »Fähnchen. Zufriedene Gesichter. Ein herrlich sonniger Frühlingstag. Es scheint sogar, als ob die schrecklichen Leute vom Eingang nach Hause gefahren sind.«

»Ah«, sagte ich, »ich muß Ihnen etwas zeigen.«

Ich zog Harold Quests Geständnis aus meiner Tasche, gab es ihr und erklärte die Sache mit Henry und dem befremdlichen Hamburger.

Sie setzte eine Brille auf, las die Seite und legte dabei eine Hand auf ihr Herz, wie um es zu beruhigen.

»Keith«, sagte sie, als sie aufschaute. »Das ist Keiths Wagen.«

»Ja.«

»Haben Sie der Polizei eine Kopie davon gegeben?«

»Nein«, sagte ich. »Das ist übrigens auch eine Kopie. Das Original liegt im Büro des Colonels im Tresor.« Nach einer Pause redete ich weiter. »Ich glaube nicht, daß ich herausbekommen kann, wieviel Schulden Keith hat oder bei wem, aber ich habe mir überlegt, daß Sie so vielleicht auch schon ein ganz gutes Druckmittel gegen ihn in der Hand haben.«

Sie unterzog mich einer langen Musterung.

»Sie verstehen mich.« Sie hörte sich weder erfreut noch verärgert an, sondern überrascht und akzeptierend.

»Es hat eine Weile gedauert.«

Ein kleines Lächeln. »Sie kennen mich erst seit vorigen Mittwoch.«

Lange fünf Tage, dachte ich.

Eine Frau erschien am Eingang des Speiseraums, und hinter ihr, halb verdeckt, stand eine zweite, jüngere Frau.

»Entschuldigen Sie«, sagte sie, »es hieß, hier könnte ich Lee Morris finden.«

Ich erhob mich auf meine unspritzige Art.

»Ich bin Lee Morris«, sagte ich.

Sie war korpulent, um die sechzig, mit üppigem Busen, großen, freundlich blickenden Augen und kurzem, lockigem graublondem Haar. Sie trug eine Kombination in Blau und Beige, dazu flache braune Schuhe und hatte einen vielfarbenen Seidenschal lässig um den Hals geknotet. Im Arm hielt sie eine große braune Handtasche, deren goldene Schulterkette lose herabbaumelte, und sie sah ganz so aus, als ob sie sich in ihrer Haut wohl fühlte: keine Unsicherheit, keine Verlegenheit.

Ihr Blick glitt flüchtig an mir vorbei und fiel auf Marjorie, und einen Moment lang war es ungewöhnlich still, war alles in der Schwebe zwischen den beiden Frauen. Ihre Augen waren gleich geweitet, ihre Münder in gleichem Erstaunen geöffnet. Mir ging blitzartig auf, daß sie beide wußten, wer die andere war, auch wenn sie es nicht offen zu erkennen gaben und sich keines Grußes würdigten.

»Ich möchte mit Ihnen reden«, sagte die Besucherin zu mir und wandte die Augen von Marjorie ab, blieb sich ihrer Gegenwart aber prickelnd bewußt. »Nicht hier, wenn es recht ist.«

Ich sagte zu Marjorie: »Würden Sie mich entschuldigen?«

Sie hätte nein sagen können. Wenn sie gewollt hätte, würde sie es getan haben. Sie warf einen schwer zu deutenden Blick auf die Besucherin und antwortete mir entschieden: »Ja. Unterhalten Sie sich nur.«

Die Besucherin trat hinaus in den großen Mittelgang des Hauptzeltes, und ich folgte ihr.

»Ich bin Perdita Faulds«, sagte sie, als wir draußen waren. »Und das«, sie machte einen Schritt nach rechts, um den Blick auf ihre Begleiterin freizugeben, »ist meine Tochter Penelope.«

Es war, als ob man zweimal rasch hintereinander von einem

Hammer getroffen wird; keine Zeit, die erste Neuigkeit richtig aufzunehmen, bevor einen die zweite umhaut.

Penelope Faulds war blond, hochgewachsen, mit einem schlanken Hals und fast das Abbild von Amanda – der jungen Amanda, in die ich mich verliebt hatte, die wunderbare Neunzehnjährige mit den lächelnden grauen Augen, die unbekümmert und verfrüht die Ehe eingegangen war.

Ich war keine neunzehn mehr. Aber es verschlug mir den Atem, als wäre ich es noch. Ich sagte: »Schönen guten Tag«, und es klang lächerlich.

»Gibt es hier auch eine Bar?« fragte Mrs. Faulds und schaute sich um. »Draußen sagte jemand, Sie hätten hier eine.«

»Äh ... ja«, sagte ich. »Hier drüben.«

Ich führte sie in einen der größten ›Räume‹ des Zeltes, in die Club-Bar, wo einige frühe Gäste bei Sandwiches und Getränken an kleinen Tischen saßen.

Perdita Faulds übernahm mühelos das Ruder. »War das Champagner, was Mrs. Binsham getrunken hat? Ich denke, das wäre auch was für uns.«

Ein wenig verwirrt wandte ich mich zur Theke, um ihre Bestellung aufzugeben.

»Geht auf mich«, sagte sie und holte Geld aus ihrer Handtasche. »Drei Gläser.«

Penelope folgte mir zur Theke. »Ich trage die Gläser«, sagte sie. »Würden Sie die Flasche nehmen?«

Mein Puls ging schneller. Albern. Ich hatte sechs Söhne. Ich war zu alt.

Die Bedienung ließ den Korken knallen und kassierte. Mrs. Faulds schaute gutgelaunt zu, wie ich ihr den Schampus eingoß.

»Wissen Sie, wer ich bin?« fragte sie.

»Sie besitzen sieben Anteile an dieser Rennbahn.«

Sie nickte. »Und Sie acht. Von Ihrer Mutter. Ihre Mutter habe ich einmal recht gut gekannt.«

Ich hielt im Einschenken inne. »Ist das wahr?«

»Ja. Nun machen Sie mal. Ich habe Durst.«

Ich füllte ihr Glas, und sie trank es rasch leer. »Und wie gut«, fragte ich, als ich ihr nachgoß, »kennen Sie Marjorie Binsham?«

»Ich kenne sie nicht direkt. Wir haben vor Jahren einmal miteinander gesprochen. Ich weiß, wer sie ist. Sie weiß, wer ich bin. Das haben Sie gemerkt, hm?«

»Ja.«

Ich beobachtete Penelope. Ihre Haut sah glatt und verlockend aus in dem warmen, diffusen pfirsichfarbenen Licht. Ich wollte ihre Wange berühren, sie streicheln, sie küssen, wie damals bei Amanda. Um Gottes willen, ermahnte ich mich streng, reiß dich zusammen. Werd erwachsen, du Narr.

»Ich war noch nie hier«, sagte Mrs. Faulds. »Wir haben im Fernsehen einen Bericht über die durch Sprengstoff zerstörte Tribüne gesehen, nicht wahr, Pen? Da wurde ich ganz neugierig. Am Samstag stand es dann noch in der Zeitung, mit Ihrem Namen und allem, und es hieß, der Rennbetrieb ginge weiter wie geplant. Da stand, Sie seien auf der Tribüne gewesen, als sie hochging, und Sie seien ein Anteilseigner und zur Zeit im Krankenhaus.« Sie schaute auf den Gehstock. »Da lagen sie offensichtlich falsch. Jedenfalls habe ich hier im Sekretariat angerufen und gefragt, wo Sie sind, und man sagte mir, Sie seien heute hier, und ich dachte, es wäre doch schön, Sie als Madelines Sohn mal kennenzulernen nach all den Jahren. Also habe ich Pen erzählt, daß ich von früher noch Anteile an der Bahn besitze, und sie gefragt, ob sie mitkommen möchte, und hier sind wir.«

Ich dachte zerstreut, daß sie vieles weggelassen hatte, aber meine Aufmerksamkeit war weitgehend bei Penelope.

»Pen, Liebes«, sagte ihre Mutter freundlich. »Das ist sicher ziemlich langweilig für dich, wenn Mr. Morris und ich hier über die alten Zeiten plaudern, warum flitzt du nicht schon mal raus und schaust dir die Pferde an?«

Ich sagte: »So früh sind noch keine Pferde im Führring.«

»Zisch ab, Pen«, sagte ihre Mutter, »sei so lieb.«

Penelope zeigte ein ergebenes Verschwörerlächeln, trank ihr Glas aus und verschwand ohne zu murren.

»Sie ist ein Schatz«, sagte ihre Mutter. »Mein ein und alles. Ich war zweiundvierzig, als ich sie bekam.«

»Ehm ... Glück gehabt«, murmelte ich.

Perdita Faulds lachte. »Bringe ich Sie in Verlegenheit? Pen sagt, mein Benehmen sei peinlich. Ich würde wildfremden Leuten Sachen erzählen, die ich überhaupt keinem erzählen sollte. Ehrlich gesagt, ich schockiere die Leute schon gern ein bißchen. Es laufen zu viele zugeknöpfte Flachköpfe herum. Aber Geheimnisse stehen auf einem anderen Blatt.«

»Was für Geheimnisse?«

»Welches Geheimnis möchten Sie denn kennen?« frotzelte sie.

»Wie Sie an die sieben Anteile gekommen sind«, sagte ich.

Sie setzte ihr Glas ab und betrachtete mich mit Augen, die plötzlich nicht nur gutmütig, sondern auch klug waren.

»Also, das nenne ich eine Frage!« Sie ging nicht direkt darauf ein. Sie sagte: »Vor ein paar Wochen schrieben die Zeitungen, daß die Strattons sich wegen der Zukunft der Rennbahn stritten.«

»Ja, das habe ich auch gelesen.«

»Sind Sie deswegen hier?«

»Im Grunde schon.«

Sie sagte: »Ich bin hier aufgewachsen, wissen Sie. Nicht gerade auf der Rennbahn, aber auf dem Gut.«

Ich sagte verwirrt: »Aber die Strattons – mit Ausnahme Marjories – sagen, sie kennen Sie nicht.«

»Nein, Sie Dummerchen, das stimmt auch. Vor Jahren war mein Vater Lord Strattons Friseur.«

Sie lächelte über mein unverhohlenes Erstaunen.

»Sie finden nicht, daß ich aussehe wie die Tochter eines Haarschneiders?«

»Hm, nein, aber andererseits kenne ich auch keine Haarschneidertöchter.«

»Mein Vater hatte ein Cottage auf dem Gut gemietet«, erklärte sie, »und er besaß Läden in Swindon, in Oxford und Newbury, aber er fuhr immer selbst nach Stratton Hays, um Lord Stratton die Haare zu schneiden. Wir zogen um, bevor ich fünfzehn war, und wohnten in der Nähe des Ladens in Oxford, aber einmal im Monat fuhr mein Vater immer noch nach Stratton Hays.«

»Bitte erzählen Sie«, sagte ich. »Hat Lord Stratton Ihrem Vater die Anteile gegeben?«

Sie trank die helle Flüßigkeit im Glas aus. Ich schenkte ihr nach.

»Nein, so war das nicht.« Sie überlegte ein wenig, erzählte aber weiter. »Mein Vater starb und hinterließ mir das Friseurgeschäft. Na ja, bis dahin hatte ich das ganze Schönheitsfach gelernt, mit Diplom und allem. Lord Stratton kam eines Tages einfach mal so in den Oxforder Laden, als sein Weg ihn da vorbeiführte, denn es interessierte ihn, wie ich ohne meinen Vater zurechtkam, und dann blieb er und ließ sich die Nägel maniküren.« Sie lächelte. Sie trank. Ich fragte nicht weiter.

»Ihre Mutter kam immer zum Frisieren in den Laden in Swindon«, sagte sie. »Ich hätte ihr klarmachen können, daß sie Keith, das fiese Schwein, nicht heiraten darf, aber da war es schon passiert. Wie oft kam sie mit blauen Flecken im Gesicht zu uns und bat mich, ihr die Haare so zu kämmen, daß es nicht auffiel. Ich bin immer in eine getrennte Kabine mit ihr, und manchmal hat sie sich an mich geklammert und losgeheult. Wir waren ungefähr im gleichen Alter, verstehen Sie, und wir mochten uns.«

»Es freut mich, daß sie jemand hatte«, sagte ich.

»Komisch, wie es so geht, hm? Ich hätte nie gedacht, daß ich mal hier sitze und mit *Ihnen* rede.«

»Sie wissen über mich Bescheid?«

»Lord Stratton hat erzählt. Während der Maniküren.«

»Wie lange haben Sie ... seine Hände gepflegt?«

»Bis er gestorben ist«, sagte sie einfach. »Aber natürlich änderten sich die Umstände. Ich lernte meinen Mann kennen und bekam Penelope, und William – Lord Stratton, versteht sich – wurde älter und konnte nicht ... na ja, aber er ließ sich immer noch gern die Nägel schneiden, und wir haben uns unterhalten. Wie gute alte Freunde, verstehen Sie?«

Ich verstand.

»Er gab mir die Anteile um die gleiche Zeit, wie er sie Ihrer Mutter gab. Seine Anwälte sollten sie für mich verwahren. Sie könnten eines Tages was wert sein, meinte er. Es war keine große Sache. Nur ein Geschenk. Eine Liebesgabe. Besser als Geld. Geld wollte ich nicht von ihm. Das wußte er.«

»Ein Glückspilz«, sagte ich.

»Ach, wie *lieb*. Sie sind genauso nett wie Madeline.«

Ich fuhr mir mit der Hand übers Gesicht und wußte keine Antwort.

»Weiß Penelope«, fragte ich, »von Ihnen und Lord Stratton?«

»Pen ist doch noch ein *Kind*!« erwiderte sie. »Sie ist achtzehn. Natürlich weiß sie nichts davon. Ihr Vater auch nicht. Ich habe es nie jemand erzählt. Genau wie William ... Lord Stratton. Er wollte seiner Frau nicht weh tun, und ich wollte auch nicht, daß er ihr weh tut.«

»Aber Marjorie ahnt es.«

Sie nickte. »Sie weiß es all die Jahre schon. Sie hat mich in Oxford im Geschäft besucht. Nach besonderer Vereinbarung. Ich glaube, sie wollte nur mal sehen, wie ich bin. Wir haben uns einfach ein bißchen unterhalten, über dies und jenes. Nachher hat sie darüber nie was verlauten lassen. Sie hat William geliebt, wie ich auch. Sie hätte ihn nie verraten. Hat sie jedenfalls nicht. Hat sie doch immer noch nicht, oder?«

»Nein.«

Nach einer Pause schaltete Perdita geistig um, schüttelte die Wehmut ab, ging zum geschäftlichen Teil über und sagte energisch: »Was fangen wir jetzt also mit Williams Rennbahn an?«

»Wenn das Gelände zur Erschließung verkauft wird, bekommen Sie einen hübschen kleinen Kapitalgewinn.«

»Wieviel?«

»Das können Sie so gut ausrechnen wie jeder andere. Siebzigtausend Pfund für jede Million, die das Land bringt, etwas mehr oder weniger.«

»Und Sie?« fragte sie frei heraus. »Würden Sie verkaufen?«

»Man kann nicht sagen, es wäre nicht verlockend. Keith drängt darauf. Er versucht sogar, die Leute von hier zu vergraulen, damit sich der Rennbahnbetrieb nicht mehr lohnt.«

»Das bringt mich schon mal vom Verkaufen ab.«

Ich lächelte. »Mich auch.«

»Also?«

»Also sollten wir eine erstklassige neue Tribüne bauen lassen – und mit erstklassig meine ich nicht riesig, sondern klug angelegt, damit das Publikum herkommt –, denn dann werden unsere Anteile höhere Dividenden abwerfen als bisher.«

»Sie glauben also, daß das Pferderennen an sich Zukunft hat?«

»Es hält sich seit über dreihundert Jahren in England. Es hat Skandale und Betrugsaffären und alle möglichen Debakel überdauert. Pferde sind schön, und Wetten ist eine Sucht. Ich würde eine neue Tribüne bauen.«

»Sie sind ein Romantiker!« neckte sie.

»Ich bin nicht haushoch verschuldet«, sagte ich, »aber Keith vielleicht.«

»William hat mir gesagt, Keith sei die größte Enttäuschung seines Lebens.«

Ich sah sie nachdenklich an, und gut fünfzig Fragen gingen mir wie Lichtblitze durch den Kopf; doch bevor ich etwas Konstruktives daraus machen konnte, kam ein Rennbahnfunktionär zu mir und sagte, Colonel Gardner wünsche mich dringend im Büro zu sprechen.

»Gehen Sie nicht weg, ohne mir zu sagen, wo ich Sie finde«, bat ich Perdita Faulds.

»Ich bin den ganzen Nachmittag hier«, beruhigte sie mich. »Falls wir uns verpassen, hier ist die Telefonnummer meines Geschäfts in Oxford. Darüber erreichen Sie mich.« Sie gab mir eine Visitenkarte. »Und wo finde ich Sie?«

Ich schrieb ihr die Nummer meines Mobiltelefons und die Nummer von dem Haus in Sussex auf die Rückseite einer zweiten Visitenkarte, und sie widmete sich zufrieden wieder ihrem Champagner, als ich ging, um zu erfahren, welche Krise über uns hereingebrochen war.

Es drehte sich im wesentlichen um Rebeccas Nerven. Sie lief vor dem Büro auf und ab und starrte mich böse an, als ich an ihr vorbeiging und durch die Tür trat, und noch nie war sie mir so labil vorgekommen.

Roger und Oliver waren drinnen, zähneknirschend und stocksauer.

»Sie werden es nicht glauben«, sagte Roger gepreßt, als er mich erblickte. »Wir haben all die üblichen Probleme – einen im Stall ertappten Dopingsünder, einen Kurzschluß an der Toto-Anzeige und im Buchmacherring jemand mit einem Herzanfall – und wir haben Rebecca, die einen Riesenrabatz veranstaltet, weil im Umkleidezelt für die Rennreiterinnen keine Bügel hängen.«

»*Bügel*?« sagte ich verständnislos.

»Bügel. Sie sagt, man kann doch nicht erwarten, daß sie ihre Kleider und ihren Dreß auf den *Boden* werfen. Wir haben ihr einen Tisch, eine Bank, einen Spiegel und eine Waschgelegenheit mit fließendem Wasser und Abfluß besorgt. Und sie stellt sich wegen *Kleiderbügeln* an.«

»Hm . . .«, sagte ich ratlos. »Wie wär's mit einer Leine für die Kleider?«

Roger gab mir einen Schlüsselbund. »Könnten Sie vielleicht mit dem Jeep zu mir nach Hause fahren – da ist abgeschlossen, meine Frau steckt hier irgendwo, aber ich finde sie nicht – und ein paar Bügel holen? Nehmen Sie die Kleider runter. Es ist verrückt, aber wenn Sie so nett wären – ginge das? Halten Ihre Beine das aus?«

»Klar«, sagte ich erleichtert. »Ich dachte, es wäre was Ernstes, weshalb Sie mich gerufen haben.«

»Sie reitet Conrads Pferd im ersten Rennen. Für ihn – und für uns alle – wäre es durchaus ernst, wenn sie vollkommen überschnappt.«

»Okay.«

Draußen war Dart vergeblich bemüht, seine Schwester zu beruhigen. Er gab es auf, als er mich sah, ging statt dessen mit mir zum Jeep und fragte mich, wo ich hin wollte. Als ich sagte, Kleiderbügel holen, glaubte er mir erst nicht, dann bot er mir seine Hilfe an, und so nahm ich ihn mit auf die Beschaffungstour.

»Sie klinkt manchmal aus«, sagte Dart, wie um Rebecca zu entschuldigen.

»Ja.«

»Es ist wohl schon ein Streß, wenn man täglich sein Leben riskiert.«

»Vielleicht sollte sie aufhören.«

»Sie läßt nur Dampf ab.«

Wir erleichterten einen ganzen Stoß von Rogers Kleidern um ihre Bügel und hielten auf der Rückfahrt am Bus, wo ich den Kopf zur Tür hineinsteckte und voll aufgedrehten Fußballärm ins Gesicht bekam.

»Toby«, schrie ich, »alles in Ordnung?«

»Ja, Papa.« Er stellte den Ton etwas leiser. »Papa, Stratton Park war im Fernsehen! Sie haben die Flaggen gezeigt und das Springschloß und alles. Nichts wie hin, sagten sie, die Rennen fingen erst an, das wäre ein idealer Ostermontagsausflug.«

»Toll«, sagte ich. »Willst du jetzt mit zum Sattelplatz?«

»Nein, danke.«

»Okay, bis nachher.«

Ich erzählte Dart von der Fernsehberichterstattung. »Das war Olivers Werk«, meinte er. »Ich habe gehört, wie er den Kameraleuten zugeredet hat. Ich muß sagen, er und Roger und Sie, ihr habt hier fabelhafte Arbeit geleistet.«

»Und Henry.«

»Vater meint, die Familie hat Ihnen Unrecht getan. Er meint, sie hätten nicht auf Keith hören sollen.«

»Gut.«

»Aber er macht sich Sorgen um Rebecca.«

Würde ich auch, dachte ich, wenn sie meine Tochter wäre.

Dart gab die Bügel seiner Schwester, die wortlos mit ihnen davonstolzierte. Außerdem brachte er, um mir den Weg zu ersparen, die Jeepschlüssel zurück ins Büro und erzählte Roger und Oliver, daß das Zelt in den Nachrichten gekommen war. Schließlich schlug er Bier und Sandwiches in der Bar vor, um sich dem Stratton-Lunch entziehen zu können. »Keith, Hannah, Jack und Imogen«, sagte er. »Igitt.« Dann: »Wußten Sie, daß die Polizei meine alte Blechschachtel zur Spurensicherung abgeholt hat?«

»Nein«, sagte ich und suchte in Darts Gesicht nach Anzeichen von Besorgnis, fand aber keine. »Wußte ich nicht.«

»Es ist verdammt ärgerlich«, sagte er. »Ich mußte mir einen Wagen mieten. Ich schicke euch die Rechnung, habe ich der Polizei gesagt, und die haben nur gefeixt. Dieser Bombentrara hängt mir zum Hals heraus.« Er grinste über meinen Spazierstock. »Ihnen sicher auch.«

Perdita Faulds hatte die Bar verlassen und war nirgends zu

sehen, als wir hinkamen. Dart und ich tranken und aßen, und ich sagte ihm, daß ich einmal ein Rezept für ein Heilmittel gegen Haarverlust gelesen hätte.

Er sah mich mißtrauisch an. »Sie wollen mich auf den Arm nehmen.«

»Nun«, gab ich zu bedenken, »immerhin heilt man ja auch Malaria mit abgeschälter Baumrinde und Blutvergiftungen mit einem Pilz, der auf Gelee wächst.«

»Chinin«, sagte er nickend, »und Penicillin.«

»Genau. Und dieses Haarwuchsmittel stammt von einem mexikanischen Medizinmann, aus einem Handbuch von 1552.«

»Ich versuche *alles*«, sagte er.

»Man zerstößt ein wenig Seifenkraut, kocht es in Hundeurin und gibt ein bis zwei Baumfrösche hinzu und ein paar Raupen ...«

»Sie sind ein *Scheißkerl*«, sagte er bitter.

»So steht es in dem Buch.«

»Sie elender Lügner.«

»Die Azteken haben darauf geschworen.«

»Ich werde Sie Keith zum Fraß vorwerfen«, sagte er. »Und ich trample mit auf Ihnen rum.«

»Das Buch heißt *Codex Barberini.* Vor fünfhundert Jahren war das ganz ernst gemeinte Medizin.«

»Und was *ist* Seifenkraut?«

»Ich weiß es nicht.«

»Mich wundert«, meinte er nachdenklich, »ob das wirkt.«

Wir lehnten vor dem ersten Rennen an der Umzäunung des Führrings, Dart und ich, und schauten zu, wie seine Eltern, Conrad und Victoria, in einer besorgten kleinen Gruppe mit dem Trainer ihres Pferdes und mit Rebecca, ihrer als Jockey antretenden Tochter, sprachen. Andere kleine Gruppen beäugten ähnlich sorgenvoll ihre gelassen um sie herum stolzierenden

Vierbeiner und verbargen ihre wilden Hoffnungen hinter vorsichtig taxierenden Worten.

»Das letzte Mal hat er gesiegt«, taxierte Dart vorsichtig vom Rand aus. »Sie kann schon gut reiten, die Rebecca.«

»Muß sie auch, um auf der Liste so weit nach oben zu kommen.«

»Sie ist zwei Jahre jünger als ich, und ich kann mich nicht erinnern, daß sie mal nicht in Ponys vernarrt war. Mich hat mal eins getreten, und das hat mir gereicht, besten Dank, aber Rebecca ...«, in seiner Stimme lag die vertraute Mischung von Ärger und Respekt, »die hat sich die Knochen gebrochen, als wären es Fingernägel. Ich kann mir nicht vorstellen, *jemals* auf *irgend etwas* so versessen zu sein wie sie aufs Siegen.«

»Ich glaube«, sagte ich, »so sind alle Erfolgstypen, wenigstens eine Zeitlang.«

Er drehte den Kopf und schätzte mich ab. »Sie auch?«

»Leider nein.«

»Ich auch nicht.«

»Deswegen stehen wir hier«, sagte ich, »und schauen Ihrer Schwester zu.«

Dart sagte: »Sie sehen immer so *verdammt* klar.«

Das Signal zum Aufsitzen der Jockeys kam. Rebecca in den auffallenden Stratton-Farben, grüne und blaue Karos am Körper, schlecht dazu passende Ärmel und Kappe in Orange und Rot, schwang ihre dünne, geschmeidige Gestalt in den Sattel und landete leicht wie Distelwolle. Die durch das belanglose Fehlen der Kleiderbügel hochgetriebene Anspannung war verschwunden: Rebecca wirkte ruhig, konzentriert, ein Star auf ihrer Bühne, ganz Herrin der Lage.

Dart war die Ambivalenz seiner Gefühle anzumerken, während er sie beobachtete; die Schwester, die ihn mit ihrem Wagemut und ihrem Können in den Schatten stellte, die er bewunderte und beneidete, die er verstand, aber nicht lieben konnte.

Conrads Starter, Tempestexi, ein Fuchswallach, hatte im Vergleich mit einigen anderen im Ring einen eher langen Rücken und kurze Beine. Das 2-Meilen-Hürdenrennen war laut Programm für Pferde bestimmt, die bis zum 1. Januar noch kein Hürdenrennen gewonnen hatten. Tempestexi, der seither eins gewonnen hatte, mußte dafür sieben Pfund Aufgewicht tragen, trat aber dennoch als Favorit an.

Ich fragte Dart, wie viele Pferde sein Vater im Training habe, und er meinte, es seien fünf, wenn auch die Zahl ihren Beinen entsprechend ein wenig schwanke.

»Sehnen«, erläuterte er knapp. »Pferdesehnen sind empfindlich wie Violinsaiten. Tempestexi ist derzeit Vaters galoppierende Hoffnung. Bisher keine wehen Beine.«

»Wettet Conrad?«

»Nein. Mutter schon. Und Keith. Der hätte jetzt sein Haus gesetzt, wenn es ihm gehörte – das Wittibhaus, meine ich. Er wird alles gesetzt haben, was er kriegen konnte. Wenn Rebecca nicht gewinnt, bringt Keith sie um.«

»Das nützt doch dann nichts.«

Dart lachte. »Gerade Sie sollten wissen, daß der Instinkt bei Keith keiner Vernunft zugänglich ist.«

Die Pferde strömten vom Führring auf die Bahn hinaus, und Dart und ich gingen, um uns das Rennen von der Behelfstribüne anzuschauen, die Henry aus den Zirkussitzen zusammengezimmert hatte.

Die Reihen waren so vollgepackt, daß ich hoffte, Henrys große Töne von der hundertprozentigen Sicherheit würden sich als wahr erweisen. Die Leute waren im Laufe der letzten Stunde wirklich wie ein Fluß zum Tor hereingerauscht und hatten sich zu Tausenden plappernd über den Asphalt, ins Hauptzelt und in die Buchmacherringe ergossen. Die Speiseräume waren voll, die Gäste warteten. In allen Bars herrschte Gedränge, an den Wettschaltern wuchsen die Schlangen, und an den Kassen gab es keine Rennprogramme mehr. Der große Kopierer im Büro produzierte am laufenden Band Nachschub und glühte fast durch. Oliver, den ich kurz sah, schwitzte vor Begeisterung.

»Das liegt am Fernsehen«, sagte er keuchend.

»Ja, das haben Sie gut hingekriegt.«

Während wir auf den Start warteten, sagte ich zu Dart: »Perdita Faulds ist hier auf der Rennbahn.«

»So? Und wer ist das?«

»Die andere außerstrattonische Gesellschafterin.«

Er zeigte wenig Interesse. »Hat sie nicht neulich bei der Vorstandssitzung jemand erwähnt? Weshalb ist sie gekommen?«

»Wie ich auch, um zu sehen, was aus ihrer Anlage wird.«

Dart ging darauf nicht mehr ein. »Ab!« sagte er. »Jetzt aber los, Rebecca!«

Von der Tribüne sah es nach einem ereignislosen Rennen aus, wenn auch bestimmt nicht vom Sattel. Die Starter blieben in der ersten Runde dicht beisammen, klapperten sicher über die Hürden, fegten als versetztes Band zum erstenmal am Zielpfosten vorbei und gingen in Runde zwei.

Auf der Gegengeraden fielen die Schwächeren, die weniger Schnellen zurück, so daß Rebecca im Schlußbogen an dritter Stelle lag. Daß Dart seiner Schwester ehrlich den Sieg wünschte, stand außer Zweifel. Er machte schubsende, anfeuernde Bewegungen mit dem ganzen Körper, und als sie vor der letzten Hürde in die zweite Position ging, hob er die Stimme wie alle anderen und rief ihr zu, sie solle gewinnen.

Sie gewann. Sie siegte mit knapp einer Länge, ein schmaler, schneller werdender Strahl von klarer und rhythmischer Kraft, gegen einen Kontrahenten, der Ellbogen und Peitsche schwang und die Führung doch nicht halten konnte.

Das Publikum jubelte ihr zu. Dart strahlte im Abglanz des Ruhms. Alle strömten hinunter zum Absattelplatz für den Sieger, wo Dart sich an einer Kuß- und Glückwunschorgie mit seinen Eltern und Marjorie beteiligte. Rebecca nahm den Sattel ab, ignorierte den Überschwang und verschwand zielbewußt zum Zurückwiegen im Waageraumcontainer.

Sehr professionell, ziemlich distanziert; befangen in ihrer eigenen Welt des Risikos, der Leistung, des Glaubens und – diesmal – des Erfolgs.

Ich ging zur Bürotür hinüber, wo vier Jungen sich brav zum Rapport eingefunden hatten.

»Habt ihr was zu Mittag gegessen?« fragte ich.

Sie nickten. »Gut, daß wir zeitig hingegangen sind. Etwas später war kein Tisch mehr frei.«

»Rebecca Stratton hat gerade gewonnen, habt ihr gesehen?«

Christopher sagte vorwurfsvoll: »Wir wollten bei dir auf sie wetten, obwohl sie uns Gören genannt hat, aber wir konnten dich nicht finden.«

Ich überlegte. »Ihr bekommt von mir, was die Wettschalter für den Mindesteinsatz zahlen.«

Vier fröhliche Gesichter grinsten mich an. »Verspielt es nicht«, sagte ich.

Perdita Faulds und Penelope, die vorbeikamen, blieben neben mir stehen, und ich stellte ihnen die Kinder vor.

»Alles Ihre?« fragte Perdita. »So alt sehen Sie gar nicht aus.«

»Hab jung angefangen.«

Die Jungen starrten Penelope mit großen Augen an.

»Was ist los?« fragte sie. »Habe ich Schmutz an der Nase?«

»Nein«, sagte Alan frei heraus, »du siehst aus wie Mami.«

»Wie eure Mutter?«

Sie nickten alle und entführten sie gleich, als wäre es ganz natürlich, um sich vor dem nächsten Rennen mit ihr die herumgehenden Pferde anzusehen.

»Meine Pen gleicht Ihrer Frau?« sagte Perdita.

Ich zwang mich, nicht mehr hinterherzuschauen. Mein Herz klopfte. Idiotisch.

»Wie sie damals war«, sagte ich.

»Und jetzt?«

Ich schluckte. »Ja, auch wie sie jetzt ist.«

Perdita warf mir einen wissenden, von langer Erfahrung getragenen Blick zu. »Man kann die Uhr nicht zurückdrehen«, sagte sie.

Ich würde es wieder tun, dachte ich hilflos. Ich würde mit den Augen heiraten und mich wundern, eine Unbekannte in der Verpackung vorzufinden. Wurde man nie erwachsen?

Ich riß meine Gedanken davon los und sagte zu Perdita: »Hat Lord Stratton vielleicht gewußt – und Ihnen erzählt –, wie es Forsyth Stratton gelungen ist, die ganze Familie gegen sich aufzubringen?«

Ihre vollen Lippen formten ein O der belustigten Überraschung.

»Sie fackeln nicht lange, was? Warum sollte ich Ihnen das sagen?«

»Weil wir, wenn wir seine Rennbahn retten wollen, erkennen müssen, nach welchen Regeln die Familie funktioniert. Jeder weiß hier etwas über jeden, das er als Drohmittel einsetzt. Sie erpressen sich alle gegenseitig, damit getan – oder unterlassen – wird, was sie wollen.»

Perdita nickte.

»Und in dem Zusammenhang«, sagte ich, »zahlen sie auch Schweigegeld an Dritte, damit der Name Stratton sauber bleibt.«

»Ja, auch das.«

»Angefangen bei meiner Mutter«, sagte ich.

»Nein, vorher schon.«

»Sie wissen also Bescheid!«

»William hat gern geredet«, erwiderte sie. »Ich sagte es Ihnen.«

»Und … Forsyth?«

Penelope und die Jungen waren wieder im Anmarsch. Perdita

sagte: »Wenn Sie mich morgen früh in meiner Filiale in Swindon besuchen, erzähle ich Ihnen von Forsyth ... und falls Sie auf die entsprechenden Fragen kommen, auch von den anderen.«

13

Keiths Reaktion, als er erfuhr, daß die Starter im zweiten Rennen den Graben wie vorgesehen springen würden, grenzte an Raserei.

Henry und ich gingen gerade hinter den Servicezelten entlang, als es zu dem Ausbruch kam (Henry hatte eine undichte Stelle in der neuen Wasserleitung reparieren müssen), und wir eilten einen Serviceweg hinunter zum Ort des Gebrülls und des klirrend zu Bruch gehenden Geschirrs – in den Speiseraum der Strattons.

Die ganze Familie war offensichtlich nach ihrem Sieg zurückgekehrt, um ihren Lunch zu beenden und auf die Siegerin anzustoßen, und hatte typischerweise, aber vielleicht auch zum Glück, keine Außenstehenden hinzugeladen.

Keith, breitbeinig, Schultern zurück, fliegende Mähne, hatte die ganze Tafel umgeworfen und mit dem Arm die aufgereihten Flaschen und Gläser von der Anrichte gefegt. Tischtücher, Messer, Teller, Käse, Champagner, Kaffee, Sahnepuddings, alles lag wirr durcheinander auf dem Boden. Wein ergoß sich aus offenen Flaschen. Die Kellnerinnen hielten sich die Hand vor den Mund, und mehrere Strattons griffen nach Servietten, um sich Speisereste von den Kleidern und Anzügen zu wischen.

»Keith!« schrie Conrad seinerseits erbost, zitternd auf den Beinen, donnernd wie ein Stier vor dem Angriff. »Du *Flegel!*«

An Victorias cremefarbenem Seidenkostüm lief Kaffee und Bordeaux hinunter. »Ich soll den Pokal überreichen«, rief sie jammernd, »und jetzt *seht* mich an.«

Marjorie saß ruhig, unbespritzt, in eisigem Zorn. Ivan, neben ihr, sagte: »Also so was, Keith, na *hör* mal . . .«

Hannah, der Vanillesauce an den Beinen hinabtropfte, bedachte ihren Vater mit abfälligen Ausdrücken und ebenso ihren Sohn, als der sich umständlich anschickte, ihr zu helfen. In der dünnen Frau, die hinter Ivan saß und ungerührt ihre Bekanntschaft mit einem großen Glas Brandy vertiefte, vermutete ich einstweilen Imogen. Dart war nicht da. Forsyth, mürrisch, aber anscheinend erleichtert, daß einmal jemand anders im familiären Kreuzfeuer stand, bahnte sich einen Weg zum Ausgang auf die Hauptpassage, der sich bei Bedarf mit einer von uns angebrachten Plane verschließen ließ.

Passanten zogen die Plane zur Seite, um zu sehen, woher der Tumult kam. Forsyth drängte sich an ihnen vorbei und sagte den Leuten barsch, sie sollten sich um ihre eigenen Angelegenheiten kümmern, was sie natürlich nicht taten.

Die ganze Szene war zum Lachen, aber allen Mitgliedern der Familie war unangenehm bewußt, daß nicht weit unter der farcenhaften Oberfläche eine wirklich zerstörerische Gewalt lauerte, die Kernschmelze bei Keith, die sich bisher höchstens darin geäußert hatte, daß er seine Frauen schlug und Lee Morris eine Abreibung verpaßte, aber eines Tages würde sie sich nicht mehr in Schach halten lassen.

Marjorie hielt den Auslöser des Spektakels – die Kopie von Harold Quests Geständnis – offen vor sich.

Keith riß es ihr plötzlich aus der Hand, nahm seiner Frau grob das Brandyglas weg, kippte den Alkohol über das Blatt, zog mit raschem Griff ein Feuerzeug aus der Tasche und steckte den Zettel in Brand. Harold Quests Geständnis flammte hell auf, ringelte sich zu Asche, und triumphierend warf Keith es hin und trampelte darauf herum.

»Das war nur eine Kopie«, sagte Marjorie spröde, bewußt provozierend.

»Ich bringe dich um«, sagte Keith mit aufeinandergebissenen Zähnen zu ihr. Sein Blick ging über sie hinweg und heftete sich auf mich. Die Feindseligkeit nahm zu, ein realistischeres, ein bevorzugtes Ziel war gefunden. »Sie *bringe* ich um«, sagte er.

In der kurzen darauffolgenden Stille wandte ich mich ab und ging mit Henry hinten hinaus, so daß die armen Kellnerinnen ohne uns den Müll wegräumen mußten.

»Das war nur halbwegs lustig«, meinte Henry nachdenklich.

»Ja.«

»Paß bloß auf. Am Ende bringt er dich wirklich um. Aber *wieso?* Du hast doch Harold Quest nicht angeschleppt. Du bist auch nicht auf den Hamburger-Trichter gekommen.«

»Nein«, seufzte ich. »Mein Freund Dart Stratton sagt, bei Keith wird der Instinkt von keiner Logik gebremst. Aber das gilt schließlich für die halbe Menschheit.«

»Mörder eingeschlossen«, sagte Henry.

»Wie leicht«, fragte ich, »brennt das Hauptzelt?«

Henry blieb stehen. »Du meinst doch nicht, daß er –? Er ist ganz schön flink mit dem Feuerzeug. Und die angezündete Hekke...« Henry sah verärgert aus, schüttelte dann aber den Kopf.

»Das Zelt hier fängt kein Feuer«, sagte er bestimmt. »Alles, was ich hier verwendet habe, ist feuerhemmend, flammensicher oder brennt nicht, wie die Masten und die Metallstangen. Früher gab es schwere Katastrophen im Zirkus. Jetzt sind die Vorschriften sehr streng. Das Zelt brennt nicht durch Zufall ab. Durch Brandstiftung – also ich weiß nicht. Aber wir haben ja überall Feuerlöscher verteilt, wie du weißt, und ich hab ein Stück Wasserleitung ins Dach hochgezogen und eine Art primitive Sprinkleranlage installiert.« Er zeigte es mir. »Die Leitung, die dort nach oben geht«, er wies mit dem Finger, »da ist ziemlich viel Druck drauf. Ich habe ein Rohr hochgelegt und es an einen Gartenschlauch angeschlossen, der innen am First entlangläuft. In dem Schlauch sind kleine Löcher. Das Wasser spritzt ganz gut raus.«

»Henry! Du bist ein Genie.«

»Ich hatte gestern ein bißchen Zeit, als du nach London gefahren bist, und ich dachte, noch so ein Unglück wie mit der Tribüne kann die Rennbahn sich nicht leisten. Und weil ich finde, eine gute Vorsichtsmaßnahme zahlt sich immer aus, habe ich diese ganz simple Löschanlage gebaut. Wie lange sie hält, weiß ich nicht. Wenn die Flammen erst mal so hoch schlagen, schmilzt der Schlauch wahrscheinlich.« Er lachte. »Außerdem muß ich oder jemand, der Bescheid weiß, in der Nähe sein und den Hahn aufdrehen. Ich habe ihn mit Klebeband umwickelt und dick *›Außer Betrieb‹* draufgeschrieben, damit ihn keiner aufdreht, während die Leute alle drin sind und ihre Räucherlachsbrötchen verdrücken.«

»Mein Gott!«

»Roger und Oliver wissen Bescheid und du jetzt auch.«

»Nicht die Strattons?«

»Nicht die Strattons, denen traue ich nicht.«

Keith hätte den zahlenden Besuchern bestimmt eine Dusche verschafft, um ihnen den Tag zu verderben.

Henry redete weiter, in dem Bemühen, mich zu beruhigen. »Aber Keith wird nicht wirklich versuchen, dich umzubringen, nachdem er das jetzt in der Öffentlichkeit gesagt hat.«

»Das war nicht öffentlich. Das war die Familie Stratton.«

»Aber *ich* habe ihn gehört, und die Kellnerinnen auch ...«

»Sie würden die Kellnerinnen bestechen und schwören, du hättest dich verhört.«

»Ist das dein Ernst?«

»Ich bin sicher, sie haben so was schon oft gemacht. Vielleicht nicht wegen Mord, aber wegen anderer Delikte bestimmt.«

»Aber ... was ist mit der Presse?«

»Die Strattons sind reich«, sagte ich kurz. »Mit dem Geld läßt sich mehr kaufen, als du glaubst. Geld benutzt man, um zu bekommen, was man will.«

»Sieht so aus, ja.«

»Die Strattons wollen keinen Skandal.«

»Sie können doch nicht die Presse schmieren!«

»Und die Quellen, an die sich die Presse wendet? Zum Beispiel jäh erblindete Kellnerinnen mit gesunden Bankkonten?«

»Heute nicht mehr«, widersprach er. »Nicht bei unseren unersättlichen Sensationsblättern.«

»Wer hätte gedacht, daß ich mir mal älter vorkomme als du, Henry? Dann bieten die Strattons eben mehr als die Zeitungen.«

Ich kannte Henry als wendigen, praktischen Kopf, erfinderisch und geradeheraus, doch über sein Privatleben und seinen Hintergrund wußte ich nichts. Henry der Hüne und ich arbeiteten seit etlichen Jahren reibungslos zusammen, auf Distanz, aber immer mit Wertschätzung, wenigstens von meiner Seite aus. Durch Henrys Altwarengeschäfte war ich schon an eine ganze, unverfälschte Adam-Raumeinrichtung herangekommen, an Dutzende von antiken Kaminen und Türrahmen. Henry und ich wickelten unsere Geschäfte telefonisch ab – »Ruf mich mal an...« oder »Ich hab da was entdeckt...«. Hier in Stratton Park verbrachte ich jetzt zum erstenmal so viel Zeit mit ihm, und zufrieden dachte ich, daß sich eine echte Freundschaft daraus ergeben würde.

Wir gingen hinten um das Hauptzelt herum und sahen die Pferde für das zweite Rennen auf dem Weg zur Bahn vorbeikommen. Ich merkte, daß es mir immer besser gefiel, ihnen zuzuschauen, nachdem ich in meinem bisherigen Leben kaum einen Gedanken an sie verschwendet hatte. Stell dir die Welt ohne sie vor, dachte ich: Die ganze Geschichte wäre anders verlaufen. Es hätte keinen Transport auf dem Landweg gegeben. Die Schlachten des Mittelalters hätten nicht stattgefunden. Kein Ritt der sechshundert in das Tal des Todes. Kein Napoleon. Die Seefahrer, die Wikinger und die Griechen, würden vielleicht noch die Welt beherrschen.

Pferde, schnell, stark, zähmbar, hatten genau die richtige

Größe gehabt. Ich beobachtete, wie ihre Muskeln sich unter dem gepflegten Haarkleid bewegten; kein Architekt, nirgends, hätte etwas ebenso Funktionales, Effizientes, wunderbar Proportioniertes entwerfen können.

Rebecca ritt vorüber und stellte ihre Bügelriemen ein, alle Aufmerksamkeit nach innen gerichtet, auf den bevorstehenden Wettkampf. Ich hatte nie den Wunsch gehabt zu reiten, doch in diesem Augenblick beneidete ich sie: um ihr Können, ihre Besessenheit, ihr völliges Aufgehen in der physischen – animalischen – Partnerschaft mit einem phänomenalen Wesen.

Man konnte wetten; man konnte Vollblutpferde besitzen, sie trainieren, züchten, malen, sie bewundern, über sie schreiben: In dem Urtrieb, der Erste zu sein, beim Pferd wie beim Reiter, nahm die ganze Industrie ihren Anfang. Rebecca zu Pferd wurde für mich zum Inbegriff des Rennsports.

Henry und ich gingen auf die ehemalige Zirkustribüne und schauten uns das Rennen gemeinsam an. Das ganze Feld sprang die wiederhergestellte Hecke vor dem Graben anstandslos. Rebecca endete weit abgeschlagen, ohne am Endkampf beteiligt zu sein.

Henry sagte, Pferderennen fände er nicht so toll wie Rugby, und verschwand, um seine Sicherheitsvorkehrungen zu überprüfen.

Der Nachmittag verging. »Es gab die üblichen Debakel«, meinte Roger, der immer noch umhersauste.

Ich traf den Rennbahnarzt, als er gerade zwischen den Einsätzen verschnaufte. »Kommen Sie am Donnerstag zu mir«, schlug er vor. »Ich nehme Ihnen mal die Klammern raus. Dann brauchen Sie sich im Krankenhaus nicht die Beine in den Bauch zu stehen.«

»Prima.«

Oliver, im Büro, gab Auskünfte, befaßte sich mit aufgebrachten Trainern und sorgte dafür, daß die Untersuchung eines umstrittenen Sieges im hinteren Büro zwischen Computern, Kopierer und Kaffeemaschine durchgeführt werden konnte.

Im großen und ganzen hatten die Profis, deren Geschäft das Vergnügen aller anderen war, Verständnis für die Behelfsmaßnahmen, doch interessanterweise nahmen sie das wahrhaft erstaunliche Zauberkunststück im Lauf des Tages immer mehr als selbstverständlich hin und fingen an, sich über den engen Waageraum und die mangelhafte Aussicht von der Behelfstribüne zu beklagen.

»Man gibt ihnen ein Wunder von Menschenhand«, klagte Roger, »und sie wollen eins von Gott.«

»So sind die Menschen nun mal.«

»Zum Teufel damit.«

Ich verbrachte einen Teil der Zeit mit Perdita und Penelope, verrückt, von allem losgelöst, und einen Teil mit meinen Söhnen, zurückversetzt in die Rolle des Familienvaters, aber zum Glück kündigte mir niemand mehr mein baldiges Ableben an.

Ich unterhielt mich mit Marjorie, die bei der Preisverleihung für Victoria einsprang, ihre zierliche, aufrechte Gestalt vor der Menge geschützt durch die breiten, fürsorglichen Schultern Conrads und Ivans. Blitzlicht zuckte, ein Handmikrofon rauschte, die siegreichen Besitzer zerflossen, der Trainer sah erleichtert aus, der Jockey gefaßt (sein zehntes Paar Manschettenknöpfe), das Pferd aufgeregt. Eine normale Preisverleihung; ein ungewöhnlicher Tag.

»Lee«, sagte Marjorie – sie wollte gerade zum Hauptzelt zurückgehen, hielt aber inne, als sie mich in der Nähe stehen sah. »Eine Tasse Tee?«

Ich ging gehorsam mit ihr, wenn auch der Teevorschlag bald zugunsten eines hervorragenden Pol Roger aus den Kellern von Stratton Hays revidiert wurde. Sie schickte Conrad und Ivan weg und ging mit mir allein in den gesäuberten Speiseraum, wo die treue Bedienung den Tisch wieder aufgestellt und frisch mit krustenlosen Gurkensandwiches und kleinen Kaffee-Eclairs gedeckt hatte.

Marjorie setzte sich auf einen Stuhl und kam direkt zur Sache.

»Wieviel kostet denn das alles?« fragte sie gebieterisch.

»Was ist es Ihnen wert?«

»Setzen Sie sich, setzen Sie sich.« Sie wartete, bis ich saß. »Sie wissen genau, daß es so gut wie jede Summe wert ist, die Ihr hünenhafter Freund verlangen kann. Wir sind den ganzen Nachmittag mit Komplimenten überschüttet worden. Die Leute mögen das Zelt. Nichts Geringeres als die Zukunft der Rennbahn ist damit gerettet. Wir schlagen vielleicht heute kein bares Geld raus, aber wir haben unschätzbare Sympathien erworben.«

Ich lächelte über ihre kaufmännische Metapher.

»Ich habe Conrad gebeten«, sagte sie ruhig, »nicht an den Rechnungen herumzumäkeln. Oliver Wells ist so beschäftigt, daß ich Sie bitten würde, ihm etwas auszurichten: Für Mittwoch, also übermorgen, habe ich eine Familienversammlung einberufen. Können Sie und Oliver und der Colonel mir noch vorher eine Kostenaufstellung machen?«

»Das müßte gehen.«

»Tun Sie's«, sagte sie, aber eher überredend als bestimmend. »Ich habe Conrad gesagt, er soll von unseren Buchhaltern so bald wie möglich eine aktuelle, realistische Bilanz für die Rennbahn erstellen lassen, nicht erst zum Ende des Finanzjahrs. Wir brauchen einen Überblick über unsere derzeitige Lage und müssen uns unbedingt einig werden, wie es weitergehen soll.« Die klare Stimme hielt kurz inne. »Sie haben uns heute demonstriert, daß wir die alte Tribüne nicht so, wie sie war, wiederherstellen sollten. Sie haben uns gezeigt, daß die Leute auf ein neues und ungewohntes Ambiente ansprechen. Wir müssen eine *heiterbeschwingte* Tribüne bauen.« Ich hörte beeindruckt zu. Vierundachtzig war sie? Fünfundachtzig? Eine zierliche, unbeugsame alte Dame vom Schlag eines Industriemagnaten.

»Kommen Sie zu der Versammlung?« fragte sie, keineswegs sicher.

»Ich denke schon.«

»Und Mrs. Faulds?«

Ich sah sie nüchtern an. »Sie dachte sich, daß Sie sie erkannt haben.«

»Ja. Was hat sie Ihnen gesagt?«

»Nicht sonderlich viel. Vor allem will sie, wenn die Rennbahn sich gewinnbringend betreiben läßt, nicht auf dem Verkauf des Landes bestehen.«

»Gut.« Marjories Erleichterung äußerte sich im kaum merklichen Erschlaffen einiger Gesichtsmuskeln, deren Gespanntheit ich gar nicht wahrgenommen hatte.

»Ich glaube nicht, daß ihr daran liegt, zu der Versammlung zu kommen«, setzte ich hinzu. »Sie hatte in der Zeitung von dem Familienzwist gelesen. Sie wollte nur wissen, wie die Dinge liegen.«

»Die Zeitungen!« Marjorie schüttelte angewidert den Kopf. »Ich weiß nicht, wie die von unseren Auseinandersetzungen erfahren haben. Diese Berichte waren unerhört. Wir können uns keine Zwietracht mehr *leisten.* Noch weniger können wir uns *Keith* leisten.«

»Vielleicht«, sagte ich zögernd, »sollten Sie ihn einfach ... fallenlassen.«

»O nein«, sagte sie sofort. »Der Ruf der Familie ...«

Das Dilemma blieb bestehen; uralt, unauflösbar von ihrem Standpunkt aus.

Am Ende des Tages wanderten die Zuschauer davon und hinterließen tonnenweise Abfall. Das Hauptzelt leerte sich. Die Leute vom Gastroservice packten ihre Stühle und Tische zusammen und verschwanden. Die Nachmittagssonne versank tiefgelb am Horizont, und Henry, Oliver, Roger und ich saßen auf umgedrehten Plastikkästen im Geviert der Club-Bar, tranken Bier aus der Dose und analysierten nachträglich die Veranstaltung.

Die fünf Jungen streiften plündernd umher, auch Toby war wieder mit von der Partie. Die Strattons hatten sich verabschiedet. Draußen luden Pferdetransporter die letzten Sieger und Besiegten ein. Der Druck, die Kämpfe, die Ekstasen waren vorbei. Das unglaubliche Wochenende neigte sich dem Ende zu.

»Und als nächster Streich . . .«, deklamierte ich wie ein Zirkusdirektor mit weit ausholender Gebärde.

»Gehen wir ins Bett sogleich«, sagte Roger.

Er fuhr mich und die Jungen gutmütig zu unserem Bus, kehrte selbst aber zu den Zuschauerbauten und den Zelten zurück, um die Aufräumarbeiten, das Toreschließen und die Sicherheitsvorkehrungen für die Nacht zu überwachen.

Die Jungen aßen zu Abend und kabbelten sich wegen eines Videos. Ich las gähnend in Carterets Tagebüchern. Alle telefonierten wir mit Amanda.

Carteret schrieb:

> Lee hat mich überredet, in eine Spätvorlesung über die Auswirkungen von Bomben und Detonationen auf Gebäude zu gehen (IRA-Anschläge, nicht so sehr Luftangriffe). Eigentlich lahm. Lee hat sich entschuldigt für die mir geraubte Lebenszeit. Er steht irgendwie auf Abbruchhäuser. Ich habe ihm gesagt, daß er hier damit keine Blumentöpfe gewinnen kann. Er meint, es gibt ja auch ein Leben nach der Uni . . .

»Papa«, unterbrach mich Neil.

»Ja?«

»Ich habe Henry das Rätsel aufgegeben.«

»Welches Rätsel?«

»Kennst du den Unterschied zwischen Anker und Anschlag?«

Ich starrte beeindruckt meinen kleinen Sohn mit seinem Supergedächtnis an. »Was hat er gesagt?«

»Er hat gefragt, wer das wissen wollte. Als ich sagte, du, hat er nur gelacht. Er meint, wenn da einer die Lösung kennt, dann bist du das.«

Ich sagte lächelnd: »Das ist wie bei dem Rätsel des Hutmachers in *Alice im Wunderland*: ›Was ist der Unterschied zwischen einem Raben und einem Schreibtisch?‹ Darauf gibt es keine Antwort.«

»Das ist ein blödes Rätsel.«

»Stimmt. Fand ich auch immer.«

Neil, dessen Vorliebe für Pinocchio den Videostreit (etwa zum zehnten Mal) entschieden hatte, richtete seine Aufmerksamkeit wieder auf die Nase, die vom Lügen länger wurde. Unter dieser Voraussetzung, dachte ich, hätte Keith die Nase von Cyrano de Bergerac wahrscheinlich auf die Plätze verwiesen.

Carterets Tagebuch:

> Der »große« Wilson Yarrow war da und hat Fragen gestellt, um seine Intelligenz herauszustreichen. Was die Profs an dem so toll finden, ist mir schleierhaft. Dauernd geht er ihnen um den Bart. Lee läuft Gefahr, wegen Ketzerei zu fliegen, wenn dem Kollegium seine Ansichten über Gropius zu Ohren kommen. Aber genug davon; so langsam muß ich anfangen mit meinem Referat über den politischen Raum.

Seitenlang ging die Schilderung gesellschaftlicher Ereignisse so weiter, kombiniert mit Nachrichten über den Fortgang unseres Studiums: nichts mehr über Yarrow. Ich sprang zeitlich zu dem halb zerrissenen Spiralheft vor und las von den Ausrufezeichen wegen des Epsilon-Preises an. So sehr ich auch suchte, es gab offenbar nur noch eine Referenz, dafür aber eine ziemlich vernichtende.

Carteret schrieb:

Wieder Gemunkel über Wilson Yarrow. Er darf sein Diplom fertigmachen! Angeblich ist der Entwurf von jemand anders *aus Versehen* unter Yarrows Namen in den Epsilon-Wettbewerb gelangt!! Und der alte Hammond meint, einem so hochbegabten Kopf dürfe man wegen eines kleinen Fehlgriffs nicht den Garaus machen! Sagt das nicht alles? Hab mit Lee drüber geredet. Er meint, Entscheidungen kommen von innen. Wer sich einmal für Betrug entscheidet, wird es wieder tun. Und die Folgen? fragte ich. Er meint, Yarrow hat nicht an Folgen gedacht, weil er angenommen hat, daß alles glattgeht. Anscheinend weiß keiner – oder sie behalten's für sich –, wie das »Versehen« entdeckt worden ist. Der Epsilon wird dieses Jahr nicht verliehen, heißt es. Warum geben sie ihn nicht dem Urheber des Entwurfs, der das Rennen gemacht hat?

* Gerade ein brandheißes Gerücht gehört. Der Entwurf war von Mies!!! Gezeichnet 1925, aber nie ausgeführt.

Ein *peinliches* Versehen!!!

Ich las weiter, bis mir von seiner Schrift die Augen schmerzten, aber nirgends hatte Carteret das brandheiße Gerücht bestätigt oder verworfen.

Ein lange zurückliegender, umstrittener Betrug mochte interessant sein, doch selbst Marjorie würde Carterets alte Tagebücher nach so vielen Jahren nicht als hinreichendes Druckmittel ansehen, zumal seinerzeit keine Klage erhoben worden war. Wer Wilson Yarrow jetzt einen Betrüger nannte, konnte sich eine Verleumdungsklage einhandeln.

Ich sah auch keine Möglichkeit, wie Yarrow einen uralten Skandal, wenn es denn einer war, als Waffe oder Zwangsmittel hätte benutzen können, damit Conrad ihm allein den Auftrag für die neue Tribüne gab.

Seufzend steckte ich die Tagebücher wieder in die Tragetasche, sah mir die letzten fünf Minuten *Pinocchio* an und brachte meine Brut ins Bett.

Am Dienstag morgen nahmen die Gardners mich und die Jungen mit nach Swindon, wo sie selbst dringende Besorgungen zu machen hatten, und setzten uns vor dem Waschsalon ab, nachdem wir vereinbart hatten, uns bei einem Frisiersalon namens *Smiths* wieder mit ihnen zu treffen.

Während fast unser ganzer Bestand an Kleidern gewaschen und getrocknet wurde, zogen wir los, um fünf Paar Turnschuhe zu kaufen (ein schwieriges – und kostspieliges – Unterfangen, denn für die Jungs mußten Farbe, Form und Zierat einfach *stimmen*, obwohl in meinen Augen die ›Igitt, Papa‹-Schuhe genausogut aussahen), und danach scheuchte ich sie (mit einem kurzen Zwischenhalt, um eine große Tüte Äpfel zu kaufen) erbarmungslos zum Haareschneiden.

Ihr geschlossener Widerstand gegen diesen Plan schmolz wie Schnee in der Sonne, sobald wir bei *Smiths* über die Schwelle traten, denn die erste Person, die uns dort entgegenkam, war Penelope Faulds. Die blonde, schlanke junge Penelope, die meine Kinder Hand auf Hand klatschend begrüßte und meine Reife restlos demontierte.

Smiths, das ich mir wegen seines Alters irgendwie ruhig und plüschig vorgestellt hatte, schien ein paar Generationen übersprungen zu haben und war mit Haartrocknern und Rapmusik überzeugend auf trendbewußte Kundinnen und Kunden von heute abgestimmt. Die Frisuren auf den Fotos an der Wand sahen aus wie Formsträucher. Alles blitzte von Chrom und Spiegeln. Junge Männer mit Zöpfen redeten wie Leute aus dem Eastend. Ich kam mir alt vor, und meine Kinder waren selig.

Penelope schnitt ihnen selbst die Haare und befragte mich vorab zu Christophers Anweisung, ihm den Kopf bis auf ein in die Stirn fallendes Büschel seiner Naturlocken so gut wie kahl zu scheren. »Machen Sie so ein Mitteldina«, bat ich, »sonst erwürgt mich seine Mutter. Normalerweise geht sie mit ihnen zum Friseur.«

Sie lächelte süß. Ich begehrte sie so schmerzhaft, daß einstürzende Dächer dagegen eine Lappalie waren. Sie schnitt Christophers Locken kurz genug, um ihn zufriedenzustellen, für meine Begriffe schon zu kurz. Es seien *seine* Haare, meinte er. Sag das deiner Mutter, sagte ich.

Toby bat interessanterweise um einen ›normalen‹ Schnitt – kein Ausdruck von Rebellion, was mich irgendwie freute. Ich sah zu, wie Penelope ihm einen Umhang um den Hals band, und fragte sie, ob ihre Mutter da sei.

»Oben«, sagte sie und zeigte mit dem Finger. »Gehen Sie rauf. Sie hat gesagt, sie erwartet Sie.« Sie lächelte. Mein Herz sprang, setzte aus, sprang. »Ich werde Ihre Kinder nicht verunstalten«, versprach sie. »Sie haben so schön geformte Köpfe.«

Ich ging zögernd nach oben, um Perdita zu suchen, und hier, außer Sicht, herrschte noch die alte Ordnung: mit Lockenwicklern gespickte Damen, die unter Trockenhauben saßen und *Good Housekeeping* lasen.

Perdita, lebhaft in schwarzer Hose und leuchtend rosa Bluse, eine lange Perlenkette um den Hals, führte mich an den großmütterlichen Kundinnen vorbei, die den Mann mit dem Spazierstock anschauten, als gehörte er zu einer anderen Tierart.

»Kümmern Sie sich nicht um meine alten Schätzchen«, frotzelte Perdita und winkte mich in ein geschütztes, chintzbezogenes Privatgemach hinter dem Schönheitsstudio. »Tanqueray gefällig?«

Gern, sagte ich ein wenig schwach, und sie drückte mir ein großes Glas mit reichlich Gin und etwas Tonic, klirrendem Eis und einer dicken Scheibe Zitrone in die Hand. Viertel nach elf an einem Dienstag morgen. Nun ja.

Sie schloß die Tür zwischen uns und den alten Schätzchen. »Die haben Ohren wie die Fledermäuse, wenn's um Klatsch geht«, sagte sie munter. »Was möchten Sie wissen?«

Ich sagte zögernd: »Forsyth . . .?«

»Setzen Sie sich, mein Lieber«, befahl sie und ließ sich in einen Sessel mit Rosenmuster sinken, dessen Gegenstück sie mir zuwies.

Sie sagte: »Ich habe die ganze Nacht darüber nachgedacht, ob ich Ihnen diese Dinge erzählen soll. Na ja, die halbe Nacht. Mehrere Stunden. William hat immer darauf vertraut, daß ich nicht weitergebe, was er mir erzählt, und ich habe es auch nie getan. Aber jetzt . . . ich weiß zwar nicht, ob es ihm lieber wäre, ich würde für immer schweigen, aber jetzt hat sich die Lage doch geändert. Jemand hat einen Anschlag auf seine geliebte Rennbahn verübt, und Sie haben die Veranstaltung gestern gerettet, und ich glaube . . . ich glaube wirklich, daß Sie, um es mit Ihren Worten zu sagen, die Sache nur zu Ende bringen können, wenn Sie wissen, mit wem Sie es zu tun haben, und deshalb denke ich, er hätte nichts dagegen.« Sie trank einen Schluck Gin. »Ich erzähle Ihnen erst von Forsyth, und dann schauen wir mal.«

»In Ordnung«, sagte ich.

Sie seufzte tief und begann zunächst stockend, wurde im Sprechen aber nach und nach freier und unbefangener.

»Forsyth«, sagte sie, »hatte einen Versicherungsbetrug ausgeheckt, und die Familie mußte tief in die Tasche greifen, sonst hätte sie ihn für Gott weiß wie viele Jahre hinter Gittern besuchen können.«

»Ich dachte mir«, sagte ich langsam, »daß es so etwas sein könnte.«

»William meinte . . .« Sie unterbrach sich, noch immer ein wenig gehemmt und unsicher, trotz ihres Entschlusses. »Es ist seltsam für mich, Ihnen davon zu erzählen.«

Ich nickte.

»Ich würde kein Wort sagen, wenn er noch am Leben wäre, aber seine Familie kümmert mich nicht so. Ich habe ihm oft gesagt, er sollte sie für ihre Verfehlungen gebührend büßen lassen, aber davon wollte er nichts hören. Der Name Stratton mußte sauber bleiben ... eine fixe Idee.«

»Ja.«

»Nun«, sie holte tief Atem, »vor etwa einem Jahr hat Forsyth einen riesigen Bankkredit aufgenommen, für den Ivan – sein Vater – mit dem Gartenzentrum bürgte, und hat einen An- und Verkauf von funkgesteuerten Rasenmähern aufgezogen. Ivan ist zwar kein großer Geschäftsmann, aber er hört wenigstens auf seinen Geschäftsführer, der Gute, und holt sich bei Conrad oder William Rat ... früher auch bei William, meine ich ... und er läßt regelmäßig seine Bücher prüfen. Aber Forsyth, dieser Besserwisser, hat auf keinen gehört, sondern im Alleingang ein großes Lagerhaus auf Hypothek gekauft und Tausende von Rasenmähern, die angeblich das Gras schneiden konnten, während man sich zurücklehnte und zusah, dabei waren sie schon quasi veraltet, als er den Kaufvertrag unterschrieb, und sie gingen dauernd kaputt. Die Leute, die sie ihm angedreht hatten, haben sich wahrscheinlich krankgelacht, meinte William. Und William sagte, Forsyth habe davon geredet, ›den Markt aufzukaufen‹, und das sei ein Ding der Unmöglichkeit. Der schnellste Weg zum Bankrott. Da sitzt dann also Forsyth auf seinem Berg von Rasenmähern, die keiner kaufen will, und hat eine gewaltige Hypothek auf dem Buckel, die er sich nicht leisten kann, so daß die Bank seine Schecks platzen läßt und Ivan damit rechnen muß, daß sie sich wegen des Riesendarlehens an ihn halten wird ... und was dann passiert ist, können Sie sich denken.« Sie widmete sich ihrem Drink.

»Ein kleines Feuer?« vermutete ich und schwenkte die Eiswürfel in meinem Glas.

»*Klein!* Das war ein Flammenmeer. Lagerhaus, Rasenmäher, Fernbedienungen, alles in Schutt und Asche. William sagte, jedermann sei davon ausgegangen, daß es Brandstiftung war. Die Versicherung schickte ihre Sachverständigen. Es wimmelte von Polizei. Forsyth brach zusammen und gab William gegenüber alles zu.«

Sie seufzte und schwieg.

»Und was ist dann passiert?«

»Nichts.«

»*Nichts?*«

»Nein. Es ist kein Verbrechen, den eigenen Besitz anzuzünden. William hat alles bezahlt. Er hat die Versicherung nicht in Anspruch genommen. Er hat die Hypothek auf das Lagerhaus mitsamt Vertragsstrafe bezahlt und das Land, auf dem es stand, verkauft. Um Prozesse zu vermeiden, hat er den Vertragspreis für die elenden Rasenmäher bezahlt. Er hat das Bankdarlehen samt Zinsen zurückgezahlt, damit Ivan nicht mit dem Gartenzentrum dafür einzustehen brauchte. Das alles hat *enorm* viel gekostet. William ließ die Familie wissen, daß sie wegen Forsyths geschäftlichem Abenteuer und seiner kriminellen Dummheit alle ein wesentlich geringeres Erbe von ihm zu erwarten hätten. Danach hat keiner mehr mit Forsyth geredet. Er hat sich bei William darüber beklagt, und William meinte, es gäbe für ihn nur die Ächtung oder das Gefängnis, und er solle froh sein. Forsyth sagte, Keith habe ihm geraten, das Lagerhaus anzuzünden. Keith behauptete, das sei gelogen. Aber William hat mir gesagt, daß es wahrscheinlich stimmt. Keith rede immer davon, daß sich Dinge durch Feuer beseitigen ließen.«

So wie die Hecke vor dem Graben, dachte ich. Und die Tribüne, durch Sprengladungen?

»Na bitte«, sagte sie, als wäre sie selbst erstaunt über die Unbefangenheit, mit der sie erzählte, »ich habe es Ihnen ja gesagt! Es kommt mir nicht so vor, als ob William neben mir steht und mir sagt, ich soll still sein. Nein ... im Gegenteil. Ich glaube, er ist *dafür*, mein Lieber, wo immer er jetzt sein mag.«

Es lag mir fern, diese Annahme anzuzweifeln. Ich sagte: »Wenigstens war die Geschichte mit Forsyth ein einfacher Betrug. Keine Vergewaltigung, keine Drogen dabei.«

»Ja, Lee, so etwas ist *viel* schwerer zu vertuschen.«

Ein Unterton in ihrer Stimme, eine leise Belustigung, bewog mich zu fragen: »Aber nicht unmöglich?«

»Sie stiften mich an, gemein zu werden!«

Aber nachdem sie einmal angefangen hatte, machte ihr das Erzählen auch Spaß.

»Ich gebe es nicht weiter«, sagte ich. »Ich werde damit umgehen wie Sie mit dem, was William Ihnen anvertraut hat.«

Ich weiß nicht, ob sie mir glaubte. Ich weiß nicht, ob es mir damit ernst war. Auf alle Fälle ermutigte es sie weiterzureden.

»Nun ... da war Hannah ...«

»Was war mit ihr?« hakte ich nach, als sie innehielt.

»Sie hat sich zu einer so verbitterten Person entwickelt.«

»Ja, ich weiß.«

»Keine Selbstachtung, Lee, verstehen Sie?«

»Nein.«

»Keith hat sie nie vergessen lassen, daß ihre Mutter sie im Stich gelassen hatte. Die arme Madeline. Madeline hat immer nur geweint und mir gesagt, sie würde alles geben für eine Fehlgeburt, aber wir waren beide jung damals und wußten nicht, wo sie hätte abtreiben können – damals mußte man schon jemand *kennen*, denn der Hausarzt hätte einem nie geholfen. Niemand hätte einer jungen, verheirateten Frau geholfen, ihr erstes Kind loszuwerden. Keith erfuhr, daß sie sich deswegen *umgehört* hatte, bekam einen furchtbaren Wutanfall und schlug ihr zwei Zähne aus.« Sie nahm einen kräftigen Schluck Gin bei der Erinnerung. »William hat mir erzählt, Keith habe Hannah gesagt, daß ihre Mutter sie abtreiben wollte. Kann man sich das vorstellen? Er wollte, daß Hannah Madeline haßt, und sie *hat* sie gehaßt. William sagte, Madeline zuliebe habe er sich bemüht, gut zu Hannah zu sein und sie ordentlich zu erziehen, aber dagegen stand Keith mit seinen Einflüsterungen, und laut William war sie nie ein süßes kleines Mädchen, sondern immer schon mürrisch und gehässig.«

»Arme Hannah.«

»Jedenfalls wurde sie trotz einer gewissen Strenge im Gesicht sehr hübsch, aber William sagte, den jungen Männern sei bald die Lust vergangen, wenn sie sie kennenlernten, und sie fühlte sich immer mehr abgelehnt und konnte niemand ausstehen, und dann verliebte sie sich in einen Zigeuner und schlief mit ihm.« Perdita zuckte die Achseln und seufzte. »William sagte, das war noch nicht mal ein richtiger Zigeuner, nur ein wegen Diebstahl vorbestrafter Herumtreiber. William sagte, er habe Hannah nicht verstehen können, aber das war mangelnde Selbstachtung, mein Lieber. Mangelnde Selbstachtung.«

»Ja.«

»Na, und natürlich wurde sie schwanger. Und dieser Zigeuner, der wußte, was gut war, wenn man ihn mit der Nase draufstieß. Er klopfte bei Keith an und verlangte Geld; sonst würde er im Ort verbreiten, daß er Keiths schicke Tochter angestochen hatte, sagte er, und da hat Keith ihn zusammengeschlagen und getreten, und dem Mann ist eine Niere geplatzt.«

Teufel, dachte ich, ich hatte noch Glück gehabt.

»Keith ging zu William. Die drei Söhne haben ihre Probleme immer beim Vater abgeladen. William hat dem Zigeuner Schweigegeld bezahlt, und zwar einen zehnmal höheren Betrag, als der Mann ursprünglich von Keith verlangt hatte.«

»Bitter«, sagte ich.

»So kam Jack auf die Welt, und auch er hatte nicht viel Aussicht, sich gesund zu entwickeln. Hannah ist in ihn vernarrt. Für seine ganze Erziehung ist natürlich William aufgekommen.«

»William hat Ihnen das alles erzählt?«

»O ja, mein Lieber. Nicht so auf einmal, wie Sie es jetzt von mir hören. Nach und nach. Was er im Lauf der Jahre einfach loswerden mußte. Er hatte immer die Nase voll von ihnen, wenn er hierherkam, und er hat sich das von der Seele geredet, und wir haben ein Glas Gin getrunken und – wenn ihm danach war, na ja, *Sie wissen schon*, Lee –, und dann sagte er, jetzt geht's mir besser, und fuhr wieder weg ...«

Sie seufzte tief über die vergangenen Zeiten.

»Conrad«, sagte sie überraschend, »war vor Jahren mal heroinsüchtig.«

»Das ist nicht wahr!«

Perdita nickte. »Als er jung war. Heute wissen die Jugendlichen, wie überaus gefährlich Drogen sind. Als Conrad zwanzig war, sah er darin ein großes Abenteuer, meinte William. Er war auf der Universität. Er war mit noch einem jungen Mann zusammen, und beide haben gespritzt, und der Freund starb an einer Überdosis. William sagte, es gab einen fürchterlichen Stunk, aber er hat Conrad da rausgeholt und die Sache vertuscht und ihn in einer sehr teuren Privatklinik behandeln lassen. Er hat Conrad veranlaßt, ihm seine Drogenerfahrungen in einem Brief zu schildern – was er sah, was er empfand, wenn er im Tran war. William hat mir nicht gezeigt, was Conrad geschrieben hatte, aber er besaß den Brief noch. Er sagte, Conrad sei geheilt worden und nun er sei stolz auf ihn. Weiterstudiert hat Conrad allerdings nicht. William hat ihn zu Hause auf dem Gut behalten.«

Ah, dachte ich, *das* also war Marjories Zangengriff. Selbst nach so vielen Jahren würde Conrad nicht wollen, daß diese jugendliche Unbedachtheit bekannt wurde.

Perdita trank ihren Gin aus und goß sich nach. »Für Sie auch noch?« fragte sie.

»Danke, es genügt. Aber bitte erzählen Sie weiter, ich bin fasziniert.«

Sie lachte und redete jetzt ganz zwanglos. »Als Keith ungefähr in dem Alter war, ein gutaussehender junger Kerl, der auf die wirklich bösen Sachen erst noch kommen sollte, hat er mal die Tochter eines Landarbeiters übers Knie gelegt. Ihr den Schlüpfer runtergezogen und den Hintern versohlt. Sie hatte nichts Unrechtes getan. Er sagte, er wollte nur mal wissen, wie das ist. William hat dem Vater ein Vermögen gezahlt – für die damalige Zeit –, damit er nicht zur Polizei ging. Es war allerdings keine Vergewaltigung.«

»Trotzdem übel.«

»Keith war es eine Lehre, meinte William. Danach hat er nur noch seine Ehefrauen geschlagen und vergewaltigt. Dafür konnte man damals noch nicht bestraft werden.«

Das Vergnügen wich plötzlich aus ihrem Gesicht, und aus meinem gewiß auch.

»Tut mir leid, Lee«, sagte sie. »Ich mochte Madeline sehr, aber das liegt alles vierzig Jahre zurück. Und sie ist ja da auch rausgekommen und hat noch mal geheiratet. William sagte, Keith habe ihr nie verziehen, daß sie sich von ihm abgewandt hat.«

Vielleicht weil es mir partout nicht aus dem Kopf ging, sagte ich: »Keith hat gestern gesagt, er bringt mich um. Noch nach vierzig Jahren will er die Rechnung begleichen.«

Sie machte große Augen. »Hat er das so gemeint?«

»Als er es sagte, schon.«

»Aber Lee«, sagte sie, »das müssen Sie ernst nehmen. Der Mann ist gewalttätig. Was wollen Sie dagegen tun?«

Ich sah, daß sie eigentlich mehr interessiert als beunruhigt war, aber für sie ging es ja auch nicht auf Leben und Tod.

»Mein Anblick bringt ihn auf die Palme«, sagte ich. »Ich könnte einfach weggehen. Nach Hause fahren. Hoffen, daß er mich nicht verfolgt.«

»Ich muß sagen, Sie nehmen das ja sehr gefaßt, mein Lieber.«

Ich hatte die halbe Nacht wachgelegen und darüber nachgedacht, aber ich antwortete ihr beiläufig. »Das liegt wohl daran, daß es so unwirklich erscheint. Ich meine, es ist nicht gerade Usus, die Möglichkeit der eigenen Ermordung zu erörtern.«

»Stimmt auch wieder«, gab sie zu. »Tja ... und fahren Sie nun?«

Darauf konnte ich ihr nicht antworten, weil ich es noch nicht wußte. Ich mußte Rücksicht auf die fünf Kinder nehmen, und ich fand, ihnen zuliebe sollte ich möglichst jeder weiteren Konfrontation aus dem Weg gehen. Keiths wahnhafter Haß auf mich war in seinen heftigen Tritten überdeutlich zum Ausdruck gekommen, und jetzt war ein Angriff aus seiner Sicht auch noch gerechtfertigt, hatte ich doch die Entlarvung des Harold Quest mit herbeigeführt und Quests Geständnis Marjorie zukommen lassen. Ich hatte ihn ihr ausgeliefert: Dafür wollte er mich töten. Tief im Innern glaubte ich, daß er es versuchen würde, und wider Willen hatte ich Angst vor ihm.

Ich konnte wahrscheinlich dafür sorgen, daß den Jungen ihr Vater erhalten blieb, indem ich die Arena verließ.

Ich konnte ... weglaufen. Es war unrealistisch, acht Tage in der Woche standhaft sein zu wollen, wie ich Toby schon gesagt hatte. Es wäre klug abzureisen.

Das Dumme war, daß ich zwar gern gegangen wäre, daß aber der Teil von mir, der letztlich die Entscheidungen traf, nicht gehen *konnte*.

»Ich wünschte«, sagte ich heftig, »ich könnte es so halten wie die Strattons und durch *Erpressung* dafür sorgen, daß mich Keith in Frieden läßt.«

»Was für ein Gedanke, Lee!«

»Leider ist das nicht drin.«

Sie legte den Kopf schräg, sah mir ins Gesicht und dachte über meine Idee nach.

»Ich weiß nicht, ob es Ihnen viel nützt, mein Lieber«, sagte sie langsam, »aber da könnte Conrad was haben.«

»Inwiefern? Was meinen Sie?«

»Ich habe keine Ahnung, was es genau war«, sagte sie, »aber William hatte etwas, womit er Keith in den letzten Jahren in Schach halten konnte. Nur hat er darüber ausnahmsweise nicht alles erzählt. Ich würde sagen, er hat sich zu sehr für Keith *geschämt* auf einmal. Schon wenn sein *Name* fiel, ist er zusammengezuckt. Eines Tages meinte er dann, es gäbe Sachen, von denen er nicht wollte, daß sie jemals bekannt werden, auch nach seinem Tod nicht, nur Conrad – als seinen *Erben*, wenn Sie verstehen, Lee – müßte er in diese Dinge einweihen, damit er bei Bedarf darauf zurückgreifen könne. So bedrückt wie an dem Tag hatte ich ihn noch nie erlebt. Als er das nächste Mal zu mir kam, fragte ich ihn danach, aber er mochte noch immer nicht weiter darauf eingehen. Er sagte nur, er wollte Conrad ein versiegeltes Kuvert geben mit ganz genauen Anweisungen, ob und wann es zu öffnen sei, und er sagte, er habe immer sein Bestes für die Familie getan. Sein Allerbestes.«

Gerührt hielt sie inne. »Er war so ein Schatz, wissen Sie.«

»Ja.«

Die Geheimnisse waren heraus. Perdita weinte ein paar Tränen der Zuneigung und war offensichtlich mit sich im reinen. Ich stand auf, küßte sie auf die Wange und ging nach unten, um meine frisch geschorenen Kinder einzusammeln.

Sie sahen toll aus. Penelopes Freude über das gelungene Werk riß mich völlig hin. Die Jungen lachten mit ihr, mochten sie sehr, und ich, der sich nach ihr verzehrte, bezahlte für das Haareschneiden (obwohl sie protestierte), dankte ihr und verließ mit meinen Söhnen widerstrebend das Geschäft.

»Können wir da noch mal hingehen, Papa?« fragten sie.

»Irgendwann mal«, versprach ich und dachte bei mir: »Warum nicht?« und »Vielleicht liebt sie mich ja auch« und überlegte, daß auch die Kinder sie mochten, und verfing mich in einem Wust hoffnungsloser Selbstrechtfertigungen, bereit, meine unbefriedigende Ehe, um deren Bestand ich im Zug neulich noch gebetet hatte, glatt hinzuschmeißen.

Die Gardners holten uns ab und brachten uns mit den gereinigten Sachen, den Äpfeln, den neuen Turnschuhen und den Haarschnitten zurück zur Rennbahn und zum normalen Leben.

Am Abend telefonierten wir mit Amanda. Acht Uhr, und ihre Stimme schwer von Schlaf.

Ich verbrachte eine unglückliche, lange Nacht in Gedanken an meine Verpflichtungen und Begierden, aber auch an Keith und die Schurkereien, die er möglicherweise ausheckte. Wie konnte ich mich gegen ihn wehren? Ich dachte über Angst und den nötigen Mut nach und fühlte mich überfordert, der Situation nicht gewachsen.

14

Am Mittwoch morgen war Henry mit seinem letzten Laster nach Hause gefahren, nachdem er versprochen hatte, dem bisher Vollbrachten, das für den nächsten Einsatz stehen blieb, weitere Verbesserungen hinzuzufügen.

Am Dienstag waren die Flaggen über dem Zelt mit Seilrollen und Winden eingeholt und in Säcke verpackt worden. Ventilation und Beleuchtung wurden abgeschaltet. Die Servicezelte wurden dichtgemacht, so daß sie nicht mehr ohne weiteres zu betreten waren. Die Feuerlöscher blieben an Ort und Stelle, scharlachrote Wächter in Bereitschaft. Henrys Monteur und ein paar Rennbahnarbeiter hatten mit Schaufel und Besen die Spuren einiger Tausend Füße vom Zeltboden getilgt.

Am Mittwoch morgen gingen Roger und ich durch den Mittelgang und kontrollierten hier und da die großen Räume zu beiden Seiten. Keine Stühle, keine Tische; ein paar Plastikkästen. Das einzige Licht kam von draußen, durch Zeltleinwand und die pfirsichfarbene Deckenbespannung gefiltertes Tageslicht, das von matt zu hell und wieder zu matt wechselte, wenn langsam ziehende Wolken sich vor die Sonne schoben.

»Ruhig, was?« sagte Roger.

Eine Zeltklappe flatterte irgendwo im Wind, aber sonst war alles still.

»Kaum zu glauben«, stimmte ich zu, »wie das hier am Montag aussah.«

»Wir haben gestern die endgültige Besucherzahl ermittelt«, sagte Roger. »Es waren elf Prozent mehr als voriges Jahr. Elf Prozent! Und das trotz der gesperrten Tribüne.«

»*Wegen* ihr«, sagte ich. »Wegen der Berichterstattung im Fernsehen.«

»Ja, wahrscheinlich.« Er war vergnügt. »Haben Sie gestern die Zeitungen gesehen? ›Mutiger Stratton Park.‹ Lauter so Schmus. Könnte nicht besser sein!«

»Die Strattons«, sagte ich, »wollten doch heute morgen eine Versammlung abhalten. Wissen Sie, wo?«

»Nicht hier, soweit ich informiert bin. Hier ist ja nur das Büro«, meinte er zweifelnd, »und das ist wirklich zu klein. Wenn sie sich treffen, werden sie Ihnen den Ort aber doch mitteilen.«

»Da bin ich mir nicht so sicher.«

Wir gingen langsam, ungewohnt untätig, wieder in Richtung Büro, und Dart kam mit seiner verbeulten Karre auf den Platz gefahren.

»Tag«, sagte er lässig beim Aussteigen, »bin ich der erste?«

Roger erklärte, daß er nicht im Bilde sei.

Dart zog die Brauen hoch. »Als Marjorie von Versammlung sprach, habe ich natürlich angenommen, sie meint hier.«

Alle drei gingen wir friedlich weiter zum Büro.

Dart sagte: »Die Polizei hat mir gestern mein Auto zurückgegeben, wie Sie sehen, aber es ist ein Wunder, daß ich nicht im Kittchen bin. Eine Frage der Zeit, glaube ich. Die sind zu dem Schluß gekommen, daß ich die Tribüne gesprengt habe.«

Roger hielt verblüfft einen Schritt inne. »Sie?«

»Irgendwie war die Kiste HIV-positiv, verseucht mit Haschisch, Rinderwahnsinn, Nageldreck und was nicht noch. Ihre Hunde und ihre Retorten haben verrückt gespielt. Es gab Großalarm.«

»Nitrate«, reimte ich mir zusammen.

»Genau. Der Sprengstoff für die Tribüne wurde in meinem Wagen zur Rennbahn gebracht. Zwischen acht und halb neun Uhr früh am Karfreitag. Behaupten sie jedenfalls.«

»Das kann nicht ihr Ernst sein«, wandte Roger ein.

»Gestern nachmittag haben sie mir schwer die Hölle heiß gemacht.« Seine fröhliche Miene konnte nicht darüber hinwegtäuschen, wie ihn das mitgenommen hatte. »Dauernd wollten sie wissen, wo ich das Zeug herhatte, das P.E.4. oder wie es heißt. Meine Komplizen, sagten sie immer. Wer die wären? Ich habe sie nur angeglotzt. Ein oder zwei kleine Witzchen gerissen. Das sei gar nichts zum Lachen, meinten sie.« Er schnitt ein komischkläglichès Gesicht. »Sie hielten mir vor, daß ich als Schüler im Kadettenkorps war. Vor einem halben Menschenalter! Ich bitte Sie! Na und, sagte ich, das ist doch kein Geheimnis. Ich bin meinem Großvater zuliebe ein, zwei Jahre auf und ab marschiert, aber ein Soldat aus Neigung bin ich definitiv *nicht*. Verzeihen Sie, Colonel.«

Roger wischte die Entschuldigung beiseite. Wir gingen in das Büro, standen herum, erörterten die Lage.

Dart erzählte weiter. »Sie sagten, als Kadett hätte ich doch wohl gelernt, wie man mit Sprengstoff umgeht. Irrtum, sagte ich. Den Blödsinn habe ich anderen überlassen. Meine einzige wirklich bleibende Erinnerung an die Kadettenzeit ist, wie ich mal über einen Panzer geklettert bin und hinterher Angstträume hatte, daß ich dem vor die Räder falle. Konnten die *schnell* sein! Jedenfalls sagte ich, redet mit Jack, der ist aus dem gleichen Grund bei den Kadetten, wie ich es war, und er geht noch zur Schule, und es stinkt ihm, und vielleicht solltet ihr *den* mal fragen, wie man sich Bumbum-Pengpeng besorgt, und da hätten sie mir beinah Handschellen angelegt.«

Als er schwieg, sagte ich: »Schließen Sie normalerweise Ihren Wagen ab? Ich meine, wer sonst hätte ihn am Karfreitag morgen fahren können?«

»Glauben Sie mir nicht?« fragte er gekränkt.

»Doch, ich glaube Ihnen. Ganz bestimmt. Aber wenn *Sie* ihn nicht gefahren haben, wer dann?«

»In meinem Wagen *kann* kein Sprengstoff gewesen sein.«

»Sie werden sich damit abfinden müssen, *daß* welcher drin war.«

»Darüber weiß ich nichts«, sagte er eigensinnig.

»Also, ehm ... *schließen* Sie Ihren Wagen nun ab?«

»Meistens nicht, nein. Nicht, wenn er bei mir vor der Tür steht. Das habe ich auch der Polizei gesagt. Ich sagte, er stand da und sehr wahrscheinlich stak der Schlüssel. Ich sagte, *jeder* hätte damit wegfahren können.«

Roger und ich wandten uns von Dart ab, um nicht als Ankläger zu erscheinen. »Vor seiner Tür«, das war nicht gerade im Blickfeld der wagenstehlenden Allgemeinheit. Vor seiner Tür, das hieß am Hintereingang des Familienschlosses, Stratton Hays.

»Und wenn nun Keith Ihren Wagen genommen hat? Würden Sie aus Familientreue auch zu *ihm* halten?«

Dart war erschrocken. »Ich habe keine Ahnung, wovon Sie reden. Ich weiß nicht, wer meinen Wagen genommen hat.«

»Und Sie wollen es nicht herausfinden.«

Er grinste etwas unsicher. »Ein wie guter Kumpel sind Sie eigentlich?«

Roger sagte mit unbeteiligter Stimme: »Keith hat Lee vorgestern geschworen, daß er ihn umbringt. Er hat das ohne Zweifel ernst gemeint. Da können Sie es Lee nicht verdenken, wenn er wissen will, ob Keith die Tribüne gesprengt hat.«

Dart sah mich lange an. Ich lächelte mit den Augen.

»Ich glaube nicht, daß es Keith war«, sagte Dart schließlich.

»Ich schaue unter meinem Bus nach«, sagte ich zu ihm. »Meine Kinder steigen mir da nicht ein, ehe ich hundertprozentig sicher bin, daß es ungefährlich ist.«

»*Lee!*« Es war ein erschreckter Ausruf. »Nein, das *würde* er nicht machen. Nicht mal Keith. Ich schwör's Ihnen ...« Er brach ab. Dennoch hatte er mir schon gesagt, was ich wissen wollte. Ein Körnchen Wahrheit, wenn auch nicht die ganze Geschichte.

»Würden Sie mir«, sagte ich, um einen lockeren Ton bemüht, »aus Rücksicht auf Ihre Familie vielleicht helfen, Keith davon abzuhalten, daß er seine unangenehme Drohung wahr macht? Damit ihm und Ihnen allen sozusagen die Folgen erspart bleiben?«

»Aber natürlich.«

»Wunderbar.«

»Ich weiß nur nicht, was ich dazu tun soll.«

»Das sage ich Ihnen dann. Aber jetzt – wo ist Ihr Treffen?«

»Herrgott, ja.«

Er ging zum Telefon und rief offensichtlich bei seinen Eltern zu Hause an, wo sich eine Putzfrau meldete, die nicht wußte, wo Lord oder Lady Stratton zu erreichen waren.

»Verdammt«, sagte Dart und versuchte noch eine Nummer. »Ivan? Wo ist dieses verfluchte Treffen? Bei *dir?* Und wer ist da? Gut, sag ihnen, daß ich noch komme.« Er legte den Hörer auf und zeigte Roger und mir das alte, unbeschwerte Grinsen. »Meine Eltern sind da, Rebecca und Hannah, Imogen und Jack, und sie warten auf Tante Marjorie. Keith konnte ich schon schreien hören. Um ehrlich zu sein, ich bin nicht scharf drauf, da hinzufahren.«

»Dann lassen Sie's«, meinte ich.

»Unbedingte Anwesenheitspflicht, sagt Ivan. Die ganze Familie. Also muß ich hin.«

Carpe diem, heißt es. Pflücke den Tag. Ergreife den Augenblick. Hier bot sich mir eine Gelegenheit, auf die hinzuarbeiten ich mir recht schwierig vorgestellt hatte.

»Wie wäre es«, sagte ich, »wenn Sie mich mit zu Ihren Eltern nehmen, der Putzfrau sagen, ich sei ein Freund der Familie, und mich da warten lassen, während Sie an dem Treffen teilnehmen?«

Er sagte verwirrt: »Aber wozu denn?«

»Als Glücksbringer«, sagte ich.

»Lee ...«

»Also gut. Weil ich doch einmal einen Blick auf die Tribünenpläne werfen möchte, nachdem ich letztes Mal zu feige war.«

Roger wollte mich mit einer Geste daran erinnern, daß ich die Pläne doch schon gesehen hatte, ließ dann aber zu meiner Erleichterung die Hände wieder sinken.

Dart sagte stirnrunzelnd: »Ich verstehe ehrlich gesagt nicht ganz ...«

Da ich nicht *wollte*, daß er verstand, sagte ich irreführend: »Es ist im Interesse Ihrer Familie. Wie gesagt, wenn Ihnen nichts daran liegt, daß Keith mich um die Ecke bringt, vertrauen Sie mir einfach.«

Er vertraute mir mehr als jeder andere in der Familie, und sein unbekümmertes Wesen trug den Sieg davon.

»Wenn Sie's denn möchten«, willigte er ein, obwohl er immer noch nicht verstand – wie sollte er auch. »Meinen Sie, jetzt gleich?«

»Unbedingt. Aber würden Sie vielleicht hinten rausfahren, damit ich den Jungen Bescheid sagen kann, daß ich eine Zeitlang nicht auf der Rennbahn bin?«

»Sie sind seltsam«, sagte Dart.

»Die Jungen fühlen sich sicherer, wenn sie informiert sind.«

Dart sah Roger an, der resigniert nickte. »Christopher, der Älteste, hat mir gesagt, wenn sie mit dem Bus auf Tour sind, darf ihr Vater sie auch ruhig mal allein lassen, wenn sie nur wissen, daß er weg ist und wann er ungefähr wiederkommt. Sie versorgen sich dann ohne weiteres selbst. Es scheint zu funktionieren.«

Dart verdrehte spaßhaft die Augen über meine wunderlichen Haushaltsregeln, begleitete mich aber hinaus zu seinem Wagen. Auf dem Beifahrersitz sah ich eine Illustrierte namens *American Hair Club* liegen, mit einem satt behaarten, breit lächelnden jungen Mann, Typ Model, auf dem Titelblatt.

Dart steckte sie in die Seitentasche an seiner Tür und sagte, als müsse er sich verteidigen: »Das ist ein Sonderheft über ein Verfahren, bei dem man Haare mit Polymeren anschweißt. Hört sich schon ganz gut an.«

»Verfolgen Sie's weiter«, meinte ich.

»Machen Sie sich nicht über mich lustig.«

»Tu ich nicht.«

Er warf mir einen mißtrauischen Blick zu, fuhr mich aber durchaus freundlich zum Bus, wo ich nur einiges Werkzeug einpackte, denn meine Söhne waren nicht dort; sie versuchten sich, mehlbestäubt bis zu den Ellbogen, in der Gardnerschen Küche an Mrs. Gardners fabelhaftem Rosinenkuchenrezept, wobei sie den meisten Teig roh aßen. Mrs. Gardner begrüßte mich mit einem strahlenden Lächeln und einem Kuß und sagte: »Ich habe solchen *Spaß* hier. Lassen Sie sich Zeit mit dem Heimfahren.«

»Wie kriegt man eine Frau, die einem fünf Söhne schenkt?« fragte Dart trübsinnig, als wir wieder losfuhren. »Wer zum Teufel will einen pummeligen, halbkahlen Kerl Anfang Dreißig, der nichts kann?«

»Wer will einen gutmütigen, unbekümmerten netten Mann, der nicht von Dämonen besessen ist?«

»Meinen Sie mich?« Er war überrascht.

»Ja.«

»Mich wollen die Frauen im Grunde nicht.«

»Haben Sie schon welche gefragt?«

»Ich habe mit einigen *geschlafen*, aber sie haben anscheinend nur Augen für das große alte Stratton Hays und sagen mir, was für tolle Parties man da steigen lassen kann, und eine fing sogar vom Einführungsball unserer Tochter an ...«

»Und das macht Ihnen angst?«

»Die wollen ein *Haus* heiraten.«

»Wenn ich wieder zu Hause bin«, sagte ich, »können Sie uns besuchen, und ich werde zusehen, daß Sie Leute kennenlernen, die nie von Stratton Hays gehört haben und nichts vom Titel

Ihres Vaters oder von Ihren eigenen Millionen wissen – dann können Sie Bill Darlington sein oder wer immer Sie wollen, und schauen mal, wie sich das anläßt.«

»Im *Ernst*?«

»Ja.« Ich überlegte einen Augenblick und sagte: »Was wird aus Ihrer Familie, wenn Marjorie stirbt?«

»Darüber denke ich nicht nach.«

»Bis dahin sollten Sie verheiratet sein. Sie werden einmal das Oberhaupt der Familie sein, und die anderen sollten das als selbstverständlich betrachten und Ihnen und Ihrer Frau mit Respekt begegnen und mit einem guten Gefühl in die Zukunft blicken.«

»Gott«, wandte er ein, »Sie verlangen aber gar nicht viel.«

»Sie sind der beste Stratton«, sagte ich.

Er schluckte; wurde rot; schwieg. Er fuhr zwischen den Torpfosten durch zu dem häßlichen, gestreiften Haus seiner Eltern, parkte, und wie schon einmal liefen wir um das Haus herum zur Rückseite.

Die Hintertür war unverschlossen. Wir gingen an den Rohrleitungen vorbei, durch die schwarzweiß geflieste Halle, und Dart rief laut: »Mrs. Chinchee? Mrs. Chinchee!«

Eine kleine Frau mittleren Alters in einem rosa Kittel erschien am Kopf der hohen Treppe und sagte: »Mr. Dart, hier oben bin ich.«

»Mrs. Chinchee«, rief Dart zu ihr hinauf, »mein Bekannter und ich werden eine Zeitlang hier im Haus bleiben, aber lassen Sie sich durch uns nicht stören.«

»Gut, Sir. Danke, Sir.«

Dart wandte sich ab, und Mrs. Chinchee setzte ihre Arbeit im Obergeschoß fort, nachdem jeder unwillkommenen Neugier der Boden entzogen war.

»So«, sagte Dart, »und jetzt? Ich gehe nicht zu der Konferenz. Vielleicht brauchen Sie mich hier.«

»Okay«, sagte ich ziemlich erleichtert. »Dann gehen Sie raus zu Ihrem Wagen, und falls einer von Ihren Eltern früher als erwartet von dem Treffen zurückkommt, knallen Sie die Hand aufs Horn und hupen fünf- oder sechsmal laut, um mich zu warnen.«

»Sie meinen ... ich soll Schmiere stehen?«

»Wenn Ihre Eltern wiederkommen, drücken Sie auf die Hupe und sagen ihnen, Sie hätten mir erlaubt, zu telefonieren oder das Bad zu benutzen oder so.«

»Das gefällt mir nicht«, sagte er stirnrunzelnd. »Was ist, wenn Sie dabei ertappt werden, wie Sie die Pläne einsehen?«

»Sie hatten doch erst nichts dagegen. Sie haben mich sogar angestiftet.«

Er seufzte. »Ja. Da hab ich Sie noch nicht weiter gekannt, da war's mir egal. Also gut; aber machen Sie nicht zu lange.«

»Nein.«

Immer noch zögernd drehte er sich um und ging wieder zur Hintertür, und ich ging in Conrads Zimmer mit den dicht an dicht gehängten Pferdebildern an den Wänden und den zahllosen glänzenden Nippsachen, die auf eine elsternhafte Neigung schließen ließen. Silberne Miniaturpferde, antike Goldmünzen auf einem Tablett, eine winzige Jagdszene in Gold; Schätze auf jeder Ablage.

Ohne Zeit zu verlieren, ging ich um den großen, vollgepackten Schreibtisch herum und machte mich daran, widerrechtlich ein fremdes Schloß zu knacken, was sich zum Glück als so einfach herausstellte, wie die Form des Schlüssellochs es vermuten ließ. Das kleine flache Werkzeug, das ich mitgebracht hatte, glitt anstandslos an der Sperre vorbei, die den simplen Mechanismus schützte, und entriegelte die Tür. Ein gewöhnliches Schloß bringt man mit jedem schmalen, flachen, abgefeilten Nullachtfünfzehn-Schlüssel auf; je einfacher, desto besser.

Die paneelierte, den Wänden angeglichene Tür ließ sich ohne

Schwierigkeit aufdrücken und enthüllte einen großen begehbaren Schrank. Ich legte den Gehstock auf den Schreibtisch, betrat hinkend den Schrank und knipste mit dem Lichtschalter, den ich dort fand, eine einfache Deckenlampe an.

Die Wände im Innern waren von Regalen gesäumt, auf denen unzählige Kartons standen, Kartons in allen Farben, Größen, Formen und unpraktischerweise alle nicht beschriftet.

Die Entwürfe für die geplante neue Tribüne – die große Mappe, mit der Conrad und Wilson Yarrow in Olivers Büro gekommen waren – lehnten direkt vor mir an einem der Wandregale. Ich löste die rosa Schleife, mit der die Mappe verschlossen war, nahm die Zeichnungen und breitete sie draußen auf Conrads Schreibtisch aus. Sie sollten, um ehrlich zu sein, nur als Tarnung dienen für den Fall, daß Dart nach mir sehen kam, denn es waren die Blätter, die ich schon kannte, ohne irgendwelche Zusätze.

Das Hauptziel meines waghalsigen Unternehmens war es, an das Kuvert heranzukommen, das William, Lord Stratton, der dritte Baron, Perdita zufolge Conrad, dem vierten Baron, hatte anvertrauen wollen; das Kuvert, das genügend Schmutz über Keith enthielt, um ihn im Zaum zu halten. Wenn ich es fand, dachte ich, konnte ich damit vielleicht mein Leben schützen – etwa, indem ich erklärte, daß im Fall meines gewaltsamen Todes, der Inhalt des Kuverts unweigerlich bekanntgemacht würde.

Angesichts des Arsenals von nichtssagenden Behältnissen mußte ich umdenken. Hier ein bestimmtes Kuvert herauszusuchen konnte Stunden statt Minuten dauern, zumal ich keine genaueren Hinweise auf die Beschaffenheit des fraglichen Kuverts bekommen hatte.

Ich nahm den Deckel von der direkt vor mir stehenden Schachtel ab. Die Schachtel war so groß wie ein großer Schuhkarton und ebenso elegant, aus starker Pappe, kastanienbraun marmoriert; die Art Karton, in der meine Mutter Fotos aufbewahrt hatte.

Diese Schachtel enthielt keine Fotos und keine geheimnisvollen Umschläge, sondern lediglich Erinnerungen an Veranstaltungen der Jagdgesellschaft, deren Leitung Conrad angehörte; Einladungskarten mit Goldrand, Speisekarten, Rednerlisten. Eine längliche Schachtel daneben enthielt lauter lose Zeitungs- und Zeitschriftenausschnitte mit Vorschauen auf künftige oder Berichten über vergangene Jagden.

Schachtel um Schachtel enthielt Dinge der gleichen Art; Conrad war weniger heimlichtuerisch, wie Dart ihn bezeichnet hatte, als vielmehr ein zwanghafter Sammler der kleinsten Einzelheiten seines Lebens; da übertraf er Carterets Tagebücher oder meine Rechnungsbuch-Erinnerungen bei weitem.

Ich versuchte mich in Conrad hineinzudenken, mir vorzustellen, wo er seine heiklen Informationen versteckt haben könnte – und verwarf den Gedanken, daß ich besser seinen Schreibtisch oder die Bücherregale durchsuchen sollte. Wenn William Stratton es für nötig befunden hatte, das Kuvert weiterzugeben, dann würde Conrad es nicht irgendwo herumliegen lassen, wo ein unbeteiligter Dritter es versehentlich öffnen konnte. Da es den Geheimschrank gab, auch wenn sein Schloß ein Kinderspiel war, würde Conrad *ihn* benutzen. Ich streifte hastig an den Schachteln entlang, hob die Deckel an, blätterte Massen von Papier durch, fand nichts, was das Risiko wert war. In einem normalen Schuhkarton stieß ich endlich auf ein Juwel, wie ich es erhofft hatte, wenn auch nicht auf den Haupttreffer.

Was ich vor mir sah, war ein schwarzweißes Hochglanzfoto von Rebecca: keinesfalls ein Porträt, sondern ein Schnappschuß von ihr in Straßenkleidung, nicht im Renndreß, wie sie mit ausgestreckter Hand offenbar ein Bündel Banknoten von einem Mann entgegennahm, der mit dem Rücken zur Kamera stand, aber einen Trilby trug, unter dem sich Locken ringelten, und einen Sakko mit charakteristischen Karos. Der etwas unscharfe Hintergrund war gerade noch als Rennbahn zu erkennen.

Ich drehte das Foto um: kein Kommentar, kein Name, nichts.

In der gleichen Schachtel, in der das Foto war, lag auch ein Tonband. Von diesen beiden Dingen abgesehen war die Schachtel leer.

Auf dem Tonband, einer normalen Kassette, war kein Inhalt angegeben.

Obwohl ich nicht an außersinnliche Wahrnehmung glaubte, spürte ich ein ungewöhnliches Kribbeln angesichts der Kombination von Foto und Tonband, zumal sie in einer Schachtel für sich waren. Ich nahm sie heraus und legte sie auf Conrads Schreibtisch in der Absicht, mich nach einem Recorder umzusehen; doch zunächst ging ich wieder in den Schrank und suchte hartnäckig weiter nach einem Kuvert, das sich wahrscheinlich dort gar nicht befand.

Alte, überholte Hundeverzeichnisse. Jahrealte Vermögensaufstellungen. Schachteln mit Darts Schulzeugnissen. Nach dem Arbeitsgrundsatz der Diebe, daß alle Welt das Wertvollste stets *unten* in der Schublade versteckt und man am schnellsten fündig wird, wenn man die Schublade auf den Fußboden leert, kippte ich die Schachteln zwar nicht direkt aus, lüpfte aber jeweils ihren Inhalt, um zu sehen, was zuunterst lag, und so stieß ich schließlich auf einen gewöhnlichen braunen Umschlag, auf dem nur das Wort ›Conrad‹ stand.

Ich zog ihn unter einem Packen ähnlicher Umschläge hervor, die alte, längst abgelaufene Versicherungspolicen enthielten. Der ›Conrad‹-Umschlag war aufgeschnitten. Ich sah ohne Aufregung hinein, da ich mittlerweile überzeugt war, daß ich mich an Strohhalme geklammert hatte, daß alles wirklich Wichtige wohl doch woanders verwahrt wurde. Ich zog ein einzelnes Blatt Papier mit einer kurzen handgeschriebenen Notiz hervor. Da stand:

Conrad,
hier der Umschlag, von dem ich Dir erzählt habe.
Sei vorsichtig damit. Wissen ist gefährlich.
S.

Ich sah mir den braunen Umschlag näher an. Er barg ein weiteres braunes Kuvert, kleiner und ungeöffnet, aber dicker, mit mehr als nur ein, zwei Bogen Papier drin.

Entweder war es das, was ich suchte, oder nicht. Auf jeden Fall wollte ich es mitnehmen, und um meinen Diebstahl selbst vor Dart geheimzuhalten, versteckte ich den offenen Umschlag samt Brief und geschlossenem Umschlag in meiner Kleidung: genau gesagt in meinem engen Slip, direkt am Unterleib.

Ich blickte mich um, ob die Schachteln alle geschlossen waren und aussahen wie vorher, dann ging ich hinaus zu Conrads Schreibtisch, um die Tribünenpläne in die Mappe zu legen und sie wieder zurückzustellen, die Schranktür abzuschließen und unentdeckt das Feld zu räumen.

Das Foto von Rebecca und das Tonband lagen auf den Plänen. Stirnrunzelnd öffnete ich noch einmal den Reißverschluß meiner Hose und legte das Foto mit dem Gesicht nach innen an meinen Bauch, so daß die glänzende Bildfläche von dem größeren braunen Umschlag fest angedrückt wurde und beides mir nicht an den Beinen herunterrutschen konnte.

In dem Augenblick hörte ich plötzlich Stimmen in der Eingangshalle, nah und näher kommend.

»Aber Vater«, drang Darts Stimme laut und verzweifelt zu mir herein, »ich möchte, daß wir uns den Zaun oben am Wald ansehen –«

»Jetzt nicht, Dart«, sagte Conrads Stimme. »Warum warst du denn nicht auf der Versammlung?«

Großer Gott, dachte ich. Ich schnappte mir das Tonband, steckte es in meine Hosentasche und beugte mich über die Tribünenpläne, als wären sie das einzige im Leben, was mich interessierte.

Conrad stieß die Tür des Zimmers auf, und in sein bis dahin freundliches Gesicht trat erst ein überraschter, dann ein erboster Ausdruck, wie nicht anders zu erwarten, wenn jemand einen Unbefugten in seinem Allerheiligsten vorfindet.

Schlimmer noch; hinter ihm kam Keith.

Conrad sah auf seinen offenen Schrank, in dem das Licht noch brannte, und auf mich, an seinem Schreibtisch. Seine stierartigen Züge verfinsterten sich, die schweren Augenbrauen zogen sich zusammen, der Mund wurde ein harter Strich.

»Erklären Sie bitte!« verlangte er in vernichtend scharfem Ton.

»Es tut mir sehr leid«, sagte ich betreten. Ich legte die Pläne in ihre Mappe und klappte sie zu. »Rechtfertigen kann ich mich nicht. Ich kann nur um Verzeihung bitten. Ich bitte Sie vielmals um Entschuldigung.«

»Das genügt nicht!« Er war sehr aufgebracht, fast außer sich vor Ärger, obwohl er im Gegensatz zu Keith längst nicht bei jedem Anlaß aus der Haut fuhr. »Dieser Schrank war abgeschlossen. Ich schließe ihn *immer* ab. Wie haben Sie ihn aufbekommen?«

Ich antwortete ihm nicht. Der abgefeilte Schlüssel steckte noch im Schlüsselloch. Das Ganze war mir entsetzlich peinlich, und das sah er mir bestimmt auch an.

In einer Anwandlung echten Zorns packte er meinen Stock, der auf dem Schreibtisch lag, und hob ihn, als wollte er mich schlagen.

»Aber nein, Conrad«, sagte ich. »Nicht.«

Er zögerte, den Arm erhoben. »Wieso nicht? Was soll mich hindern? Sie haben es verdient.«

»Das ist nicht Ihre Art.«

»Aber meine«, sagte Keith laut. Er entriß den Stock unsanft

seinem nichts dagegensetzenden Zwillingsbruder und schlug heftig nach meinem Kopf.

Ich hob in einer reflexhaften Abwehrbewegung den Arm, fing den Stock mit der Hand ab und zog ihn mit mehr Kraft, als Keith vermutet hatte, zu mir her. Er hielt ihn fest, bis er das Gleichgewicht verlor und vornüberkippte, und ließ ihn nur los, um sich mit beiden Händen auf der Schreibtischplatte abzustützen.

Alle drei, Conrad, Keith und Dart, sahen verblüfft aus, aber an diesem Morgen hatte ich in der Tat wieder etwas von meiner alten Kraft in mir gespürt, wie eine steigende, vertraute, willkommene Flut. Sie hatten sich an meine Schwäche gewöhnt und waren auf etwas anderes nicht gefaßt gewesen.

Ich stützte mich dennoch auf den Stock; und Keith richtete sich auf, und seine Augen versprachen mir den Tod.

Ich sagte zu Conrad: »Ich wollte mir die Pläne ansehen.«

»Aber wieso?«

»Er ist Architekt«, sagte Dart, um mich zu verteidigen, aber ich wünschte, er hätte es nicht getan.

»Bauunternehmer«, widersprach sein Vater.

»Beides«, sagte ich kurz. »Es tut mir sehr leid. Wirklich. Ich hätte Sie fragen sollen, anstatt hier einzubrechen. Ich bin bestürzt ... untröstlich ...« Und das war ich auch, aber ich empfand weder Reue, noch war ich eigentlich beschämt.

Conrad unterbrach meine Katzbuckelei und sagte: »Woher wußten Sie denn, wo die Pläne sind?« Er wandte sich Dart zu. »Woher hat er das gewußt? Den Schrank kann er nicht von allein gefunden haben. Der ist praktisch unsichtbar.«

Dart, der so unglücklich aussah, wie mir selbst zumute war, kam um den Schreibtisch herum und blieb einen Schritt hinter meiner linken Schulter stehen, fast als suche er Schutz vor dem sich zusammenbrauenden väterlichen Gewitter.

»Du hast ihm gesagt, wo er suchen muß«, hielt Conrad empört seinem Sohn vor. »Du hast es ihm *gezeigt!*«

Dart sagte schwach: »Ich dachte, es spielt keine Rolle. Was ist schon dabei?«

Conrad starrte ihn mit offenem Mund an. »Wie soll ich dir das erklären, wenn du es nicht weißt? Aber *Sie*«, er wandte sich an mich, »ich fing gerade an zu denken, wir könnten Ihnen trauen.« Er zuckte hilflos die Achseln. »Schert euch raus, alle beide, ihr widert mich an.«

»Nein«, wandte Keith ein, »woher weißt du, ob er nicht was gestohlen hat?« Er blickte sich im Zimmer um. »Du hast doch lauter Gold und Silber hier. Das ist ein *Dieb*.«

Dreimal verfluchter Keith, dachte ich mit unterdrücktem Schrecken. Ich hatte etwas Besseres als Gold entwendet und gedachte es auch zu behalten. Obwohl ich wieder mehr bei Kräften war, konnte ich mir über den Ausgang einer handgreiflichen Auseinandersetzung, zwei gegen einen, nicht sicher sein. *List*, sagte ich mir, war die einzige Chance.

Ich reckte mein bisher verschämt zurückgenommenes Kinn vor. Ich setzte ein möglichst unbekümmertes Gesicht auf. Ich lehnte den Stock gegen den Schreibtisch, zog den Reißverschluß der Freizeitjacke herunter, die so lange über dem Stuhl in Rogers Büro gehangen hatte, zog sie aus und warf sie Conrad zu.

»Durchsuchen Sie sie«, sagte ich.

Er fing das Stoffbündel auf. Keith riß die Jacke an sich und ging die Taschen durch. Kein Silber, kein Gold. Nichts Gestohlenes.

Ich hatte mein weites kariertes Flanellhemd an. Ich knöpfte die Manschetten und die vorderen Knöpfe auf, schälte mich aus dem Hemd und warf es Conrad zu.

Mit bloßem Oberkörper stand ich da. Ich lächelte. Ich zog den Reißverschluß meiner Hose herunter und schnallte meinen Gürtel auf.

»Jetzt die Hose?« fragte ich Conrad leichthin. »Schuhe? Sokken? Sonst noch was?«

»Nein. Nein.« Er war verwirrt. Er bedeutete mir, den Reißverschluß wieder zuzumachen. »Ziehen Sie Ihr Hemd wieder an.« Er warf es mir herüber. »Sie mögen nicht vertrauenswürdig sein – ich gebe zu, ich bin enttäuscht –, aber ein Langfinger sind Sie nicht.« Er wandte sich an Keith. »Laß ihn gehen, Keith. Such woanders Streit. Nicht in diesem Zimmer.«

Ich zog mein Hemd an und knöpfte es zu, ließ es aber wie eine Jacke über die Hose hängen.

Dart sagte geknickt: »Entschuldige, Vater.«

Conrad winkte ab. Dart schob sich um den Schreibtisch herum und blickte argwöhnisch zu Keith, der noch meine Jacke in der Hand hielt.

Ich folgte Dart, langsam hinkend, mit dem Gehstock als Stütze und Schutz.

Conrad sagte scharf: »Ich möchte Sie nie wieder sehen, Mr. Morris.«

Ich senkte schuldbewußt den Kopf.

Keith hielt meine Jacke fest.

Ich würde sie nicht zurückverlangen. Geh nicht zu weit; die kleinste Erschütterung konnte den Vulkan zum Ausbruch bringen. Ich war schon froh, unbehelligt an die Tür zu kommen, und schlich hinaus auf den Flur und huschte ihn geduckt entlang, in Conrads Wertschätzung so tiefstehend wie eine Küchenschabe.

Ich wagte nicht zu atmen, bis wir aus dem Haus waren, doch kein zorniges Brüllen hielt uns zurück. Dart warf sich in seinen Wagen, neben dem jetzt der Jaguar von Keith stand, und wartete ungeduldig, bis ich herangehumpelt war.

Er stieß ein gequältes »Puh« der Erleichterung aus, als sein Motor ansprang und wir auf die Straße fuhren. »Mein Gott, war der wütend.«

»Sie sind ja ein schöner Wachtposten«, sagte ich bitter. »Wo blieb denn mein Warnsignal?«

»Ja, also hören Sie, es tut mir sehr leid.«

»Haben Sie geschlafen?«

»Nein ... nein, gelesen hab ich.«

Mir ging ein Licht auf. »Sie haben in der verfluchten Zeitschrift über Haarausfall gelesen!«

»Na ja, ich ...« Beschämt grinsend gab er es zu.

Es war nicht mehr zu ändern. Die Hupzeichen hätten mir Zeit gegeben, mich von Conrads Privatgemach in das unschuldige Bad am Hintereingang zurückzuziehen. Daß man mich sozusagen beim Griff in die Kasse ertappt hatte, war nicht nur ein unangenehmes Erlebnis, es würde Conrad womöglich auch veranlassen, den Inhalt der Schachteln zu überprüfen. Die Folgen konnten verheerend sein.

»Sie haben so lange gebraucht«, meckerte Dart. »Was hat Sie denn so aufgehalten?«

»Hab mich nur umgesehen.«

»Und sie sind mit Keiths Wagen gekommen«, sagte Dart. »Ich hatte nach Vaters Wagen Ausschau gehalten.«

»Aber wohl eher flüchtig.«

»Sie sahen furchtbar schuldbewußt aus«, sagte Dart vorwurfsvoll, um mir den Schwarzen Peter zuzuschieben.

»So hab ich mich auch gefühlt.«

»Aber daß Keith gleich denkt, Sie würden stehlen ...« Er schwieg. »Als Sie Ihr Hemd ausgezogen haben ... also ich wußte ja, daß Sie einen Teil der Tribüne ins Kreuz gekriegt haben, aber diese ganzen Klammern und Prellungen ... das muß doch *weh tun.*«

»Jetzt nicht mehr«, seufzte ich. In der brenzligen Situation hatte ich nicht daran gedacht, daß er hinter mir stand. »Vor allem die Wunden an den Beinen haben mir das Gehen erschwert, aber es wird schon wieder.«

»Sie haben Keith erschreckt, als Sie den Stock abgefangen haben.«

Ich hatte ihn vorsichtiger gemacht, dachte ich bedauernd,

denn von meinem Standpunkt aus war das vielleicht gar nicht günstig.

»Wo wollen wir hin?« fragte Dart. Er war am Tor automatisch in Richtung Rennbahn abgebogen. »Zurück zu Gardners?«

Ich versuchte mich zu konzentrieren, einen halbwegs klaren Kopf zu bekommen. Ich sagte: »Wissen Sie, ob Rebecca heute reitet?«

Er antwortete, als ob die Frage ihn verwirrte: »Nein, ich glaube nicht. Sie war ja auf der Versammlung.«

»Ich muß mit Marjorie sprechen«, sagte ich. »Und ich muß nach Stratton Hays.«

»Ich kann Ihnen nicht folgen.«

»Gut, aber bringen Sie mich *hin?*«

Er lachte. »Bin ich jetzt Ihr Chauffeur?«

»Fahren können Sie besser als Wache halten.«

»Verbindlichen Dank.«

»Oder leihen Sie mir doch Ihren Wagen.«

»Nein«, sagte er. »Ich fahre Sie. Das Leben wird nicht langweilig, wenn Sie dabei sind.«

»Also zuerst zu den Gardners.«

»Ja, *Sir.*«

In der Gardnerschen Küche nahm Mrs. Gardner meine Rückkehr mit freundlicher Bestürzung auf und meinte, ich hätte ihr zwar fünf Köche ausgeliehen, aber für nicht mal eine Stunde, und das sei zu wenig. Ich bot ihr den Service für einige weitere Stunden an. Einverstanden, sagte sie.

»Schreien Sie aber, wenn es Ihnen zuviel wird«, bat ich sie.

»Seien Sie nicht albern. Ich habe die Jungen gern hier. Und außerdem sagt Roger, ohne Sie stände jetzt sein Job auf der Kippe und wir wären krank vor Sorgen.«

»Meint er wirklich?«

»Er weiß es.«

Dankbar und ein wenig getröstet ließ ich Dart in der Küche

zurück, ging zum Bus hinüber und legte dort, in der guten alten Fahrkabine, das Tonband in das Kassettenfach des Radios ein.

Wie sich herausstellte, war es die Aufnahme eines Anrufs über Funktelefon: teuflisch einfach, so etwas abzuhören, wenn man mit einem Peilsender in der Nähe der Transmitterstation lauerte.

Mich hatte das willkürliche Abhören privater Gespräche, die so gern der Öffentlichkeit präsentiert wurden, seit jeher bedenklich gestimmt: Wer belauschte schon tagaus, tagein andere Leute und *nahm ihre Unterhaltung auf Band auf* in der Hoffnung, marktfähige Geheimnisse mitzubekommen? Hier war es offenbar geschehen.

Das Gespräch fand statt zwischen einer Stimme, die man vorläufig Rebecca zuordnen konnte, und einem Mann mit südostenglischem Akzent, kein Cockney, aber Knacklaute bei jedem D, T oder C in der Wortmitte. Stratton hörte sich bei ihm wie »Stra-on« an. Rebecca wie »Rebe-ah.«

»Rebe-ah Stra-on?« sagte die Männerstimme.

»Ja.«

»Was haben Sie für mich, Liebes?«

»Wieviel ist es wert?«

»Das Übliche.«

Nach einer kurzen Pause sagte sie leise: »Ich reite Soapstone im fünften, der hat keine Chance, er ist nicht richtig fit. Sichern Sie sich bei Catch-as-Catch gut ab, der ist kaum zu halten und wird hoch gesetzt werden.«

»Das war's?«

»Ja.«

»Danke. Liebes.«

»Wir sehen uns auf der Bahn.«

»An gleicher Stelle«, stimmte der Mann zu. »Vor dem ersten.«

Das Band klickte und lief stumm weiter. Grimmig drückte ich es heraus, steckte es wieder ein und kletterte nach hinten, in den Hauptteil des Busses. Ich öffnete den Reißverschluß meiner

Hose und nahm das Hochglanzfoto und den Packen gefährlichen Wissens heraus.

Dem Kuvert entnahm ich den dicken braunen Umschlag und schnitt ihn mit einem Messer auf. Im Innern war noch ein Umschlag, weiß diesmal, und wieder ein kurzer Brief von William Stratton, dem dritten Baron, an seinen Sohn Conrad, den vierten.

Er lautete:

Conrad,
diese Angelegenheit bedrückt mich über die Maßen. Denk immer daran, daß Keith zu meinem Leidwesen lügt. Ich habe die Wahrheit herausgefunden, und jetzt weiß ich nicht, wie ich sie gebrauchen soll. Du mußt entscheiden. Aber sei vorsichtig.
S.

Besorgt schnitt ich den weißen Umschlag auf und las den recht ausführlichen Inhalt, und danach zitterten meine Hände.

Mein Nichtgroßvater hatte mir endgültig einen Weg gezeigt, mit Keith fertig zu werden.

Ich stellte die Briefe wieder in ihrer ursprünglichen Form zusammen und verschloß den äußeren braunen Umschlag mit Klebeband, damit ihn niemand versehentlich öffnen konnte. Dann saß ich, den Kopf in die Hände gestützt, eine Zeitlang da und machte mir klar, daß Keith mich, wenn er wüßte, was ich gefunden hatte, auf der Stelle umbringen würde und daß ich vor einem ungeahnten Dilemma stand, wenn ich mich vor ihm schützen wollte.

Gefährliches Wissen. Nicht gefährlich: tödlich.

15

Dart fuhr mich nach Stratton Hays. Von unterwegs rief ich über mein Funktelefon (hörte jemand mit?) bei Marjorie zu Hause an, und sie machte aus ihrem Unmut keinen Hehl.

»Sie waren nicht auf der Versammlung!«

»Nein. Tut mir sehr leid.«

»Das war ein Schlag ins Wasser«, sagte sie verärgert. »Zeitverschwendung. Keith hat fortwährend herumgebrüllt, und wir kamen zu nichts. Die Kasseneinnahmen konnte er zwar nicht wegreden, die waren *ausgezeichnet*, aber er will unbedingt verkaufen. Können Sie *wirklich* nicht in Erfahrung bringen, wieviel Schulden er hat?«

»Weiß es Imogen?« fragte ich.

»*Imogen?*«

»Wüßte sie irgendwas über die Angelegenheiten ihres Mannes zu erzählen, wenn ich sie sturzbetrunken mache?«

»Sie sollten sich schämen!«

»Wahrscheinlich.«

»Ich wünschte, sie wüßte was. Aber versuchen Sie es nicht, denn wenn Keith Sie dabei erwischt ...« Sie schwieg und sagte dann ohne Nachdruck: »Nehmen Sie seine Drohungen ernst?«

»Das muß ich.«

»Haben Sie an einen möglichen ... Rückzug gedacht?«

»Ja, schon. Sind Sie beschäftigt? Ich muß Ihnen etwas erzählen.«

Sie sagte, wenn ich ihr eine Stunde gäbe, könne ich sie zu Hause besuchen, und damit war ich einverstanden. Dart und ich fuhren weiter nach Stratton Hays, wo er an der gleichen Stelle parkte wie bei meinem ersten Besuch und wie üblich den Schlüssel in der Zündung stecken ließ.

Der große elegante Bau, erfüllt von vergessenen Leben und stillen Geistern, stand friedlich im schattengesprenkelten Sonnenlicht, ein Haus für Hunderte, bewohnt von einem.

»Und jetzt?« sagte der eine, Darlington Stratton, fünfter Baron in spe.

»Wir haben fast eine Stunde. Können wir uns den Nordflügel ansehen?«

»Das ist doch eine Ruine. Ich sagte es Ihnen.«

»Ruinen sind mein Metier.«

»Hatte ich vergessen. Also gut.« Er schloß die Hintertür auf und führte mich wieder durch die geräumige Eingangshalle ohne Vorhänge, ohne Möbel, und einen breiten, durch Fenster erhellten Flur entlang, der Ausmaße wie eine Gemäldegalerie hatte, nur daß die Wände kahl waren. Am Ende des Ganges kamen wir zu einer massiven Tür, glatt, unlackiert und modern, mit Riegeln verschlossen. Dart schlug sich mit den Riegeln herum, öffnete die knarrende Tür, und wir betraten die Art von verwahrlostem Terrain, auf die ich geeicht war: morsches Holz, Massen von Schutt, sprießende junge Bäume.

»Das Dach wurde vor gut sechzig Jahren entfernt«, sagte Dart gedrückt und sah zum Himmel hoch. »So viele Jahre Regen und Schnee ... das Obergeschoß ist einfach verrottet und eingestürzt. Großvater hat sich an die Nationalstiftung und den Kulturschutz gewandt ... die sagten wohl, da gäbe es nur eins: den Flügel abreißen und den Rest erhalten.« Er seufzte. »Großvater mochte keine Veränderungen. Er ließ einfach die Zeit hingehen, und nichts geschah.«

Ich kletterte mit Mühe über einige Meter verwitterter grauer Balken und blickte auf eine weite, unwirtliche Landschaft, flankiert von hohen, noch aufrechten, aber nicht mehr stabilen Wänden.

»Seien Sie bloß vorsichtig«, warnte Dart. »Ohne Schutzhelm soll hier niemand rein.«

Der Ort versetzte mich nicht in kreative Erregung, weckte nicht den Wunsch in mir, ihn zu erneuern. Das einzige, was er mit seinen majestätischen Proportionen, in seinem unwürdigen Tod noch hergab, war eine Atempause, ein sinnfälliges, zu Ruhe und Geduld mahnendes Bild der Vergänglichkeit, ein Eindruck von der Zuversicht und dem Fleiß, die hier vor vierhunder Jahren geplant, gewirkt, gewaltet hatten.

»Okay«, sagte ich, drehte mich um und stieß am Eingang wieder zu Dart. »Danke.«

»Was halten Sie davon?«

»Ihr Großvater war gut beraten.«

»Ich hatte es befürchtet.«

Er verriegelte die schwere Tür wieder, und wir kehrten durch die große Halle zum hinteren Eingang zurück.

»Kann ich mir bei Ihnen mal die Hände waschen?« fragte ich.

»Klar.«

Wir gingen an der Tür vorbei, um zu seiner Wohnung im Erdgeschoß des Südflügels zu kommen.

Hier war der Lebensgeist ungebrochen und Gemütlichkeit gefragt, davon zeugten Teppiche, Vorhänge, antike Möbel und der Geruch nach frischer Politur. Er führte mich zur Tür seines Badezimmers, eine Kombination von alt und modern, ein umgebautes Wohnzimmer vielleicht, mit einer großen, freistehenden viktorianischen Badewanne und zwei neu aussehenden Waschbecken, eingelassen in eine Marmorplatte. Auf der Ablage standen Flaschen mit Shampoo und Haarkur und Schlangenöl jeder Art.

Nach einem verständnisvollen Blick darauf ging ich zum Fenster, das mit einer Spitzengardine verhangen war, und schaute hinaus. Drüben links stand Darts Wagen in der Auffahrt. Geradeaus Rasen und Bäume. Rechts ein offener Garten.

»Was ist?« sagte er, als ich stehenblieb. Da ich mich noch immer nicht rührte, kam er nach einem Augenblick herein und stellte sich neben mich, um zu sehen, wo ich hinschaute.

Er kam, und er sah. Er richtete die Augen suchend auf mein Gesicht und las meine Gedanken ohne Mühe.

»*Scheiße*«, sagte er.

Ein passendes Wort für Bad und Toilette. Ich sagte jedoch nichts, sondern ging wieder nach draußen.

»Wie sind Sie darauf gekommen?« fragte Dart, der mir folgte.

»Ich hab's mir gedacht.«

»Und jetzt?«

»Fahren wir zu Marjorie.«

»Ich meine ... was wird mit *mir?*«

»Ach, gar nichts«, sagte ich. »Das habe ich nicht zu entscheiden.«

»Aber ...«

»Sie waren im Bad bei der Haarpflege«, sagte ich. »Und durch das Fenster haben Sie gesehen, wer am Karfreitagmorgen Ihren Wagen benutzt hat. Niemand wird Sie foltern, um dahinterzukommen. Bleiben Sie einfach dabei, daß Sie nichts gesehen haben.«

»Wissen Sie ... wer es war?«

Ich lächelte ein wenig. »Fahren wir zu Marjorie.«

»*Lee.*«

»Kommen Sie mit und hören Sie zu.«

Dart fuhr uns zu Marjories Haus, einem unverfälscht georgianischen, wie sich herausstellte, so sauber und gepflegt wie sie selbst. Quadratisch stand es auf unkrautfreiem Grund am Ortsausgang von Stratton, mit gleichmäßigen Schiebefensterreihen, zentraler Vordertür und einer kreisförmigen Auffahrt hinter urnenbestückten Torpfosten.

Dart parkte bei der Haustür und ließ wie üblich den Schlüssel stecken.

»Schließen Sie denn *nie* ab?« fragte ich.

»Wozu? Ich hätte nichts dagegen, wenn ich mir einen neuen Wagen zulegen müßte.«

»Kaufen Sie sich doch einfach einen.«

»Irgendwann«, sagte er.

»Wie Ihr Großvater.«

»Was? Ach ja. Ein bißchen gleiche ich ihm wohl schon. Irgendwann. Vielleicht.«

Marjories Haustür wurde uns von einem Butler geöffnet (»Sie lebt in der Vergangenheit«, flüsterte Dart), der uns freundlich durch eine Halle in ihr Wohnzimmer führte. Wie erwartet, makelloser Geschmack dort im Land der stillstehenden Zeit, eine Palette zarter Farben mit Altrosa, Grün und Gold. Die Fenster waren noch mit den Originalläden versehen, aber auch mit bodenlangen Vorhängen und kurzen Volants, und sie blickten auf einen sonnigen Frühlingsgarten.

Marjorie saß in einem breiten Sessel, der den Raum beherrschte, auch hier und jetzt die maßgebende Person. Sie trug wie öfter schon ein dunkelblaues Kleid mit weißem Kragen, puppenhaft und vornehm anzusehen, und verbarg einstweilen den harten Kern.

»Nehmt Platz«, befahl sie, und Dart und ich setzten uns zu ihr, ich auf ein kleines Sofa, Dart auf einen spinnenbeinigen Stuhl – Hepplewhite wahrscheinlich.

»Es gäbe was zu erzählen«, begann sie. »Das sagten Sie doch, Lee.«

»Mhm«, sagte ich. »Sie hatten mich ja gebeten, zwei Dinge herauszufinden.«

»Und über Keiths Finanzen konnten Sie nichts erfahren«, sie nickte entschieden. »Das haben Sie mir schon gesagt.«

»Ja, aber . . . was Ihren anderen Auftrag angeht . . .«

»*Reden* Sie schon«, sagte sie, als ich innehielt. »Ich weiß doch Bescheid. Ich habe Sie gebeten herauszufinden, womit dieser verflixte Architekt Conrad unter Druck setzt, um seinen Tribünenneubau durchzubringen.«

Dart sah überrascht aus. »*Auftrag?*« fragte er.

»Ja, ja.« Seine Großtante war ungeduldig. »Lee und ich haben eine Abmachung getroffen. Mit Handschlag. Nicht wahr?« Sie drehte mir den Kopf zu. »Eine Abmachung, gegen die Sie nicht verstoßen wollten.«

»Ganz recht«, sagte ich.

»Tante Marjorie!« Dart war perplex. »Du hast Lee für dich *arbeiten* lassen?«

»Was ist denn dabei? Es dient letztlich dem Wohl der Familie. Wo sollen wir anfangen, wenn wir nicht die Fakten kennen?«

Die Vertreter der Weltpolitik konnten noch von ihr lernen, dachte ich bewundernd. Welch ein klarer Verstand unter dem welligen weißen Haar. »Bei meinen Ermittlungen«, sagte ich, »habe ich auch von Forsyth und den Rasenmähern erfahren.«

Dart schnappte nach Luft. Marjorie machte große Augen.

»Ebenso«, fuhr ich fort, »habe ich von Hannahs Fehltritt und seinen Folgen gehört.«

»Wovon reden Sie?« fragte mich Dart verwirrt.

Marjorie klärte ihn auf. »Hannah ist mit einem Zigeuner in die Büsche gegangen und hat sich schwängern lassen, das blöde Stück. Keith hat den Zigeuner angegriffen, der natürlich Geld verlangt hat. Mein Bruder hat ihn ausbezahlt.«

»Soll das heißen«, kombinierte Dart, »der Vater von Jack war ein *Zigeuner?*«

»Fast. Noch nicht mal ein richtiger. Ein nichtsnutziger Tramp«, sagte Marjorie.

»Ach du guter Gott«, sagte Dart schwach.

»Und daß du nie mehr davon sprichst«, verlangte Marjorie streng. »Hannah redet Jack ein, sein Vater sei ein ausländischer Adliger, der einen Skandal vermeiden mußte, um nicht sein Leben zu ruinieren.«

»Ja.« Darts Antwort kam leise. »Das hat Jack mir selbst erzählt.«

»Und den Glauben wollen wir ihm lassen. Ich hoffe, Lee«, sagte sie zu mir, »das war jetzt alles.«

Das Telefon auf dem Tischchen neben ihrem Sessel klingelte. Sie nahm den Hörer ab und hörte zu.

»Ja ... wann? Dart ist hier. Lee auch. Ja.« Sie legte auf und sagte zu Dart: »Das war dein Vater. Er sagt, er ist auf dem Weg hierher. Er hört sich unglaublich wütend an. Was hast du getan?«

»Ist Keith bei ihm?« Ich stieß die Frage hervor, und sie stürzte sich darauf.

»Sie haben Angst vor Keith!«

»Nicht ohne Grund.«

»Conrad sagt, Keith hat ihn gedrängt herzukommen, aber ich weiß nicht, ob Keith bei ihm ist oder nicht. Möchten Sie jetzt lieber gehen?«

Ja und nein. Ich dachte an Mord und Totschlag in ihrem friedlichen Wohnzimmer und hoffte, sie würde das nicht zulassen.

Ich sagte: »Ich habe ein Foto mitgebracht, das ich Ihnen zeigen wollte. Es liegt in Darts Wagen. Ich hole es eben.«

Ich stand auf und ging zur Tür.

»Daß Sie aber nicht davonfahren und mich hier sitzenlassen«, sagte Dart, nur halb im Scherz.

Die Versuchung war stark, aber wo sollte ich hin? Ich holte das Kuvert mit dem Foto aus dem Fach an der Tür, wo ich es deponiert hatte, und kehrte ins Wohnzimmer zurück.

Marjorie nahm das Foto und betrachtete es verständnislos. »Was hat das zu bedeuten?«

»Ich erkläre es Ihnen«, sagte ich, »aber wenn Conrad kommt, warte ich, bis er da ist.«

Der Weg von Conrad zu Marjorie war kurz. Er kam sehr bald und zu meiner Erleichterung ohne Keith. Allerdings kam er bewaffnet mit einer Schrotflinte, des Gutsherren Freund. Er trug sie nicht aufgeklappt über dem Arm, wie man es sollte, sondern gespannt und schußbereit.

Er schob sich an dem Butler vorbei, der ihm die Tür geöffnet hatte und jetzt ein sehr förmliches »Lord Stratton, Madam« hinterherschickte, als Conrad mit langen Schritten über den Chinateppich setzte, vor mir stehenblieb und den Doppellauf der Flinte auf mich richtete.

Ich stand auf. Knapp zwei Schritte lagen zwischen uns.

Er hielt die Waffe nicht in der Schulter wie beim Zielen auf Federwild, sondern in Taillenhöhe, lang vertraut mit Schüssen aus der Hüfte. Auf diese Entfernung konnte er keine Stechmükke verfehlen.

»Sie sind ein Lügner und ein Dieb.« Er knurrte vor Zorn, die Finger beängstigend fahrig im Bereich des Abzugs.

Ich bestritt den Vorwurf nicht. Ich schaute an ihm und seiner Flinte vorbei auf das Foto in Marjories Hand, und er folgte meinem Blick. Er erkannte das Bild, und seine Augen nahmen einen mörderischen Ausdruck an, der dem von Keith in nichts nachstand. Die Flintenläufe zielten genau auf meine Brust.

»Conrad«, sagte Marjorie scharf, »beruhige dich.«

»Beruhigen? Ich soll mich *beruhigen?* Dieser *verachtungswürdige* Mensch ist in meinen Geheimschrank eingebrochen und hat mich bestohlen.«

»Trotzdem erschießt du ihn *nicht* in meinem Haus.«

Es war schon irgendwie lustig, aber Komik und Tragik liegen immer sehr nah beieinander. Nicht einmal Dart lachte.

Ich sagte zu Conrad: »Ich bringe Sie von der Erpressung weg.«

»Was?«

»Wovon reden Sie?« wollte Marjorie wissen.

»Ich rede davon, daß Wilson Yarrow Conrad erpreßt, damit er ihm grünes Licht für den Tribünenneubau gibt.«

Marjorie rief: »Sie *haben* es also herausgefunden!«

»Ist die Waffe geladen?« fragte ich Conrad.

»Ja, natürlich.«

»Würden Sie sie dann ... ehm, woandershin halten?«

Er stand wie festgemauert, stur, breitbeinig und rührte sich nicht.

»Vater!« protestierte Dart.

»Du hältst den Mund«, sagte sein Vater unwirsch. »Du hast ihm Beihilfe geleistet.«

Ich riskierte die Flucht nach vorn. »Wilson Yarrow hat Ihnen gesagt, wenn er den Auftrag für die Tribüne nicht bekäme, würde er dafür sorgen, daß Rebecca als Jockey von der Rennbahn verwiesen wird.«

Dart glotzte mich an. Marjorie sagte: »Das ist doch absurd.«

»Nein, keineswegs. Das Foto ist eine Aufnahme von Rebecca, wie sie auf einer Rennbahn von jemandem, der ein Buchmacher sein könnte, einen Batzen Geld entgegennimmt.«

Ich bemühte mich, wieder Speichel in meinen Mund zu bekommen. Noch nie hatte jemand im Zorn ein geladenes Gewehr auf mich gerichtet. Obwohl ich mich an die Überzeugung klammerte, daß Conrad sich im Gegensatz zu Keith beherrschen konnte, spürte ich den Schweiß auf der Stirn.

»Ich habe mir das Tonband angehört«, sagte ich.

»Sie haben es *gestohlen.*«

»Ja«, gab ich zu. »Ich habe es gestohlen. Es ist vernichtend.«

»Und jetzt wollen *Sie* mich erpressen.« Die Hand am Abzug straffte sich.

»Ach du lieber Gott, Conrad«, sagte ich fast ärgerlich. »Nehmen Sie Vernunft an. Ich will Sie *nicht* erpressen. Ich sorge dafür, daß auch Yarrow damit aufhört.«

»Und *wie?*«

»Wenn Sie die verdammte Flinte runternehmen, sage ich es Ihnen.«

»Was für ein Tonband?« fragte Dart.

»Das Band aus meinem Schrank, das zu stehlen du ihm geholfen hast.«

Dart sah verständnislos drein.

»Dart hat nichts davon gewußt«, sagte ich. »Er saß in seinem Wagen.«

»Aber Keith hat doch Ihre Jacke durchsucht«, wandte Dart ein.

Ich griff in meine Hosentasche und holte die Kassette heraus. Conrad warf einen Blick darauf und versetzte mich weiter in Angst und Schrecken.

»Dieses Tonband«, erklärte ich Marjorie, »ist die Aufnahme eines Telefongesprächs, bei dem Rebecca Informationen über Pferde, die sie reiten soll, verkauft. Das ist das schwerste Vergehen im Rennsport. Diese Kassette und das Foto, an die Rennsportbehörde geschickt, wären das Ende ihrer Karriere. Sie bekäme Rennbahnverbot. Der Name Stratton wäre hin.«

»Das würde sie doch nicht *machen*«, jammerte Dart.

Conrad sagte, als schmerzten ihm die Worte auf der Zunge: »Sie hat es zugegeben.«

»Nein!« stöhnte Dart.

»Ich habe sie zur Rede gestellt«, sagte Conrad. »Ihr das Band vorgespielt. Sie kann so hart sein. Wie versteinert hat sie es sich angehört. Sie sagte, ich würde nicht zulassen, daß Yarrow es benutzt.« Conrad schluckte. »Und . . . sie hatte recht.«

»Legen Sie die Waffe weg«, sagte ich.

Er tat es nicht.

Ich warf das Band Dart zu, der es ungeschickt auffing, es fallen ließ und wieder aufhob.

»Geben Sie es Marjorie«, sagte ich, und mit zusammengekniffenen Augen gehorchte er.

»Wenn Sie die Waffe entladen und gegen die Wand lehnen«, sagte ich zu Conrad, »erfahren Sie von mir, wie Sie Yarrow loswerden können, aber solange Sie die Hand am Abzug haben, nicht.«

»Conrad«, sagte Marjorie energisch, »du wirst ihn nicht erschießen. Also leg die Flinte weg, damit nicht aus Versehen was passiert.«

Gesegnete Leibwächterin. Conrad sah sich in die Realität zurückgeholt wie durch eine kalte Dusche und schaute unschlüssig auf seine Hände. Er hätte die Schußwaffe zweifellos weggelegt, wäre nicht Rebecca, die den Butler glatt überrannt hatte, in diesem Moment wie ein Wirbelwind hereingestürmt.

»Was geht hier vor?« fragte sie scharf. »Ich habe ein Recht darauf, das zu erfahren.«

Marjorie fixierte sie mit dem gewohnten Mißvergnügen. »Bedenkt man, was du getan hast, dann hast du *überhaupt kein* Recht.«

Rebecca sah auf das Foto von ihr selbst und die Kassette in Marjories Hand, auf die Schrotflinte in der Hand ihres Vaters und auf mich, den er bedrohte.

»Keith hat mir gesagt, daß dieser ... dieser ...«, sie zeigte auf mich, da ihr die angemessen bösen Wörter fehlten, »daß er was gestohlen hat, was für mich Rennbahnverbot bedeutet ...«

Ich sagte grimmig zu Conrad: »Das Band ist *fingiert.*«

Rebecca reagierte mit gesteigerter Wut. Während die übrige Familie noch zu verstehen versuchte, was ich gesagt hatte, entriß sie ihrem Vater die Flinte, zog sie in die Schulter ein, zielte kurz auf mich und drückte ohne Zögern auf den Abzug.

Ich sah die Absicht in ihren Augen, warf mich der Länge nach seitwärts auf den Teppich, blieb auf dem Bauch liegen und entging dem Schwall zischender Schrotkörner um Zentimeter, wobei ich wußte, es waren *zwei* Läufe, zwei Patronen, und keine Möglichkeit sah, einem Schuß in den Rücken auszuweichen.

Der Raum war noch erfüllt von dem donnernden Krachen, von Feuer und Rauch, von intensivem, beißendem Korditgeruch. *Jesus*, dachte ich. Allmächtiger Gott. Nicht Keith, sondern Rebecca.

Der zweite Schuß kam nicht. Ich klebte am Boden – es gab kein anderes Wort dafür. Immer noch der Geruch, der Widerhall, aber sonst ... Stille.

Ich bewegte mich, drehte den Kopf, sah ihre Schuhe, ließ den Blick zu ihren Händen hinaufwandern.

Sie hielt *nicht* die Mündung des zweiten Laufs auf mich gerichtet.

Ihre Hände waren leer.

Die Augen langsam nach rechts ... Conrad selbst hatte die Flinte.

Dart kniete sich neben meinem Kopf hin und sagte hilflos: »Lee.«

Ich sagte belegt: »Sie hat mich verfehlt.«

»Gott, Lee.«

Ich war außer Atem, aber ich konnte da nicht ewig bleiben. Ich setzte mich aufrecht; zum Aufstehen war ich zu mitgenommen.

Der Schuß hatte sie alle erschreckt, auch Rebecca.

Marjorie, sehr aufrecht, den Mund starr geöffnet, wie scheintot, sah kreidebleich aus. Conrads Augen starrten trüb auf ein allzu knapp vermiedenes Blutvergießen. Rebecca ... konnte ich noch nicht ins Gesicht sehen.

»Sie wollte das nicht«, sagte Conrad.

Aber sie hatte es in der Tat gewollt, ohne Rücksicht auf Verluste.

Ich hustete krampfhaft. Ich sagte noch einmal: »Das Band ist fingiert.« Und diesmal versuchte keiner, mich dafür umzubringen.

Conrad sagte: »Ich verstehe nicht.«

Ich atmete langsam durch und bemühte mich, meinen hämmernden Puls zu beruhigen.

»Sie *kann* das nicht gemacht haben«, sagte ich. »Sie hat es nicht getan. Sie würde nicht die ... innerste Bastion ihrer Persönlichkeit aufs Spiel setzen.«

Conrad sagte verwirrt: »Da komme ich nicht ganz mit.«

Endlich sah ich Rebecca an. Sie erwiderte den Blick mit hartem, ausdruckslosem Gesicht.

»Ich habe Sie reiten sehen«, sagte ich. »Da wachsen Sie über sich hinaus. Und neulich habe ich Sie sagen hören, Sie kämen dieses Jahr unter die ersten fünf auf der Jockeyliste. Sie haben das voll Eifer gesagt. Sie sind eine Stratton, Sie sind unendlich stolz, und Sie sind reich und auf das Geld nicht angewiesen. Niemals würden Sie billige Tips verkaufen, wenn Ihnen dafür ein solcher Ehrverlust droht.«

Rebeccas Augen verengten sich zu schmalen Schlitzen unter den gesenkten Lidern, ihr Gesicht blieb starr.

»Aber sie hat doch zugegeben, daß es stimmt!« sagte Conrad wieder.

Ich sagte bedauernd: »Sie hat das Band selbst aufgenommen, um Sie unter Druck zu setzen, damit die Tribüne neu gebaut wird, und sie hat versucht mich zu erschießen, damit ich Ihnen nichts davon sage.«

»Rebecca!« Conrad konnte es nicht glauben. »Der Mann lügt. Sag mir, daß er lügt.«

Rebecca sagte nichts.

»Sie haben alle Anzeichen von unerträglicher Anspannung gezeigt«, sagte ich zu ihr. »Wahrscheinlich hielten Sie es zuerst für eine gute Idee, Ihren Vater glauben zu machen, es gebe eine Erpressung, der er sich fügen müsse, um Sie vor dem Rennbahnverbot zu bewahren; aber nachdem Sie es getan hatten und er sich wirklich hatte erpressen lassen, haben Sie es wohl doch bitter bereut. Aber *das* haben Sie ihm nicht gebeichtet. Sie haben Ihren drastischen, verbohrten Plan zur radikalen Modernisierung von Stratton Park weiter durchgezogen, und das zerrt seit

Wochen jetzt an Ihren Nerven und bringt Sie ... aus dem Gleichgewicht.«

»Die Kleiderbügel!« sagte Dart.

»Aber *warum*, Rebecca?« fragte Conrad flehend, zutiefst bestürzt. »Ich hätte doch alles für dich getan ...«

»Sie wären vielleicht mit dem Bau einer neuen Tribüne nicht einverstanden gewesen«, sagte ich, »schon gar nicht nach Entwürfen von Wilson Yarrow. Und er war es doch wohl, der zu Ihnen gekommen ist und gesagt hat: ›Ihre Tochter hat Dreck am Stecken, und wenn Sie ihr gutes Ansehen erhalten wollen, brauchen Sie mir nur diesen Auftrag zu geben.‹!?«

Conrad antwortete nicht direkt, sondern entspannte seine Flinte und nahm mit fahrigen Fingern beide Patronen heraus, die verschossene, schwarz und leer, und die ungebrauchte, orange und glänzend. Er steckte sie beide in seine Tasche und lehnte das Gewehr an die Wand.

Im gleichen Moment klopfte es leise an der Tür. Conrad ging hin, um zu öffnen, und sah Marjories besorgten Butler vor sich.

»Nichts passiert«, versicherte ihm Conrad mit sonorer Stimme. »Die Flinte ist versehentlich losgegangen. Hat leider ein bißchen Dreck gegeben. Darum kümmern wir uns nachher.«

»Ja, mein Lord.«

Die Tür schloß sich. Jetzt erst fiel mir auf, daß die Schrotladung einen Spiegel an der Wand zertrümmert und Fetzen goldener Seide aus den Sesselbezügen gerissen hatte. Mehr als ungemütlich.

Ich griff nach dem Gehstock, den ich neben meinem Platz auf das schmale Sofa gelegt hatte, und mit seiner Hilfe stand ich auf.

»Sie müssen Keith etwas von Erpressung erzählt haben«, sagte ich zu Conrad. »Er hat das Wort im Zusammenhang mit Yarrow benutzt. Sie waren alle dabei.«

Conrad breitete hilflos die Hände. »Keith hat gedrängt und gedrängt, ich solle die Neubaupläne aufgeben, und ich sagte, das *könnte* ich nicht.« Er schwieg. »Aber wie haben Sie das alles herausbekommen?«

»Anhand von Kleinigkeiten«, sagte ich. »Ich war zum Beispiel auf derselben Bauschule wie Wilson Yarrow.«

»*Bauschule!*« rief Marjorie dazwischen.

»Ja. Als ich ihn sah ... seinen Namen hörte ... wußte ich, daß irgendwas mit ihm nicht stimmte. Da ich mich nur dunkel erinnern konnte, ging ich zu einem ehemaligen Mitstudenten, den ich zehn Jahre nicht gesehen hatte, und fragte ihn. Er hatte damals Tagebuch geführt und auch ein Gerücht aus der Zeit festgehalten, wonach Yarrow mit der Einreichung eines Bauplans, der gar nicht von ihm war, einen angesehenen Preis gewonnen hatte. Die Schule sprach ihm den Preis ab und vertuschte die ganze Angelegenheit ein wenig – aber das Stigma des Betrugs blieb trotzdem, und es dürfte einige hundert Architekten wie mich geben, die den Namen Yarrow mit etwas nicht ganz Koscherem verbinden. So etwas spricht sich in Fachkreisen herum und bleibt in Erinnerung – zumal denen, die ein besseres Gedächtnis haben als ich –, und aus der glänzenden Karriere, die man Yarrow einmal vorausgesagt hat, ist nichts geworden. Nur sein Name steht auf den Plänen, die er für Sie gezeichnet hat, also ist er wahrscheinlich nirgends angestellt. Es kann sogar sein, daß er überhaupt arbeitslos ist, und wir haben derzeit einen Architektenüberschuß, da die Schulen jedes Jahr mehr Kräfte ausbilden, als der Markt aufnehmen kann. Ich könnte mir vorstellen, daß er in dem Tribünenneubau für Stratton Park eine Möglichkeit sah, wieder Anerkennung zu finden. Ich nehme an, er wollte diesen Auftrag *unbedingt*.«

Sie alle, auch Rebecca, hörten gebannt zu.

Ich sagte: »Bevor ich überhaupt nach Stratton Park kam, hat Roger Gardner mir erzählt, daß da ein Architekt neue Tribünen entwirft, der weder vom Rennsport noch von Massenverhalten etwas versteht, auf keinen Rat hört und die Rennbahn garantiert ins Verderben stürzt, aber daß Sie, Conrad, sich nicht von ihm abbringen lassen.«

Ich hielt inne. Niemand sagte etwas.

»Also«, fuhr ich fort, »habe ich letzten Mittwoch an Ihrer Hauptversammlung teilgenommen und Sie alle kennengelernt und Ihnen zugehört. Ich habe erfahren, was Sie im Hinblick auf die Rennbahn wollten. Marjorie wollte, daß alles so bleibt, wie es ist. Sie, Conrad, wollten eine neue Tribüne, eigentlich, um Rebecca vor dem Absturz zu bewahren, aber das wußte ich damals noch nicht. Keith wollte verkaufen, um zu Geld zu kommen. Rebecca wiederum wollte, wie sie sagte, reinen Tisch machen – neue Tribünen, neuer Verwalter, neuer Geschäftsführer, ein neues Image für die altmodische Stratton-Bahn. Marjorie hat die Versammlung auf eine Weise geleitet, daß die Supermächte vor Bewunderung auf die Knie gesunken wären, und hat Sie geschickt alle so gelenkt, wie sie es brauchte, um *ihren* Willen zu bekommen: daß Stratton Park in der absehbaren Zukunft weiterlaufen wird wie bisher.«

Dart warf seiner Großtante einen bewundernden Blick zu, in dem das Grinsen beinah durchschien.

Ich sagte: »Damit waren weder Rebecca noch Keith einverstanden. Keith hatte bereits den Schauspieler Harold Quest als Störenfried engagiert, der vor dem Haupteingang der Rennbahn gegen den Hindernissport demonstrieren sollte, um Besucher von Stratton Park fernzuhalten und der Rennbahn ihre Anziehung und ihre Einkünfte zu nehmen, damit sie als Geschäft bankrott geht und Sie gezwungen sind, ihren großen Aktivposten, das Land, zu verkaufen. Er hat Harold Quest auch veranlaßt, ein Hindernis niederzubrennen, die Hecke vor dem Graben – ein symbolischer Akt, da an diesem Hindernis bei der vorigen Veranstaltung ein Pferd tödlich verunglückt war –, doch der Plan schlug fehl, wie Sie wissen. Keith ist nicht besonders schlau. Rebecca dagegen ...«

Ich zögerte. Einiges mußte noch offengelegt werden: Ich wünschte, jemand anders ... irgend jemand anders ... hätte es für mich getan.

»In der Familie Stratton, wie sie jetzt besteht«, nahm ich den Faden von einer anderen Seite wieder auf, »gibt es zwei gutmütige, harmlose Mitglieder, Ivan und Dart. Es gibt ein sehr gewieftes Mitglied, Marjorie. Dann ist da Conrad, der mächtiger erscheint, als er tatsächlich ist. Alle anderen vom Geschlecht der Strattons haben eine Neigung zur Brutalität und Gewalt, die Sie schon ein Vermögen gekostet hat. Kombiniert man diesen Wesenszug mit Dummheit und Arroganz, bekommt man Forsyth und seine Rasenmäher. Wie er glauben viele Strattons, daß man ihnen niemals auf die Schliche kommt, und wenn doch, daß die Familie sie dann mit ihrem Geld und ihrer Macht herausreißt, wie sie es in der Vergangenheit stets getan hat.«

»Und wieder tun wird«, sagte Marjorie bestimmt.

»Und wieder tun wird«, räumte ich ein, »wenn Sie können. Aber bald werden Sie Ihr ganzes Geschick zur Schadensbegrenzung aufwenden müssen.«

Überraschend hörten sie weiter zu, statt mir den Mund zu verbieten.

Ich sagte vorsichtig: »Bei Rebecca wird die Gewalttätigkeit weitgehend in die Bahn des Wettkampfsports gelenkt und äußert sich in leidenschaftlichem Wetteifer. Sie hat ausgeprägten Mut und Siegeswillen. Dazu kommt ein überstarker Drang, ihren Kopf durchzusetzen. Als Marjorie ihrem ursprünglichen Plan für den Bau neuer Tribünen einen Riegel vorschob, fand sie eine einfache Lösung: Die alten mußten weg.«

Diesmal protestierte Conrad ungläubig und Marjorie ebenfalls, aber Rebecca und Dart nicht.

»Ich nehme an«, sagte ich zu Rebecca, »Sie haben Wilson Yarrow gebeten, das für Sie zu erledigen, und ihn wissen lassen, daß es sonst um seinen Auftrag geschehen wäre.«

Sie starrte mich ungerührt an, eine keinesfalls gezähmte Tigerin.

Ich sagte: »Wilson Yarrow hing ja durch den Erpressungsversuch schon mit drin. Er sah genau wie Sie, daß die teilweise Zerstörung der Haupttribüne ihren Neubau unumgänglich machen würde. Er kannte die alte Tribüne, und als Architekt wußte er, wie mit dem geringsten Aufwand der größtmögliche Schaden zu erzielen war. Die Treppe in der Mitte war die Hauptschlagader des Gebäudes. Brachte man dieses Kernstück zum Einsturz, würden auch die umliegenden Räume einstürzen.«

»Ich hatte nichts damit zu tun«, schrie Rebecca plötzlich.

Conrad erschrak. Er war ... entsetzt.

»Ich habe die Ladungen gesehen, bevor sie explodiert sind«, sagte ich zu Rebecca. »Ich habe gesehen, wie sie angebracht waren. Sehr professionell. Ich hätte es auch so gemacht. Und ich kenne Leute in der Branche, die Ihnen im Gegensatz zu meinem verantwortungsbewußten Freund, dem Hünen Henry, alles mögliche verkaufen würden, ohne groß zu fragen. Aber selbst Abbruchspezialisten fällt es schwer, die Menge des benötigten Sprengstoffs genau zu berechnen. Jedes Gebäude hat seine eigenen Stärken und Schwächen. Man neigt dazu, lieber zuviel als zuwenig zu nehmen. Die von Yarrow verwendete Menge hat den halben Bau auseinandergerissen.«

»Nein«, sagte Rebecca.

»Doch. Sie haben sich darauf geeinigt, es am frühen Karfreitagmorgen zu machen, weil dann niemand da sein würde.«

»Nein.«

»Wilson Yarrow hat die Löcher gebohrt und die Sprengsätze gelegt, und Sie haben Schmiere gestanden.«

»Nein.«

»Ohne Wachtposten konnte er das nicht machen. Und wenn man krumme Dinger dreht, nimmt man am besten einen Aufpasser, auf den man sich verlassen kann.«

Dart zuckte zusammen. Dann grinste er. Unbezwingbar.

»Sie haben in Darts Auto Wache gehalten«, sagte ich.

Rebecca riß die Augen auf. Das »Nein«, das sie herausbrachte, klang weniger überzeugend als die anderen Dementis.

»Sie dachten«, sagte ich, »wenn Sie mit Ihrem knallroten Ferrari hinfahren und ein zufällig anwesender Arbeiter sieht den an einem rennfreien Tag auf der Bahn stehen, fällt ihm das nach der Explosion vielleicht wieder ein, und er meldet es der Polizei. Also sind Sie nach Stratton Hays gefahren, haben Ihr Auto da abgestellt und sich Darts Wagen ausgeliehen, in dem der Schlüssel immer steckt, und damit sind Sie dann auf die Rennbahn gefahren, denn Darts Wagen ist dort so bekannt, daß er quasi unsichtbar ist. Aber Sie hatten nicht mit Harold Quest, dem Schauspieler und Wichtigtuer gerechnet, der sich an dem Tag gar nicht dort am Eingang aufgehalten hätte, wenn er ein echter Demonstrant gewesen wäre, und sicher waren Sie bestürzt darüber, daß er aussagte, er habe Darts Wagen dort gesehen, und ihn der Polizei beschrieb. Aber auch wieder nicht so bestürzt, wie wenn Harold Quest Ihren Ferrari angezeigt hätte.«

»Ich glaub das alles nicht«, sagte Conrad schwach. Aber er glaubte es.

»Ich nehme an«, sagte ich zu Rebecca, »Sie haben Yarrow irgendwo abgeholt und sind mit ihm und dem Sprengstoff zur Rennbahn gefahren, denn die Polizei hat den Wagen untersucht und Nitratspuren gefunden.«

Rebecca sagte nichts.

Ich sagte: »Dart hat von Anfang an gewußt, daß Sie es waren – oder Sie und Yarrow –, der die Tribüne in die Luft gejagt hat.«

»Dart hat es Ihnen gesagt!« rief Rebecca und fuhr wütend zu ihrem Bruder herum, der völlig verblüfft und verletzt aussah. »Du hast mich verraten an diesen ... diesen ...«

»Hat er nicht«, sagte ich grimmig. »Dart hat unbeirrbar zu Ihnen gehalten. Er ist gestern von der Polizei ziemlich in die

Zange genommen worden und hat kein Wort gesagt. Sie haben ihn beschuldigt, die Ladungen selbst angebracht zu haben, und da er nach wie vor ihr Hauptverdächtiger ist, werden sie ihn noch mal verhören. Aber er wird nicht gegen Sie aussagen. Er ist stolz auf Sie, gefühlsmäßig in einem Zwiespalt, denn für übergeschnappt hält er Sie auch, aber er ist ein Stratton, und er verrät Sie nicht.«

»Woher *wissen* Sie das?« warf Dart gequält ein.

»Ich stand neben Ihnen, als sie auf Tempestexi gesiegt hat.«

»Aber ... daraus war *das* doch nicht zu entnehmen.«

»Ich bin seit acht Tagen von Strattons umgeben.«

»Wie hast du es rausgekriegt?« fragte Rebecca ihren Bruder.

»Ich habe vom Bad aus deinen Ferrari an der Stelle gesehen, wo meine alte Karre hätte stehen müssen.«

Sie sagte hilflos: »Er stand noch keine Stunde da.«

Conrad ließ die Schultern hängen.

»Ich war lange vor der Explosion wieder in Lambourn«, sagte Rebecca verärgert. »Und Yarrow hat sich da schon in London gezeigt.«

»Ich wüßte gern«, sagte Marjorie nach einer Pause zu mir, »wodurch Rebecca Ihren Verdacht erregt hat.«

»Lauter Kleinigkeiten.«

»Erzählen Sie.«

»Nun«, sagte ich, »sie wollte unbedingt Veränderungen.«

»Und?« half Marjorie nach, als ich schwieg.

»Sie sprach von einer neuen Tribüne aus Glas. Es gibt in England zwar Tribünen mit verglasten Abschnitten, aber keine ganz verglasten wie auf Yarrows Plänen, und ich habe mich gefragt, ob sie die Pläne *gesehen* hatte, die Conrad so heimlichtuerisch unter Verschluß hielt. Und dann ...«

»Und dann?«

»Rebecca sagte, sie sei die einzige in der Familie, die Anschlag und Anker auseinanderhalten könne.«

Alle außer Rebecca schauten verständnislos drein.

»Ich kann Ihnen nicht folgen«, sagte Marjorie.

»Das ist kein Ausdruck aus dem Rennsport«, erklärte ich. »Roger Gardner konnte nichts damit anfangen.«

»Ich auch nicht«, warf Conrad ein, »und ich habe mein Leben lang Pferde besessen und geritten.«

»Ein Architekt versteht es«, sagte ich, »auch ein Maurer, ein Zimmermann, ein Ingenieur. Daß es einem Jockey klar ist, hätte ich eigentlich nicht erwartet. Also habe ich mich – wenn auch erst nur nebenbei – gefragt, ob sie vielleicht viel mit einem Architekten geredet hat und ob dieser Architekt nicht Yarrow sein könnte. Nur eine vage Überlegung am Rande, aber so etwas behält man im Kopf.«

»Und was *sind* Anker und Anschlag?« fragte Dart.

»Anker sind im Bauwesen eiserne Zugstangen zum Zusammenhalten von Bauteilen, zum Beispiel eines Balkens mit der Mauer.«

Marjorie sah verwirrt aus, Conrad nicht.

»Und ein Anschlag?« fragte sie. »Sagen das nicht die Jäger?«

»Die auch. Da spricht man von Anschlag freihändig oder aufgelegt. Im Bauwesen bedeutet es eine vorspringende Mauerzunge zur Aufnahme von Fenster- oder Türblendrahmen. Der Architekt nennt so auch das Führungsstück an der Reißschiene. Jedenfalls ist es kein rennbahnüblicher Ausdruck.«

»Anker und Anschlag«, meinte Dart nachdenklich. »Hat Ihr Jüngster das nicht vor sich hin gesungen?«

»Gut möglich.«

»Ich hätte Sie umbringen sollen, als ich die Gelegenheit hatte«, sagte Rebecca heftig zu mir.

»Ich dachte auch, Sie würden es tun«, gab ich zu.

»Sie hat direkt auf Sie gezielt«, sagte Dart. »Vater hat ihr die Flinte entrissen. Wenn Sie ihn fragen, wird er wahrscheinlich sagen, daß *ein* Schuß in die Brust vielleicht noch als Unfall hätte hingestellt werden können, daß aber ein Nachschuß in Ihren Rücken nichts anderes als Mord sein konnte.«

»Dart!« protestierte seine Tante streng; aber er sah das sicher ganz richtig. Er war einer von ihnen. Er wußte Bescheid.

Conrad hatte eine Frage an seine Tochter. »Woher kennst du Yarrow überhaupt? Wie bist du an ihn geraten?«

Sie zuckte die Achseln. »Auf einer Party. Er hat so alberne Stimmenimitationen gemacht, in dem Akzent, der auf dem Band ist. ›Rebe-ah Stra-on, Liebes.‹ Jemand sagte mir, er sei ein Ausnahmearchitekt, aber völlig pleite. Ich wollte eine neue Tribüne. Er wollte dringend Arbeit, und wie und woher war ihm ziemlich egal. Wir wurden uns einig.«

»Aber du magst doch sonst keine Männer.«

»Ich mochte ihn auch nicht«, sagte sie unverblümt. »Ich habe ihn *benutzt*. Eigentlich verachte ich ihn. Jetzt hat er, wie vorauszusehen, die Hosen gestrichen voll.«

»Also ... was nun?« fragte Conrad mich unglücklich. »Die Polizei?«

Ich blickte zu Marjorie. »Sie«, sagte ich, »sind diejenige, die an den Schalthebeln der Familie sitzt. Sie lenken die anderen seit vierzig Jahren. Sie haben sogar Ihren Bruder ganz behutsam gelenkt.«

»Wie das?« fragte Dart neugierig.

Marjorie beschwor mich mit weit geöffneten Augen, aber mehr noch Perdita Faulds zuliebe sagte ich zu Dart: »Das Geheimnis Ihres Großvaters ging nur ihn etwas an, und er hat es mit ins Grab genommen. Ich kann es Ihnen nicht sagen.«

»Sie wollen nicht«, sagte Dart.

»Ich will nicht«, gab ich zu. »Jedenfalls ist es nicht meine, sondern Marjories Entscheidung, ob die Polizei verständigt wird. Ich sollte ihr ein Druckmittel gegen Yarrow verschaffen, und das hat sie jetzt. Damit ist der Fall für mich erledigt.« Ich hielt inne. »Ich bin übrigens sicher, daß die Polizei keine hinreichenden Beweise hat oder bekommen wird, um Sie strafrechtlich zu belangen, Dart. Wenn Sie nur weiter von nichts wissen, geht das schon in Ordnung.«

»Aber was ist mit Yarrow?« fragte Dart.

»Das muß Marjorie entscheiden. Aber wenn Sie Yarrow verklagen, geben Sie auch Rebeccas Mitschuld und Ihre eigene Verwicklung preis. Ich kann mir nicht vorstellen, daß Ihnen daran liegt.«

»Aber Keith?« sagte Marjorie und wich der Last, die ich ihr aufgebürdet hatte, nicht aus. »Was ist mit *ihm?*«

Keith.

Ich wandte mich an Conrad. »Sagten Sie Marjorie vorhin, Keith habe Sie hergeschickt?«

»Ja.«

»Mit dem Gewehr?«

Er sah ein wenig beschämt aus. »Sie müssen mich auch verstehen. Ich meine, nachdem Sie und Dart gegangen waren, standen Keith und ich noch da im Zimmer und unterhielten uns über Sie und den aufgebrochenen Schrank, da sahen wir Ihren Dietrich im Schloß, und ich sagte gerade, Sie hätten aber viel riskiert, bloß um einen Blick auf die Pläne zu werfen ... Und dann schoß mir auf einmal durch den Kopf, wie tief Sie in der ganzen Sache drinstecken, und obwohl ich nicht glauben konnte, daß Sie noch etwas anderes gesucht hatten oder daß Sie so viel wußten, schaute ich im Schrank in der Schachtel nach, in der ich das Foto und die Kassette verwahrte, und da war ich so fertig, daß Keith mich fragte, was los sei, und ich sagte es ihm. Wir dachten beide, jetzt würden Sie natürlich hingehen und uns erpressen.«

»Ach, natürlich.«

»Ja, aber ...«

»Bei Ihnen macht das jeder mit jedem; Sie glauben, daß keiner anders kann.«

Conrad zuckte mit den schweren Schultern, als verstünde sich das von selbst. »Jedenfalls«, sagte er, »hat Keith dann die Herausgabe des Umschlags verlangt, den unser Vater mir kurz vor seinem Tod anvertraut hatte. Ich sagte, den dürfe ich nicht herausgeben. Es gab einen ziemlichen Streit, aber ich hatte strikte Anweisung von Vater, ihn niemandem zu zeigen. Keith fragte mich, ob ich wüßte, was drin sei, aber ich weiß es nicht, und das habe ich ihm auch gesagt. Er meinte, er *müsse* ihn haben. Er fing an, die Schachteln aufzumachen und alles rauszukippen. Ich wollte ihn bremsen, aber Sie wissen ja, wie er ist. Dann kam er zu der Schachtel, in der das Kuvert hätte sein müssen, wenn ich nicht irrte, aber als er sie auskippte, war es nicht drin ... Sie konnten aber doch gar nicht wissen, daß es existiert – wie hätten Sie es da entwenden sollen? Schließlich half ich ihm bei der Suche. Jetzt liegt alles bei mir auf dem Fußboden, eine fürchterliche Unordnung, da steige ich nie mehr durch ...«

»Aber den Umschlag habt ihr gefunden?« fragte Marjorie besorgt.

»Nein.« Er wandte sich an mich und betonte: »Ich *weiß*, daß er da drin war, in einem ganz bestimmten Karton, unter einem Stapel abgelaufener *Versicherungspolicen*. Keith sagte, ich solle die Flinte holen und Sie umbringen ...«

»Aber er wußte, Sie würden es nicht tun«, sagte ich entschieden.

Dart fragte: »Was sind Sie da so sicher?«

»Der eine Zwilling«, sagte ich, »würde den Pilger umbringen. Der andere nicht. An ihrem Wesen können sie nichts ändern.«

»Die Weggabelung! Sie ... Sie *spitzfindiger* Hund.«

Marjorie sah mir in die Augen, ohne zu verstehen oder sich um das zu kümmern, was Dart gesagt hatte. »Haben Sie den Umschlag mitgenommen?«

»Ja«, sagte ich.

»Haben Sie ihn geöffnet? Haben Sie gesehen, was drin war?«

»Ja.«

»Dann geben Sie ihn mir.«

»Nein.« Ich schüttelte den Kopf. »Diese Sache . . .«, ich holte Luft, »die muß ich alleine machen.«

Das Telefon schrillte neben Marjorie. Mit verkniffenem Mund, verärgert über die Unterbrechung, nahm sie den Hörer ab.

»Ja«, sagte sie, und ihr Gesicht wurde ausdruckslos. »Ja, er ist hier.«

Sie hielt mir den Hörer hin. »Es ist Keith«, sagte sie. »Er möchte Sie sprechen.«

Er weiß, dachte ich, daß ich diesen Brief an mich genommen haben muß. Und er weiß, was drin steht.

Mit böser Vorahnung sagte ich: »Ja?«

Er sprach nicht gleich, aber er war da; ich konnte ihn atmen hören.

Lange Sekunden vergingen.

Er sagte nur fünf Wörter, bevor die Verbindung abbrach. Die schlimmsten fünf Wörter unserer Sprache.

»Sagen Sie Ihren Kindern Lebewohl.«

16

Mein Verstand setzte aus.

Die Angst schoß in mir hoch und stürzte mich von den Zehenspitzen bis zum Kopf in einen jener furchtbaren Zustände größter innerlicher Gespanntheit, die mit dem Bewußtwerden einer unabwendbaren Katastrophe einhergehen.

Ich stand regungslos da und versuchte mich an die Telefonnummer der Gardners zu erinnern. Konnte es nicht. Kniff die Augen zusammen und hörte auf, mich zu bemühen, ließ die Zahlen aus dem Unterbewußtsein heraufkommen, nach ihrem Rhythmus statt nach ihrem Bild. Drückte die Tasten und schwitzte.

Rogers Frau meldete sich.

»Wo sind die Jungen?« fragte ich abrupt.

»Die müßten jeden Moment bei Ihnen sein«, sagte sie beruhigend. »Sie sind ungefähr ... na, sagen wir, vor einer Viertelstunde weg. Sind sicher gleich bei Ihnen.«

»*Wo* bei mir?«

»Im Hauptzelt natürlich.« Sie war verwirrt. »Christopher hat Ihre Nachricht bekommen, und dann sind sie sofort los.«

»Hat Roger sie gefahren?«

»Nein. Der ist irgendwo draußen auf der Bahn. Ich weiß nicht genau, wo. Die Jungen sind zu Fuß weg, Lee ... stimmt irgendwas nicht?«

»Was war das für eine Nachricht?« sagte ich.

»Ein Anruf, für Christopher ...«

Ich warf Marjorie den Hörer zu und rannte aus ihrem Wohnzimmer, durch die ruhige Halle, zur Haustür hinaus und zu

Darts Wagen. Auch wenn das Laufen ein Hinken war, noch nie hatte ich mich schneller bewegt. Auch wenn ich wußte, ich lief in einen Hinterhalt, in ein mir zugedachtes Unglück – mir blieb nichts übrig, als mich zu beeilen, als zu hoffen, daß er sich mit mir zufriedengab und die Jungen am Leben ließ . . .

Ich jagte Darts Wagen wie ein Irrsinniger durch den Ort, aber gerade jetzt, wo ich ein ganzes Polizeikommando hätte brauchen können, hängte sich kein Streifenwagen wegen Zuschnellfahrens hinter mich.

Durch das Tor auf die Rennbahn. Um die Bahn zu dem Platz vor Rogers Büro. Keiths silberner Jaguar stand da. Niemand zu sehen . . . Doch . . . Christopher . . . und Edward . . . und Alan. Allen stand das Entsetzen im Gesicht. Ich stürzte aus dem Wagen, von Dämonen gehetzt.

»Papa!« Christophers grenzenlose Erleichterung war nicht beruhigend. »Papa, schnell.«

»Was ist los?«

»Der Mann da . . . im Hauptzelt.«

Ich wandte mich in die Richtung.

»Er hat Feuer da drin gelegt . . . und Neil . . . und Toby . . . und Neil schreit.«

»Sucht Colonel Gardner«, rief ich ihm im Laufen zu. »Er soll die Sprinkleranlage einschalten.«

»Aber . . .«, Verzweiflung in Christophers Stimme, »wir wissen nicht, wo er ist.«

»*Sucht ihn.*«

Ich *hörte* Neil schreien. Keine Worte, nichts Verständliches. Laute, schrille Schreie. *Kreischen.*

Wie stellt man sich so einer Situation?

Ich rannte in das Hauptzelt, zum Mittelgang und suchte nach dem Feuerlöscher, der dort am Eingang hätte sein müssen, lief aber weiter, da ich ihn nicht fand, und sah plötzlich Alan neben mir herlaufen.

»Bleib zurück«, schrie ich ihn an, »lauf zurück, Alan.«

Rauch hing im Zelt, und am Boden brannten mehrere kleine, helle Feuer; rote, orange und goldene Flammen tanzten auf Rinnsalen und Pfützen. Und dahinter stand wie ein Koloß, breitbeinig, felsenfest, den Mund zu einem schadenfrohen Grinsen geöffnet ... *Keith*.

Er hatte Neil am Unterarm gepackt, die Finger wie ein Schraubstock um das dünne Handgelenk geschlossen, und hielt ihn halb in die Luft, fast auf Armlänge von sich. Mein kleiner Sohn zappelte und strampelte, um sich zu befreien, kam aber nur gerade mit den Zehen auf den Boden und fand keinen Halt.

»Lassen Sie ihn frei«, rief ich ohne allen Stolz, bereit zu flehen, bereit zu jeder feigen Speichelleckerei, die nötig war.

»Holen Sie ihn sich, sonst zünde ich ihn an.«

Neben Keith stand in einem hohen, kunstgeschmiedeten Behälter eine langstielige, mit lodernder Flamme brennende Fakkel, wie man sie bei Grillparties, bei Fackelzügen oder auch zur Brandstiftung bei Ausschreitungen benutzt; Neil auf einer Seite, die Fackel auf der anderen. In der Mitte Keith mit einem Plastikkanister ohne Verschluß.

»Das ist Benzin, Pa«, rief Alan neben mir. »Er hat es auf den Boden geschüttet und angesteckt. Wir dachten, womöglich steckt er uns auch an, und sind weggelaufen, aber er hat Neil erwischt ... er darf Neil nicht verbrennen, Pa.«

»*Geh raus*«, brüllte ich ihn verzweifelt an, und er stockte und blieb abrupt stehen, Tränen auf den Wangen.

Ich lief auf Keith zu, auf sein entsetzliches Grinsen, auf meinen entsetzten Sohn. Ich lief auf das unvermeidliche Feuer zu, lief, so schnell ich konnte, lief rein instinktiv.

Wenn Keith etwas loswerden will, verbrennt er es ...

Ich würde ihn über den Haufen rennen, dachte ich. Ich würde mit ihm zu Boden gehen. Er würde *mit mir* gehen ... ganz gleich, wohin.

Er hatte nicht mit einem Angriff gerechnet. Er trat einen Schritt zurück, leicht verunsichert, und Neil schrie weiter. Später wurde mir klar, daß man zu den wahnsinnigsten Mitteln greift, um seine Kinder zu retten.

Im Augenblick waren in meinem Bewußtsein nur Flammen, Zorn, der beißende Geruch von Benzin, ein klares Bild vom weiteren Ablauf.

Er würde den Benzinkanister auf mich schleudern und die Fackel hochreißen, und dafür mußte *mußte* – er Neil loslassen. Ich würde ihn von Neil wegstoßen, der damit am Leben bleiben und außer Gefahr sein würde.

Sechs Schritte entfernt, vorwärtsrennend, gab ich alle Hoffnung auf, dem Feuer zu entgehen. Aber Keith würde auch brennen ... und sterben ... dafür würde ich sorgen.

Eine kleine dunkle Gestalt warf sich auf den letzten Metern plötzlich zwischen uns wie ein Kobold aus dem Nichts, nur Arme und Beine, linkisch, aber schnell. Sie rannte in Keith hinein und brachte ihn aus der Balance, so daß er mit rudernden Armen nach hinten taumelte.

Toby ... *Toby*.

Keith ließ Neil los. Ich stieß meinen kleinen Sohn verzweifelt von ihm weg. Das Benzin schwappte aus dem Kanister und lief Keith in einem glitzernden Strom über die Beine. Schwankend versuchte er dem Brennstoff auszuweichen und stieß gegen den Ständer mit der Fackel. Der Ständer wackelte; wackelte hin und her und kippte dann um; die Flamme neigte sich in einem todbringenden Bogen abwärts.

Ich hechtete nach vorn, schnappte Toby mit rechts, packte Neil mit links, riß sie beide hoch und wandte mich in der gleichen Bewegung zur Flucht.

Ein gewaltiges Zischen ertönte hinter uns, gefolgt von einem Hitzeschwall und einem Prasseln, als wäre die ganze Luft entflammt. Über die Schulter schauend, bekam ich einen Sekundenbruchteil Keith zu sehen, mit weit aufgerissenem Mund, als ob jetzt *er* schreien wollte. Es sah aus, als holte er Atem dazu, und das Feuer schoß wie von einem Blasebalg angesogen durch den geöffneten Mund in seine Lunge; er brachte keinen Ton heraus, sondern griff sich an die Brust, die Augen weit offen, so daß man ringsum das Weiße sah, und fiel vornüber aufs Gesicht, ein immer schneller brennender Feuerball.

Auch mein Hemdrücken war versengt vom Kragen bis zur Taille, und Tobys Haare standen in Flammen. Ich rannte mit den Jungen in den Armen, rannte weit genug den Gang hinunter, stolperte und fiel hin, ließ Neil fallen, rollte mich auf den Rükken und fuhr Toby mit den Händen durch die Haare.

Verzweifelte Augenblicke. Neil roch nach Benzin, Toby auch, und wir mußten durchs Feuer, durch ein Labyrinth von Feuern nach draußen.

Ich schnappte keuchend erst einmal nach Luft, sammelte Kräfte, legte den linken Arm um Neil, der weinte. Ich bemühte mich, Toby zu beruhigen, und dann kam von hoch oben ein wundervoller Sprühregen, kühles, lebenspendendes Wasser tropfte und fiel zischend auf all die kleinen Feuer um uns herum, löschte schwarz die Flammen und verwandelte die zusammengekrümmte Gestalt von Keith in ein rauchendes Etwas.

Toby drückte sich an meine Brust und starrte mir ins Gesicht, als könnte er es nicht ertragen, woandershin zu sehen.

Er sagte: »Der wollte dich anzünden, nicht wahr, Papa?«

»Ja.«

»Das dachte ich mir.«

»Wo bist du hergekommen?« fragte ich.

»Aus dem Speiseraum, in dem wir zu Mittag gegessen haben. Ich hatte mich versteckt ...« Seine Augen waren riesengroß. »Ich hatte *Angst*, Papa.« Wasser lief ihm durch die versengten Haare und in die Augen.

»Hätte jeder gehabt.« Ich strich ihm mit den Fingerknöcheln

über den Rücken, dem Prachtkerl. »Du warst tapfer wie zehntausend Helden.« Ich rang nach Worten. »Nicht jeder Junge kann von sich behaupten, daß er seinem Vater das Leben gerettet hat.«

Ich merkte, daß das für ihn nicht genügte. Er brauchte mehr, brauchte etwas, das ihn aufbaute, ihm ein bleibendes Gefühl der Selbstachtung gab, eine Kraft, auf die er immer zurückgreifen konnte.

Ich dachte daran, wie seine kleine Gestalt sich auf einen unwahrscheinlich bedrohlichen Gegner geworfen hatte, mit wild flatternden Armen und Beinen, aber erfolgreich.

Ich sagte: »Würdest du gern Karate lernen, wenn wir nach Hause kommen?«

Sein angespanntes Gesicht erstrahlte von Ohr zu Ohr. Er wischte sich die Lippen trocken. »Aber ja, Papa«, sagte er.

Ich setzte mich aufrecht, beide noch an mich gedrückt, und Christopher kam angelaufen, dann auch die beiden anderen, und alle starrten sie an mir vorbei auf den kohlschwarzen, unvorstellbaren Alptraum.

»Geht da nicht hin«, sagte ich im Aufstehen. »Wo ist Colonel Gardner?«

»Wir konnten ihn nicht finden«, sagte Christopher.

»Aber ... der Sprinkler?«

»Den hab ich angestellt«, sagte Christopher. »Ich habe gesehen, wie Henry an dem Tag, als du mit der Bahn weg bist, die Schilder aufgeklebt hat. Ich wußte, wo der Hahn war.«

»*Hervorragend*«, sagte ich, aber kein Wort war gut genug. »So, und jetzt gehen wir mal raus aus dem Regen.«

Neil wollte getragen werden. Ich nahm ihn hoch, er schlang mir die Arme um den Hals, schmiegte sich eng an mich, und alle sechs schlappten wir klatschnaß hinaus auf den Asphalt.

Roger kam mit seinem Jeep angefahren, stieg aus und starrte uns an.

Wir müssen schon komisch ausgesehen haben. Ein großer Junge, ein kleiner auf dem Arm, die drei anderen dicht dabei, alle tropfnaß.

Ich sagte zu Christopher: »Lauf und dreh den Hahn ab« und zu Roger: »Im Hauptzelt hat es gebrannt. Der Bodenbelag und die Dielen waren stellenweise benzingetränkt und haben Feuer gefangen, aber die Zeltleinwand nicht, da hatte Henry recht.«

»*Gebrannt!*« Er wandte sich zum Eingang, um selbst nachzusehen.

»Erschrecken Sie nicht«, sagte ich. »Da ist Keith drin. Er ist tot.«

Roger hielt einen Schritt inne und ging dann weiter. Christopher kam schon zurück, und die Jungen und ich fingen an zu zittern, wohl ebensosehr vor Schock und Angst wie des leichten Aprilwindes wegen, standen wir doch naß in unangenehm kalter Luft.

»Setzt euch ins Auto«, sagte ich und wies auf Darts zerbeulte Kiste. »Ihr müßt erst mal trocken werden.«

»Aber Dad . . .«

»Ich fahre euch.«

Sie drängelten sich hinein, als Roger mit besorgter Miene wieder aus dem Zelt kam.

»Was ist denn bloß passiert?« fragte er eindringlich. »Ich muß die Polizei rufen. Kommen Sie mit ins Büro.«

Ich schüttelte den Kopf. »Erst steck ich die Jungs mal in trokkene Sachen. Die sollen mir keine Lungenentzündung kriegen. Dann komme ich wieder.«

»Aber Lee –«

»Keith hat versucht, das Hauptzelt in Brand zu setzen«, sagte ich. »Aber . . .«

»Aber«, ergänzte Roger, »wer mit Benzin Feuer legt, kann dabei selbst in Flammen aufgehen.«

Ich lächelte schwach. »So ist es.«

Ich ging zu Darts Wagen und fuhr die Jungen zum Bus, wo sie alle – *wir* alle – duschten und frische, saubere Sachen anzogen. Mein kariertes Hemd mit seinem wie durch ein zu heißes Bügeleisen versengten Rücken wanderte in den Mülleimer, nicht in einen Wäschesack. Die Haut im Rücken fühlte sich an wie nach einem Sonnenbrand. Eine schmerzhafte Rötung, nichts weiter. Schwein gehabt, dachte ich, daß das Hemd aus dicker reiner Baumwolle, nicht aus schmelzbarem Nylon gewesen war.

Als die Jungen soweit waren, marschierte ich mit ihnen zu Mrs. Gardner und bat sie, ihnen, wenn es ging, Kuchen und etwas Warmes, Süßes zu trinken vorzusetzen.

»Ihr Lieben«, sagte sie und schloß sie in die Arme. »Kommt doch rein.«

»Laß uns nicht allein, Pa«, sagte Edward.

»Ich muß mit dem Colonel reden, aber es dauert nicht lange.«

»Kann ich mit dir fahren?« fragte Christopher.

Ich lauschte auf seine schon ziemlich tiefe Stimme, schaute mir an, wie groß er war, sah den werdenden Mann in dem Jungen und verstand seinen Wunsch, die Kindheit hinter sich zu lassen.

»Spring ins Auto«, sagte ich, und hocherfreut saß er auf der kurzen Rückfahrt neben mir.

»Was hat Keith Stratton zu euch gesagt«, fragte ich, »als ihr zum Hauptzelt kamt?«

»So ein Typ!« Christopher schauderte. »Erst schien alles in Ordnung zu sein. Er sagte, wir sollten ins Zelt gehen. Er sagte, du kämst auch.«

»Und dann?« half ich nach, da er schwieg.

»Na, wir sind rein, und er kam hinter uns her. Er sagte, wir sollten durchgehen, und wir sind durchgegangen.«

»Ja.«

»Dann ...«, er zögerte, »dann wurde es *unheimlich*, Pa. Ich meine, er hat einen Kanister genommen, der da stand, und hat die Kappe abgedreht, und wir konnten *riechen*, daß es Benzin war. Dann hat er den Kanister wieder hingestellt und die Fackel aufgehoben, da hat er sein Feuerzeug drangehalten, und das Ding fing an zu lodern wie die Fackeln in einem Ku-Klux-Klan-Film.«

»Genau.«

»Dann hat er Benzin auf den Boden geschüttet und die Fackel rangehalten, und da gab's natürlich Feuer, aber nur an der einen Stelle.« Er schwieg. »Wir kriegten Angst, Papa. Du hast uns immer gesagt, daß man Feuer nicht mit Benzin zusammenbringen darf, und er hatte einen großen Kanister voll in der einen und die Fackel in der anderen Hand. Er sagte, wir sollten weiter ins Zelt hineingehen, und er kam hinter uns her und legte noch ein Feuer und noch eins und immer mehr, daß es uns richtig mulmig wurde, aber er sagte nur, du kämst bald. ›Euer Vater wird kommen.‹ Uns hat vor dem gegruselt, Pa. Er hat sich nicht wie ein Erwachsener benommen. Er war nicht *vernünftig*, Pa.«

»Nein.«

»Er sagte, wir sollten weiter durchgehen, an dem Ständer vorbei, der da stand, und da hat er die Fackel reingestellt, da schwang die wenigstens nicht mehr hin und her, sie hatte einen festen Platz, und das war besser, aber *geheuer* war es uns immer noch nicht. Er hat aber auch den Benzinkanister hingestellt, und dann hat er uns bloß so angesehen und *gelächelt*, und das war *furchtbar*, ich meine, ich kann es nicht beschreiben.«

»Du machst das schon ganz gut.«

»Ich hatte furchtbar Angst vor ihm, Pa. Wir wollten alle da raus. Dann ist auf einmal Alan an ihm vorbeigeschossen, dann Edward und ich, und er hat uns angebrüllt und wollte uns abfangen, aber wir sind im Bogen um ihn herum und rausgeflitzt, ich meine, *mit Vollgas*, Pa ... und dann kam Toby uns nicht nach, und Neil fing an zu schreien ... und dann kamst du.«

Ich hielt neben Rogers Jeep an. Hinter ihm stand der Jaguar von Keith, und dahinter ein Polizeiwagen.

»Und sonst hat er nichts gesagt?« fragte ich.

»Nein, nur daß er sich von *dir* nicht erpressen lassen würde. So ein Quatsch, du würdest doch niemand erpressen.«

Ich lächelte innerlich über sein Vertrauen. Erpressung zielte nicht unbedingt auf Geld ab.

»Nein«, sagte ich. »Behalt diesen Teil aber trotzdem für dich, okay?«

»Okay, Pa.«

Eigenartig benommen, wie auf Wolken, ging ich mit Christopher zum Büro hinüber und erklärte der Polizei auf Befragen, ich hätte keine Ahnung, warum Keith Stratton sich so vernunftwidrig verhalten habe, wie er es getan hatte.

Es wurde Freitag, bis ich Stratton Park verließ.

Den ganzen Mittwochnachmittag hindurch beantwortete ich Serien polizeilicher Fragen mit »Ich weiß nicht« und versprach, zur gerichtlichen Untersuchung des Todesfalles pflichtgemäß wiederzukommen. Ich sagte nichts von meiner Absicht, Keith über den Haufen zu rennen. Es hörte sich nicht überzeugend an. Ich sagte nichts von Neil.

Auf Befragen sagte ich, ich hätte nicht versucht, Keith mit einem Feuerlöscher das Leben zu retten, weil ich keinen finden konnte.

»Vier Stück lagen außer Sicht im Barbereich«, sagte mir Roger.

»Wer hat sie da hingetan?« fragte die Polizei.

»Ich weiß es nicht«, sagte ich.

Christopher sagte den Ordnungshütern, Keith sei ein »Spinner« gewesen. Sie hörten höflich zu und kamen zu dem Schluß, daß er zu jung sei, um als Zeuge geladen zu werden, zumal er das Unglück selbst auch gar nicht miterlebt hatte.

Die Presse kam, schoß Fotos, stellte Fragen, erhielt die gleichen Antworten.

Eine Polizistin fragte die jüngeren Söhne in meinem Beisein später bei den Gardners, was sie gesehen hatten, aber wie Kinder nun mal sind, wenn Fremde ihnen Fragen stellen, verfielen sie in rehäugiges Schweigen, sagten von sich aus nichts und antworteten meistens durch Nicken. Ja – Nicken – im Zelt hatte es gebrannt. Ja – Nicken – Keith Stratton hatte das Feuer gelegt. Ja – Nicken – Toby hatte sich das Haar versengt. Ja – Nicken – Christopher hatte die Sprinkleranlage in Gang gesetzt, und ja – Nicken – ihr Vater hatte nach ihnen geschaut.

Die Strattons, dachte ich zwischendurch ironisch, hatten der Familie Morris nichts voraus, wenn es galt, Stillschweigen zu bewahren.

Am Donnerstag wurden die Klammern aus meinen weitgehend abgeheilten Wunden entfernt, und von Dart chauffiert fuhr ich mit Toby nach Swindon, um zu sehen, was Penelope mit seinen ungleichmäßig verbrannten Haaren anfangen konnte.

Ich sah zu, wie sie mit ihm lachte und ihn neckte. Sah zu, wie sie den noch nachhaltenden versengten Geruch herauswusch und die verbliebenen, sehr kurzen braunen Locken mit Schere, Bürste und Fön bearbeitete. Sah zu, wie sie ihm Vertrauen in sein neues Aussehen gab und ihn zum Lächeln brachte.

Die ganze Zeit überlegte ich, wie und wo ich sie ins Bett bekommen könnte.

Perdita kam nach unten und benahm sich wie eine zum Schutz ihres Kükens herbeigeeilte Glucke – als könnte sie meine Gedanken lesen.

»Ich haben Ihnen am Dienstag zuviel erzählt, Lee«, sagte sie ein wenig besorgt.

»Ich werde Sie nicht verraten.«

»Und Keith Stratton ist tot!«

»Leider ja«, meinte ich.

Sie lachte. »Sie sind ein Schlitzohr. Haben Sie ihn umgebracht?«

»Gewissermaßen.« Mit der Hilfe meines Zwölfjährigen, dachte ich, ob er sich darüber klar war oder nicht. »Notwehr, könnte man sagen.«

Ihre Augen lächelten, aber ihre Stimme war sachlich. Sie drückte ihre Meinung in einem einzigen Wort aus: *»Gut.«*

Penelope war mit den Haaren des Zwölfjährigen fertig. Ich bezahlte sie. Sie dankte mir. Sie hatte keine Ahnung, was ich für sie empfand, und nicht das leiseste Echo kam von ihr zurück. Ich war Vater von sechs Jungen und doppelt so alt wie sie. Perdita, die all das mitbekam, klopfte mir auf die Schulter. Ich küßte die Mutter auf die Wange und begehrte immer noch die Tochter und fühlte mich, als ich mit Toby davonging, leer und alt.

Dart brachte Toby wieder zu seinen Brüdern bei den Gardners und fuhr mich bereitwillig weiter zu Marjorie.

Der wieder selbstbewußt auftretende Butler ließ uns ein und kündigte uns an. Marjorie setzte sich wie zuvor in ihren herrschaftlichen Sessel. Der zerschmetterte Spiegel war entfernt worden, die lädierten Sessel fehlten. Rebeccas Schuß auf mich hatte keine bleibenden Spuren hinterlassen.

»Ich bin gekommen, um mich zu verabschieden«, sagte ich.

»Aber Sie besuchen Stratton Park doch sicher wieder.«

»Wahrscheinlich nicht.«

»Wir brauchen Sie!«

Ich schüttelte den Kopf. »Sie haben mit Colonel Gardner einen ausgezeichneten Rennbahnverwalter. Mit Oliver Wells' Gespür für Reklame werden Sie beim nächsten Meeting Rekordbesucherzahlen erreichen. Dazu geben Sie eine erstklassige neue Tribüne in Auftrag – und ob die Firmen, die sich an Ihrer Ausschreibung beteiligen, solide und vertrauenswürdig sind, *das* kann ich, wenn Sie wollen, schon nachprüfen. Im übrigen haben Sie jetzt die besten Karten in der Hand, um Ihre Familie und die GmbH zusammenzuhalten. Da Keith wegfällt, brauchen Sie auf ihn keinen mäßigenden Einfluß mehr auszuüben.

Sie haben Rebecca unter Kontrolle, die darauf aus war – und es wohl noch ist – selbst die Leitung der Rennbahn zu übernehmen. Das hat sie sich nun wohl verscherzt, denn selbst wenn Sie einmal nicht mehr sind, können Conrad und Dart ihr Erpressung und versuchten Mord vorhalten, und das reicht, um sie auf Vorstandssitzungen abzuschmettern.«

Marjorie hörte zu und präsentierte ihre eigene Lösung.

»Ich möchte Sie im Vorstand haben«, sagte sie. »Conrad und Ivan werden dafür votieren. Einstimmig gefaßter Beschluß des Vorstands.«

»Hört, hört«, sagte Dart entzückt.

»Sie brauchen mich nicht«, wandte ich ein.

»Doch, wir brauchen Sie.«

Ich wollte mich von den Strattons lösen. Ich wollte keinesfalls in die Fußstapfen meines Nichtgroßvaters treten. Von jenseits des Grabes hatten sein Einfluß und sein Tun und Lassen mich in ein Netz von Falschheiten verstrickt, und dreimal innerhalb von acht Tagen hatte seine Familie mich fast das Leben gekostet. Meine Dankesschuld, fand ich, war abgetragen. Jetzt brauchte ich meine Freiheit wieder.

Und doch ...

»Ich laß es mir durch den Kopf gehen«, sagte ich.

Marjorie nickte zufrieden. »Wenn Sie am Ruder sind«, sagte sie, »kommt die Rennbahn groß raus.«

»Ich muß mit Conrad reden«, sagte ich.

Er war allein in seinem Allerheiligsten und saß hinter dem Schreibtisch. Ich hatte Dart wieder draußen im Wagen gelassen, aber diesmal nicht als Wachtposten, so daß er sich ruhig über Haarausfall informieren konnte.

»Nach dieser amerikanischen Methode«, hatte er, vertieft in Vorher-Nachher-Fotos, gemeint, »wäre ich alle Sorgen los. Man kann schwimmen – tauchen – das neue Haar ist Teil von einem.

Aber ich müßte alle sechs bis acht Wochen nach Amerika, um es nachsehen zu lassen.«

»Sie können sich's doch leisten«, sagte ich.

»Ja, aber . . .«

»Holen Sie es sich«, sagte ich.

Er brauchte Ermutigung. »Meinen Sie wirklich?«

»Ich meine, Sie sollten gleich den ersten Flug buchen.«

»Ja. *Ja.* Also gut, ich *mach's.*«

Conrad stand auf, als ich hereinkam. Die Tür seines Wandschranks war geschlossen, aber auf dem Teppich standen überall Kartons mit durchforstetem Inhalt. Er bot mir nicht die Hand. Anscheinend war er ebenso verlegen wie ich.

»Marjorie hat angerufen«, sagte er. »Sie möchte Sie im Vorstand haben. Ich soll Sie dazu überreden.«

»Was *Sie* wollen, zählt.«

»Ich weiß nicht, ob . . .«

»Nein. Aber um darüber zu sprechen, bin ich auch nicht hier. Ich wollte Ihnen zurückgeben, was ich Ihnen gestern gestohlen habe.«

»Gestern erst. Es ist so viel passiert.«

Ich legte den großen braunen Umschlag mit der Aufschrift ›Conrad‹ auf den Schreibtisch. Er hob ihn auf und betrachtete die mit Klebeband verschlossene Lasche.

»Wie ich schon sagte, habe ich hineingesehen«, sagte ich. »Keith wußte, daß ich das tun würde. Er konnte wohl den Gedanken, daß ich von meinem Wissen Gebrauch machen würde, nicht ertragen. Ich gebe zu, ich bin froh, daß sich das nun erübrigt, da er tot ist, doch ich hätte es getan, das sollen Sie ruhig wissen. Aber Marjorie werde ich nicht sagen, was da drin ist – sie weiß es offensichtlich nicht –, und auch sonst wird es nie jemand von mir erfahren.«

»Ich will das nicht aufmachen«, sagte Conrad und legte den Umschlag beiseite.

»Ich kann Ihnen nicht sagen, daß Sie es tun sollten.«

»Aber Sie denken es.«

»Keith hätte ihn verbrannt«, sagte ich.

»Verbrannt.« Er schauderte. »Was für ein Tod!«

»Jedenfalls«, sagte ich, »gehören die Informationen hierher, was immer Sie damit anfangen. Ihr Vater hat sie Ihnen zugedacht. Also«, ich seufzte, »lesen Sie oder verbrennen Sie sie, nur lassen Sie sie nicht herumliegen.« Ich schwieg. »Ich bitte nochmals, meinen Einbruch hier zu entschuldigen. Ich verlasse Stratton Park morgen früh. Es tut mir leid«, ich machte eine unbestimmte Geste, »wie alles gekommen ist.«

Bedauernd drehte ich mich um und ging zur Tür.

»Warten Sie«, sagte Conrad.

Ich zögerte, halb drin, halb draußen.

»Ich muß wissen, was Sie wissen.« Er sah unglücklich aus. »Er war mein Zwillingsbruder. Ich weiß, daß er mich beneidet hat ... ich weiß, es war ungerecht, daß ich, bloß weil ich fünfundzwanzig Minuten älter war, so viel bekommen habe; ich weiß, er war gewalttätig, brutal und oft gefährlich; ich weiß, er hat Ihre Mutter und alle seine Frauen geschlagen. Ich weiß, er hat Hannahs Zigeuner fast umgebracht. Ich habe gesehen, wie viehisch er Sie getreten hat ... Ich weiß all das und mehr, aber er war mein Bruder, mein *Zwilling*.«

»Ja.«

Die Strattons hatten bei allen Fehlern ihre ganz eigene, unverbrüchliche Loyalität; eine Familie, die, wenn sie auch in sich zerstritten war, fest gegen den Rest der Welt zusammenstand.

Conrad ergriff den Umschlag und riß das Klebeband ab.

Er las noch einmal den ersten Brief, dann zog er den zweiten und das inliegende weiße Kuvert heraus.

»Denk daran«, las er leise, »daß Keith immer lügt ...«

Er zog die fünf gefalteten Blatt Papier aus dem weißen Kuvert und las das erste, wiederum eine Nachricht seines Vaters.

Sie lautete:

Diese Lüge von Keith hat mich eine Menge Geld gekostet, das ich allzu vertrauensselig Keith auch noch selber gab. Erst nach vielen Jahren kam mir der Verdacht, daß er mich betrogen hatte. Eine Bagatelle, verglichen mit der Wahrheit.

Conrad legte den Brief hin und sah auf die nächste Seite, auch wieder ein Brief, aber maschinegeschrieben.

»Arne Verity Laboratories?« sagte Conrad. »Was ist das denn?«

Er las den Brief, der an seinen Vater adressiert und zwei Jahre früher datiert war.

Im wesentlichen besagte er, daß das Labor die gewünschten Analysen durchgeführt habe. Die genauen Ergebnisse jeder einzelnen Analyse seien beigefügt, doch zusammengefaßt laute das Ergebnis wie folgt:

Sie haben uns drei Haare, bezeichnet ›A‹, ›B‹ und ›C‹ geschickt. Die Chromosomenanalyse ergab folgendes Resultat:
›A‹ ist so gut wie sicher der Erzeuger von ›B‹,
und
›A‹ und ›B‹ sind die Eltern von ›C‹.

Conrad blickte auf. »Was soll das bedeuten?«

»Das bedeutet, es gab keinen Zigeuner. Keith hat ihn erfunden.«

»Aber ...«

»Es bedeutet, Keith war der Vater von Jack.«

Conrad setzte sich und sah aus, als wäre er einer Ohnmacht nah.

»Ich glaub das nicht«, sagte er leise. »Ich kann nicht. Das ist nicht wahr.«

»Jack sieht nicht wie ein Zigeuner aus«, sagte ich. »Er sieht aus wie Keith.«

»Du guter Gott...«

»Hannah mag auch die Zigeunergeschichte nicht. Sie hat Jack erzählt, sein Vater sei ein ausländischer Adliger, der den Skandal nicht überstanden haben würde. Sieht man von dem ›ausländischen‹ ab, ist das mehr oder minder die Wahrheit.«

»Hannah!« Er sah noch unglücklicher aus. »Was haben Sie mit *ihr* vor?«

»Nichts«, sagte ich, erstaunt, daß er fragte. »Da Keith tot ist, brauche ich nicht anzuwenden, was ich weiß. Hannah braucht nicht zu befürchten, daß ich jemals etwas durchsickern lasse.«

»Aber sie hat Sie doch angegriffen!«

Ich seufzte. »Sie hat nie im Leben eine Chance gehabt, oder? Sie ist die Frucht einer Vergewaltigung, ihre Mutter hat sie im Stich gelassen, ihr Vater sie geschwängert. Sie wurde von jungen Männern abgelehnt, von ihrem Großvater nicht geliebt, aber was immer er sein mag, sie hat Jack, ihren Sohn. Daran rühre ich nicht. Genau wie Keith Ihr Zwillingsbruder war, so ist Hannah, ob es mir gefällt oder nicht, meine Halbschwester. Lassen wir sie in Frieden.«

Conrad saß eine Weile bewegungslos, dann steckte er die Briefe seines Vaters und die Laborberichte in den braunen Umschlag und hielt mir den ganzen Packen hin.

»Nehmen Sie das«, sagte er knapp, »und verbrennen Sie es.«

»Ja, okay.«

Ich trat noch einmal an den Schreibtisch, ergriff den Umschlag und wandte mich wieder zur Tür.

»Kommen Sie in den Vorstand«, sagte Conrad. »Wie üblich hat Marjorie recht. Wir werden Sie brauchen.«

Die Jungen und Mrs. Gardner verabschiedeten sich so ausgiebig voneinander wie Romeo und Julia und versicherten mehrmals, daß sie sich wiedersehen würden. Roger und ich freuten uns, wenn auch weniger überschwenglich, über die Aussicht auf künftige Zusammenarbeit. »Es gibt so viel zu erledigen«, sagte er.

Dart zückte seinen Terminkalender. Er werde mich *nach* seiner Amerikareise besuchen, sagte er. Er habe schon alles gebucht.

Die Jungen drängelten sich in den Bus und winkten wie verrückt aus dem Fenster, und ich fuhr mit uns allen davon, heim zur friedlichen Grenze zwischen Surrey und Sussex.

»Habt ihr euch gut amüsiert, meine Lieben?« fragte Amanda, als sie die Kinder an sich drückte. »Wie habt ihr euch beschäftigt, während euer Vater dafür gesorgt hat, daß er in die Zeitung kommt?«

Sie starrten sie an. Nach und nach würden sie ihr sicher alles erzählen, aber in dem Moment machte die Frage sie sprachlos.

Neil sagte schließlich ernst: »Wir haben ausgezeichneten Rosinenkuchen gebacken.«

Amanda meinte vorwurfsvoll zu mir: »Das Telefon hier hat in einer Tour geklingelt.« Sie musterte mich ohne sonderliches Interesse. »Dir geht's doch wohl gut?«

»Ja«, sagte ich. »Bestens.«

»Fein.«

Sie brachte die Kinder ins Haus. Ich blieb noch am Bus stehen, während der Motor abkühlte, und nach einiger Zeit kletterte ich auf die Eiche.

An anderen Bäumen sproß längst schon das Laub, doch die Eiche hinkte wie immer hinterher und wetteiferte mit der Esche darum, als letzte zu grünen. Ich setzte mich in die Wiege der beflaumten Äste, spürte hier und da noch einen leisen Schmerz, eine Blessur, und bemühte mich, innerlich Ruhe zu finden.

Nach einer Weile kam Amanda aus dem Haus und zum Baum herüber.

»Was machst du denn da oben?« fragte sie.

»Nachdenken.«

»Komm runter. Ich möchte mit dir reden.«

Ich kletterte hinunter, obwohl ich es nicht hören wollte.

Ich sagte: »Ich hatte Angst, ich würde ein leeres Haus vorfinden. Angst, du und Jamie könntet gegangen sein.«

Ihre Augen wurden groß. »Du kriegst aber wirklich alles mit.«

»Ich hatte Angst, du hättest jemand anders kennengelernt.«

»Habe ich auch.«

Sie war nicht direkt trotzig, aber sie hatte sich schon zurechtgelegt, was sie sagen wollte. Sie sah noch immer reizend aus. Ich wünschte, die Dinge hätten sich ändern lassen.

»Ich habe mir überlegt«, sagte sie, »daß eine offizielle Trennung von dir nicht gut für die Kinder wäre. Außerdem ...«, sie zögerte kurz und nahm dann ihren Mut zusammen, »... ist er verheiratet und hat zu seiner Familie die gleiche Einstellung. Wir werden uns also häufig sehen. Nimm es hin oder laß es, Lee.«

Sie wartete.

Christopher, Toby, Edward, Alan, Neil und Jamie. Sechs Gründe dafür.

»Ich nehme es hin«, sagte ich.

Sie nickte, womit der Pakt besiegelt war, und kehrte ins Haus zurück.

Am Abend ging sie wie immer eine Stunde vor mir schlafen, aber als ich hochkam, war sie ausnahmsweise hellwach.

»Hast du eine Ruine gefunden?« fragte sie, als ich mich auszog.

»Nein. Ich fahre noch mal los, wenn die Jungen wieder in der Schule sind. Dann bleibe ich eine Zeitlang weg.«

»Gut.«

Es war nicht gut. Es war furchtbar.

Anstatt wie sonst anderthalb Meter Abstand von ihr zu halten, ging ich um das riesige Bett herum auf ihre Seite und legte mich zu ihr: und ich schlief mit der Penelope in Amanda, in einen Taumel aus Lust, Entbehrung, Hunger, Leidenschaft und Vereinnahmung. Ein wilder, heftiger Geschlechtsakt, den es so in unserer Ehe noch nicht gegeben hatte.

Nach kurzem Protestieren und Sichsträuben ging sie mit einem Teil ihres früheren Feuers darauf ein, und nachher, als wir wieder getrennt lagen, jeder für sich, war sie nicht voller Vorwürfe, sondern lächelte verstohlen wie die Katze, die von der Sahne genascht hat.

Zwei Monate später sagte sie: »Ich bin schwanger. Hast du das gewußt?«

»Geahnt«, sagte ich. Ich zwang mich, die Frage zu stellen. »Ist es von mir ... oder von *ihm?*«

»Ach, von dir«, sagte sie bestimmt. »Er kann mir kein Kind schenken. Er hat sich vor langer Zeit sterilisieren lassen.«

»Oh.«

»Vielleicht wird es ja ein Mädchen«, sagte Amanda ruhig. »Du wolltest schon immer eine Tochter.«

Zur gegebenen Zeit brachte sie in ekstatischer Verzückung ihr siebtes Kind zur Welt.

Einen Jungen.

Mir war es recht.

Dick Francis im Diogenes Verlag

Dick Francis, geboren 1920, war viele Jahre Englands erfolgreichster Jockey, bis ein mysteriöser Sturz seine Karriere beendete. Seit über 25 Jahren schreibt er Thriller, die alle das Pferderennen- und Wettmilieu als Hintergrund haben, gleichzeitig aber detaillierte Kenntnisse über Photographie, Fliegerei, Steuerberatung, Schmuggel, Chemie, Kidnapping, Versicherungsbetrug, Tiermedizin und Diplomatie vermitteln. Heute ist Dick Francis der unbestrittene Champion unter den Thriller-Autoren.

»Die Bücher von Dick Francis haben die Grenzen des Krimis längst überschritten. Ihr Autor veranschaulicht Menschen, wie er sie kennt, in Verhältnissen, wie er sie noch besser kennt.« *Süddeutsche Zeitung, München*

Todsicher
Roman. Aus dem Englischen von Tony Westermayr

Nervensache
Roman. Deutsch von Tony Westermayr

Blindflug
Roman. Deutsch von Tony Westermayr

Hilflos
Roman. Deutsch von Nikolaus Stingl

Peitsche
Roman. Deutsch von Nikolaus Stingl

Gefilmt
Roman. Deutsch von Malte Krutzsch

Galopp
Roman. Deutsch von Ursula Goldschmidt und Nikolaus Stingl

Handicap
Roman. Deutsch von Jobst-Christian Rojahn

Reflex
Roman. Deutsch von Monika Kamper

Fehlstart
Roman. Deutsch von Malte Krutzsch

Banker
Roman. Deutsch von Malte Krutzsch

Gefahr
Roman. Deutsch von Malte Krutzsch

Weinprobe
Roman. Deutsch von Malte Krutzsch

Gegenzug
Roman. Deutsch von Malte Krutzsch

Unbestechlich
Roman. Deutsch von Jobst-Christian Rojahn

Außenseiter
Roman. Deutsch von Gerald Jung

Comeback
Roman. Deutsch von Malte Krutzsch

Sporen
Roman. Deutsch von Malte Krutzsch

Lunte
Roman. Deutsch von Malte Krutzsch